Susanne Mischke
Warte nur ein Weilchen

PIPER

Zu diesem Buch

Hauptkommissar Völxen ist sauer. Ein seit zwei Monaten ungeklärter Mordfall droht seine Aufklärungsquote zu ruinieren. Noch immer gibt es keine Spur vom sogenannten »Trauerkartenmörder«, der dem Immobilienmakler Kai Börrie eine Trauerkarte mit einer Todesankündigung schrieb, ehe der Mann wenig später vor seiner Villa erschlagen aufgefunden wurde. Da erschüttert ein weiterer tragischer Mordfall Völxens Team: Die Leiche von Cordula Wedekin, der Mutter von Kommissarin Jule Wedekin, dümpelt im Swimmingpool des eigenen Gartens. Jule hat sofort deren neuen Ehemann im Verdacht. Doch dann taucht ausgerechnet im Hochzeitsalbum des Paares eine neue Trauerkarte auf ...

Susanne Mischke wurde 1960 in Kempten geboren und lebt heute in Wertach. Mit ihren fesselnden Kriminalromanen erschrieb sie sich eine große Fangemeinde und erhielt für das Buch »Wer nicht hören will, muss fühlen« die »Agathe«, den Frauen-Krimi-Preis der Stadt Wiesbaden.

Susanne Mischke

WARTE NUR EIN WEILCHEN

Kriminalroman

PIPER

Mehr über unsere Autorinnen, Autoren und Bücher:
www.piper.de

Von Susanne Mischke liegen im Piper Verlag vor:

Hannover-Krimis:
Band 1: Der Tote vom Maschsee
Band 2: Tod an der Leine
Band 3: Totenfeuer
Band 4: Todesspur
Band 5: Einen Tod musst du sterben
Band 6: Warte nur ein Weilchen
Band 7: Alte Sünden
Band 8: Zärtlich ist der Tod
Band 9: Hättest du geschwiegen
Band 10: Fürchte dich vor morgen
Band 11: Eiskalt tanzt der Tod
Band 12: Alle sehen dich
Band 13: Deine Welt wird brennen

weitere Kriminalromane:
Töte, wenn du kannst!
Mordskind
Wer nicht hören will, muss fühlen
Wölfe und Lämmer
Die Eisheilige
Liebeslänglich
Die Mörder, die ich rief
Schwarz ist die Nacht
Kalte Fährte
Der Muttertagsmörder

Unser Versprechen für mehr Nachhaltigkeit
• Klimaneutrales Produkt
• FSC®-zertifiziertes Papier
• Hergestellt in Europa

FSC www.fsc.org MIX Papier | Fördert gute Waldnutzung FSC® C021394

Ungekürzte Taschenbuchausgabe
ISBN 978-3-492-31069-7
1. Auflage Juni 2017
2. Auflage März 2024

erschienen im Verlagsprogramm Paperback
Umschlaggestaltung: FAVORITBUERO, München
Umschlagabbildung: Image Source/Getty Images
Satz: Eberl & Koesel Studio, Kempten
Gesetzt aus der Goudy Old Style
Gedruckt von ScandBook in Litauen
Printed in the EU

I.

Mittwoch, 6. Mai

Es ist schon wieder passiert. Als wollten die Biester ihm damit etwas sagen. Ein fetter Batzen Taubenscheiße verunziert das Schild aus gebürstetem Edelstahl. Es trägt die Gravur:

KAI BÖRRIE
IMMOBILIEN

»Verdammte Drecksviecher!«

Der Versuch, seinen Namen mit einem zerknautschten Taschentuch reinzuwaschen, das er in der Tasche seines Morgenmantels findet, misslingt. Jetzt hat er den Dreck auch noch an den Fingern. Fluchend wirft er die Fussel auf den Gehweg, nimmt mit der sauberen Linken die Zeitung und einen Packen Briefe aus dem Kasten und geht zurück ins Haus. Um die Schweinerei soll sich nachher Silvie kümmern, wenn sie vom Nagelstudio zurückkommt, oder vom Pilates, oder weiß der Teufel, wo sie sich wieder herumtreibt. Nicht, dass das Zeug noch das Metall anfrisst!

Angeekelt wäscht er sich die Hände. Erst einmal einen Kaffee zur Beruhigung. Er schaltet die chromblitzende *de Longhi* ein, das Schmuckstück seiner neuen Hightech-Küche.

Mit Kaffee, Zeitung und Post begibt er sich in den Wintergarten. Jalousien filtern die Sonnenstrahlen und tauchen den Raum in ein sanftes Licht. Börrie liebt sein Haus in Kleefeld und gratuliert sich immer noch täglich zu dessen Erwerb, obwohl der Kauf nun schon fast zwanzig Jahre zurückliegt.

Die vorherige Besitzerin, eine klapprige Neunzigjährige, hatte für die kleine Gründerzeitvilla einen Mieter gesucht. Börrie hatte den Auftrag an Land gezogen und der Alten eine Reihe »Interessenten« diverser Nationen und Hautfarben vorbeigeschickt, bis sie schließlich weich wurde und die Villa verkaufte. Und zwar an ihn und zu einem Preis, bei dem sogar der Notar, mit dem er damals regelmäßig pokerte, ein bisschen gezuckt hatte. Ein befreundeter Finanzberater hatte der Alten dafür einen Fonds mit Aktien des Neuen Marktes angedreht, der kurze Zeit später, anstatt wie prophezeit durch die Decke zu gehen, in den Keller rauschte. Bedauerlich, aber dafür konnte ja nun wirklich keiner was.

Börrie seufzt. Wilde Zeiten waren das gewesen, die späten Neunziger. Er selbst hatte stets die Finger von Geschäften gelassen, von denen er nichts verstand, und lieber auf feste Werte gesetzt: Steine, Beton – Häuser.

Er sieht die Post durch. Werbung, Rechnungen, zwei Briefe von Anwälten. Sein Job ist mit den Jahren nicht einfacher geworden. Seit das Wort *Gentrifizierung* regelmäßig durch die Medien geistert, gibt es immer mehr renitentes Pack, das sich dagegen stemmt. Rentner gehen mit rührseligen Geschichten an die Presse, Studenten proben den Aufstand, und selbst die Ausländer, die man früher leicht einschüchtern oder mit einer moderaten Abfindung locken konnte, treten plötzlich dem Mieterverein bei und bombardieren ihn mit vorgefertigten Briefen aus dem Internet. Aber bis jetzt hat er sie noch alle aus den begehrten Altbauwohnungen rausgekriegt.

Kai Börrie ist genau der richtige Mann für den Job, denn er weiß, wie diese Leute ticken. Er kommt selbst von ganz unten – und hat er es nicht auch geschafft, sich am eigenen Schopf aus dem Sumpf zu ziehen? Deshalb, findet Börrie, ist Mitleid im Umgang mit dieser Brut völlig fehl am Platz.

Von der Baufirma Frankland & Morell GmbH & Co. KG bekommt er eine dicke Prämie für jede geräumte Wohnung. Allerdings verlangt Yusuf, dieser maghrebinische Halsabschneider, in letzter Zeit immer mehr Kohle für seine Dienste. Yusuf und seine Helfer müssen immer dann her, wenn Geld und gute Worte nichts bewirken. Börrie weiß, dass ihre Methoden von eher zweifelhaftem Ruf sind. Aber sie erledigen ihre Aufträge zuverlässig, und das ist die Hauptsache. Ist ein Objekt vollkommen entmietet, lässt der Auftraggeber Frankland & Morell stets noch eine kleine Extraprämie springen, und wenn es dann in ein paar Monaten an den Verkauf der luxussanierten Wohnungen geht, wird Börrie die übliche Maklergebühr von den Käufern kassieren, ganz offiziell und mit Rechnung natürlich.

Der letzte Umschlag hat einen schwarzen Rand. Na, wer hat da wohl ins Gras gebissen, ein Geschäftspartner? Irgendein Wichser von der Konkurrenz? Ein Absender ist jedenfalls nicht zu erkennen, seltsam. Er öffnet den Umschlag. Zum Vorschein kommt eine Trauerkarte mit Albrecht Dürers betenden Händen. Heilige Scheiße, wer verschickt denn heutzutage noch so einen altbackenen Schund? Er klappt die Karte auf. Innen liegt ein Bogen elfenbeinfarbenes Pergament, bedruckt mit folgenden Worten:

Eines Morgens wachst Du nicht mehr auf,
die Vögel aber singen, wie sie gestern sangen.
Nichts ändert diesen neuen Tageslauf.
Nur Du bist fortgegangen.
Aufrichtiges Beileid, Kai Börrie, zu Deinem baldigen Tod.

Börrie spürt, wie ihm ein kalter Schauer über den Rücken kriecht. Verdammt, was ist das denn? Eine besonders makabre Werbung für ein Bestattungsunternehmen? Aber es ist nirgends ein Firmenstempel oder dergleichen zu entdecken. Vorsichtshalber sieht er noch einmal auf dem Kuvert nach. Kein Absender, nur sein Name, sogar mit dem Zusatz »Herrn«. Es sieht aus, als wären die Adresse und der Text auf einer Schreibmaschine getippt worden. Die 62-Cent-Briefmarke wurde gestern abgestempelt und trägt das Bild einer Pfingstrose.

»Gratuliere«, murmelt er. »Da habt ihr euch ja etwas ganz Besonderes einfallen lassen.«

Sein Kaffee schmeckt auf einmal bitter. Er steht auf, wirft die

Werbung ins Altpapier, den Rest bringt er nach oben in sein Büro. Dort öffnet er den Aktenschrank und legt die Karte in die Schachtel zu den anderen Botschaften, die sich über die Jahre angesammelt haben. Berufsrisiko, sagt sich Börrie und schließt den Deckel.

II.

Sonntag, 21. Juni

Das Morgenlicht bricht durch den Frühnebel, ergießt sich über die Landschaft und lässt die Krone der uralten Eiche golden aufleuchten. Der mächtige Baum, der unweit des Gutshofs inmitten einer lieblichen Heide- und Moorlandschaft steht, ist das Kraftzentrum dieses magischen Ortes, das hat Einar vom ersten Moment an gespürt. Deshalb hat er rund um den knorrigen Stamm der Eiche das Podest errichtet, auf dem er nun thront, während eine frische Brise an seinen Locken zupft. Die *Lichter des Nordens* sitzen im Halbkreis vor ihm. Wie immer beendet Einar die Zusammenkunft mit einer kleinen Versenkungsübung, bei der es gilt, sich auf die Laute der Natur zu konzentrieren und sich als ein Teil von ihr wahrzunehmen.

Bei ihm selbst will das heute nicht so recht gelingen. Er ist einfach noch zu wütend. Vorhin hat er auf Spiegel-Online den Artikel dieses miesen Journalisten Mattai gelesen. Eine »nordisch angehauchte Naturreligion mit obskurem Opferkult« hat Mattai sie genannt. Von einem »Sektenführer« – damit war er gemeint –, von »Psychoterror« und »Gehirnwäsche« war die Rede und dass manche Mitglieder ihr ganzes Vermögen in die Gemeinschaft eingebracht hätten, ohne einen Anspruch auf Rückzahlung. Das Ganze war eine einzige Aneinanderreihung von Übertreibungen, Halbwahrheiten und dreisten Lügen, sogar Rassismus hat er den Lichtern des Nordens unterstellt. Typisch. Es brauchen nur irgendwo die Worte »nordisch« oder »germanisch« aufzutauchen, und gleich denken diese Idioten an Nazis. Dabei waren die Alten Sitten lange vorher da. Über den vorbildlichen ökologischen Landbau, den sie hier betreiben, hat dieser Schmierfink dagegen nicht ein Wort geschrieben.

Am meisten aber ärgert sich Einar über sich selbst. Er hat es versäumt, den Mann gründlich zu checken, er war zu offen und vertrauensselig gewesen und hat nicht gemerkt, dass der Kerl nur hergekommen ist, um hinterher über ihnen Dreck auszugießen. Aber im Grunde hatte das Übel ja schon mit dieser Svenja begonnen …

Einar spürt, wie die Wut ihn mitzureißen droht. Er befiehlt sich, die negativen Gedanken loszulassen und stattdessen die gewohnte heitere Gelassenheit auszustrahlen. Was geschehen ist, ist geschehen. Da lässt sich nichts mehr machen. Mit einem leisen Lächeln blickt Einar über die Häupter seiner Anhängerschaft hinweg, streckt dann die Arme hoch zu den Ästen der Eiche und bittet mit seiner leisen, sonoren Stimme um Donars Schutz für ihre Gemeinschaft.

Anschließend kommt Bewegung in den Kreis, Beine werden ausgestreckt, Rücken durchgedrückt.

»Bitte hört mir noch kurz zu.«

Alle verharren mitten in der Bewegung und sehen ihn an.

»Im Internet ist ein böser Artikel im Umlauf, deshalb ist es wichtig, dass wir künftig mehr Vorsicht walten lassen. Bringt keine Leute mehr hierher, die ihr nicht gut kennt.« Bei diesen Worten wandert sein Blick zu Berenike, die mit hochgezogenen Schultern und gesenktem Blick dasitzt. »Passt genau auf, wem ihr was erzählt. Wir haben zwar nichts zu verbergen, aber wir leben nun einmal anders als der Mainstream. Da ist man immer Anfeindungen ausgesetzt.«

Arndís fragt mit piepsiger Stimme: »Woher soll ich denn wissen, ob sich jemand wirklich für unsere Sache interessiert oder ob einer nur so tut?«

Einar lächelt milde. »Wer sich für die Alten Sitten interessiert, könnte zum Beispiel erst einmal mein Buch *Die Magie der Alten Götter* lesen. Außerdem ist es nicht unser Ziel zu missionieren. Wir wollen nicht elitär sein, aber längst nicht jeder passt zu uns. Wer sich zu Asatru hingezogen fühlt, den werden die Götter zu uns führen, und der wird keine Hindernisse scheuen.«

»Ich bin dafür, den Kerl den Zorn der Götter spüren zu lassen«, ruft Ragnar und spannt dabei die Muskeln unter seinem tätowierten Bizeps an. Sein Vorschlag erntet zustimmendes Gemurmel.

»Genau. Wir können das doch nicht einfach auf uns sitzen lassen!«, ertönt es von Leif. Der rotbärtige Hüne sieht Einar zornig und herausfordernd an.

Im Grunde liegt Einar nichts an der Unterwerfung seiner Schäfchen, im Gegenteil. Der Verzicht darauf ist in seinen Augen ein Zeichen von Stärke. Aber bei jungen Hitzköpfen wie Leif und Ragnar kann es ab und zu nicht schaden, sie in die Schranken zu weisen.

Einars Augen sind von einem hellen, zornigen Blau. Seinen frostigen Blick spüre man wie eine kalte Hand auf der Haut, beschrieb es eine Frau einmal treffend. Einar kennt dessen Wirkung und kann sich darauf verlassen.

»Was schlägst du vor, Leif? Willst du ihn umbringen, weil er unsere Religion beleidigt hat? Sind wir neuerdings ein Haufen von Dschihadisten?« Wie ein aufmüpfiges Rudelmitglied, das von seinem Leitwolf zurechtgewiesen wird, senkt Leif den Blick, und auch Ragnar muckt nicht länger auf. Aber man sieht beiden an, wie es in ihrem Innern brodelt.

»Ich werde bei meiner nächsten Utiseta die Götter befragen«, verkündet Einar. »Sie werden mir sagen, was geschehen soll. Jetzt erhebt euch, atmet durch und seid den Göttern dankbar für diesen wunderschönen Mittsommertag. Es gibt noch viel zu tun bis zum Fest heute Abend.«

Die *Lichter des Nordens* rappeln sich vom Boden auf und streben in verschiedene Richtungen davon.

»Berenike, auf ein Wort.«

Die Angesprochene bleibt stehen und wendet sich um. Ihr Körper ist zierlich, sie wirkt jünger als fünfunddreißig. Liegt es vielleicht an diesen großen, braunen Kuhaugen, mit denen sie ihn ängstlich ansieht?

»Triffst du dich noch mit diesem Mattai?«

Berenike schüttelt heftig den Kopf.

»Und seine Tochter?«

»Nein.«

Einar kann die Lüge in ihren Augen deutlich erkennen. »Berenike«, sagt er mahnend.

Ihre Stimme zittert, als sie erklärt: »Sie arbeitet jetzt woanders. Wir … wir telefonieren ab und zu.«

»Worüber redet ihr?«

»Nichts. Ich meine, wir sprechen nicht über das, was hier … Das ist vorbei. Ich schwöre es bei Odin und Frigg!«

»Denk daran, wir sind deine Familie, wir meinen es ehrlich mit dir.«

Sie nickt und senkt den Kopf, sodass ihre Nackenwirbel hervorstechen wie Zahnräder. »Es tut mir leid«, presst sie kaum hörbar hervor.

»Schon gut, Berenike.« Er schenkt ihr ein gütiges Lächeln, das sie förmlich aufsaugt. Dann dankt sie ihm und huscht davon.

Dämliche Kuh, denkt Einar und springt federnd von seinem Podest.

III.

Montagmorgen, 13. Juli

Seit die Birke weg ist, hat Frau Volland wieder einen ungehinderten Blick auf das Nachbargrundstück. Aber deshalb hat sie den Baum nicht fällen lassen. Nein, die Birke war im Lauf der Jahre riesig geworden, hatte den Garten verschattet, und der Blütenstaub machte im Frühjahr unendlich viel Dreck. Noch dazu hatte ihr Mann Gustav mit Niesanfällen und roten Augen auf die Birkenpollen reagiert. Nach monatelangem Schriftverkehr, beträchtlichen Anwaltskosten und einer saftigen Verwaltungsgebühr hatte das Grünflächenamt der Stadt Hannover im vergangenen Herbst endlich die Baumfällgenehmigung erteilt. Da war Gustav bereits unter der Erde. Nicht wegen der Birkenpollen. Herzinfarkt. Trotzdem hat Frau Volland das Monstrum beseitigen lassen. Gustav hätte es so gewollt.

Frau Volland ist früh aufgestanden, und wie jeden Morgen geht sie zuerst ans Fenster, um sich das Wetter zu besehen. Morgentau liegt über dem Rasen wie ein schimmernder Schleier, und schon jetzt lässt sich voraussagen, dass der Tag sonnig und heiß werden wird. Sie zieht die Gardinen beiseite, öffnet die Fensterflügel und streckt die Arme nach oben, damit ihre Lungen den Sauerstoff einsaugen können. Sie liebt den frühen Morgen, wenn die Luft noch frisch und unverbraucht ist.

Während sie tief ein- und ausatmet, lässt sie ihren Blick durch den Garten schweifen. Die Quitten hängen gelb im Baum. Zwei Äste ragen über die Hecke weit ins Nachbargrundstück hinüber, aber mit dem Apfelpflücker kann man sie noch erreichen. Bei ihrer Nachbarin würden die Quitten ja doch nur auf dem Komposthaufen landen. Madame macht sich bestimmt nicht die Arbeit, sie zu Gelee zu verarbeiten. Frau Volland denkt, dass sie die

Nachbarin eigentlich durch *Nachbarn* ersetzen müsste, Plural, denn vor einem Jahr ist dieser Typ bei ihr eingezogen, und vor zwei Monaten, im Mai, hat sie ihn sogar geheiratet. Ganz in Weiß, das hat Frau Volland von ihrem Fenster im ersten Stock gut erkennen können, denn die kleine Feier fand im Garten statt, rund um den Pool. Es war kein Brautkleid im eigentlichen Sinn, nur ein enges, elegantes Kostüm, aber Frau Volland fand das Weiß dennoch unangebracht bei einer Frau von Mitte fünfzig in zweiter Ehe.

Der Ehemann ist ein sehr gut erhaltenes Exemplar. Davon kann sich Frau Volland zu dieser Jahreszeit regelmäßig überzeugen, denn der Nachbar geht jeden Morgen schwimmen. Nackt. Er krault und macht dabei viele Wellen, die kaschieren zum Glück so manches. Hie und da lässt er sich aber mit dem Gesicht zur Sonne auf dem Wasser treiben und legt sich anschließend zum Trocknen auf eine der beiden Holzliegen neben dem Pool, und zwar ebenfalls so, wie Gott ihn schuf! Frau Volland findet das ein wenig grenzwertig. Schließlich muss ihm doch klar sein, dass man vom Obergeschoss ihres Hauses in den Garten sehen kann. Da nützen auch die zwei Meter hohen Eibenhecken nichts, die das Grundstück umgeben wie eine Festungsmauer. Aber vielleicht legt der Typ es ja darauf an, gesehen zu werden. Einmal hat er ihr sogar zugewinkt. Gott, war ihr das peinlich! Dabei hätte es doch eigentlich ihm peinlich sein sollen, aber so sind nun mal Männer und Frauen: Letztere schämen sich für Dinge, die Erstere zu verantworten haben.

Seitdem steht Frau Volland noch früher auf als sonst. Sie hofft, ihre Atemübungen am Fenster absolvieren zu können, bevor der Kerl seinen Schniedel in die Sonne hängt. Die Schnepfe und der Schniedel, so nennt sie ihre Nachbarn inzwischen, natürlich nur im Geheimen.

Das Format des ersten Ehemanns der Schnepfe hat der Schniedel natürlich bei Weitem nicht. Schon dieser windige Beruf! Journalist – angeblich. Fest angestellt bei einer Zeitung ist der aber nicht, dafür ist er viel zu oft zu Hause.

Den ersten Ehemann ihrer Nachbarin hat Frau Volland immer nur »den Professor« genannt. Weil er einer war und weil sie niemals auf die Idee gekommen wäre, ihm einen despektierlichen Spitznamen zu geben. Der Professor, ein feiner, gut aussehender Mann, zeigte sich im Garten stets korrekt gekleidet. Er hatte auch gar keine Zeit, um sich an die Sonne zu legen. Vor fünf Jahren ist er ausgezogen. Frau Volland hat das sehr bedauert. Inzwischen soll er eine deutlich Jüngere geheiratet und ein Kind mit ihr haben. Männer! Und das, obwohl die Schnepfe sich garantiert ihr Leben lang noch nie satt gegessen und sich einige Male unters Messer eines Schönheitschirurgen gelegt hat. Tja, was hat's genützt?

Frau Volland stößt einen tiefen Seufzer aus und will sich gerade abwenden, um sich ihrer Morgentoilette zu widmen, da nimmt sie aus dem Augenwinkel etwas wahr: einen dunklen Umriss im türkisfarbenen Rechteck des nachbarlichen Pools. Ein Körper, ganz klar, aber zu dunkel, als dass es der des Nacktschwimmers sein könnte. Nein, dieser Körper zieht keine Bahnen, und es ist definitiv nicht der Schniedel, der »toter Mann« spielt. Die Gestalt ist voll bekleidet, sie dümpelt bewegungslos, mit dem Gesicht nach unten, im Wasser, und das lange, dunkle Haar schwimmt wie ein Fächer um den Kopf herum.

Der Notruf von Antje Vollands Festnetztelefon wird von der Leitstelle um 5.07 Uhr entgegengenommen. Acht Minuten später treffen fast gleichzeitig ein Rettungswagen und eine Streife vom zuständigen Polizeikommissariat Lahe bei der angegebenen Adresse ein. Nach weiteren drei Minuten ist auch der Notarzt vor Ort. Um 5.25 Uhr passieren Kriminalkommissarin Elena Rifkin und Kommissaranwärter Leon Kattenhage vom Kriminaldauerdienst gerade den Landwehrkreisel in Linden-Süd. Die beiden haben den Einbruch in ein Sonnenstudio in Limmer abgewickelt und sind unterwegs zu ihrer Dienststelle, um ihre Nachtschicht zu beenden. Praktisch auf der Zielgeraden erwischt sie ihr Schichtleiter, Hauptkommissar Gerd Deissler, auf Rifkins Handy und schickt die beiden abermals quer durch Hannover: weibliche Leiche im Stadtteil Bothfeld, Verdacht auf Fremdeinwirkung. Eine Schikane, das ist Rifkin sofort klar. Deissler könnte die Sache auch der Frühschicht überlassen, die sicherlich bereits vollzählig auf der Dienststelle eingetroffen ist. Manche Männer vertragen es einfach nicht, wenn man auf ihre Avancen schroff reagiert. Und Deissler, dieser schnurrbärtige Gockel, ist so einer.

Etwa zur selben Zeit beobachtet Hauptkommissar Bodo Völxen – so wie jeden Morgen – seine Schafe, die wählerisch am taunassen Gras zupfen. Ein goldener Dunstschleier liegt über der Weide, was den Effekt hat, dass die fünf Tiere aussehen, als würden sie schweben. Neben Völxen lauert Oscar. Die Ohren aufgestellt, ist er bereit, beim kleinsten Signal seines Herrn die Weide zu stürmen und die kleine Herde zu verbellen. Amadeus, der Bock, scheint dies zu wissen und beäugt Herr und Hund vom anderen Ende der Weide aus höchst misstrauisch.

»Sitz!«, wiederholt Völxen vorsichtshalber, denn der Terrier hat, was Befehle angeht, manchmal ein erstaunlich kurzes Gedächtnis.

Drüben, auf Köpckes Hof, hört man Eimer klappern und Hühner gackern. Schon kommt er um die Ecke, der Hühnerbaron höchstpersönlich, in seiner blauen Latzhose und einer Baseballkappe auf dem kahlen Schädel. In der Rechten hält er zwei frisch gelegte, hellbraune Eier. Völxen befürchtet jedes Mal, dass die Eier von Köpckes groben Pranken zerdrückt werden, aber das ist noch nie passiert.

»Frühstücksei gefällig?«, ruft der Nachbar.

»Ich komm rüber!« Völxen nimmt den Terrier scharf ins Visier. »Platz und bleib!«, sagt er streng und hält ihm die Hand wie eine Schranke vor die Schnauze. Akustische Befehle soll man optisch verstärken, dann wirken sie angeblich besser, sagt die Hundetrainerin. Sichtlich widerwillig legt sich Oscar ins Gras. Wenn das mal gut geht! Aber man muss dem Tier etwas zutrauen. Sagt die Hundetrainerin.

Völxen und Köpcke begegnen sich auf halbem Weg, und Völxen nimmt die Eier in Empfang.

»Schöner Tag heute, was?«, bemerkt der Hühnerbaron.

Völxen gibt ein zustimmendes Brummen von sich.

»Urlaub?«

Anscheinend hat der Nachbar heute seinen geschwätzigen Tag. »Ende August«, antwortet Völxen.

»Stimmt. Musst ja erst noch diesen Trauerkartenmörder kriegen«, stichelt Köpcke.

»Wird schon«, antwortet Völxen und steckt die Eier vorsichtig in die Tasche seines Bademantels.

Scheinbar begreift der Hühnerbaron, dass der Mord an dem Kleefelder Immobilienmakler, der schon fast zwei Monate zurückliegt, im Moment nicht Völxens Lieblingsthema ist, und gibt Ruhe. Für ein, zwei Minuten üben sich die beiden Nachbarn in der von beiden geschätzten Disziplin des gemeinsamen Schweigens.

Dann fragt Köpcke: »Und, was unternimmst du eigentlich wegen der Wölfe?«

»Der Wölfe?«

»Die sind inzwischen überall. Steht doch täglich in der Zeitung. Spazieren am helllichten Tag durch die Dörfer und schleichen um die Kindergärten herum. Ist nur eine Frage der Zeit, wann es das erste Opfer gibt.«

»Ach, da übertreibt die Presse doch total«, winkt Völxen ab. »Ich jedenfalls habe noch keinen Wolf gesehen, und ich nordicwalke zweimal die Woche über den Sülberg, mitten durch den Wald.«

Der Nachbar wiegt seinen massigen Schädel nachdenklich hin und her und gelangt zu dem Schluss, Völxen komme vermutlich aufgrund seiner Kompaktheit als Beute nicht infrage.

Dieser übergeht die Bemerkung und erkundigt sich: »Was soll ich denn deiner Meinung nach tun?«

Statt einer Antwort ertönt Gebell, und schon sieht Völxen seinen Hund Oscar über die Schafweide rasen, mit Kurs auf dessen Lieblingsfeind, den Schafbock, der bereits die Hörner gesenkt hat und mit den Hufen scharrt.

»Dieses elende Mistvieh!« Brüllend und pfeifend setzt Völxen sich in Trab. Ausgerechnet jetzt klingelt auch noch sein Handy.

Während der Morgen blassgrau heraufdämmert, beginnen die ersten Vögel zu krakeelen – so laut, dass Fernando davon wach wird. Er blinzelt, und als ihm bewusst wird, wo er sich befindet, durchflutet ihn ein warmes Glücksgefühl. Er schließt noch einmal die Augen. In seinem angenehmen, halbwachen Zustand gibt er sich müßigen Gedankenspielen hin, lässt die vorangegangene Nacht Revue passieren, und dann ist da plötzlich dieser Gedanke, nur so eine Spinnerei zwischen Traum und Wachsein: ein Heiratsantrag. Nicht, dass es schon so weit wäre. Aber planen könnte man ja schon mal … Ein sehr besonderer Antrag müsste es sein, so unwiderstehlich, dass eine Ablehnung schlichtweg ausgeschlossen wäre. So abgefahren und spektakulär, dass sogar noch seine Enkel und Urenkel darüber reden würden.

Wie wäre das: die Frage aller Fragen, gestellt vor einem Spiel von Hannover 96 über den Stadionlautsprecher. Okay, dazu müsste man sie erst einmal ins Stadion kriegen. Und wenn sie dann Nein sagt, wäre das ganze Spiel verdorben, abgesehen von allem anderen. Sollte sie jedoch Ja sagen, und diese Pfeifen würden anschließend verlieren, was wäre das denn für ein Omen? Nein, so etwas könnte man höchstens beim FC Bayern riskieren, bei den 96ern ist das zu unsicher. Er sollte auch lieber eine Umgebung wählen, die *ihr* gefällt, und das ist nicht unbedingt ein Fußballstadion. Überhaupt, die privateste aller Fragen in der Öffentlichkeit zu beantworten, dafür ist sie nicht der Typ. Sie würde höchstens knallrot werden und die Flucht ergreifen.

Aber eine romantische Ader hat sie schon, auch wenn sie es nicht zugibt. Dann also der Klassiker: Dinner bei Kerzenlicht und den Ring zum Nachtisch. Romantisch, aber mit einem Originalitätsfaktor gleich null. Allerdings birgt das Originelle stets ein Risiko. Wie wäre das: ein Antrag während einer Gondelfahrt in Venedig durch nebelverhangene Kanäle? Aber so ein schmachtender Gondoliere würde sie beide höchstens zum Lachen bringen. Plötzlich streift ihn ein Geistesblitz: Sevilla. Warum ist er nicht gleich darauf gekommen? Dort gibt es geeignete Orte ohne Ende, die Kathedrale Maria de la Sede, den maurischen Palast, ein lauschiges

Flamenco-Lokal … der Glockenturm der Giralda! Das sind angemessene Orte für den unvergesslichen Moment. Außerdem wäre eine Reise in die Geburtsstadt seiner Eltern ein eher unverdächtiger Anlass, verglichen mit einem romantischen Wochenendtrip nach Venedig. Also Sevilla. Am besten im Herbst, wenn die Hitze nachlässt und die Touristenströme versiegen. Allerdings ist jetzt schon Juli. Aber wozu warten, bis der nächste Konkurrent am Horizont auftaucht? Fernando wird jäh aus seinen Träumereien gerissen, denn sein Handy klingelt in der Tasche seiner Jeans, die zusammengeknüllt vor dem Bett liegt. Hastig zieht er es hervor. Auf dem Display glotzt ihm ein Schafbock entgegen.

»Ja?«, haucht er in den Apparat.

»Bist du allein?«

Wüsste nicht, was dich das angeht, grollt Fernando, doch ehe er antworten kann, fragt sein Chef: »Ist Jule bei dir?«

Fernando spürt, wie ihn eine heiße Welle überrollt. »Nein«, flüstert er.

»Hör zu, Rodriguez, wenn sie in der Nähe ist, dann lass dir nichts anmerken. Denk dir irgendwas aus, verschwinde, und ruf mich an, sobald du allein bist.«

»Ja, aber …«

»Hast du das kapiert?«, zischt es an sein Ohr.

Aufgelegt. Fernando ist verwirrt. Völxen hörte sich anders an als sonst. Nicht nur schroff und brummig wie gewöhnlich, sondern da war dieser panische Unterton. Was könnte es sein, das Jule nicht wissen darf? Und woher weiß Völxen so gut über den Stand ihrer Beziehung Bescheid? Sie haben es doch niemandem auf der Dienststelle gesagt und sich genauso benommen wie sonst auch. Er jedenfalls. Sehr eigenartig, das Ganze. Fernando schlüpft vorsichtig aus dem Bett, rafft seine Kleidung zusammen und geht ins Bad. Für eine Dusche scheint keine Zeit zu sein, so wie der Alte geklungen hat. Also Zähneputzen, eine Ladung Wasser ins Gesicht, anziehen und dann los. Keine zwei Minuten später verlässt Fernando das Bad und fährt vor Schreck zusammen. Wie ein Gespenst steht Jule in einem langen, weißen T-Shirt vor ihm.

»Oh! Guten Morgen!«

»Wieso bist du angezogen? Wolltest du dich etwa fortschleichen?« Sie lächelt, aber in ihren Augen blitzt auch ein Funke Wachsamkeit.

»Ich … ich wollte Brötchen holen.«

»Fein. Und was wollte Völxen von dir?«

»Vö … Völxen?«

»Komm schon! Ich konnte seinen Bass bis unter die Bettdecke hören.«

»Es ist nichts. Du kannst ruhig noch ein bisschen weiterschlafen. Er wollte nur mal mit mir reden.«

»Was, jetzt?«

»Ältere Leute treibt es doch gern früh heraus. Bestimmt hat er gar nicht auf die Uhr geschaut.«

Jule runzelt misstrauisch die Stirn. »Er weiß doch nicht etwa …«

Fernando hebt als Zeichen seiner Kapitulation beide Hände und gesteht: »Doch, er weiß es. Keine Ahnung, warum und woher, aber der hört ja bekanntlich das Gras wachsen. Zu viel Umgang mit Schafen, wenn du mich fragst. Also, ich muss jetzt los.« Fernando drückt ihr einen Kuss auf den Mund und eilt zur Tür. »Ich ruf dich an!«

Nachdem Fernando die Treppe hinuntergepoltert ist, setzt Jule Kaffee auf. Ein Männergespräch im Morgengrauen. Das ist ja interessant. Sie wirft eine Aspirintablette in ein Glas Wasser und trägt die zwei Weinflaschen, die auf dem Wohnzimmertisch stehen, in die Küche. Haben sie gestern wirklich so viel getrunken? Eine ist noch zu einem Drittel gefüllt, immerhin.

Die Finger gegen die Schläfen gepresst, beobachtet Jule die Tablette, die im Glas auf und ab taumelt. Fernando. Irgendwie fühlt es sich immer noch neu und seltsam an, schön und prickelnd zwar, aber da ist eben auch der Gedanke: Das wird nicht gut gehen. Man kann nicht im Dienst zusammen sein und privat auch noch. Wenn er sie tagsüber genervt hat, kann sie ihn nicht nach Feierabend treffen und so tun, als ob nichts wäre. Was sollen sie sich dann überhaupt noch erzählen? Und wie soll das auf Dauer im Dienst funktionieren? Anstatt sich auf einen Fall zu konzentrieren, fängt sie womöglich an, darauf zu achten, ob er mit Zeuginnen oder Kolleginnen flirtet. Irgendwann werden sie sich bestimmt so sehr auf die Nerven gehen, dass der Beruf und die Beziehung darunter leiden. Dann werden sie sich als Paar trennen und müssen als Expartner zusammenarbeiten. Tolle Aussicht.

Diese Erkenntnisse kommen reichlich spät, sagt sich Jule, während sie das Glas mit der milchigen Flüssigkeit hinabstürzt. Das hätte sie sich vorher überlegen sollen. Nicht, dass sie das nicht getan hätte. Ihr Ergebnis lautete jedes Mal gleich: Eine Liebesbeziehung mit Fernando Rodriguez führt zu nichts und muss um jeden Preis vermieden werden. Aber dann ist es doch passiert, neulich, als sie ihre Beförderung zur Oberkommissarin gefeiert haben. Nein, sie bereut es nicht, dazu fühlt es sich zu gut an. Und Fernando meint es ernst. Ein bisschen zu ernst sogar, findet Jule und denkt daran, wie er beim ersten gemeinsamen Frühstück – das war vor zehn Tagen – seinen Blick durch ihre Küche schweifen ließ und wortwörtlich sagte: »Wir müssen umziehen.«

»Du vielleicht«, hat Jule erwidert. »Für dich wird es Zeit, im Hotel Mama auszuchecken. Aber ich? Drei Zimmer renovierter Altbau mit Balkon in der List zu einer halbwegs vernünftigen Miete – dafür würden manche töten.« In Gedanken fügte sie hinzu: Noch dazu gibt es eine Treppe höher das beste Gras der Stadt, sie wäre ja komplett irre, hier auszuziehen.

Aber Fernando meinte todernst, die Wohnung sei zu klein für zwei.

Zum Glück bekam nur der Kühlschrank ihre erschrockene Miene zu sehen. Nachdem sie sich wieder gefangen hatte, fragte sie mit einem herausfordernden Lächeln, woher er denn die Gewissheit nehme, dass die vergangene Nacht keine einmalige Sache gewesen sei? »Vielleicht bin ich ja tief enttäuscht von deinen Qualitäten als Liebhaber?«

»Bist du nicht«, antwortete er nur.

Damit hatte er leider recht.

Jetzt steht Jule am Küchenfenster, die Hände um die Kaffeetasse gelegt, und fragt sich, wie es sein kann, dass Völxen schon wieder alles weiß. Sie hat es niemandem erzählt und sich nichts, aber auch gar nichts anmerken lassen. Also muss Fernando die Schwachstelle sein. Natürlich, wer sonst? Der lief die letzten Tage ja nur noch mit einem Dauergrinsen herum.

Und jetzt? Wird Völxen Fernando nahelegen, sich versetzen zu lassen? Aber er ist doch schon länger als sie beim 1.1.K. Vielleicht gerade deshalb? Nein, dazu darf es nicht kommen. Fernando braucht einen Chef wie Völxen, der für ihn so eine Art Vaterfigur darstellt. Ich werde gehen. Nach fünf Jahren ist es Zeit, sich nach einer Stelle umzusehen, die sie weiterbringt. Sie trinkt ihren Kaffee aus und stellt sich unter die Dusche. Während sie sich die Haare einschäumt, bekräftigt sie ihren Entschluss: Sobald in nächster Zeit eine Stelle ausgeschrieben wird, die ihr Perspektiven bietet, wird sie sich bewerben. Vielleicht ist Völxen sogar froh, so wie die Dinge jetzt liegen.

Zum ersten Mal seit Tagen herrscht wieder Klarheit in ihrem Kopf. Ein bisschen Wehmut ist dabei, aber es ist dennoch ein gutes Gefühl. Vielleicht liegt es auch am Aspirin, das zu wirken begonnen hat.

Bei einer zweiten Tasse Kaffee und einem Croissant von vorgestern grübelt Jule erneut darüber nach, was Völxen montags früh um sechs von Fernando gewollt haben kann. Ob es etwas mit dem Trauerkartenmord zu tun hat? Ein weiteres Opfer? Von der Presse war spekuliert worden, ob das Vorgehen des Täters auf einen Serienmörder hindeute, und sogar Oda Kristensen hatte eingeräumt, von einem Täter, der das Risiko eingehe, seine Tat dem späteren Opfer anzukündigen, sei unter Umständen noch mehr zu erwarten.

Aber wenn sich diesbezüglich tatsächlich etwas Neues ergeben hätte, hätte Fernando ihr das doch gesagt.

Preisfrage, überlegt Jule. Was treibt einen Ermittler der Mordkommission normalerweise frühmorgens aus dem Haus? A: ein Gespräch über dessen beruflichen Werdegang? B: eine Standpauke in Sachen Techtelmechtel zwischen Kollegen? C: ein Leichenfund?

Aber warum hat Fernando versucht, ein Geheimnis daraus zu machen? War es irgendetwas, vor dem er glaubte, sie bewahren zu müssen? Manchmal können sowohl Völxen als auch Fernando recht *old school* sein und einen fürsorglichen Chauvinismus an den Tag legen, der nach Jules Dafürhalten im Dienst völlig unangebracht ist.

Jule Wedekin dagegen schont sich nicht und geht den Dingen gerne auf den Grund. Nicht allein deshalb ist sie – nach einem Exkurs in Form eines viersemestrigen Medizinstudiums – bei der Kripo gelandet.

Jule fällt ein, dass etwa um die Zeit, in der der Anruf kam, auch die Nachtschicht des Kriminaldauerdienstes endet. Man könnte doch mal bei den Kollegen vom KDD nachfragen, was so los war während der Schicht.

Kommissarin Rifkin verfügt über ein hervorragendes Gedächtnis, nicht zuletzt, was Namen betrifft. Als sie am frühen Morgen vor dem weißen Klotz aus Stahl und Glas gestanden und den Namen *Wedekin* auf dem vergoldeten Türschild gelesen hat, haben bei ihr sofort die Alarmglocken geschrillt.

Inzwischen waren drei Streifenwagenbesatzungen vor Ort. Man hatte die Tote aus dem Schwimmbecken gezogen und deren Ehemann daran gehindert, die Leiche anzufassen und damit eventuell vorhandene Spuren zu zerstören. Denn dass eine natürliche Todesursache ausgeschlossen werden konnte, war nur allzu offensichtlich.

Nach der vorschriftsmäßigen Inaugenscheinnahme der Leiche telefonierte Rifkin so lange herum, bis sie die Handynummer des leitenden Hauptkommissars vom 1.1.K, Bodo Völxen, herausbekommen hatte.

Mittlerweile war es sechs Uhr. Zum Glück war der Hauptkommissar schon wach und ging auch sofort an den Apparat. Rifkin nannte die Adresse und teilte dem Dezernatsleiter mit, dass es dort eine tote Frau gebe, eine gewisse Constanze Cordula Wedekin, fünfundfünfzig, deren Leichnam mehrere Stichwunden aufwies. Ob seine Kommissarin, Jule Wedekin, vielleicht mit dem Opfer verwandt sei?

Es vergingen einige Sekunden, in denen Rifkin nur Hundegebell und Schafsgeblök hörte, dann sagte Hauptkommissar Völxen knapp und tonlos: »Bin unterwegs.«

Der Rettungswagen verlässt soeben das Grundstück und macht dem Bestatter einen Parkplatz frei. Dahinter steht der Golf von Oda Kristensen, die Völxen noch auf dem Rückweg von der Schafweide ins Haus angerufen hat.

Eine ältere Dame mit einem kleinen weißen Hund steht als einzige Schaulustige vor dem Metallzaun, dessen Pforte von einem Streifenbeamten bewacht wird. Völxen und Fernando gehen um das Haus herum in den Garten.

»Warst du schon mal hier?«, fragt Völxen.

»Nein.«

Es ist der erste Wortwechsel zwischen den beiden, seit Völxen Fernando in der List aufgegabelt und ihm in spärlichen Worten mitgeteilt hat, was passiert ist. Was *vermutlich* passiert ist. Im Geheimen hegt er noch immer die Hoffnung, dass es sich um einen Irrtum handelt. Dass es vielleicht die Putzfrau ist. Oder irgendeine andere Frau.

Der Garten ist groß und dient wohl hauptsächlich dazu, die Nachbarhäuser auf Abstand zu halten. Viel Rasen, ein paar Ziersträucher, rundherum eine Hecke, die aussieht wie eine düstere Wand. Ein rosenberankter Pavillon ist das einzig verspielte Element, das zu den nüchternen Linien der Bauhausvilla nicht so recht passen will. Das Schwimmbecken schließt sich an die Terrasse an und misst schätzungsweise zwölf auf vier Meter. Es ist mit den gängigen türkisfarbenen Kacheln ausgelegt. *Warum eigentlich immer Türkis?*, fragt sich Völxen. *Um den Schwimmern ein Gefühl von Karibik zu vermitteln?* Eine Gießkanne aus Plastik steht am Rand des Pools, sie wirkt in dem stylischen Ambiente wie ein Fremdkörper.

Völxen tritt so nahe an den Pool heran, wie es das Absperrband zulässt. In einer Ecke sieht es so aus, als hätten sich dünne Schlieren von Blut auf dem Grund abgesetzt. Er wendet sich schaudernd ab und hält Ausschau nach Oda Kristensen, kann sie jedoch nirgends entdecken. Spurensicherer huschen herum wie Gespenster. Ihre Ausrüstungsgegenstände liegen über dem Rasen verstreut, ein Alukoffer blinkt in der Sonne. Es herrscht der für Tatorte typische Betrieb, etwas, das Völxen schon Hunderte Male erlebt hat.

Und doch ist alles anders. Die Anwesenden arbeiten ruhig und konzentriert, keiner macht eine flapsige Bemerkung. Es hat sich wohl schon herumgesprochen, dass es sich bei der Toten um die Angehörige einer Kollegin handelt.

»Eindeutig unnatürliche Todesursache, die Kollegin weiß Bescheid«, nuschelt der Rechtsmediziner, und ehe Völxen etwas erwidern kann, nimmt der Mann seinen Koffer und geht davon.

Eine junge Frau mit kurzen dunklen Haaren, die neben dem Arzt gestanden hat, wendet sich an Völxen.

»Hauptkommissar Völxen?«

Jeans, Lederjacke, Pistolenholster. Bestimmt diese Rifkin.

»Der bin ich. Das ist Oberkommissar Rodriguez.«

Fernando quetscht ein »Hallo« heraus.

»Rifkin, KDD.«

»Danke, dass Sie mich angerufen haben. Das war sehr umsichtig und rücksichtsvoll von Ihnen.«

Sie nickt, ohne eine Miene zu verziehen. Sie hat schräg stehende, dunkle Augen, ihre herben Züge erinnern Völxen an eine Madonna von Tilman Riemenschneider. Vom Hals abwärts scheint ihr Körper aus stählernen Muskeln zu bestehen; Fernando Rodriguez, der mitnichten eins achtzig ist, wie er zu behaupten pflegt, scheint neben ihr zu schrumpfen.

Sich die Tote anzusehen, kostet Völxen noch mehr Überwindung als sonst. Seltsamerweise ist er mit den Jahren nicht abgestumpft, wie er es schon manchmal herbeigesehnt hat, sondern im Gegenteil, er scheint immer empfindlicher zu werden. Vielleicht, überlegt er, ist das eine Sache des Alters. Je näher man selbst dem Tod kommt, desto weniger mag man sich dessen Werk betrachten.

Man hat sie in den Schatten gelegt. Das schulterlange, kastanienbraune Haar und die Kleidung sind noch nass. Ihre Augen sind offen, die Pupillen haben den gleichen honigfarbenen Ton wie Jules Augen, und auch die Form der Wangenknochen ist ähnlich. Für eine Frau von Mitte fünfzig hat sie sehr glatte Haut. Sie ist schlank, fast schon dürr, und trägt eine Kombination aus dünnem, sandfarbenem Wollstoff. Kaschmir vielleicht. Der Begriff Pluderhosen kommt Völxen in den Sinn, aber bestimmt gibt es eine modischere Bezeichnung dafür. Jedenfalls scheint es etwas zu sein, das man anzieht, wenn man vorhat, sich zu Hause dem Müßiggang hinzugeben. Zu chillen, wie seine Tochter Wanda sagen würde. Auf dem Oberteil sind verwaschene Blutflecke zu erkennen, außerdem drei schlitzartige Löcher. Die Schnitte sind glatt. Das Messer muss scharf gewesen sein und ist wohl ohne Zögern des Täters in den Körper eingedrungen. Die Wunde am Hals klafft auseinander wie ein hämisch grinsender Mund.

Dieser Rifkin vom KDD ist es zu verdanken, dass die Katastrophe keine noch größeren Ausmaße angenommen hat. Nicht auszudenken, wenn Jule hier eine der Ersten am Tatort gewesen wäre. Völxen bereut es sogar schon, Fernando mitgenommen zu haben. Wachsbleich und mit einem somnambulen Blick lehnt er an der Hauswand. Wäre dies ein normaler Tatort und die Tote ein normales Opfer, hätte Völxen ihm längst auf die Sprünge geholfen. Aber so ist es nicht. Nichts ist hier normal.

Wie rasch sich Dinge ändern, Prioritäten verschieben können. Bis heute Morgen hat sich Völxen noch über Jule Wedekin und Fernando Rodriguez geärgert, denen offenbar nichts Dümmeres einfallen konnte, als nach fünf Jahren einer mehr oder weniger harmonischen Zusammenarbeit ein Verhältnis miteinander anzufangen. Und über den noch immer ungelösten Trauerkartenmord. Wegen dieses Falls ist er zurzeit stets erreichbar. Sogar nachts hat er das Telefon neben dem Bett liegen, Strahlung hin oder her. »Der Trauerkartenmörder hat wieder zugeschlagen«, war auch sein erster Gedanke gewesen, als das Ding heute früh losging, während er gerade versucht hat, seinen Hund zur Raison zu bringen. Sein zweiter Gedanke war: *Ich hätte die Eier in die andere Tasche stecken sollen.* Und jetzt denkt er: *Ein weiterer Trauerkartenmord wäre mir deutlich lieber als das hier.*

Er hat Jules Mutter nie persönlich kennengelernt, aber das macht es nicht besser. Die unverhohlene Gewalt, mit der ihr Tod herbeigeführt wurde, schockiert ihn, und die Gewissheit, dass Jules Leben ab heute nie mehr so sein wird wie früher, macht ihn traurig und lässt ihn über die Zerbrechlichkeit des Lebens nachdenken. Wir müssen es ihr sagen. *Ich* muss es ihr sagen. Jetzt. Nein, sobald sie die Leiche weggebracht haben. Völxen atmet schwer, wendet sich dann an Kommissarin Rifkin.

»Was haben wir bis jetzt?«

Ohne Umschweife legt sie los: »Die Nachbarin hat heute früh, kurz nach fünf, die Polizei gerufen. Die erste Streife und die Besatzung des Rettungswagens haben die Leiche rausgezogen. Sie hat vier Verletzungen, höchstwahrscheinlich Messerstiche, drei im vorderen Bereich des Oberkörpers, einer im Hals. Die Tat muss hier geschehen sein.« Sie deutet auf den Bereich unter dem Vorbau, der über der Terrasse eine Art Dach bildet. Dort stehen vier ausladende Sessel mit weißen Polstern und ein niedriger Tisch mit einer Glasplatte. Sessel und Tischgestell sind aus dunklem Rattan. »Auf einem der Sitzpolster ist eingetrocknetes Blut zu erkennen, außerdem finden sich verdünnte Blutreste auf den Steinplatten rund um die Sitzgruppe.«

»Verdünnte Reste?«, wiederholt Völxen.

»Es sieht so aus, als hätte ihr Mörder das Blut von den Steinplatten gewaschen. Eventuell damit.« Rifkin zeigt auf die grüne Plastikgießkanne am Rand des Pools, die Völxen vorhin schon aufgefallen ist.

»Ein Mörder, der putzt.«

»Um Sohlenabdrücke zu entfernen. Bei einem Schnitt in die Halsschlagader tritt viel Blut aus.«

Rifkin wirkt auch bei diesem Satz ungerührt, beinahe kühl.

Völxen runzelt die Stirn. »Das Messer?«

»In der Nähe der Leiche konnten wir keines finden, aber natürlich gibt es jede Menge in der Küche. Die Tat geschah nach der vorläufigen Einschätzung des Rechtsmediziners zwischen Mitternacht und zwei Uhr. Aber sehen Sie hier …« Sie geht in die Knie und greift nach dem Handgelenk der Toten, das eine kleine, goldene Uhr ziert. Das Glas ist innen angelaufen. »Die war wohl nicht wasserdicht. Steht auf fünf vor halb zwei. Sie muss nicht sofort stehen geblieben sein, als man sie in den Pool warf, aber so wissen wir, dass die Tat auf jeden Fall vor 1.25 Uhr geschah. Sie hat keine Abwehrverletzungen an den Händen. Es scheint auch keine Einbruchsspuren zu geben, die Terrassentür stand beim Eintreffen der Kollegen einen Spalt weit offen«, ergänzt Kommissarin Rifkin ihren Rapport.

Völxen beschließt, Dr. Bächle anzurufen. Bächle und kein anderer soll die Obduktion durchführen, und zwar noch heute und mit all seiner schwäbischen Gründlichkeit.

»Was ist mit … wie heißt der Ehemann?«

»Jan Mattai. Er ist im Haus, zusammen mit Hauptkommissarin Kristensen. Sie wollte ihm dort ein paar Fragen stellen und überprüfen, ob etwas gestohlen wurde.«

»Wo war er, als die Tote gefunden wurde?«

»Er kam hinunter, als die Kollegen und die Rettungssanitäter die Frau aus dem Wasser gezogen hatten. Er trug einen Bademantel mit nichts darunter und wollte schwimmen gehen. Die Kollegen vom PK Lahe können Ihnen mehr sagen, sie waren die Ersten vor Ort.«

Völxen merkt, dass ihm dieses rational geführte Gespräch guttut. Es gibt ihm das Gefühl, etwas Sinnvolles, Professionelles zu tun. Seine Arbeit zu machen. »Woher wissen Sie, dass Mattai unter dem Bademantel keine Kleidung trug?«, erkundigt er sich, nur der Vollständigkeit halber.

»Von meinem Kollegen, Leon Kattenhage. Er ist mit dem Herrn Mattai rauf ins Schlafzimmer, damit er sich etwas anziehen kann. Danach habe ich Kattenhage angewiesen, zusammen mit dem

Mann im Wohnzimmer zu warten. Ich wollte Mattai nicht allein lassen, immerhin könnte er ja …«

»Ich weiß, was Sie meinen«, sagt Völxen. »Gut gemacht. Danke, Kommissarin Rifkin. Aber haben Sie nicht schon längst Dienstschluss?«

»Ja. Eines noch, Herr Hauptkommissar. Die Melderin wartet im Haus nebenan auf ihre Befragung.«

Völxen dreht sich um. »Fernando, kriegst du das hin?«

»Was?«

»Die Nachbarin befragen, die den Notruf gewählt hat!«

»Ja. Mach ich.« Fernando, der während des ganzen Gesprächs stumm hinter ihnen gestanden hat, setzt sich in Bewegung, Blick, Gang und Haltung haben etwas von einem Roboter.

»Halt!«, ruft Kommissarin Rifkin ihm nach.

Fernando bleibt stehen, als hätte man ihm den Stecker herausgezogen. »Was?«

»Wissen Sie denn, welches Haus gemeint ist?«

»Hä?«

Rifkin deutet auf das graue Fünfzigerjahre-Häuschen zur Linken, das einen krassen Kontrast zum weißen Bauhausquader der Wedekins bildet. Beim rechten Nachbarhaus sind die Rollläden heruntergelassen.

»Schon klar«, sagt Fernando und geht davon.

Völxen stöhnt.

»Es ist sicher nicht einfach, wenn es um Angehörige von Kollegen geht«, meint die junge Kommissarin.

Er bringt ein gequältes Lächeln zustande. »Frau Rifkin … Ich weiß, es ist unverschämt von mir, aber würden Sie ihn zur Befragung begleiten? Er ist total durch den Wind, weil er und Frau Wedekin … also, *unsere* Frau Wedekin, nicht diese da …«

»Hab verstanden«, unterbricht Rifkin das Gestotter. »Mache ich.«

»Die Sanis hatten sie gerade rausgezogen, da kam der Ehemann auf die Terrasse gestürzt«, erklärt Polizeimeister Tom Wippermann vom PK Lahe; Ende zwanzig, grobknochiges Gesicht und ein rasierter Schädel, der auf hundert Kilo Muskeln sitzt.

»Haben Sie denn nicht vorher geklingelt?«, fragt Völxen.

»Doch. Aber wir hatten die Angabe ›leblose Person im Pool‹ bekommen, und da fackeln wir nicht lange. Hätte ja sein können, dass sie noch lebt.«

»Wie wirkte Herr Mattai?«

»Er hatte einen Bademantel an und ein Handtuch über der Schulter. Sah aus, als wollte er schwimmen gehen. Na ja, das wurde dann ja nichts.« Sein Grinsen versiegt unter Völxens vernichtendem Blick.

»Wie hat er reagiert?«, versucht es der Hauptkommissar erneut.

»Er fuhr uns an, was wir auf seinem Grundstück verloren hätten, und dann sah er seine Frau. Der Sani hatte gerade versucht, sie wiederzubeleben, obwohl man eigentlich gleich gesehen hat, dass das nichts mehr bringt. Danach ist der Mann ausgeflippt, hat andauernd nach seiner Frau geschrien und wollte zu ihr, aber das ging natürlich nicht wegen der Spuren. Wir mussten ihn zu zweit festhalten, bis er sich einigermaßen beruhigt hatte. Danach haben wir den KDD benachrichtigt, und ich bin mit ihm rauf, ins Schlafzimmer, damit er sich was anziehen kann.«

»Sie haben ihn also nicht aus den Augen gelassen?«

»Keine Sekunde. Der hätte ja abhauen können. Ich meine … vielleicht war er das ja.«

»Warum denken Sie das?«

»Na ja. Nach Selbstmord sieht's ja nicht aus, oder?«

»Oberkommissar Rodriguez, warten Sie! Ich soll Sie begleiten.«

Fernando antwortet mit einem unwilligen Grunzen und strebt, ohne sein Tempo zu verlangsamen, auf die Tür des Nachbarhauses zu. Aber natürlich hat dieses russische Riesenweib keinerlei Mühe, ihn einzuholen. Was soll das? Traut Völxen ihm auf einmal keine Befragung mehr zu? Er klingelt. Es dauert ein wenig, dann hören sie Schritte auf der Treppe. Bestimmt hat die Frau oben am Fenster gestanden und alles beobachtet. Ist ja auch eine spannende Abwechslung, so eine Mordermittlung im Nachbargarten.

Frau Volland ist eine mondgesichtige Frau in den Sechzigern, und der pinkfarbene Jogginganzug gereicht ihrer Figurfülle nicht unbedingt zum Vorteil. Nachdem sich die beiden Beamten vorgestellt und ausgewiesen haben, dürfen sie auf der kognakfarbenen Ledercouch Platz nehmen und bekommen Kaffee angeboten.

»Danke, gern«, sagt Rifkin, und auch Fernando nickt. Ja, er kann wirklich einen Koffeinschub vertragen. Ich muss mich zusammenreißen, sagt er sich. Meine Arbeit machen. Das hilft Jule jetzt am besten, wenn wir einfach alle unsere Arbeit machen, so wie sonst auch. Nein, nicht wie sonst. Besser noch.

Die Zeit, die Antje Volland braucht, um den Kaffee zuzubereiten, nutzen ihre Besucher, um sich umzusehen. Ihre Blicke werden zigfach erwidert. Puppen, überall Puppen. Sie bevölkern die Sofalehne, die Sessel, die Schrankwand, die Anrichte, ein paar hocken in einem alten Kinderwagen, der mitten im Zimmer steht. Die meisten haben blaue Glasaugen und rote Pausbäckchen aus Porzellan. Mit ihren rüschigen Röckchen, den niedlichen Kleidchen und den bestickten Blüschen sind sie deutlich adretter gekleidet als ihre Besitzerin.

»Neunundzwanzig«, zählt Rifkin. »Und vier Teddybären.«

»Gruselig«, sagt Fernando.

»Teuer, die Dinger«, fügt Rifkin hinzu. Sie hebt eine der Puppen hoch, betrachtet sie von allen Seiten und schaut ihr sogar unter den Rock. »Noch dazu anatomisch nicht korrekt.«

»Hättest du ein Problem damit, wenn wir uns duzen?«, fragt Fernando.

»Nein.«

»Ich bin Fernando.«

»Rifkin.«

Fernando starrt sie irritiert an.

Aus der Küche hört man das Schlürfen einer Kaffeemaschine.

»Du verkehrst auch privat mit Kommissarin Wedekin?«, fragt Rifkin.

So langsam fragt sich Fernando, ob es in dieser Stadt noch einen Menschen gibt, der das nicht weiß. »Kennt ihr euch?«, erwidert er.

»Wir waren zusammen beim Rammkurs.«

Der Rammkurs ist ein besonders bei jungen, männlichen Polizisten sehr beliebtes Seminar, bei dem man lernt, wie man eine Ramme sachgemäß betätigt.

»Macht Spaß, was?« Zum ersten Mal an diesem Morgen kann auch Fernando ein wenig lächeln.

»Irrsinnig«, sagt Rifkin in schleppendem Tonfall.

Fernando weiß nicht, wo bei ihr die Ironie anfängt oder aufhört, also schweigt er lieber.

Tassengeschepper aus der Küche. Schließlich sagt Rifkin: »Es tut mir leid, dass deine Freundin ihre Mutter auf diese Art verloren hat.« Es klingt, als hätte sie den Text irgendwo abgelesen.

»Danke.«

»Haben sie sich gut verstanden?«

»Geht so«, antwortet Fernando, der lieber für sich behält, dass er Jules Mutter noch nie persönlich begegnet ist. »Mütter und Töchter – das soll ja immer schwieriger sein.«

»Schwieriger als was?«

»Als Mutter und Sohn.« Oje, fällt ihm ein, wenn seine Mutter von dem Mord erfährt, wird sie Jule mit Mitleid überhäufen. Dabei weiß sie noch nicht einmal, dass er und Jule ... Obwohl – ganz sicher ist er da inzwischen nicht mehr.

Frau Volland kommt mit einem voll beladenen Tablett wieder. Der Kaffee duftet köstlich, und sie hat sogar ein paar Kekse dazugelegt.

Rifkin stürzt ihren Kaffee schwarz hinunter. Alles andere hätte Fernando auch gewundert. Bestimmt isst sie rohe Eier zum Frühstück. Oder rohe Steaks. Und kleine Kinder.

Fernando nickt der Kollegin auffordernd zu. Wenn die sich schon aufdrängt, kann sie auch gleich das Gespräch führen. Er wird aufpassen, dass sie nichts falsch macht.

»Frau Volland, erzählen Sie uns bitte der Reihe nach Ihre Beobachtungen von heute Morgen«, beginnt Rifkin.

»Ich bin aufgewacht, etwa um fünf. Ich stehe im Sommer immer so früh auf, weil ich dann noch zwei, drei Stunden im Garten arbeiten kann, bis es zu heiß wird. Ich habe einen großen Gemüsegarten, wissen Sie? Seit mein Mann nicht mehr lebt, müsste er eigentlich gar nicht mehr so groß sein, aber umgraben möchte ich ihn auch nicht.«

»Sie sind also um fünf aufgestanden, und dann?«, unterbricht Rifkin den Sermon.

»Dann bin ich ans Fenster, um mir das Wetter anzusehen, und da habe ich sie im Wasser liegen sehen«, erklärt Frau Volland eingeschnappt.

»Zeigen Sie uns bitte mal dieses Fenster.«

Frau Volland stemmt sich aus ihrem Sessel.

Fernando macht der Kollegin ein Zeichen, dass er hier unten warten wird. Er ist nicht scharf darauf, das Schlafzimmer der Alten zu sehen, in dem womöglich noch mehr glasäugige Monster lauern. Außerdem muss er etwas Wichtiges hinter sich bringen.

Mit schwankendem Hinterteil schlappt Frau Volland eine schmale Treppe hinauf, gefolgt von Rifkin, die immer gleich zwei Stufen auf einmal nimmt. Kaum sind sie weg, zieht Fernando sein Telefon aus der Innentasche seiner Jacke. Er kann verstehen, dass Völxen Jule nicht am Tatort haben will, aber so langsam müssten sie die Leiche ja abtransportiert haben. Jule würde es ihm nie verzeihen, wenn sie das, was geschehen ist, von jemand anderem erführe.

Er legt auf, als die Mailbox anspringt. Wahrscheinlich ist sie mit dem Rad unterwegs zur PD, oder sie steht gerade bei Frau Cebulla im Büro und trinkt ahnungslos ihren Morgenkaffee. Fernando bedient sich noch einmal aus der Thermoskanne und an den Keksen. Die Puppen und Bären starren ihn aus ihren toten Augen an. In der Schrankwand steht das gerahmte Foto eines älteren Mannes. Bis auf die gedämpften Schritte über ihm und das penetrante Ticken der Wanduhr ist es still. Er fröstelt. Am liebsten würde er draußen warten, an der Sonne. Es sind nicht nur die Puppen, es ist die Einsamkeit, die dieses Haus atmet. Er muss an seine Mutter denken, die schon in ihren frühen Vierzigern Witwe wurde. Er glaubt nicht, dass Pedra je einsam war, auch wenn sie ihren Mann, seinen Vater, sicherlich vermisst hat. Sie hatte ja Fernando und seine Schwester und den Laden. Jedenfalls sammelt sie weder Puppen noch Stofftiere. Aber wie wird das sein, wenn er bei ihr auszieht, um mit Jule zusammenzuwohnen? Der Gedanke führt ihn zu einer anderen Frage: Wie wird sich der gewaltsame Tod von Cordula Wedekin auf seine Beziehung zu Jule auswirken? Dass es egoistisch ist, sich darüber Gedanken zu machen, weiß er, aber dennoch steht die Frage für ihn an erster Stelle. Jule hat ihre Mutter verloren, da braucht man doch mehr denn je einen Partner, bei dem man sich ausweinen kann, oder etwa nicht?

In dem Zimmer, das der Ehemann der Toten als »Musikzimmer« bezeichnet hat, finden sich keine Instrumente. Dafür steht ja unten, im Wohnbereich, der riesige Flügel. Aber es gibt eine Stereoanlage, und in einem Wandregal liegen zahlreiche Notenhefte, Platten und CDs. Den Raum dominiert ein Sofa mit rotem Samtbezug, das übersät ist von Seidenkissen in allen Regenbogenfarben und einer zusammengeknüllten Wolldecke. Es sieht aus, als wäre die Bewohnerin gerade von einem Nickerchen aufgestanden. Auf dem bunten Webteppich liegt sogar noch ein aufgeschlagenes Buch, irgendein Historienschinken. Das alles wirkt sehr gemütlich, wie ein Rückzugsort. Der Sekretär, ein antikes Stück aus Kirschholz, scheint mehr eine Zierde als ein Arbeitsmöbel zu sein. Ein bunter Blumenstrauß steht darauf und ein silbern gerahmtes Bild, das einen etwa vierjährigen Jungen zeigt.

Oda fragt Jan Mattai, ob die Blumen von ihm seien.

»Ja. Sie mochte Blumen.«

Wieso, fragt sich Oda, findet man dann keine im Garten? Vielleicht mochte sie Blumen, aber keinen Dreck unter den Fingernägeln. »Beschäftigen Sie einen Gärtner?«

»Nein. Nur Frau Möllenkamp, die einmal die Woche zum Putzen kommt.«

Das Schlafzimmer ist nebenan, und da die Tür offen steht, wirft Oda einen Blick hinein. Großes Doppelbett, Schrankwand, Frisierkommode mit Spiegel – alles in allem nichts Besonderes. Die breite Glastür steht offen, sie führt auf den großen Balkon, unter dem die Terrasse liegt. Der Tatort. Hier also will Jan Mattai geschlafen haben, während seine Frau unten ermordet wurde.

»War es normal, dass Sie früher schlafen gingen als Ihre Frau?«

»Ja, sie ist ... sie war eine Nachteule, ich das Gegenteil. Deshalb stand sie auch grundsätzlich nach mir auf.«

»War diese Tür zum Balkon heute Nacht auch offen?«

»Einen Spalt, ja. Die Jalousie war unten, die ziehe ich immer hoch, sobald ich aufstehe. Damit meine Frau nicht den ganzen Tag verschläft«, setzt er mit einem wehmütigen Lächeln hinzu.

Oda betrachtet sein Profil im Gegenlicht. Markante Hakennase, hübsche Mundwinkel, hohe Stirn. Von der Optik her kein übler Fang, den Jules Mutter da gemacht hat.

»Und Sie haben nichts gehört?«

»Nein, leider. Ich schlafe sehr tief.«

»Wo ist die Kleidung, die Sie gestern Abend trugen?«

Mattai überlegt kurz, dann gibt er an, das Hemd und die Unterwäsche seien im Wäschekorb im Bad und die Jeans hänge dort. Er deutet auf einen überquellenden Kleiderständer.

Die Kleidungsstücke werde man im Labor untersuchen müssen, erklärt ihm Oda. Außerdem brauche man seine Fingerabdrücke und die DNA zum Vergleich mit eventuellen Fremdspuren.

Er nickt.

Ob sie sich irgendwo hinsetzen könnten?

Er führt sie in den Raum, der dem Schlafzimmer gegenüber liegt. Es ist sein Arbeitszimmer, das Fenster zeigt zur Straße. Ältere Häuser mit großen, gepflegten Grundstücken. Eher gediegen als protzig. Es herrscht die Ruhe gut situierter Wohnviertel, und trotz der Armada von Dienstfahrzeugen stehen keine Gaffer vor den Polizeiabsperrungen. Hier ist Jule also aufgewachsen. Sie muss sich zu Tode gelangweilt haben.

Oda betrachtet die Zimmereinrichtung. Sind die dunklen Holzregale und der Mahagonischreibtisch samt schwarzledernem Chefsessel etwa noch die Möbel des Professors? Der Ausdruck »sich ins gemachte Nest setzen« kommt Oda in den Sinn. Wer ist dieser Mattai, woher kommt er, was hat er sein Leben lang gemacht?

Im Zimmer herrscht die wichtigtuerische Unordnung von einem, der beschäftigt und belesen wirken möchte, aber in Wirklichkeit bloß unfähig ist, Wichtiges von Unwichtigem zu trennen. Ganz klar ein Zeichen von Unsicherheit, wenn nicht sogar das eines Minderwertigkeitskomplexes, erinnert sich Oda an die Worte ihres Psychologiedozenten.

»Ihre Frau schlief also normalerweise länger als Sie, aber heute Morgen war sie nicht da«, beginnt Oda, nachdem Mattai an seinem mit Zeitungen, Briefen und Büchern überladenen Schreibtisch Platz genommen und sie selbst sich einen Stuhl herangeholt hat. »Was dachten Sie, wo sie sein könnte?«

»Jedenfalls nicht, dass sie tot im Pool liegt«, kommt es unerwartet heftig. Gleich darauf entschuldigt sich Mattai. Oda wiederholt die Frage.

»Ich habe mir nichts Bestimmtes gedacht, ich ... ich habe mich nur gewundert.«

»Ist das früher schon einmal vorgekommen?«

»Nein«, sagt Mattai nach kurzem Zögern.

»Das Sofa in ihrem Musikzimmer sieht doch recht bequem aus.«

»Dort hält ... hielt sie manchmal einen Mittagsschlaf. Nachts bevorzugte sie das Schlafzimmer. Wir führten eine gute Ehe«, fügt er ungefragt hinzu.

»Keine Probleme?« Es klingt spöttischer, als Oda es wollte.

»Jedenfalls keine, die dazu führen würden, dass ich meine Frau umbringe. Wir haben uns geliebt!«

Vielleicht meint er es ernst, überlegt Oda. Seine Gefühlslage einzuschätzen, ist gar nicht so leicht. Dafür, dass er vor einer knappen Stunde zusehen musste, wie man seine erstochene Frau aus dem hauseigenen Pool gefischt hat, und er sich ausrechnen kann, dass er für die Polizei der Verdächtige Nummer eins ist, wirkt er ziemlich gefasst. Zumindest bemüht er sich, so zu wirken.

»Wie lange waren Sie verheiratet?«

»Seit Mai. Wir kennen uns jetzt zwei Jahre.«

»Wie haben Sie sich kennengelernt?«

Kurzes Zögern, dann lächelt er. »Im Internet – wo sonst?«

Zwei Jahre, überlegt Oda. Der erste Hormonschub ist vorbei, alle lustigen Geschichten schon einige Male erzählt. Der Lack beginnt zu blättern. Mattai ist von sich eingenommen, das strahlt er mit jeder Geste aus. Solche Typen vertragen es nicht, wenn sie merken, dass der Partner beginnt, sie zu durchschauen, und allmählich aufhört, sie anzuhimmeln. Manche von ihnen können da ganz schön unangenehm werden. Das hat Oda schon am eigenen Leib erfahren.

»Worüber haben Sie sich gestern Abend unterhalten?«

»Das weiß ich nicht mehr. Über alles Mögliche.«

»Gab es Streit?«

»Nein!«

Oda lässt ein wenig Zeit vergehen, die sie nutzt, um ihr Gegenüber prüfend zu mustern. Sie gibt sich keine Mühe, es zu verbergen, aber Mattai hält dem Röntgenblick stand. Er lächelt sogar ein bisschen, als würde er ihre Taktik durchschauen.

»Von wem wurde Ihre Frau ermordet, was glauben Sie?«

Mattai atmet schwer und meint dann, das wisse er nicht, es sei schließlich Aufgabe der Polizei, das herauszufinden.

Zu Beginn ihres Gesprächs hatte Mattai versichert, dass er unschuldig sei und deshalb all ihre Fragen beantworten werde, auch ohne Rechtsbeistand. Aber nun schleicht sich doch allmählich ein aggressiver Unterton ein.

Genau deshalb sitze sie hier, meint Oda, ebenfalls mit einer gewissen Schärfe in der Stimme.

»Ich habe Feinde«, verkündet Mattai unvermittelt. »Vielleicht meinten die mich.«

»Sie denken, man hat Ihre Frau mit Ihnen verwechselt?«

»Nein. Aber womöglich hat jemand Cordula ermordet, um mich zu bestrafen.«

»Wofür?«

»Ich betreibe investigativen Journalismus«, antwortet Mattai geziert. »Meine Artikel gefallen nicht jedem.«

»Wurden Sie bedroht?«

Mattai sieht Oda nachdenklich an, dann hebt er den Finger, und seine Miene hellt sich auf, so als hätte sie ihn gerade auf eine Idee gebracht.

Mieser Schauspieler!

Doch, ja, Drohungen habe es tatsächlich gegeben. Dies habe mit seiner Tochter Svenja zu tun, beginnt er. »Eine ehemalige Arbeitskollegin hat Svenja zu einer religiösen Gemeinschaft mitgeschleppt, die sich *Lichter des Nordens* nennt. Die Gruppe, etwa zwei Dutzend Erwachsene und ein paar kleine Kinder, lebt auf dem Gelände eines Gutshofs in der Nähe des Fuhrberger Waldes. Sie sind Anhänger einer heidnischen, altnordischen Kultreligion namens Asatru. Svenja hat seit Anfang des Jahres viel Zeit dort verbracht. Ich habe mir Sorgen gemacht und mich daher etwas eingehender mit dieser Gruppe befasst – unter anderem konnte ich auch an einigen Feierlichkeiten und Versammlungen teilnehmen. Ich bin dann allerdings schnell zu dem Schluss gekommen, dass das Ganze doch verdächtig nach einer Sekte riecht. Also habe ich meiner Tochter ins Gewissen geredet, und sie hat sich tatsächlich von dieser Gruppe distanziert.«

»Wie alt ist Ihre Tochter?«

»Zweiundzwanzig. Sie hat eine kleine Wohnung in der Nordstadt.«

»Wo arbeitet sie?«

»In einem Altenheim in Waldhausen, sie ist Krankenschwester und macht dort eine Zusatzausbildung zur Altenpflegerin. Davor war sie im Nordstadtkrankenhaus.«

»Mitglieder dieser *Lichter des Nordens* haben Sie also bedroht, weil Sie Ihre Tochter von dort weggeholt haben?«, fasst Oda zusammen.

Mattai schüttelt den Kopf. »Nein, nicht deswegen. Ich habe einen Artikel über diese Nordlichter geschrieben. Er erschien in meinem Blog und auf Spiegel-Online. Ich gebe zu, ich habe mich zu einem zynischen Ton hinreißen lassen. Weil meine Tochter involviert war, fehlten mir Distanz und Objektivität. Daraufhin erntete ich wüste Mails und einen Shitstorm. Diese Heiden scheinen gut vernetzt zu sein, die Kommentare kamen von überall her, sehr viele aus Skandinavien. Wenn Sie wollen, schicke ich sie Ihnen.«

Das brauchst du nicht, weil wir deinen Laptop auseinandernehmen werden, denkt Oda im Stillen. Und so einiges andere hier auch noch.

»Ich habe mit diesem Artikel vielleicht überreagiert«, räumt Mattai ein. »Aber ich wollte nicht, dass sie sich von diesen Spinnern einwickeln lässt und am Ende noch dorthin zieht. Verstehen Sie das?«

Oda, die an die diversen Eskapaden ihrer Tochter Veronika denken muss, nickt und gönnt dem besorgten Vater ein verständnisvolles Lächeln.

In Frau Vollands Schlafzimmer steht nach wie vor das große Ehebett. Als Ehemannersatz liegt auf dem Kissen ein abgewetzter Teddybär in einem Rüschenkleid. Darüber hinaus zählt Rifkin weitere acht Puppen und noch zwei Bären, Letztere unbekleidet.

Vom Fenster aus hat man tatsächlich einen guten Blick auf Villa, Terrasse und Pool der Nachbarn. Das Fenster steht offen. Vogelgezwitscher und undeutliche Stimmen sind zu hören. Sobald auf dem Nachbargrundstück lauter gesprochen wird, kann man die Worte gut verstehen.

»Sie haben also Ihre Nachbarin im Pool treiben sehen und dann den Notruf gewählt.«

Die Zeugin nickt.

»Warum sind Sie nicht hinuntergegangen und haben versucht, sie rauszuziehen? Sie hätte ja noch leben können.«

Frau Vollands Mund klappt auf und wieder zu. Dann schüttelt sie den Kopf mit den helmartig geschnittenen, grauen Haaren. »Ich ... ich war ja noch im Nachthemd.«

»Ach so. Na dann«, sagt Rifkin, triefend vor Sarkasmus.

»Nein, Sie verstehen nicht. Es war mir sofort klar, dass die schon länger da drin liegt.«

»Wieso?«

Frau Volland hat nun offenbar beschlossen, Tacheles zu reden: »Die hat sich doch jeden Abend da draußen volllaufen lassen. Darum dachte ich sofort: Jetzt ist es passiert. Jetzt ist sie im Suff in den Pool gefallen und ertrunken.«

Mal gut, dass der Kollege Rodriguez unten geblieben ist.

»Man kriegt halt so einiges mit, besonders im Sommer, ob man will oder nicht ...«, ergänzt Frau Volland ihre Schilderung.

»Was genau kriegt man denn so mit?«

»Die beiden haben im Sommer fast jeden Abend mit einer Flasche Wein da draußen gesessen. Er ging meistens gegen elf Uhr ins Bett, und danach kamen die harten Sachen raus. Immer glasweise, sie hat nie die Flaschen mit rausgenommen. Aber manchmal ging sie zwei- oder dreimal rein, um Nachschub zu holen.«

Woher sie denn wisse, dass in den Gläsern »harte Sachen« waren?

Frau Volland holt tief Luft. »Es gab da diesen Vorfall ... Einmal habe ich früh am Morgen, kurz bevor die Müllabfuhr gekommen ist, noch was in meine Tonne geworfen. Die hatte ich am Vorabend rausgestellt, auf den Gehweg. Da lagen zwei Flaschen drin, Gin und Wodka. In *meiner* Mülltonne! Die waren garantiert nicht von mir, ich werfe keine Flaschen in den Müll und schon gar nicht solche.« Frau Vollands mächtiger Busen bebt vor Entrüstung.

»Sie denken, Frau Wedekin hat sie dort entsorgt?«

Sie zuckt mit den Achseln. »Natürlich könnten es auch Passanten gewesen sein. Aber in unserer Straße laufen eigentlich nie solche ... Leute herum.«

Die erwähnten »Passanten« würden die Flaschen auch eher in ihren Vorgarten werfen, spekuliert die Kommissarin. Nein, in diesem Viertel gibt es keine offene Trinkerszene, da läuft keiner mit der Pulle in der Hand herum. Hier konsumiert man die Volksdroge in gepflegtem Rahmen zu Hause.

»Sie hatte ja auch dieses Gewand an«, fährt Frau Volland fort. »So einen Anzug aus Kaschmir. Den hat sie immer nur am Abend getragen, nie tagsüber. Deshalb ist mir sofort klar gewesen, dass sie schon länger tot sein muss.«

»Ist Ihnen am Abend zuvor etwas aufgefallen?«

»Nein. Ich habe ferngesehen und bin gegen halb elf ins Bett. Da saßen die zwei noch draußen.«

»Gab es Streit?«

»Nein.«

»Schlafen Sie mit offenem Fenster?«

»Gekippt.«

»Haben Sie später irgendetwas gehört? Ein Geräusch, einen Schrei? Einen Kampf?«

Frau Volland schaut die Polizistin entsetzt an und schüttelt den Kopf.

»Haben Sie es im Pool platschen hören?«

»Ich habe gar nichts gehört.«

»Schlafen Sie tief?«

»Nein, nicht sehr. Wenn es einen Streit gegeben hätte, hätte ich es gehört.«

»Wie stark ist der Garten nachts beleuchtet?«

»Kaum. Da stehen ein paar Solarlampen neben dem Weg und zwischen den Büschen, aber die leuchten nicht sehr weit, und meistens gehen sie gegen Mitternacht aus. Vorn, an der Einfahrt und an der Haustür, sind Lampen mit Bewegungsmeldern, und auf der Rückseite des Hauses ist auch noch so eine. Die springt manchmal an, wenn eine Katze vorbeischleicht. Es gibt auch Scheinwerfer im Pool, aber die schalten sie nicht oft an. Gestern auch nicht. Die Terrasse hat natürlich schon Licht. Aber sie haben meistens nur ein paar Windlichter an, wenn sie draußen sitzen. Wegen der Mücken, wahrscheinlich. Oder sie finden das romantischer.«

»Gestern war das auch so?«

»Ja, wie immer. Aber warum fragen Sie das alles? Ist sie denn nicht von selbst …?«

Beim Verlassen des Hauses von Frau Volland werden die Ermittler von einer älteren Dame beobachtet, die auf der anderen Straßenseite am Zaun ihres Vorgartens steht und offensichtlich das Kommen und Gehen am Tatort aufmerksam verfolgt.

»Komm mit«, sagt Rifkin und geht bereits auf die Frau zu, zeigt ihr den Dienstausweis und fragt sie nach ihrem Namen. Ein kleiner Hund stürmt kläffend an den Zaun und muss erst beruhigt werden, ehe die Dame, deren Haar genauso weiß ist wie das ihres Hundes, antworten kann. »Nelli Ottermann. Ich wohne hier.«

Rifkin macht Fernando ein Zeichen, sich den Namen zu notieren. Der gehorcht. Mit seinen Gedanken scheint er jedoch ganz woanders zu sein.

»Stimmt es, dass sie im Pool ertrunken ist?«, fragt Frau Ottermann.

Rifkin, die grundsätzlich keinen Sinn darin sieht, die Dinge zu beschönigen, klärt Frau Ottermann darüber auf, dass ihre Nachbarin ermordet wurde.

»Das ist ja furchtbar! Doch nicht von ...« Sie unterbricht sich und fährt sich mit der Hand über den Mund. Ihre Augen sind vor Schreck weit aufgerissen.

»Ja? Was wollten Sie sagen?«, hakt Rifkin nach.

»Nichts, gar nichts. Hat man den Mörder schon?«

»Nein.«

»Oh, Gott! Soll das heißen, dass man jetzt nicht einmal in dieser Gegend hier mehr sicher ist?« In Erwartung eines tröstlichen Widerspruchs blickt sie die beiden an.

»Man ist nirgendwo sicher«, sagt Rifkin.

Der Kollege Rodriguez scheint ins Hier und Jetzt zurückgefunden zu haben und fragt Frau Ottermann, ob sie Cordula Wedekin gut gekannt habe.

»Ich wohne seit vierzig Jahren hier, natürlich kennt man sich da. Wenn Sie damit meinen, dass wir zusammen Kaffeekränzchen abgehalten haben – nein, das haben wir nicht. Das hat die mit niemandem hier, die war immer ein bisschen ...« Sie reckt das Kinn in die Höhe und tippt sich gegen die Nase. Dann kräuselt ein winziges, boshaftes Lächeln ihre farblosen Lippen. »Früher war sie nicht so, da hat man sich mal über den Zaun unterhalten. Aber nachdem der Professor ausgezogen war, hat sie kaum noch jemanden aus der Nachbarschaft gegrüßt. Als ob das unsere Schuld wäre.«

»Hatten Sie Streit mit ihr?«, fragt Rifkin.

»Nein. Aber die Volland. Sie und die Wedekin waren ziemlich über Kreuz. Das hat sie Ihnen doch sicher gesagt«, meint Frau Ottermann, wobei ein listiges Blitzen in ihre Augen tritt.

»Was ist eigentlich mit den Nachbarn auf der rechten Seite?« Fernando deutet auf das Haus mit den herabgelassenen Rollläden.

»Die Mayers. Ein junges Lehrerehepaar, die sind seit letzter Woche im Urlaub und kommen erst nächste Woche wieder. Um mich herum sind auch alle weg. So ist das hier immer in den großen Ferien – die Jungen verreisen, und die Älteren sterben nach und nach alle weg. Man kommt sich schon ganz deplatziert vor.«

Rifkin ist müde und will nach Hause. Also kommt sie zur Sache: »Ist Ihnen gestern Nacht etwas aufgefallen? Vielleicht ein verdächtiges Geräusch?«

»Nein.«

»Oder haben Sie auf der Straße unbekannte Personen gesehen?«

»Nein. Nicht gestern. Aber vorige Woche. Den genauen Tag weiß ich nicht mehr. Da hat nachts auf der Straße wer rumgelungert.«

»Rumgelungert?«

»Ja, direkt gegenüber, vor dem Zaun der Wedekins, dort, wo der Schmetterlingsflieder über die Straße hängt. Ab und zu ging die Person auch langsam auf und ab, als würde sie auf etwas warten. Das kam mir komisch vor, ich bin eine ganze Weile oben am Fenster geblieben und hab mir das angeschaut, bestimmt eine Viertelstunde, obwohl ich schon sehr müde war.«

»Wie spät war es da?«

»Halb zwölf etwa.«

»Können Sie die Person beschreiben?«

»Nicht besonders groß, dunkel gekleidet, und sie hatte so ein Kapuzending auf.«

»War es ein Mann oder eine Frau?«

»Jetzt, wo Sie es sagen ... Es könnte auch eine Frau gewesen sein. Oder ein kleinerer Mann.« Sie sieht dabei Fernando an, der finster zurückblickt.

»Aber das Gesicht konnte ich nicht sehen, wegen der Kapuze. So viel Licht macht die Straßenlaterne ja auch nicht. Einmal haben die Haare rausgeschaut.«

»Farbe?«

»Eher hell, glaube ich. Kann aber auch am Mondlicht gelegen haben, dass die so aussahen. Die Gestalt sah auffällig oft rüber zum Haus der Wedekins. Als ob es da was zu sehen gäbe. Mir wurde ganz mulmig, ich hab überlegt, ob ich die Polizei rufen soll.«

»Haben Sie?«, fragt Rifkin.

»Nein. Denn auf einmal hat dieser Mensch sich umgedreht und direkt zu mir hochgeschaut. Da bin ich erschrocken und sofort vom Fenster weg. Als ich wieder rausgeguckt habe, war niemand mehr da. Aber ich habe die ganze Nacht kein Auge zugemacht.«

»Also haben Sie das Gesicht doch gesehen«, stellt Rifkin fest.

»Aber nur eine Zehntelsekunde, und die Kapuze hat einen Schatten geworfen, ich kann nicht mal sagen, ob es Mann oder Frau war. Ich hab's aber am nächsten Tag dem Herrn Mattai erzählt. In der Urlaubszeit haben Einbrecher doch Hochsaison, vielleicht wollte da jemand die Lage peilen.«

»Was meinte Herr Mattai dazu?«

»Der hat sich nur höflich bedankt. Ich hatte das Gefühl, dass er mich für ein bisschen plemplem hielt. Ab einem gewissen Alter wird man nicht mehr ernst genommen, das werden Sie auch noch irgendwann zu spüren bekommen, Kindchen.«

»Überlegen Sie noch einmal genau, an welchem Tag das war«, bittet Fernando die alte Dame.

Frau Ottermann atmet tief durch und scheint nachzudenken. Rifkin dauert das jedoch zu lang. »Sie sprachen von Mondlicht. Also war das Wetter in der Nacht schön?«

»Ja, das stimmt! Es war die erste schöne Nacht, die beiden Tage davor hat es jeweils gegen Abend ein Gewitter gegeben.«

Die Kommissarin zückt ihr Smartphone und ruft den Wetterbericht der vergangenen Woche auf. »War es am Mittwoch?«

»Ja, das kann sein. Die Biotonnen standen schon draußen, die werden am Donnerstag geholt.«

Rifkin wendet sich um zu Fernando. »Karte!«

Der Angesprochene, der schon wieder in anderen Sphären zu verweilen scheint, zuckt zusammen. »Was?«

»Visitenkarte.«

Mechanisch zieht Fernando eine Visitenkarte aus der Brusttasche seiner Lederjacke. Rifkin reicht sie Frau Ottermann mit der Bitte, den Kollegen anzurufen, falls ihr noch etwas einfallen sollte. Dann verabschiedet sie sich.

»Wiedersehen«, sagt Frau Ottermann.

»Ach du Scheiße!«, stößt Fernando inbrünstig hervor und starrt auf einen roten Mini, der am Ende der Fahrzeugschlange ziemlich rasant eingeparkt wird.

Zwei Bestatter legen den toten Körper in den Sarg. Völxen wendet den Blick ab. Er lässt sich von Rolf Fiedler, dem Chef der Spurensicherung, Plastiküberzieher für seine Schuhe geben und betritt das Haus durch die Terrassentür. Im Raum hängt leichter Zigarrenrauch. Zwei großflächige, abstrakte Bilder an der gegenüberliegenden Wand fallen ihm als Erstes ins Auge, dann der schwarz glänzende Flügel und eine labyrinthische Anordnung von Sofas und Sesseln, die genug Platz für eine Fußballmannschaft bieten würde. Der Couchtisch ist mit Zeitungen übersät, auch unter dem Tisch liegen welche auf dem Fischgrätparkett. Eine Treppe mit einem Geländer aus dicken Stahlseilen führt ins Obergeschoss. Von dort kommt gerade Oda Kristensen, gehüllt in einen weißen Schutzanzug und Überschuhe. Hinter ihr ein Mann, etwa Anfang fünfzig, in Jeans, ledernen Mokassins und einem kurzärmeligen, dunkelgrünen T-Shirt. Gesicht, Hals und Arme sind sonnengebräunt, sein Körper wirkt durchtrainiert. Er wiegt bestimmt kein Gramm zu viel, kommt es Völxen in den Sinn. Passt dieser Astralkörper zu den Zigarren? Aber ein Laster muss der Mensch wohl haben. Männer, die Zigarren rauchen, sind Völxen immer ein wenig suspekt, warum, weiß er eigentlich gar nicht.

Oda begrüßt Völxen mit einem verhaltenen Lächeln und stellt die beiden Herren einander vor, wobei sie Völxens Titel »Leitender Kriminalhauptkommissar« exakt benennt.

Der Mann gibt Völxen die Hand. »Jan Mattai. Journalist.«

Warum nennt er ebenfalls seinen Beruf? Eine versteckte Drohung? *Passt auf, was ihr tut, ich bin nicht irgendwer, ich kenne mich aus.* Sein Haar ist braun und etwas schütter, aber ohne eine einzige graue Strähne. Das Gesicht ist länglich mit scharfen, tief eingeschnittenen Zügen und einer leicht gebogenen Nase. Er hat was von einem Indianer.

Völxen spricht dem Mann sein Beileid aus, und Mattai nimmt dies mit einem Nicken zur Kenntnis.

»Herr Mattai ist damit einverstanden, dass ich ihn jetzt gleich zum Erkennungsdienst bringe«, informiert Oda ihren Chef und fügt etwas weniger förmlich hinzu: »Hier kann er sowieso nicht bleiben, bis die Spurensicherung fertig ist, dauert es bestimmt den ganzen Tag.«

»Ich nehme an, es würde mir wenig helfen, wenn ich nicht einverstanden wäre«, sagt Mattai. Er hat eine angenehme, einschmeichelnde Stimme, und um das Bild des Frauenschwarms perfekt zu machen, hat dieser Zigarrenraucher mit den gefärbten Haaren auch noch schöne Klavierspielerhände, wie Völxen missmutig registriert. Auf das Aussehen ihrer Männer legte Cordula Wedekin offenbar Wert. Jules Vater, der Professor, ist ebenfalls ein ansehnliches Exemplar, wenn auch auf eine ganz andere Art.

»So ist es«, bestätigt Völxen.

»Weiß Jule es schon?«, fragt Oda leise, an Völxen gewandt.

»Ich werde sie anrufen, sobald die Leiche …«

»Zu spät«, sagt Oda.

Völxens Augen folgen den ihrigen.

Auf der Terrasse steht Jule und starrt in den Sarg, den die zwei Träger gerade wieder abgesetzt haben. Um sie herum herrscht angespannte Stille. Keiner wagt es, etwas zu sagen oder sich zu bewegen, auch die anwesenden Spurensicherer verharren regungslos.

So vergehen zehn, fünfzehn Sekunden, dann löst Jule den Blick von der Leiche ihrer Mutter und geht mit zielstrebigen Schritten über die Terrasse, ins Wohnzimmer, vorbei an Völxen und Oda, als wären die beiden gar nicht da. Erst vor Jan Mattai bleibt sie stehen.

Ihre Hände sind zu Fäusten geballt, als wollte sie auf ihn einprügeln, und ihr Gesichtsausdruck verkündet dieselbe Absicht. Völxen schaltet blitzschnell, stürzt auf sie zu und hält sie fest. Ihre Schultern fühlen sich an, als wären sie aus Stahl, und für ein paar Augenblicke leistet sie Widerstand gegen die Umklammerung. »Jule, komm mit raus!«, zischt er ihr zu.

Sie lässt die Fäuste sinken, doch ihr Körper bleibt starr, Blick und Stimme spiegeln puren Hass, als sie zu Mattai sagt: »Du Dreckskerl! Denk ja nicht, dass du damit davonkommst!«

IV.

Das Ambiente erinnert an eine therapeutische Sitzung: Jule auf dem Sofa, auf dem Tisch ein Karton Tempos – und mit seinen sezierenden grauen Augen unter den imposanten Augenbrauen sieht Völxen sogar ein bisschen aus wie Freud. Er hat ihr gegenüber in seinem Schreibtischsessel Platz genommen. Neben den Taschentüchern hat Frau Cebulla, auf Völxens Geheiß, auch noch Tee gebracht.

»Tee beruhigt«, sagt Völxen.

»Ich bin ruhig.«

Wie um es zu beweisen, greift sie betont langsam nach der Tasse und trinkt in vorsichtigen Schlucken. Völxen sieht ihr zu, aber dann bricht es aus ihm heraus: »Mein Gott, Jule, es tut mir so furchtbar leid!«

»Das weiß ich doch.« Sie wischt sich eine Träne aus dem Augenwinkel. »Wieso habt ihr mich denn nicht angerufen?«

»Ich wollte dir den Anblick ersparen«, sagt Völxen. »Und, um ehrlich zu sein, ich wollte dich nicht am Tatort haben. Schon dein kleiner Ausbruch vorhin hat Mattai dazu bewogen, sich einen Anwalt zu nehmen.«

»Den wird er auch nötig haben. Darf ich beim Verhör dabei sein?«

»Auf gar keinen Fall. Du hältst dich aus den Ermittlungen raus, in deinem eigenen Interesse. Ich will verhindern, dass wir womöglich Beweise finden, die wir vor Gericht nicht geltend machen können, nur weil du dabei warst. Nimm dir ein paar Tage frei.«

Jule setzt die Tasse abrupt ab. »Bitte, tu das nicht. Ich weiß, dass trauernde Menschen eine Zumutung für andere sind, aber schick mich nicht nach Hause. Ich verspreche, ich werde im Dienst die fröhliche, nette Jule sein, so wie immer.«

»Du warst noch nie die fröhliche, nette Jule.«

»Nein?« Sie hebt die Augenbrauen.

»Du warst schon immer ein Terrier. Aber es geht hier nicht um unser Betriebsklima, sondern um Dienstvorschriften. Zuerst einmal brauche ich jetzt von dir ein paar Informationen über deine Mutter.«

»Willst du wissen, ob sie Feinde hatte?«

»Zum Beispiel.«

»Nein. Sie war sich selbst ihr größter Feind.«

»Inwiefern?«

»Sie war nie zufrieden. Ihr Leben lang hat sie sich eingeredet, dass sie meinem Vater und den Kindern zuliebe auf eine Weltkarriere als Pianistin verzichtet hat. Allerdings glaubte das auch nur sie.«

»Was meinst du mit *Kindern?*«

»Mein Bruder Leopold starb mit vier Jahren an Meningitis. Ich war da noch ein Baby, ich kann mich nicht an ihn erinnern.«

»Das tut mir leid.«

»Vor knapp zwei Jahren tauchte dann dieser Jan Mattai auf. Angeblich hat sie ihn auf einer Vernissage kennengelernt.« Jule stößt einen schnaubenden Lacher aus. »Der und eine Vernissage! Da hat dein Schafbock mehr Ahnung von Kunst. Ich wette, dass sie ihn im Internet kennengelernt hat. Schon nach drei Monaten zog er bei ihr ein, und sie schleppte ihn zu Ausstellungseröffnungen und Opernpremieren, um ihn herzuzeigen. Sie fand ihn ja so schön und so toll und seinen Beruf so waaahnsinnig interessant ...«

»Er hat auch mir gegenüber sofort betont, dass er Journalist sei«, wirft Völxen ein.

»Ja, damit geht er gern hausieren. Dabei schafft er es alle Jubeljahre mal in die Onlineausgabe von *Spiegel* oder *Focus*. Ansonsten ist es Kleckerkram, mit dem er sich mühsam über Wasser hält.«

Völxen runzelt die Stirn. »Sei mir nicht böse, aber jetzt klingst du ein bisschen ...«

»... überheblich, ich weiß. Aber mal ehrlich, dieser Typ nennt sich großspurig ›Enthüllungsjournalist‹ und tut so, als säße er fast jede Woche in irgendeiner Talkshow. Es gibt kein Thema, bei dem er nicht mit seinem Halbwissen glänzt und jeden unter den Tisch redet. Der Kerl ist *un-er-träg-lich.*«

»Ein Schwätzer«, fasst Völxen zusammen. »Davon gibt's viele. Das macht ihn aber noch nicht zu einem Mörder.«

»Was habt ihr denn bisher aus ihm herausbekommen?«, will Jule wissen.

Streng genommen dürfte Völxen diese Frage gar nicht beantworten, aber da es nicht viel zu sagen gibt, tut er es trotzdem: »Er sagt, er sei um elf ins Bett gegangen. Deine Mutter habe noch draußen sitzen bleiben wollen. Am Morgen sei er aufgewacht, weil es geklingelt habe, und als er runterkam, habe er die Polizisten und die Sanis gesehen, die gerade deine Mutter aus dem Wasser zogen.«

»Der Mann ist Journalist. Wenn der sich keine plausible Geschichte ausdenken kann, wer dann?«

Völxen seufzt. »Das entspricht auch den Beobachtungen der Nachbarin, Frau Volland.«

Aber Jule scheint ihm gar nicht zuzuhören. »Wer soll's denn sonst gewesen sein? Ein Einbrecher? Wurde was gestohlen?«

Völxen verneint.

»Er war's! Er hatte die Gelegenheit und ein Motiv.«

»Welches Motiv?«

»Geld«, antwortet Jule sofort.

»Geld?«

»Na ja, allein das Haus … So vernarrt, wie meine Mutter in den Typen war, würde es mich nicht wundern, wenn er es kriegt.«

Völxen nimmt das Thema zum Anlass, eine Salve von Fragen auf Jule niederprasseln zu lassen. »Besitzverhältnisse, Testament, Lebensversicherung, Einkommen, Ersparnisse …«

Jule zuckt nur mit den Schultern. Sie habe nie danach gefragt, und ihre Mutter habe nie darüber geredet. »Aber sie war nach wie vor Mitglied im Golfclub, sie lief nicht in Fetzen herum, und an der Kosmetik hat sie bestimmt auch nicht gespart. Mir fiel allerdings irgendwann auf, dass im Salon – so nannte sie es immer – zwei Bilder fehlten. Und neuerdings hat sie plötzlich wieder Klavierstunden gegeben.«

»Ist doch besser, als nur auf dem Golfplatz rumzuhängen«, findet Völxen, der im Geist hinter das Motiv »Geld« ein dickes Fragezeichen setzt.

Jule schüttelt den Kopf. »Meine Mutter war bestimmt die schlechteste Lehrerin der Welt. Sie hasste anderer Leute Brut – ihre Worte.«

»Tut das nicht jeder?«, erwidert Völxen. »Apropos. Kennst du Jan Mattais Tochter?«

»Svenja. Hab sie nur zweimal getroffen. Sie ist zweiundzwanzig und lebt in ihrer eigenen Wohnung. Sie wirkte auf mich ein wenig verschlossen. Vielleicht ist sie auch nur schüchtern. Meine Mutter hielt nicht sonderlich viel von ihr, aber das hat nichts zu bedeuten. Sie hatte immer sehr hohe Ansprüche an ihre Mitmenschen. Nur bei Mattai hat sie die offenbar heruntergeschraubt.«

Völxen erkundigt sich nach weiteren Verwandten.

»Ihre Schwester, Stefanie Jenke. Sie ist zwei Jahre jünger und wohnt in Ricklingen.«

»Freundinnen?«

»Ein paar Frauen kannte sie aus dem Golfclub, aber Freundinnen?« Jule zuckt die Achseln. »Höchstens Anne-Rose Bülow. Der gemeinsame Freundeskreis meiner Eltern hat sich nach der Trennung geschlossen auf die Seite meines Vaters geschlagen. Er ist einfach der charmantere Unterhalter.«

Nicht nur der Freundeskreis, resümiert Völxen insgeheim. Laut fragt er: »Was weißt du über diese Frau Volland?«

»Der alte Rochen! Als ich mit fünfzehn heimlich eine Party am Pool gefeiert habe – meine Eltern waren auf einem Ärztekongress –, da hat sie es ihnen sofort brühwarm erzählt. Neulich hat sie angeblich sogar extra einen Baum fällen lassen, damit sie eine bessere Sicht hat. Seit ihr Mann gestorben ist, hat sie ja nichts anderes mehr zu tun, als den Garten umzugraben und die Nachbarn zu beobachten. Was hat sie denn sonst noch so erzählt?«

Da wäre die Sache mit den Schnapsflaschen in der Mülltonne, wovon ihm Kommissarin Rifkin berichtet hat. »Nicht viel«, sagt Völxen. »Der Kontakt zwischen ihr und deiner Mutter war wohl nicht besonders herzlich.«

»Nein, das kann man nicht behaupten. Meinen Vater dagegen hat sie regelrecht vergöttert. Aber wer weiß, vielleicht hatte sie in letzter Zeit erotische Träume von Jan Mattai.« Jetzt erscheint sogar die Spur eines Lächelns auf Jules Gesicht.

»Sie hätte jedenfalls die Gelegenheit gehabt«, meint Völxen.

»Und das Motiv?«

»Neid. Jahrelang unterdrückter Groll …«

»Komm schon!«, erwidert Jule unwirsch. »Wir wissen beide, wer es war.«

»Nein, das tun wir nicht«, widerspricht Völxen energisch. »Meinst du nicht, Mattai hätte sich ein besseres Alibi beschafft, wenn er den Mord aus Geldgier geplant hatte?«

»Mag sein. Vielleicht war's nicht geplant, vielleicht haben sie sich gestritten. Er rastet aus, geht in die Küche, holt ein Messer …«

»Worüber gestritten?«, unterbricht Völxen.

Jule hebt die Hände. »Was weiß denn ich? Weil Mattai ein Arsch ist? Meine Mutter war keine einfache Person. Sollte sie jetzt im Paradies herumstolzieren, womit ich nicht unbedingt rechne, dann tun mir die da oben jetzt schon leid.«

Seine junge Kommissarin ist wirklich nicht der sentimentale Typ, registriert Völxen.

»Nach der Tat«, fährt Jule fort, »beseitigt er in aller Ruhe sämtliche Spuren, das Messer, die blutige Kleidung, und frühmorgens spielt er dann vor den Polizisten den Ahnungslosen.«

»Du hast recht, diese Möglichkeit können wir nicht ausschließen«, räumt Völxen ein. »Das war's fürs Erste. Oder gibt es noch etwas, das ich wissen müsste?«

Sie sieht ihn mit gerunzelter Stirn an. »Fernando hat's dir doch schon gesagt.«

»Was gesagt?«

»Dass er sozusagen mein Alibi ist.« Jule errötet bei diesen Worten.

»Ach, das. Ja, ja.« Völxen nickt, erhebt sich von seinem orthopädischen Sitzmöbel und schiebt es quer durch das Büro, bis hinter seinen Schreibtisch. Dort setzt er sich hin und pflanzt sich demonstrativ die Lesebrille auf die Nase.

Jule hat verstanden, steht ebenfalls auf und fragt: »Wie geht's jetzt weiter?«

»So wie immer. Wir versuchen zunächst, möglichst viel über das … über deine Mutter herauszufinden.«

»Ich meine, mit mir.«

»Mir dir«, wiederholt Völxen und sieht Jule lange an. »Du willst dir wirklich nicht freinehmen?« Jules zorniges Schnauben lässt ihn weiterreden. »Okay, dann machen wir Folgendes: Du wirst die Sache mit dem Trauerkartenmörder noch einmal aufrollen, von vorn bis hinten, alle Zeugenaussagen, alle Spuren, den ganzen verdammten Scheißfall.«

In ihre Miene kommt Leben. »Ich allein?«

»Du bekommst ein eigenes Team.«

Das Blitzen in ihren Augen entgeht Völxens Scharfblick nicht.

»Wen kriege ich?«

Völxen fährt sich verlegen über sein unrasiertes Kinn. »Das, ähm, steht noch nicht fest. Ich muss erst noch ein paar Leute erpressen und daran erinnern, dass sie mir noch etwas schuldig sind. Morgen kannst du anfangen. Aber tu mir bitte den Gefallen, und nimm dir heute frei. Ich kann dich hier wirklich nicht gebrauchen.«

Jule verlässt Völxens Büro mit gemischten Gefühlen. Ein eigenes Team. Das ist gut. Die Beschäftigung mit dem ungeklärten Fall wird sie ablenken. Zumindest während der Dienstzeit.

Auf dem Flur kommt ihr Fernando entgegen und fängt sofort an zu jammern, wie leid ihm das alles tue. Jule steht wie angewurzelt da und hört ihm zu, doch als er versucht, sie in den Arm zu nehmen, kommt ihr das plötzlich so falsch und unwirklich vor, dass sie zurückweicht und ihn anfährt: »Lass das!«

Fernando erstarrt.

Sie hätten schließlich eine Vereinbarung, erinnert ihn Jule in kühlem Tonfall: keine Zärtlichkeiten im Dienst.

»Jule, ich … «, beginnt Fernando, verstummt aber, als Jule ohne ein weiteres Wort an ihm vorbeigeht, in Richtung Treppe. Sie spürt eine kalte Wut in sich, die sie nicht einordnen kann. Mattai, sicher, aber da ist noch etwas anderes, das schwer zu greifen ist. Fernando läuft ihr hinterher, schwört, dass er nicht gewusst habe, worum es ging, als Völxen ihn heute Morgen anrief. »Er hat nur gesagt, ich solle gehen und mir nichts anmerken lassen.«

Das ist dir hervorragend gelungen, grollt Jule, die sich in diesem Moment nur wünscht, dass er verschwindet. Denn wenn er bleibt, wird sie am Ende doch noch in Tränen ausbrechen, und dafür ist hier nicht der richtige Ort.

» ... und später wollte ich dich anrufen, aber du bist nicht rangegangen, und dann ...«

»Es ist schon gut, hör auf damit!« Jule ist stehen geblieben. Etwas beherrschter fährt sie fort: »Das ist jetzt egal. Ihr müsst euch nicht um mich kümmern, ich komm schon klar. Seht lieber zu, dass ihr diesen Mistkerl ans Kreuz nagelt.«

Sie dreht sich um und eilt die Treppe hinab. Sie muss raus, an die Luft, und vor allen Dingen: weg von Fernando. *Es ist absurd! Ich mache mich lächerlich, vor der ganzen Dienststelle. Ich und Fernando! Wie konnte ich nur, verdammt noch mal, wie konnte ich nur?*

Oda hat sich mit einem Kaffee in ihr Büro zurückgezogen, das trotz des im Gebäude geltenden Rauchverbots verdächtig nach Zigarillos und Selbstgedrehten riecht. Aber gerade als sie sich eine anstecken will, klopft es, und das personifizierte Elend trottet mit gesenktem Kopf ins Zimmer.

»Was ist?«

»Jule. Sie ist so ...« Fernando unterbricht sich und macht einen neuen Anlauf, während Oda das Feuerzeug zückt. »Stell dir vor, ihre Mutter ist tot, ermordet, und sie ... sie weint nicht mal.«

»Mach das Fenster auf.«

»Was?«

Oda hebt ihre Hand samt Zigarillo, woraufhin Fernando endlich kapiert und das Fenster öffnet. Ein warmer Luftzug strömt ins Zimmer.

»Sie wird noch genug heulen. Momentan steht sie wahrscheinlich unter Schock. Sie ist wütend auf den Mörder ihrer Mutter, auf das Schicksal, auf sich …«

»Wieso denn auf sich?«, unterbricht Fernando.

»Schuldgefühle.«

»Aber wieso?«

»Das würde jetzt zu weit führen. Mütter und Töchter, das ist eben so.«

»Aber eben hat sie mich angeblafft, als hätte *ich* ihre Mutter auf dem Gewissen.«

Oda zieht einen Flunsch. »Angeblafft hat sie dich, du armes Häschen. Pech gehabt, du warst eben der Blitzableiter.«

Ein energisches Türklopfen unterbricht das Gespräch.

»Komm rein, Völxen!«

Der Genannte tritt ein. »Kannst du durch Türen schauen?«

»Ich höre es am Klopfen. Als heimliche Raucherin entwickelt man ungeahnte Fähigkeiten.«

»Und für wen würdest du deinen Zigarillo ausmachen?«, erkundigt sich Odas Vorgesetzter.

»Das ist eine gute Frage«, sagt Oda und lässt demonstrativ einen gelblichen Kringel aufsteigen. »Vielleicht für den Vize. Aber ich weiß gar nicht, wie der klopft.« Sie deutet auf einen der Besucherstühle.

Völxen setzt sich ächzend hin.

»Rücken?«, fragt Oda mitfühlend. »Du brauchst eine Massage.«

»Ich brauche ein Wunder«, erwidert Völxen.

»Wie sieht's aus, wo stehen wir? Und sag jetzt nicht *am Anfang*.«

»Jule hält Mattai für den Täter.«

»Milde formuliert«, erwidert Oda. »Ich hatte vorhin wirklich die Befürchtung, dass sie ihm gleich das Fleisch von den Knochen reißen wird.«

»Wir wissen noch nicht, ob er ein Motiv hat. Jule …« Er unterbricht sich, schüttelt den Kopf. »Ich habe selten jemanden getroffen, der so wenig über seine Mutter weiß. Sie hat überhaupt keine Ahnung von den finanziellen Verhältnissen.«

»Wundert euch das bei einem Professorentöchterlein? Wer

immer genug Geld hatte, macht sich keine Gedanken darüber.« Oda ignoriert Fernandos Räuspern und deutet auf drei Umzugskartons, die in der Ecke neben dem Fenster stehen. »Bestimmt wissen wir mehr, wenn wir den ganzen Kram da ausgewertet haben. Oder wir quetschen es jetzt gleich aus Mattai heraus.«

»Mattai möchte nun doch einen Anwalt dabeihaben, und der kann nicht vor sechzehn Uhr hier sein. Er wird bis dahin unser Gast sein.« Völxen deutet aus dem Fenster auf das alte Polizeigebäude mit den Gewahrsamszellen. »Ihr zwei könnt in der Zwischenzeit mit Jules Tante sprechen und anschließend mit Mattais Tochter. Ich kümmere mich um Verstärkung. Jule arbeitet ab morgen am Trauerkartenfall. Mit einem eigenen Team.«

Odas elegant geschwungene Augenbrauen schnellen nach oben. »Sieh an, das Schoßkind kriegt ein eigenes Team, und das als Oberkommissarin. Das sind ja ganz neue Methoden. Wann kriege ich denn mal mein eigenes Team?«

»Herrgott!«, faucht Völxen. »Das ist doch nun eine ganz besondere Situation. Und du ...«, er deutet mit dem Finger auf Fernando, »... für dich gilt: Klappe halten. Nichts über diese Ermittlung dringt nach außen, respektive nicht zu Jule, ist das klar?«

»Klar.«

»Oda, wir sehen uns zu Mattais Vernehmung.« Grußlos verlässt Völxen das verqualmte Zimmer und schließt lautstark die Tür.

»Was soll ich denn jetzt machen, Oda?«, fragt Fernando in kläglichem Ton.

»Besorg uns einen Dienstwagen. Ich sehe immer gerne, wie die Leute wohnen. Und wenn wir schon unterwegs sind, könnten wir vielleicht bei deiner Mutter im Laden vorbeifahren, ich habe Hunger.«

Fernando starrt sie entgeistert an.

»Ja, entschuldige! Ich bin seit sechs Uhr auf den Beinen und habe noch keinen Bissen gegessen.«

»Ich meine, was mache ich mit Jule?«

»Gar nichts. Nerv sie nicht, Fernando, sonst ist euer kleines Techtelmechtel schneller vorbei, als es dir recht sein kann.«

Fernando stöhnt auf. »Gibt es eigentlich noch irgendjemanden in dieser Dienststelle, der nichts davon weiß?«

Jost Wedekin, Professor für Transplantationschirurgie an der Medizinischen Hochschule Hannover, hat an diesem Vormittag glücklicherweise keine Leber zu verpflanzen und empfängt seine Tochter liebevoll in seinem Büro. Als er sie in die Arme nimmt, fließen endlich die Tränen.

Einige Päckchen Taschentücher später ist Jule in der Lage, sich auf das Gespräch mit ihrem Vater zu konzentrieren. »Ich brauche deine Hilfe, Papa. Ich muss ein paar Dinge wissen.«

Steif und so langsam, als verursache ihm jede Bewegung Schmerzen, setzt dieser sich an seinen Schreibtisch. Er ist ungewohnt blass, und zum ersten Mal bemerkt Jule die Schlaffheit seiner Wangen und die Tränensäcke unter den Augen. Kaum vorstellbar, selbst er ist alt geworden. Mit einer müden Geste streicht er seine silbergraue Mähne zurück. Zum Glück, findet Jule, ist es noch nicht dieses tote, knöcherne Weiß.

»Fragst du als Polizistin oder als Tochter?«

»Macht das einen Unterschied?«

Er winkt ab, hat keine Lust auf ihre sonst üblichen Scharmützel.

Jule wiederholt die Fragen, die Völxen ihr gestellt hat: nach dem Lebensunterhalt, dem Haus, der Lebensversicherung.

»Ihr habt nie darüber gesprochen?«, wundert sich Jost Wedekin.

Würde ich sonst fragen?, erwidert Jule in Gedanken und begnügt sich mit einem Kopfschütteln.

Ihr Vater hebt zu einer Erklärung an, und im Verlauf seiner Rede muss Jule zugeben, dass ihr Vater es, ähnlich wie Mattai, ausgezeichnet versteht, um simple Dinge viele Worte zu machen.

Während ihrer Ehe habe Jules Mutter keine Lebensversicherung besessen, berichtet ihr Vater. Ob danach, das könne er natürlich nicht sagen. Was den Unterhalt betreffe: Er und seine Exfrau hätten sich nach der Trennung auf eine einmalige Zahlung von dreißigtausend Euro und eine monatliche Unterhaltszahlung für die ersten fünf Jahre geeinigt. Es sei ihm wichtig gewesen, nicht zeit seines Lebens für sie bezahlen zu müssen. Schließlich habe er ja wieder eine neue Familie.

»Was nicht zu übersehen ist«, stichelt Jule, wobei ihr Blick das Foto streift, das auf seinem Schreibtisch steht: Brigitta, die ein Baby auf dem Arm hält, ihren Halbbruder Max. Von Jule gibt es kein Foto im Büro.

»Die ganze Angelegenheit verlief sehr zäh«, fährt der Professor fort, »Cordula war tief gekränkt und voller Rachsucht und ist mit immer neuen Forderungen dahergekommen. Unentwegt hat sie mich beschimpft. Am Ende haben wir uns sogar um Kochtöpfe und ein Kaffeeservice meiner Mutter gestritten.« Er seufzt und verharrt nachdenklich. »Aber lassen wir das jetzt«, sagt er dann. »Seit diesem Jahr bekam sie also von mir kein Geld mehr. Vielleicht hat sie deshalb wieder geheiratet.« Beim letzten Satz gelingt es ihm nicht, den Sarkasmus aus seiner Stimme herauszuhalten.

»Was ist mit dem Haus?«

»Das Haus ...« Er sieht Jule überrascht an. »Hat sie dir das auch nicht erzählt?«

»Nein.« Irgendwann hatte sie die Nase voll davon gehabt, alle paar Tage von ihrer Mutter über die Einzelheiten des Rosenkrieges informiert zu werden. Und dies hatte sie ihr recht deutlich zu verstehen gegeben.

Er holt tief Atem. »Zuerst verlangte sie, dass es verkauft wird und wir den Erlös teilen. Doch es war immer mein Plan, dass du es mal bekommen sollst. Ich meine, wozu baut man Häuser, wenn nicht, um sie seinen Kindern zu vererben?«

Um darin zu wohnen? Jule behält den Gedanken für sich, nickt nur.

Er fährt fort: »Also gab es auch darüber quälend lange Verhandlungen. Die Anwälte haben sich schließlich auf Folgendes geeinigt: Das Haus behalte ich, aber sie bekommt ein lebenslanges Wohnrecht. Falls einer von uns stirbt, geht der Besitz automatisch auf dich über. So konnte sie dort wohnen bleiben, solange sie wollte, während ich für die Instandhaltungsmaßnahmen aufkam und nicht du mit deinem Polizistengehalt. Damit war allen geholfen. Das Haus gehört also ab sofort dir.«

Jule sitzt auf ihrem Stuhl, die Schultern so steif wie ein Kleiderbügel. Sie weiß nicht, was sie sagen soll. Ihr erster Gedanke ist: Mattai hat kein Mordmotiv. Geld zumindest fällt weg. Der zweite Gedanke ist, dass das Arrangement für ihre Mutter zwar akzeptabel, wenn nicht sogar sehr großzügig, aber auch demütigend war. *Hat sie ihren Exmann angerufen, wenn ein Wasserhahn tropfte?*

»Damit ich das richtig verstehe«, hakt Jule nach. »Sie wollte also zuerst nicht, dass ich das Haus bekomme?«

»Ach, Kind, das ist doch jetzt vollkommen gleichgültig.«

»Für mich nicht.«

Ihrem Vater ist anzusehen, dass ihm das Thema wenig behagt. »Es ging ihr in erster Linie darum, dass Brigitta und eventuelle Kinder von Brigitta und mir nichts bekommen. Du weißt ja, wie sie sein konnte. Und natürlich hatte sie auch Existenzängste. Seien wir mal ehrlich: Ihre Karriere als Pianistin war definitiv vorbei. Sie war ohnehin nie sehr bedeutend, sie hätte niemals davon leben können. Du wiederum hattest dich ja gerade entschlossen, Beamtin zu werden, du warst also versorgt, wenn auch auf niedrigem Niveau. Das Haus ist jetzt jedenfalls deins, mach damit, was du willst.«

Das Haus. Vor Jules geistigem Auge erscheint das vertraute Monument ihrer Kindheit. Es war nie ein warmer Ort gewesen, keiner, an den sie sich jemals zurückgesehnt hat, nachdem sie es einmal verlassen hatte. Jule schämt sich für die Bitterkeit, die sie empfindet. In der nächsten Sekunde sieht sie die zum Tatort gewordene Terrasse vor sich, das Blut auf dem Polster des Sessels und die Leiche ihrer Mutter neben dem Transportsarg. Niemals wird sie in diesem Haus leben können. Sie könnte es verkaufen, es ist bestimmt über eine halbe Million wert. Oder es vermieten. Sie ist jetzt also wohlhabend.

Sie zerpflückt ein Papiertaschentuch. Dann knüllt sie die Fetzen wieder zusammen, blickt auf und sagt aus irgendeinem Grund: »Ich bin seit Kurzem mit Fernando zusammen.«

Ihr Vater wirft ihr einen fragenden Blick zu.

»Fernando Rodriguez, mein Kollege. Seine Mutter hat den spanischen Laden in Linden.«

»Ach so. Entschuldige, wenn ich nicht gleich …«

Jule bereut ihre Worte bereits. Warum, um alles in der Welt, hat sie davon angefangen? Sicher wird er gleich irgendetwas Sarkastisches von sich geben. Genau wie ihre Mutter es vermutlich getan hätte, hätte sie je davon erfahren.

Aber er schenkt ihr ein warmes Lächeln und legt seine Hand auf ihre Hände, die immer noch um das Taschentuch gekrallt sind. »Das ist gut. Ich bin froh, dass du jemanden hast. Mach das Beste daraus.« *Er wird alt. Wo bleibt sein Biss, wo ist der Zyniker hin, den ich kannte?*

»Was mache ich denn jetzt, ich meine, wegen der Beerdigung?«, fragt Jule.

»Solltest du das nicht mit ihrem jetzigen Ehemann besprechen?«

»Mit ihrem Mörder?!«

»Habt ihr ihn denn schon überführt?«

»Noch nicht. Aber ich werde ihn aus dem Haus werfen, noch heute.«

»Lass das den Anwalt machen«, rät ihr Vater. »Wenn du willst, leite ich es in die Wege.«

»Danke, ich mach es selbst.«

»Soviel ich weiß, wollte sie verbrannt werden«, sagt Professor Wedekin.

Wie brutal sich das anhört. »Sie ... ich meine, die Asche ... die kann doch in das Familiengrab auf dem Engesohder Friedhof?«

Jost Wedekin zuckt die Achseln und wirft einen heimlichen Blick auf seine Uhr, der seiner Tochter nicht entgeht. Sie steht auf. »Ich muss los.«

»Alexa, willst du nicht heute Abend zu uns kommen?«

»Nein. Ich komm schon klar. Danke, Papa, für ... für alles.«

Stefanie Jenke wohnt im siebten Stock eines Hochhauses, gleich neben dem Ricklinger Freizeitheim. Sie empfängt Oda und Fernando mit den Worten: »Meine Nichte Alexa hat mich vorhin angerufen. Ist es nicht entsetzlich?«

Oda stutzt, dann ruft sie sich ins Gedächtnis, dass Jule ja eigentlich Alexa Julia Wedekin heißt.

»Mein Beileid«, sagt Oda.

»Meins auch«, sagt Fernando. Er sieht sich um. Keine Puppen oder Bären, stattdessen weiße Möbel und fliederfarbene Wände mit Ikea-Kunstdrucken. Hier wohnt kein Mann, schlussfolgert er.

»Schöne Aussicht«, bemerkt Oda.

Vom Wohnzimmerfenster, auf dessen Sims blasse Orchideen aufgereiht sind, hat man einen weiten Blick über die Ricklinger Masch.

Jules Tante lächelt. Ihre Nase ist gerötet und spitz, ihr restlicher Körper weich und rundlich. »Ja, die Aussicht war auch der Grund, warum ich die Wohnung genommen habe. Ich lebe erst seit einem Jahr hier, seit …«, sie hält inne und seufzt, »… seit mein Lebensgefährte und ich uns getrennt haben. Aber bitte …« Sie deutet auf das Sofa und setzt sich ihnen gegenüber. »Bin ich etwa verdächtig?« Hinter ihrer Brille mit dem lila Gestell pendelt ihr Blick unruhig zwischen den beiden Ermittlern hin und her.

»Nein«, versichert Oda.

»Dennoch müssen wir fragen, wo Sie letzte Nacht waren«, nutzt Fernando die Gelegenheit.

»Im *Rose Garden*. Bis halb eins, ungefähr. Dann bin ich direkt mit dem Rad nach Hause.«

»Das ist doch ein Puff«, sagt Fernando irritiert.

»Ein Bordell«, korrigiert Frau Jenke.

»*Sie* arbeiten in einem Bordell?«

»Einmal im Monat, ja.« Stefanie Jenke scheint Fernandos Verblüffung zu genießen, denn sie lässt ein paar Sekunden verstreichen, ehe sie erklärt: »Ich bin gelernte Buchhalterin. Vor drei Jahren habe ich meine Arbeit verloren, seitdem bin ich selbstständig und betreue kleine Firmen. Hauptsächlich Handwerksbetriebe und Gastronomie. Wirte haben im Allgemeinen wenig Ahnung von Buchführung, und spätestens wenn die Steuererklärung ansteht, brechen Chaos und Verzweiflung aus. Es hat sich herumgesprochen, dass ich gut und günstig arbeite, und so bin ich auch an solche Etablissements wie das *Rose Garden* gekommen.«

»Und da arbeiten Sie am Sonntagabend?«, vergewissert sich Fernando.

»Ja. Das ist der ruhigste Tag der Woche, da die Kunden alle brav zu Hause sitzen und mit ihren Frauen *Tatort* und *Inspektor Barnaby* schauen. Sie können gerne nachprüfen, dass ich dort war.«

»Wir sind in erster Linie hier, um mehr über Ihre Schwester zu erfahren«, meint Oda.

»Allzu viel kann ich Ihnen nicht sagen, Constanze und ich hatten kein sehr enges Verhältnis.«

»Entschuldigen Sie, aber heißt Ihre Schwester nicht Cordula?«, wundert sich Oda.

»Sie heißt Constanze Cordula, aber Constanze ist ihr Rufname. Wir nannten sie immer Conni. Als sie heiratete, hat sie nicht nur ihren Mädchennamen abgelegt, sondern ließ sich auch ab sofort bei ihrem zweiten Namen Cordula rufen.«

Constanze Cordula und Alexa Julia alias Jule. Diese Familie scheint wirklich ein gestörtes Verhältnis zu Namen zu haben, registriert Oda und fragt: »Warum?«

»Weil der Name Constanze sie an ihre Herkunft erinnert hat.«

»Was stimmt denn damit nicht?«

Stefanie Jenke zupft einen unsichtbaren Faden von ihrer grauen Strickjacke und sagt: »Constanze hatte von jeher einen mordsmäßigen Dünkel, sie wollte immer was Besseres sein und hat sich dafür geschämt, dass unser Vater Metzger war. Er hatte drei Metzgereien in Hannover, wir waren also nicht arm. Wie sonst hätte man ihre Klavierstunden bezahlen können? Nachdem sie sich den Doktor geschnappt hatte, wurde aus Conni Jenke, der Metzgerstochter, Cordula Wedekin, die aufstrebende Pianistin. Ihre Herkunft sollte in der Hannoverschen High Society nach Möglichkeit nicht ruchbar werden. Die hätte sie wohl selbst am liebsten vergessen.« Stefanie Jenke lächelt ein bisschen boshaft. »Es gibt da so eine Anekdote. Einmal war ich bei ihr zum Abendessen eingeladen. Es ging um einen Tafelspitz, den die Haushälterin zubereitet hatte – sie hatten immer Haushälterinnen, meine Schwester hat nie gekocht, schon früher, zu Hause, hat sie sich immer vor der Hausarbeit gedrückt. Constanze fand das Fleisch zu zäh, ihr Mann fand es gut, oder vielleicht war es auch umgekehrt, egal. Um die Diskussion zu beenden, sagte mein Schwager Jost zu ihr, mit Fleisch und Wurst würde sie sich ja auskennen. Da ist sie wortlos vom Tisch aufgestanden und nach oben gegangen, und von diesem Tag an war sie ein paar Jahre lang Vegetarierin, und zwar lange bevor es Mode wurde.«

»Das nenne ich konsequent.« Oda bedauert den Professor ein wenig. Die Ehe, sinniert sie vor sich hin, kann der reinste Kriegsschauplatz sein. »Ihre Schwester wollte also am liebsten ihre Vergangenheit hinter sich lassen?«

»Ja, so war es. Ich bin aber trotzdem ab und zu hin, wegen der Kinder. Das habe ich mir nicht nehmen lassen, bis heute nicht. Ich sehe Alexa zwar nicht oft, aber alle paar Monate telefonieren wir.«

»Kennen Sie den zweiten Ehemann Ihrer Schwester, den Herrn Mattai?«, fragt Oda.

Frau Jenke nickt und rutscht in ihrem Sessel ein Stück nach vorn. »Ja. Das ist ein sehr sympathischer Mann. Da hatte sie wirklich ein Riesenglück, dass sie den noch gefunden hat, ich meine, in ihrem Alter. Welcher halbwegs passabel aussehende Mann will einen denn da noch? Und er ist sogar noch ein bisschen jünger als sie. Aber durch all ihre Operationen konnte sie wohl ein paar Jährchen herausschinden.« Im letzten Satz schwingt eine Mischung aus Neid, aber auch Herablassung mit. Frau Jenke scheint unfreiwillig Single zu sein und die Gesetze des Heiratsmarktes aus eigener Erfahrung zu kennen.

»Glauben Sie, er war hinter ihrem Geld her?«, bringt es Oda auf den Punkt.

»Nein! Das habe ich nicht gesagt. Außerdem – soviel ich weiß, hatte sie seit der Scheidung nicht mehr sehr viel.«

»Was für einen Eindruck hatten Sie von der Beziehung?«

»Ich fand, dass er einen guten Einfluss auf sie hatte. Constanze wirkte umgänglicher als die Jahre zuvor. Sie war auf einmal ... wie soll ich sagen ... geerdeter.«

»Das klingt, als hätten Sie sich in letzter Zeit häufiger gesehen.«

»Das ist richtig. Wissen Sie, nachdem der Professor ihr den Laufpass gegeben hat, war meine Schwester unausstehlich. Sie wollte mich nicht sehen, eigentlich niemanden. Aber dann hat sie mich zur Hochzeit mit Jan Mattai eingeladen. Das fand ich sehr nett. Seither haben wir uns alle paar Wochen getroffen.«

»Sie hat also ihren Familiensinn wiederentdeckt«, sagt Oda.

»Ja, aber das galt nur für mich. Constanze und Gabriele haben garantiert seit fünfunddreißig Jahren kein Wort miteinander gewechselt, nicht mal auf den Beerdigungen unserer Eltern.«

»Wer ist Gabriele?«, fragt Oda.

»Unsere älteste Schwester.«

»Davon hat uns Ihre Nichte gar nichts erzählt.«

Frau Jenkes Blick wandert verlegen auf dem Couchtisch herum, als suche sie die Antwort auf dem Titelblatt der Apotheken-Umschau oder der Fernsehzeitung. »Das kann ich mir gut vorstellen«, sagt sie schließlich. »Constanze hat Alexa in dem Glauben gelassen, ihre ältere Schwester wäre als Teenager gestorben.«

Fernando bleibt der Mund offen stehen.

»Aber das ist sie nicht?«, vergewissert sich Oda.

»Nein. Sie ist verheiratet. Sie heißt Decker und wohnt mit ihrem Mann am Steinhuder Meer.«

»Warum dieses Lügenmärchen?«

»Das ist eine böse, alte Geschichte, aber sie hat ganz gewiss nichts mit Constanzes Tod zu tun«, wehrt Stefanie Jenke ab.

Oda fixiert ihr Gegenüber und sagt: »Wir lieben böse, alte Geschichten.«

Fernando schmunzelt verstohlen. Odas Augen, hell und scharf wie Glasscherben, dazu ihre schwarze Kleidung und der strenge Knoten in ihrem blonden Haar – sie hat schon ganz andere Kaliber zum Reden gebracht.

»Es ging um ihren ersten Mann«, beginnt Jules Tante denn auch prompt. »Jost Wedekin. Der war ursprünglich mit Gabriele verlobt. Über ein Jahr waren sie zusammen, und dann ...« Sie lässt ein bedeutungsvolles Schweigen folgen.

»Und dann?«, wiederholt Oda.

»Constanze hat ihn ihr vor dem Altar weggeschnappt.«

Oda beugt sich interessiert nach vorn: »Wie jetzt? Wörtlich genommen?«

»Ja. Nein. Also, nicht direkt vor dem Altar. Vor dem Standesamt. Sie waren beim Standesamt, im alten Rathaus, und danach sollte es zur Kirche gehen. Die beiden standen da vorn, sie natürlich schon im Brautkleid, und wie es ans Jasagen ging, hat er sich plötzlich umgedreht, hat Constanze angeschaut, und dann hat er Nein gesagt und ist rausmarschiert. Hat noch gerufen, es täte ihm sehr leid. Und sie – also, Constanze – ist hinterher. Sie können sich vorstellen, was danach los war.«

Tatsächlich malt Oda sich die Szene gerade in den buntesten Farben aus.

Fernando fragt vorsichtshalber nach. »Sie sprechen von Professor Jost Wedekin, Jules Vater?«

»Genau. Hinterher stellte sich heraus, dass das Verhältnis schon seit drei Monaten lief. Meine Schwester Gabriele war so mit den Vorbereitungen für ihre Traumhochzeit beschäftigt, dass sie nichts davon gemerkt hat. Er war ja damals noch ein junger Assistenzarzt, der konnte immer behaupten, er hätte Nachtdienst.«

Oda und Fernando werfen sich einen Blick zu, während Stefanie Jenke fortfährt:

»Wenigstens mit unsern Eltern hätte sie sich ja im Lauf der Zeit aussöhnen können. Die haben immer darauf gewartet, dass Constanze den ersten Schritt macht. Aber der kam nie.«

»Also haben nur Sie die Verbindung zu ihr aufrechterhalten.«

»Wir waren alle sehr sauer. Aber später sagte ich mir, dass sie *mir* ja nichts getan hatte. Ich stand ihr immer schon näher als Gabriele.«

»Gabriele hat schließlich ja auch noch geheiratet«, wirft Oda ein.

Stefanie Jenke winkt ab. »Nur um der Welt zu zeigen, dass sie auch noch einen abkriegt. Ich meine, verstehen Sie mich nicht falsch, der Rainer ist ein anständiger Kerl. Aber geliebt hat sie den nie.«

»Wann war das, diese geplatzte Hochzeit?«, fragt Fernando.

»Das war im April 1981. Noch im selben Jahr hat er Constanze geheiratet. Da war sie schon schwanger, mit Leopold.« Sie wischt sich mit dem Handrücken eine Träne aus dem Augenwinkel. »Sie wissen ja vielleicht, dass Constanzes erstes Kind mit vier Jahren starb. Das war 1985. Damals hat sich meine Schwester Gabriele zum ersten Mal wieder bei Constanze gemeldet. Sie hat ihr geschrieben.«

»Was hat sie ihr geschrieben?«, fragt Oda, Böses ahnend.

»Dass Constanze nun endlich bekommen habe, was sie verdiene. Ich habe es gelesen, es war durch und durch scheußlich. So voller Hass. Constanze sagte daraufhin, diese Frau sei ab sofort für sie und ihre Familie gestorben. Sie hat mir verboten, jemals wieder von Gabriele zu sprechen. Aber das hätte sie mir gar nicht sagen müssen, denn nach diesem Brief wollte ich selbst nichts mehr mit Gabriele zu tun haben.«

Gegen die Motorhaube des Dienstwagens gelehnt, raucht Oda eine Selbstgedrehte und resümiert das vorangegangene Gespräch: »Diese Stefanie Jenke scheint mir im Grunde harmlos zu sein, und ich sehe bei ihr kein Motiv. Allerdings hat sie Kontakte zum Milieu.«

Fernando ist mit den Gedanken woanders. »Eine totgesagte Tante! Das ist ja ein Ding!«

»Tja. Eine Tür schließt sich, eine öffnet sich.«

»Die sollten wir uns ansehen.«

»Unbedingt. Aber nicht jetzt. Die Tochter von Mattai ist wichtiger, und ich habe noch immer Hunger, und wenn ich Hunger habe, werde ich unausstehlich. So wie Völxen.«

»Der hat ja in letzter Zeit nur noch schlechte Laune.«

»Seine Sabine hat ihn wieder mal auf Diät gesetzt«, verrät Oda. »Lass uns erst zu deiner Mutter fahren, was essen, und dann vernehmen wir die Tochter.«

»Nein, wir machen es umgekehrt«, sagt Fernando bestimmt.

»Seit wann erteilst du einem alten Schlachtross wie mir Befehle?«

»Montagvormittag ist der Laden zu, weil Mama da zum Großmarkt fährt.«

»*Merde!*«

»Ich will mir gar nicht ausmalen, was passiert wäre, wenn ich das mit dem Schlachtross gesagt hätte!«

»Ist auch besser so.«

»Bin ich froh, dass Jule nicht so ein Früchtchen ist, wie es ihre Mutter früher anscheinend war.«

»Bei manchen kommt das auch erst mit dem Alter.« Oda amüsiert sich über den erschrockenen Blick ihres Kollegen, ehe sie fortfährt: »Und erst der Herr Professor ... Die eine Frau lässt er auf dem Standesamt stehen, die andere verlässt er wegen Frischfleisch ... Falls du jemals in diese Familie einheiraten solltest, dann wünsche ich dir jetzt schon viel Spaß.«

Das Handy reißt Elena Rifkin aus dem Tiefschlaf. Dreizehn Uhr, vor gerade mal drei Stunden hat sie sich hingelegt.

»Ja?«

»Hi, Rifkin. Gerd hier.«

Deissler, ihr Chef, der sie unangebrachterweise duzt. Was will dieser Primat? Sie hat schließlich frei.

»Hauptkommissar Deissler, was gibt es?«

»Hast dich ja sauber eingeschleimt bei den Kollegen, gratuliere.«

Sie richtet sich auf. Nur langsam hebt sich der Müdigkeitsschleier. »Ich weiß nicht genau, wovon Sie sprechen, Herr Hauptkommissar.«

»Du sollst zum 1.1.K. Völxen hat dich angefordert, vorübergehend.«

Rifkin traut ihren Ohren nicht. Sie lässt eine Sekunde verstreichen und sagt dann: »Ich wüsste gern, ob Sie diese Maßnahme befürworten, Herr Hauptkommissar.«

Deissler kichert. »Kannst dich wohl nicht von mir trennen, was?«

Rifkin sagt nichts dazu.

»Aber wenn du mich so fragst«, beginnt der Gebauchpinselte, »ich gebe dich wirklich sehr ungern her, das weiß du. Andererseits hat Völxen gute Beziehungen, und wenn die Sesselfurzer da oben sich einig sind, dann sollten wir uns nicht querstellen. Solche Typen können sehr nachtragend sein.«

»Wie lange soll der Einsatz denn dauern?«

»Zwei Wochen.«

Zwei Jahre wären mir lieber. »Wenn das Ihre Zustimmung findet, Herr Hauptkommissar, dann bin ich auch damit einverstanden.«

»Also dann! Schwing deinen Knackarsch aus der Kiste und fahr zur PD.«

»Jetzt, sofort?«

»Das hab ich so verstanden, ja.«

»Alles klar, Herr Hauptkommissar. Schlaf wird ohnehin überschätzt.«

»Das ist mein Mädchen«, sagt Deissler zufrieden, der ganz offensichtlich zu viele amerikanische Krimiserien konsumiert.

Um den Adrenalinstau abzuarbeiten, springt sie auf und versetzt dem Boxsack, der vom Deckenbalken ihrer Mansarde hängt, ein paar kräftige Punchs, dann reißt sie die Fäuste hoch und schreit: »Jaa!«

Zwei Wochen ohne diesen notgeilen Schleimbeutel Deissler. Die Schläfrigkeit ist verschwunden, sie geht ins Bad. Eine Dusche – so viel Zeit muss sein.

Als Jule ihre Wohnung betritt, fühlt sie sich auf einmal, als wäre sie eine Fremde, die alles zum ersten Mal sieht. Nein, sie gehört wirklich nicht zu den Leuten, die die Gegenstände, mit denen sie sich umgeben, so sorgfältig kuratieren, wie ihre Mutter das getan hat. Es handelt sich vielmehr um eine wild zusammengewürfelte Mischung aus Antiquitäten und Ikea-Mobiliar, überdies hat die Bewohnerin die Dinge in letzter Zeit sichtbar schleifen lassen. War diese Schramme am Türstock schon immer da? Der Teppich im Flur, wie schäbig der ist, und dieser große Spiegel mit dem opulenten Goldrand, hat den wirklich sie gekauft? Trotzdem findet sie es alles in allem recht gemütlich.

Sie geht in die Küche. Irgendetwas sollte sie essen, auch wenn sie keinen Hunger verspürt. Sie öffnet den Kühlschrank, aber darin ist nur Senf und Licht. Als Nächstes fällt ihr Blick auf die zwei Rotweinflaschen von gestern Abend, die noch immer auf der Ablage der Spüle stehen. Sie gießt die Reste in ein Glas und merkt wenig später, dass der Wein ihr guttut. Er beruhigt ihre flatterigen Nerven, und nach einer Weile überkommt sie eine seltsame Ruhe, ein Gefühl, als hätte man ihr eine Glasglocke übergestülpt, die alles filtert und auf Distanz hält.

Jule zieht sich aufs Sofa zurück und denkt darüber nach, was für ein Mensch ihre Mutter eigentlich war. Sie sieht sie anmutig wie eine Ballerina auf der Klavierbank sitzen oder mit kompetenter Hand einen Strauß Blumen ordnen. Sie hört das Klackern ihrer Absätze, ein Geräusch, das zu ihrem Körper zu gehören schien. Besaß sie überhaupt ein Paar flache Schuhe? Jetzt erscheint vor ihrem inneren Auge das feine, alterslose Gesicht ihrer Mutter, und Jule hört sie sagen: »Eine Frau ist immer auch ein Betrachtungsgegenstand. Männer, auch unattraktive, können in ihrem Beruf glänzen, aber Frauen werden angeglotzt.« Dies war eine der wenigen Weisheiten, die Cordula Wedekin ihrer Tochter mitgegeben hat, abgesehen davon, dass man sich stets gerade halten und vor dem Zubettgehen immer abschminken müsse. Hat ihre Mutter je begriffen, dass Attraktivität auch viel mit dem Innenleben einer Person zu tun hat? Ist ihr je der Gedanke gekommen, dass man Persönlichkeit nicht herbeischminken oder -operieren kann? Hat sie mir irgendetwas beigebracht, was mich wirklich weiterbringt im Leben? Okay, räumt Jule ein, ich kann ein bisschen Klavier spielen. *Was für ein Vermächtnis!*

Insgeheim hat Jule stets gehofft, sie und ihre Mutter würden sich mit den Jahren einander annähern. Aber um diese Chance hat Mattai, dieser Mistkerl, sie gebracht. Jule, die sich mit dem Weinglas auf das Sofa gesetzt hat, verspürt plötzlich den Wunsch, diesem Mann dasselbe anzutun. Ihn zu töten. Ihn nach Möglichkeit vorher noch zu quälen.

Sie nimmt einen weiteren Schluck Wein, um sich zu beruhigen. Dieser Großkotz! Die ganze Zeit hat er im Haus ihres Vaters gelebt, schwamm in seinem Pool, machte sich in seinem Arbeitszimmer breit, hockte auf seiner Kloschüssel. Was für ein armseliger Schmarotzer! Wie konnte ihre Mutter sich an so einen Kerl klammern? Im nächsten Augenblick richtet Jule sich kerzengerade auf. Was, wenn ihre Mutter Mattai gar nichts davon gesagt hat? Wenn sie ihren neuen Ehemann in dem Glauben ließ, es wäre ihr Haus? Ist das möglich? Vielleicht. Ist es ihr zuzutrauen? Durchaus.

Wo ist das Telefon? Völxen muss das sofort erfahren. Er muss beim Verhör geschickt vorgehen und rauskriegen, ob Mattai über die wahren Besitzverhältnisse informiert war oder nicht. Denn wenn nicht, dann rechnete er womöglich mit einer Erbschaft. Dann hat er ein Eins-a-Mordmotiv.

Dieses vertrackte Sudoku will einfach nicht aufgehen. Hauptkommissar Erwin Raukel starrt so konzentriert auf den Bildschirm, dass er zusammenzuckt, als plötzlich, wie aus dem Boden gewachsen, sein Vorgesetzter vor ihm steht.

»Na, viel zu tun?«

Raukel forscht im Gesicht seines Gegenübers nach Anzeichen von Ironie, kommt aber zu keinem Ergebnis. Bei diesen aalglatten Babyarschgesichtern weiß man einfach nicht, woran man ist. Die Personalverwaltung ist voll davon, das reinste Nest. Babyarschgesichter und hässliche Weiber. Wieder einmal verflucht Raukel im Stillen das Schicksal, das ihn in dieses Irrenhaus gebracht hat, ehe er ohne Hast das Sudoku wegklickt, an dem er sich schon den ganzen Vormittag vergeblich abarbeitet. Scheißegal, ob der Babyarsch das gesehen hat oder nicht.

»Ist was?«, erkundigt sich Raukel, nachdem der Babyarsch keine Anstalten macht, wieder zu verschwinden.

»Wie lange bist du jetzt trocken, Erwin?«

Raukel kneift die Augen zusammen. Zwei Monate, vier Tage und elf Stunden, rechnet er im Stillen. »Wieso? Wolltest du mit mir einen heben gehen?«

»Wir haben eine Anfrage vom Dezernat für Tötungsdelikte. Die brauchen gerade dringend Leute, aushilfsweise. Da dachte ich an dich.«

Raukel lehnt sich zurück – soso, da dachtet ihr an mich –, sagt aber nichts. Er kennt das Dezernat, er hat dort schon gearbeitet. Das ist allerdings schon viele Jahre her. Damals hatte das Babyarschgesicht wahrscheinlich gerade gelernt, wie man onaniert. Das 1.1.K hätte das Sprungbrett seiner Karriere sein können, aber es war bereits der Höhepunkt. Von da an ging's bergab. Probleme mit den Finanzen, mit dem Alkohol und mit der Gattin, die aus irgendeinem Grund plötzlich nicht mehr mit ihm zusammen sein wollte und samt den beiden Töchtern auszog. Dann dieses Missgeschick, als er mit dem Streifenwagen und knapp zwei Promille gegen eine Trinkhalle donnerte. Ausgerechnet! Führerschein weg, Waffe weg, Entziehungskur, Einbruchsdezernat. Einbrüche aufnehmen, die sowieso nie aufgeklärt werden würden, und Leuten Vorträge über abschließbare Fenster halten, und das sechs Jahre lang. Dann kam er dahinter, dass Gattin Nummer zwei mit einem Kollegen rumvögelte. Verschärfte Sauferei, Dienstaufsichtsbeschwerden, Versetzung zur Personenauskunftsstelle. Es folgten weitere dumme Zufälle und gemeine Intrigen, geradeso, als hätte sich das Schicksal gegen ihn verschworen, und so wühlte er sich in einem Akt der Selbstzerstörung immer tiefer hinab ins Gedärm dieser weitverzweigten Organisation, bis er schließlich hier gelandet ist: in der Personalverwaltung. Tiefer kann man als anständiger Polizist, als kriminalistisches Urgestein, eigentlich kaum noch sinken. Das Nächste wäre dann die Präventionspuppenbühne. Wenn er nicht gerade Poker oder Sudoku spielt, um das Hirn ein bisschen auf Trab zu halten, beschäftigt er sich mit Statistiken, idiotischen Erlassen des Ministeriums, oder – um der Ironie die Krone aufzusetzen – Frauenförderung. Wozu in aller Welt soll das gut sein? Was spricht dagegen, dass diese Luder sich weiterhin nach oben schlafen, so wie es seit eh und je guter Brauch war?

»Aushilfsweise«, wiederholt Raukel. War ja klar. Man braucht ihn, um irgendeinen Karren aus dem Dreck zu ziehen, danach kann der Mohr wieder gehen.

»Wäre eine Chance für dich, Erwin. Hier fühlst du dich ja doch nur … unterfordert.«

Der alte Erwin Raukel, der Mann, der er war, bevor ihn dieses Therapeuten- und Ärztepack in die Klauen bekommen hat, hätte dem gönnerhaft grinsenden Babyarsch geradeheraus gesagt, dass er ihn mal kann. Aber der neue Raukel, dieses vertrocknete Gewächs ohne Biss und Eier, fühlt sich schwach und willenlos wie ein Kanarienvogel, dem man nach Jahren der Gefangenschaft die Käfigtür geöffnet hat. Immerhin bringt er ein Nicken zustande und fragt, wann er dort anfangen soll.

»Morgen.«

Als der Babyarsch gegangen ist, kratzt sich Hauptkommissar Erwin Raukel erst einmal nachdenklich am Hintern und widmet sich dann wieder diesem verdammt kniffligen Sudoku.

Svenja Mattai trägt ein ärmelloses Nachthemd mit Hohlsaumstickereien, das mehr preisgibt als verbirgt. Auch ihr scheint dieser Umstand soeben bewusst zu werden, sie kreuzt die Arme über der Brust. »Wassn los?« Die Frage gilt Oda und Fernando, die im Hausflur eines Mehrfamilienhauses in der Nordstadt stehen und ihre Dienstausweise hochhalten.

Kripo Hannover, sie müssten mit ihr reden, erklärt Oda. »Drinnen, wenn's geht.«

Sie scheint kurz zu überlegen, dann bittet sie die beiden herein. Auf bloßen Füßen geht sie voran in eine kleine Küche. Sie ist sehr schlank, aber ihre Arme und Beine wirken drahtig, so, als würde sie viel Sport treiben.

»Moment, ich zieh mir was über.« Sie verschwindet und lässt ihre Besucher in der Küche zurück. Die Einrichtung ist von einer geradezu spartanischen Kargheit, es gibt nur das Allernötigste: Spüle, Herd, ein altes Buffet, Tisch, zwei Stühle. An der Unterseite eines Regals hängen drei Tassen, obenauf stehen Teller, zwei tiefe, zwei flache. Kein Bild an der Wand, nirgendwo Krimskrams, selbst auf dem Tisch befinden sich nur ein Salzstreuer und ein rosarotes Handy. Alles ist blitzsauber und aufgeräumt. Ist das noch normal oder schon zwanghaft, fragt sich Oda. Jedenfalls ist es genau andersherum als bei ihrem Vater.

»Der Ordnung nach könnte sie ein Kerl sein«, meint Fernando.

»Wie meinst du das?«

»Ehrlich, Oda, die schlampigsten Haushalte, die ich je gesehen habe, waren allesamt die von Frauen.«

»Das mag an deinem Hang zu schlampigen Frauenzimmern liegen.«

Fernando bleibt die Antwort schuldig, denn gerade kommt Svenja Mattai in einem blau-weiß gestreiften Bademantel wieder, in dem sie fast verschwindet. Das blonde Haar ist noch ungekämmt und vom Schlaf zerdrückt.

»Haben wir Sie geweckt?«, fragt Oda, die sich auf einem der zwei Küchenstühle niedergelassen hat.

Svenja quetscht ein müdes Ja hervor, während sie kraftlos auf den noch freien Stuhl sinkt.

Schmales Gesicht, schmale Lippen, große, regelmäßige Zähne. Nicht wirklich hübsch, findet Fernando, aber auch nicht hässlich. Die Augen reißen es heraus. Sie sind von einem dumpfen Unterwassergrün, und mit ihren ungewöhnlich langen Wimpern blinzelt sie Oda und Fernando müde an. »Ich hatte Nachtdienst. Ich arbeite in einem Alten- und Pflegeheim. Was ist denn los?«

»Gibt es Zeugen für Ihren Nachtdienst?«

»Zeugen, was für Zeugen?«

»Kollegen zum Beispiel. Oder Patienten.«

Sie ist jetzt etwas wacher und entgegnet: »Erst möchte ich wissen, was los ist. Ist meinem Vater etwas passiert?«

»Nein. Seiner Frau. Sie wurde heute Morgen tot auf ihrer Terrasse aufgefunden, wir gehen von einem Verbrechen aus.«

»Cordula ist tot?« Svenja hebt nur kurz die Augenbrauen. »Krass.«

»Mochten Sie sie?«, fragt Oda.

Svenja steht auf und lässt sich aus dem Hahn ein Glas Wasser ein. Sie trinkt es in einem Zug leer und wischt sich über den Mund. Dann sieht sie Oda herausfordernd an und fragt: »Wo ist mein Vater?«

Oda hat die Faxen dicke. »So wird das nichts, Frau Mattai. Fernando, ruf eine Streife.«

Der grinst, denn er hat es kommen sehen. Oda Kristensen kann es partout nicht leiden, wenn man ihre Fragen mit Gegenfragen kontert und ihr auf die aufmüpfige Tour kommt. Erst recht nicht auf nüchternen Magen.

»He, was soll denn das? Bin ich verhaftet?« Mit Svenjas Coolness ist es nun vorbei, zwei hektische rote Flecken zeichnen sich auf den blassen Wangen ab.

»Nein. Aber Sie weichen mir pausenlos aus, deshalb nehmen wir Sie jetzt mit aufs Präsidium zu einer polizeilichen Vernehmung. Sie können einen Rechtsbeistand hinzuziehen, wenn Sie das möchten. Ziehen Sie sich bitte an.«

»Oh Mann, verdammt. Können wir das nicht hier regeln?«

»Sie hatten Ihre Chance.«

»Kann ich wenigstens vorher noch aufs Klo?«, kommt es giftig.

»Ja, gleich«, sagt Oda. Fernando fängt ihren Blick auf und verschwindet, um einen Kontrollblick ins Bad zu werfen. Er glaubt zwar nicht, dort ein Waffenarsenal vorzufinden, und ein Fluchtversuch ist im dritten Stock auch eher unwahrscheinlich, aber sicher ist sicher. Außerdem sind Badezimmerschränke immer sehr aufschlussreich. Besonders dieser hier, der eine beachtliche Sammlung verschreibungspflichtiger Medikamente beherbergt und einige bunte Pillen, die es in Apotheken nicht zu kaufen gibt.

Ein paar Minuten später klingelt es an der Tür. »Zum Erkennungsdienst und dann zur PD, Dezernat 1.1.K«, instruiert Oda die zwei Beamten, die Svenja Mattai nach draußen begleiten.

»Madame ist recht unleidlich heute Morgen«, bemerkt Fernando, als sie wieder im Wagen sitzen.

»Ihre Fingerabdrücke brauchen wir sowieso, zum Abgleich.«

»Bist du sauer, weil Jule ihr eigenes Team kriegt?«

»Lass es sein, Rodriguez, reiz mich nicht noch mehr.«

Inzwischen merkt auch Fernando, dass ihm der Magen knurrt. »Gehen wir zu Mama. Aber das mit Jules Mutter sagen wir ihr erst, wenn wir gegessen haben.«

Elena Rifkin schwingt sich auf ihr Mountainbike. Die Sonne sticht herab, und obwohl es von der Südstadt zur PD nur ein Katzensprung ist, erreicht sie verschwitzt und ein wenig atemlos die Pforte. Das Dezernat für Tötungsdelikte sitzt im Neubau, was Rifkin ein wenig bedauert. Das über hundert Jahre alte, respekteinflößende Präsidiumsgebäude, das gleich danebenliegt, hätte sie passender gefunden.

Wenig später wird sie von Frau Cebulla, einer blond gesträhnten, stämmigen Mittfünfzigerin, durch ein rotes Brillengestell neugierig gemustert. Auf dem Aktenschrank steht ein Tablett mit einer Tasse, die ein Schaf ziert. Der Faden eines Teebeutels hängt heraus. Pfefferminze, man kann es bis hierher riechen. Daneben steht ein Teller mit zwei Käsebrötchenhälften, bei deren Anblick Elena Rifkin einfällt, dass sie ganz vergessen hat, noch etwas zu essen.

»Kommissarin Rifkin vom KDD?«

»Ja, das bin ich.«

»Das ging ja schnell. Sie müssen zuerst ein paar Formulare ausfüllen, die Bürokratie, Sie wissen ja ... Möchten Sie vielleicht eine Tasse Kaffee? «

»Gern.«

Das Telefon klingelt. »Polizeidirektion Hannover, Dezernat für Tö... Herr Dr. Bächle! Ja, grüß Sie auch der liebe Gott. – Ist das nicht furchtbar? – Was? Wann? Gut, Herr Doktor, das richte ich dem Chef aus. – Ja, auch ade, Dr. Bächle.«

Frau Cebulla legt auf und enteilt mitsamt dem Tablett. »Völxens Mittagessen«, erklärt sie im Hinausgehen. »Wenn sein Blutzuckerspiegel sinkt, wird er unausstehlich.«

Wie ruhig es hier ist, denkt Rifkin. Sind die Kollegen alle unterwegs? Sie sieht sich um, und ihr Blick bleibt am Regal über dem Kopierer hängen. Dort lagern Tassen und Becher mit Schafen darauf, Schafe aus Plüsch, Schafe aus Plastik, Schafe aus Holz, ein Bleistiftspitzer in Schafsform, ein Sparschaf ...

Die quietschenden Sohlen kommen wieder näher.

»Sie sollen zum Chef!«

Frau Cebulla dirigiert Rifkin den Flur entlang bis zu Völxens

Büro. Es ist groß und unterscheidet sich deutlich von den Büros, die die junge Kommissarin bisher kennengelernt hat. Natürlich gibt es Aktenschränke und einen Schreibtisch, hinter dem Völxen *himself* thront und sie hereinwinkt, aber auch ein Sofa, zwei bequeme Sessel und, beschattet von einem Gummibaum, einen Hundekorb. Der Korb ist leer, aber das Geflecht trägt deutliche Spuren von Zähnen. Scharfen Zähnen, dem Anschein nach.

»Der gehört Oscar«, erklärt Völxen. »Terriermischling. Zerrupft Teppiche und nagt Möbel an, wenn er länger allein ist.«

»Verstehe. Wo ist er jetzt?« Ihre Blicke scannen erneut den Raum ab.

»In der Hundeschule. Meine Frau hat Ferien, und sie meinte, Oscars Manieren bräuchten etwas Schliff. Sie unterrichtet Klarinette an der Musikhochschule. Mögen Sie Klarinette? Ich gewöhn mich, ehrlich gesagt, nie an das Gejammer.«

»Und der Hund?«, fragt Rifkin.

»Wie meinen Sie?«

»Hat der sich daran gewöhnt?«

»Nein. Der jault dazu, als würde er abgestochen. Ich darf das leider nicht, ich geh dann immer raus zu meinen Schafen.« Der Dezernatsleiter steht auf und schüttelt ihr die Hand. »Willkommen bei uns, Frau Rifkin, auch wenn der Anlass ein trauriger ist.«

»Danke.«

»Ich habe auch gleich eine wichtige Aufgabe für Sie«, verkündet Völxen und schaut auf die Uhr. »Aber etwas Zeit haben wir noch. Setzen Sie sich.« Er deutet auf das Sofa und trägt das Tablett hinüber zum Couchtisch. »Mögen Sie Pfefferminztee?«

»Frau Cebulla wollte mir einen Kaffee machen.«

»Sicher hat sie es vergessen. Sie müssen entschuldigen, heute sind hier alle ein bisschen neben der Spur.« Völxen telefoniert dem Kaffee hinterher, während sich Elena Rifkin auf dem Sofa niederlässt. Ein rotes Kissen mit einem aufgestickten Schaf blökt, als sie sich dagegen lehnt.

»Meine Mitarbeiter sind Kindsköpfe, alle miteinander«, grinst Völxen. »Käsebrötchen?«

»Das ist Ihres.«

»Nein, nein, bitte, greifen Sie zu.«

Das lässt sich Rifkin nicht zweimal sagen.

Völxen plumpst in den Sessel und sieht ihr mit einem wehmütigen Gesichtsausdruck beim Essen zu. Seine Frau, klagt er, habe ihn auf eine Low-Carb-Diät gesetzt, was darauf hinauslaufe, dass er fast nur noch Gemüse esse. Theoretisch gingen auch Fleisch und Fisch, aber dann halte ihm seine Tochter Wanda einen Vortrag über Massentierhaltung und leer gefischte Meere.

»Eier«, sagt Rifkin zwischen zwei Bissen.

Völxen zieht die Augenbrauen hoch, dann nickt er. »Sie haben vollkommen recht, ich müsste mich mehr durchsetzen. Ist aber gar nicht so einfach, wenn man zwei resolute Frauen im Nacken sitzen hat.«

»Eier«, erklärt Rifkin, als ihr Mund wieder leer ist, »haben auch keine Kohlenhydrate.«

Völxen lächelt und bemerkt, sein Nachbar, der Hühnerbaron, habe die allerbesten Eier weit und breit. »Aber ich muss aufpassen. Der Cholesterinspiegel …«

»Mein Großvater sagte immer: *Das Laster ist die Würze des Lebens*«, entgegnet Rifkin.

»Ein weiser Mann«, gibt Völxen zu, während ihm ein tiefer Seufzer entfährt. Dann gießt er aus einer Plastikflasche einen zähflüssigen, braungrünen Brei in ein Glas. Rifkin sieht ihm entsetzt dabei zu.

»Sagen Sie nichts! Ich weiß, wie das aussieht«, sagt Völxen. »Das ist ein Grünkohlsmoothie. Soll sehr gesund sein.«

»Nichts für ungut, aber damit würde meine Mutter höchstens den Garten düngen.«

Auch Völxen bringt es anscheinend nicht über sich, das Zeug zu trinken. Abrupt steht er auf, murmelt, dass man es auch übertreiben könne, reißt das Fenster auf und kippt die jaucheartige Masse nach draußen.

Rifkin muss an die Küche ihrer Mutter denken, die von Diäten und gesunder Ernährung noch nie etwas gehört zu haben scheint, und meint voll des Mitleids: »Die Hammelkopfsülze meiner Mutter ist eine Wucht, ich bring Ihnen mal was davon mit.«

Völxen sieht sein Gegenüber konsterniert an.

Völlig verstört, der Mann, schlussfolgert Rifkin. Sie hat das Käsebrötchen aufgegessen und kommt zur Sache: Um was es sich denn bei dieser wichtigen Aufgabe handele, von der der Herr Hauptkommissar vorhin gesprochen habe?

»Ach so, ja. Es ist leider eine lästige Formsache, aber wären Sie bereit, im Rechtsmedizinischen Institut der Obduktion des Opfers beizuwohnen?«

Sofort macht sich Rifkin auf den Weg. Im Erdgeschoss begegnet ihr ein Uniformierter, der aussieht, als wäre er hinter einem Güllewagen hergelaufen. Als er Rifkins Blick bemerkt, lamentiert er, »etwas Riesiges« habe ihm aufs Jackett geschissen, während er draußen eine geraucht habe.

»Rauchen ist gefährlich«, entgegnet Rifkin. »Das weiß man doch.«

»Ihr seid heute so still. Schmeckt es euch nicht?« Pedra Rodriguez unterzieht ihren Sohn und dessen Kollegin einer gründlichen Musterung.

»Es ist ausgezeichnet wie immer«, sagt Oda. Sie sitzen vor einer Platte mit Schinken, Oliven, Datteln in Speck, frittierten Fischchen, Tortilla und kleinen, höllisch scharfen Würstchen.

»Wenn das Völxen sähe«, meint Oda.

Wenn das Jule sähe! Die würde mich für vollkommen gefühllos halten. »Wie geht es Veronika?«, fragt er, um das verräterische Schweigen zu brechen.

»Frag lieber, wie es mir geht«, antwortet Oda. »Am Samstag habe ich sie nach Göttingen gefahren, in ihre Studentenbude. Sie hat dort ab Herbst einen Studienplatz in Medizin, macht aber vorher noch ein Praktikum.«

»Das ist nur eine halbe Stunde mit dem ICE«, meint Fernando.

»Es ist immer schlimm, wenn die Kinder ausziehen!«, meldet sich Pedra hinter der Kühltheke heraus zu Wort.

»Du sagst es«, pflichtet Oda ihr bei. »Es hat mir das Herz gebrochen. Ich habe die ganze Rückfahrt geheult.«

»Was ist mit deinem chinesischen Wunderheiler, seid ihr eigentlich noch zusammen?«, will Fernando jetzt wissen.

»Tian und ich sind gute Freunde, wie man so schön sagt.«

»Ach«, meint Fernando traurig. »Wieso?«

Oda holt tief Atem und erklärt: »Wir sind beide einfach zu eigenwillige Persönlichkeiten.«

»Verstehe. Ihr seid wie zwei Planeten, die eine Weile auf derselben Bahn nebeneinander hergezogen sind …«

»Hast du dir wieder eine Ladung Bollywoodfilme reingezogen?«

Ertappt senkt Fernando den Kopf, und Oda knurrt leise: »Das war's jetzt mit meinem Privatleben, lass dir was anderes einfallen.«

Aber Fernando fällt nichts mehr ein, Oda gibt sich ebenfalls maulfaul, und so essen sie schweigend die Platte leer. Pedra bringt unaufgefordert zwei Kaffee an den Tisch. Als sie ihn abgestellt hat, stemmt sie die Hände in die Seiten und funkelt Fernando mit ihren dunklen Augen an. »Und jetzt will ich auf der Stelle wissen, welcher Floh euch über die Leber gelaufen ist.«

»Es heißt Laus, Mama.«

»Nun sag's schon«, stöhnt Oda.

»Jules Mutter wurde heute Morgen tot aufgefunden.«

Pedra reißt Mund und Augen weit auf. »Was sagst du da? Die Mama von *Chule*? Tot?« Sie wird bleich, schlägt ein Kreuz über der Brust und murmelt etwas Spanisches.

»Ermordet«, fügt Oda hinzu.

Zwei Falten graben sich zwischen Pedras kräftige Augenbrauen: »Und da sitzt ihr hier herum?«

Fernando senkt schuldbewusst den Kopf, Oda übernimmt die Verteidigung. »Wir sind seit sechs Uhr auf den Beinen und vernehmen Leute. Wenn wir zusammenklappen, hilft das keinem weiter.«

»Wer hat das getan?«

»Jule glaubt, dass …«, beginnt Fernando.

»Darüber dürfen wir nicht sprechen«, geht Oda dazwischen.

»Wo ist *Chule* jetzt?«, fragt Pedra ihren Sohn, ohne auf Oda zu achten.

»Das weiß ich nicht.«

Pedra ringt die Hände und wird zur Furie. »Wieso weißt du das nicht? Sitzt hier und stopfst dich voll, anstatt sie zu trösten!«

»Ich bin im Dienst, Mama! Jule hat selbst zu mir gesagt, dass es ihr am meisten hilft, wenn ich meine Arbeit mache.«

»Dienst, Dienst ...«, erwidert Pedra gereizt. Sie packt Fernando bei den Schultern, der Kaffee schwappt aus der Tasse. »Du musst jetzt bei ihr sein und sie trösten, egal was sie sagt! Das arme Kind sitzt bestimmt allein zu Hause und weint sich die Augen aus dem Kopf.«

»Aber Oda meint ...« Fernando verstummt auf ein abwehrendes Zeichen von Oda.

»Sie ist zu ihrem Vater gefahren, der kann sie erst mal trösten«, erklärt Oda, die gerade zu dem Schluss kommt, dass es doch keine so gute Idee war, hierherzukommen.

Pedra winkt ab. »Männer! Die sind doch für so etwas gar nicht zu gebrauchen.«

»Entschuldige, was bin dann ich?«, entrüstet sich Fernando.

Pedra schaut ihn nachdenklich an, bleibt die geforderte Erklärung aber schuldig. Stattdessen macht sie eine unwillige Handbewegung und meint: »Ihr zwei, ihr seid so richtig deutsch!«

Wie zu erwarten war, ist Jan Mattai in sämtlichen sozialen Netzwerken präsent, sein Lebenslauf liegt quasi offen da. Er wurde 1963 in Soltau geboren, ging dort aufs Gymnasium, studierte danach in Hamburg Kommunikationswissenschaften. Volontariat beim *Hamburger Abendblatt*. Dort blieb er noch drei Jahre, dann schien er eine Weile als freier Journalist tätig gewesen zu sein. In den Neunzigern war er vier Jahre lang Medienberater einer Reederei, danach, von 1994 bis 1997, Pressesprecher der Senatsbehörde für Wissenschaft und Forschung. Im Anschluss daran wechselte er zu einem Energiekonzern, wo er bis 2003 blieb. Danach folgte eine längere Zeit ohne Festanstellung, und von 2006 bis 2010 war er bei der *Bild*-Hamburg. Dies bringt Jule auf die Idee, mit Fernandos Lieblingsfeind und der Nemesis des Dezernats zu telefonieren.

»Herr Markstein. Jule Wedekin hier.«

»Na, so was. Waren wir nicht schon beim Du?«

Jule ist da nicht so sicher. Wahrscheinlich hat er es ihr angeboten, und sie ist dem ausgewichen, aber das ist ihr im Moment egal.

»Es tut mir leid, das mit deiner Mutter«, hört sie ihn sagen. »Ich hab's gerade erfahren …«

»Kann ich dich sprechen?«

»Ja, klar.«

»Gleich?«

»Ich wollte eigentlich gerade … aber das kann ich absagen. Wollen wir im *Mezzo* einen Happen essen? Sagen wir, in einer halben Stunde?«

Der Ausflug zum Erkennungsdienst, die Fahrt zur Polizeidirektion und eine angemessene Wartezeit haben Svenja Mattai dabei geholfen, den Ernst der Lage zu erkennen und sich entsprechend zu benehmen. Artig sitzt sie am Tisch des Vernehmungsraums und nennt ihre personenbezogenen Daten.

»Sie sind zur selben Zeit wie Ihr Vater nach Hannover gezogen«, stellt Oda fest.

»Er wollte mich in der Nähe haben.«

»Warum sind Sie dann nicht zu ihm und Frau Wedekin in das Haus gezogen?«

Sie hebt abwehrend die Hände. »So nah muss es dann auch wieder nicht sein.«

»Wer bezahlt Ihre Wohnung?«

»Ich. Ein bisschen gibt mir Papa dazu.«

»Sie arbeiten im Alten- und Pflegheim *Abendfrieden* in Waldhausen. Seit wann?«

»Seit Juni.«

»Und davor?«

»Nordstadtkrankenhaus. Ich bin eigentlich gelernte Krankenpflegerin.«

»Warum sind Sie da weg«?

»Im *Abendfrieden* verdiene ich mehr. Es ist ein gutes Heim, unser Personalschlüssel liegt weit über dem Durchschnitt, man kann sich vernünftig um die Leute kümmern und muss nicht im Akkord Bettpfannen leeren.«

Das klingt, als würde sie ihren Beruf ernst nehmen, findet Oda und will wissen, von wann bis wann der Nachtdienst dauere.

»Von sieben Uhr abends bis sechs Uhr früh. Bis zehn sind noch die Kolleginnen von der Spätschicht da, ab dann bin ich allein. Ich mache gegen halb elf einen Rundgang und lege mich danach hin. Wenn ich Glück habe, läutet niemand und ich kann die ganze Nacht schlafen. Passiert aber selten, irgendwas ist immer.«

»Wie war es vergangene Nacht?«

»Da musste ich zweimal raus. Ein älterer Mann hatte Atemnot. Ich gab ihm was zum Inhalieren, dann ging's wieder.«

»Wann genau war das?«

»Da müsste ich nachsehen. Wir müssen alle Vorkommnisse im Pflegebuch dokumentieren. Aber ich glaube, das erste Mal war so etwa gegen Mitternacht, ich war gerade so richtig schön eingepennt. Das zweite Mal dürfte um eins herum gewesen sein.«

»Ist dieser Patient ansprechbar?«

»Ja. Er heißt Engelhorn. Es geht ihm körperlich schlecht, aber im Kopf ist er klar. Warum fragen Sie mich das? Denken Sie, dass ich ...?« Sie bringt den Satz nicht zu Ende. Offenbar hat sie ihre Lektion gelernt.

Oda gönnt ihr dafür ein winziges Lächeln. »Frau Mattai, mochten Sie Ihre Stiefmutter?«

»Stiefmutter. Also wirklich, ich bin doch kein kleines Kind.«

Oda bittet sie, die Frage zu beantworten.

»Nicht besonders. Ich fand sie arrogant. Aber mein Vater ist an ihrer Seite regelrecht aufgeblüht. Deshalb war es okay für mich.«

Gute Lügner, weiß Oda, bleiben immer möglichst nah an der Wahrheit. »Wann waren Sie zum letzten Mal in dem Haus in Bothfeld?«

»Am Mittwoch. Ich hatte frei und bin dort schwimmen gegangen.«

»Wie sind Sie dorthin gekommen?«

»Mit dem Rad. Ich habe kein Auto.«

»War Cordula Wedekin auch da?«

»Nein.«

»Ist sie Ihnen aus dem Weg gegangen? Oder Sie ihr?«

»Nein. Sie war auch manchmal zu Hause, wenn ich dort war. Ich kann mir meine freien Tage nicht immer aussuchen.«

»Wie häufig haben Sie Ihren Vater in den letzten Monaten gesehen?«

»Ungefähr einmal die Woche. Manchmal hat es auch zwei gedauert. Ich arbeite im Moment viel.«

»Was ist mit Ihrer leiblichen Mutter?«, erkundigt sich Oda.

»Sie starb, als ich zehn war. Krebs.«

»Das tut mir leid. Gab es danach andere Frauen im Leben Ihres Vaters?«

»Das fragen Sie am besten ihn.«

»Ich frage aber Sie.«

»Ja, die gab es. Und er hat sie alle der Reihe nach umgebracht. Er ist der reinste Blaubart. Das denken Sie doch, oder?« Ihre Wangen sind rot geworden. Dass man ihren Vater verdächtigen könnte, scheint der jungen Frau sehr zu schaffen zu machen.

»Ihr Vater erwähnte da so eine ... Gemeinschaft, der Sie eine Zeit lang nahestanden. Würden Sie mir etwas darüber erzählen?«

Svenja sträubt sich. »Was hat das denn mit Cordula zu tun?«

»Es gab Drohungen vonseiten dieser Leute.«

Ihre grünen Augen blicken Oda verwundert an, aber sie fragt nicht nach. »Das sind Heiden«, sagt sie.

»Erklären Sie mir das.«

»Was gibt's da zu erklären? Heiden eben. Ulrike, eine frühere Arbeitskollegin, hat mich ab und zu dorthin mitgenommen. Für Ulrike war das so eine Art Ersatzfamilie, die hat ja auch niemanden. Ich fand das ganz witzig, dieses Getue mit den alten Göttern und die Opferrituale am Lagerfeuer. Und den Typen, Einar. Der ist da der Platzhirsch, sie nennen ihn ›den Jarl‹. So hießen die Landesfürsten bei den Wikingern. Aber nach 'ner Weile ging mir das alles dann doch irgendwie auf den Keks. Einar plustert sich mordsmäßig auf und vögelt alles, was nicht rechtzeitig auf die Bäume kommt. Es wuseln da auch verdächtig viele strohblonde kleine Kinder herum.« Sie schaut Oda an und meint: »Sie wären vermutlich genau sein Fall, wenn Sie zwanzig Jahre jünger wären.«

»Demnach haben Sie ja exakt ins Beuteschema gepasst«, kontert Oda. »Hatten Sie denn Sex mit diesem Einar?«

»Das geht Sie ja wohl nichts an.«

Da dies eine Mordermittlung sei, gehe sie alles etwas an, klärt Oda ihr Gegenüber auf, lässt die Angelegenheit aber auf sich beruhen, da Svenjas Reaktion Antwort genug war. »Warum hat Ihr Vater Sie da rausgeholt, wovor hatte er Angst?«

»Er hat mich nicht *rausgeholt*. Mein Dad hat sich da in was reingesteigert. Laberte was von Psycho-Sekte und lauter solchen Quatsch.«

Vorhin, als es um ihren Job ging, klang sie erwachsen, jetzt klingt sie wie ein Teenager, registriert Oda, während Svenja ins Plaudern kommt. »Das sind nur harmlose Sinnsuchende, mehr nicht. Leute, die nicht in dieser scheiß Ellenbogengesellschaft leben wollen. Ihre Religion heißt Asatru. Das heißt Asentreue. Nach den Asen: Odin, Thor, Baldur, Frigg. Es gibt auch noch die Vanen: Njörd, Freya …«

Da habe sie ja eine Menge über nordische Mythologie gelernt, unterbricht Oda den Exkurs und fragt, ob Svenja von den dortigen Recherchen ihres Vaters gewusst habe.

Sie nickt. »Ich dachte mir schon so was, als er auftauchte und so getan hat, als würde er sich für Asatru interessieren. Und dann schmiss sich auch noch Ulrike, diese Klette, an meinen Vater ran. Die hat gar nicht gerafft, dass er sie nur als Quelle benutzt hat.«

»Ulrike – wie noch?«

»Ulrike Bühring. Sie nennt sich bei den *Lichtern des Nordens* aber Berenike.«

Wie Svenja sich dort genannt habe, will Oda wissen.

»Svenja. Ich war erst in Stufe eins.«

»Stufe eins, aha.« Oda unterdrückt nachlässig ein Grinsen.

Stufe eins, erklärt Svenja Mattai, sei eine Kennenlernphase, in der Leute an Ritualen, Lesungen der alten Schriften und allgemeinen Zusammenkünften teilnehmen könnten. Im Gegenzug leiste man in seiner Freizeit Arbeit für die Gemeinschaft. Aber man wohne noch nicht auf dem Gelände und bringe noch keine materiellen Güter in die Gemeinschaft ein.

Klingt wie auswendig gelernt, findet Oda und fragt, welche materiellen Güter Svenja denn als Heidin einer höheren Stufe einbringen könnte.

»Nichts!«

»Sind Sie rausgeflogen, weil Sie zu wenig Kohle hatten?«, meldet sich Fernando zu Wort.

Svenja kneift die Augen zusammen und sagt ärgerlich: »Noch einmal: Ich bin gegangen, weil's mir zu albern wurde, kapiert?«

Oda wendet sich an Fernando: »Kollege Rodriguez, du verstehst das nicht. Sie hat zwar kein Geld, aber schau sie dir an: jung, fruchtbar und blond. Bestes arisches Genmaterial.«

Es war klar, dass Oda den Spruch von vorhin nicht auf sich sitzen lassen würde. »Das stimmt«, sagt Fernando, während er Svenja mustert wie ein zum Verkauf stehendes Pferd.

Svenja ist aufgesprungen und kreischt: »Das lass ich mir nicht bieten! Ich werde meinem Vater sagen, wie Sie mich hier behandeln!«

»Hinsetzen«, sagt Fernando.

»Ach ja, der geliebte Papa«, seufzt Oda, während Svenja langsam wieder auf den Stuhl sinkt.

»Mittwoch war also Ihr freier Tag«, hält Fernando fest. »Wo waren Sie am Abend?«

»Keine Ahnung. Vermutlich daheim.«

»Kann es sein, dass Sie nachts vor dem Grundstück von Frau Wedekin herumgelungert haben?«

»Warum, bitte schön, sollte ich das tun? Ich war zu Hause. Kann ich jetzt gehen? Ich brauche noch etwas Schlaf.«

»Wir sind gleich fertig«, sagt Oda.

»Darf ich auch mal eine Frage stellen?«

»Bitte«, sagt Oda.

»Was genau ist denn eigentlich passiert?«

»Frau Wedekin wurde auf der Terrasse erstochen, danach warf man ihre Leiche in den Pool.«

Svenja verzieht keine Miene. Wieder gilt ihre Hauptsorge ihrem Vater. »Ich kann mir denken, dass Sie meinen Vater verdächtigen. Schon, weil er der Ehemann ist. Aber der könnte ihr nie etwas antun, das müssen Sie mir glauben!«

»Das wird sich zeigen«, meint Oda. »Eine letzte Frage habe ich noch: Als wir vorhin über Ihre Freundin Ulrike sprachen, sagten Sie: *Die hat ja auch niemanden.* Was meinten Sie damit?«

Achselzucken. »Keine Ahnung. Das hatte nichts zu bedeuten. Legen Sie immer jedes Wort auf die Goldwaage?«

»Manchmal schon«, sagt Oda und entlässt die Zeugin.

»Heiden!« Fernando schüttelt den Kopf. »So was Verrücktes.«

Oda hält dagegen. »Auch nicht verrückter als andere Religionen. Außerdem gibt es heute noch genug heidnische Bräuche. Warst du noch nie bei einem Osterfeuer? Hattet ihr keinen Weihnachtsbaum? Oder nimm Halloween. Bald wird kein Mensch mehr wissen, dass das auch noch der Reformationstag ist. Und die Bezeichnung Donnerstag kommt vom Gott Donar.«

»Ich dachte immer, Jule wäre unsere Klugscheißerin.«

»Ja, und offenbar kommt man damit sehr weit. Zumindest reicht's für ein eigenes Team als Oberkommissarin.«

»Mann, Oda, sei doch nicht so stinkig deswegen. Unter normalen Umständen ...«

»Wir sollten diesen alten Mann, diesen Engelhorn, sofort sprechen«, unterbricht Oda. »Sonst verwechselt der noch die Nächte, oder er erinnert sich an nichts mehr.«

»Oder er stirbt«, ergänzt Fernando.

Elena Rifkin presst Schultern und Kopf gegen die kühlen Fliesen des Sezierraums und atmet flach gegen den Mundschutz. Ihre Blicke wandern von den Spitzen ihrer Sneakers über den Fußboden, die Schränke und Gerätschaften, an den Wänden hinauf und wieder zurück. Ab und zu gerät dieser kleine Mann mit den schlohweißen Haaren in ihr Blickfeld, dann taucht, irgendwo im Augenwinkel, auch die Leiche auf, dieser madenhaft blasse, nackte Körper auf dem Stahltisch, gnadenlos ausgeleuchtet von der grellen Lampe des Sektionssaals, mit dem obligaten Zettel an einer Schnur um den großen Zeh. Die Füße sind unschön verformt, wahrscheinlich vom häufigen Tragen hoher Hacken.

Dabei war Elena Rifkin schon einmal bei einer Leichenöffnung dabei, während ihrer Ausbildung, inmitten eines Dutzends anderer. Vorher hatte man gewettet, wer wohl umkippen oder sich übergeben würde. Sie war weder umgekippt, noch hatte sie sich übergeben. Was vielleicht daran gelegen hatte, dass sie die meiste Zeit auf den Hinterkopf und die abstehenden Ohren eines Kollegen gestarrt hatte. Aber jetzt ist das etwas ganz anderes und sie bereut, Völxen das Käsebrötchen weggegessen zu haben.

Sie versteht sich selbst nicht mehr. Sie ist alles andere als ein Weichei, und heute Morgen hat sie Cordula Wedekin tot auf der Terrasse liegen sehen, und nicht nur das, sie hat sie sogar angefasst, hat sie vorschriftsmäßig untersucht, und es hat ihr nichts ausgemacht. Auch beim KDD hat sie schon Schlimmeres gesehen. Sie hat schon geholfen, Teile eines Selbstmörders aufzusammeln, der sich vor einen Zug geworfen hatte, ohne dabei umzukippen. Aber jetzt ist ihre Coolness auf einmal dahin. Vielleicht liegt es an der Haltung der Toten, die wie aufgebahrt daliegt, während sich Dr. Bächle und die Sektionsassistentin an dem Körper zu schaffen machen. Rifkin muss plötzlich an die Totenwache ihres Großvaters denken, sie sieht ihn vor sich liegen, in seinem Bett, das man so hingestellt hat, dass seine Füße in Richtung Tür zeigen. Sie sieht die Kerze neben seinem Kopf, der auf einem Kissen liegt und mit einem Tuch umwickelt ist, damit der Mund geschlossen bleibt. Um ihm die Augen mit zwei Scherben bedecken zu können, hat ihre Mutter extra eine Schüssel zerschlagen, das weiß sie noch, und dann kamen die Männer der Heiligen Bruderschaft, die den toten Körper wuschen und in die weißen Totenkleider hüllten. Noch heute erinnert sich Elena Rifkin an die Beklemmung, die sie während all dieser Rituale empfunden hat und über die sie mit niemandem sprechen konnte, schon gar nicht mit ihrer Mutter. Denn die, die sich selbst immer salopp als »Feiertagsjüdin« bezeichnet und normalerweise in Glaubensangelegenheiten eine ziemlich pragmatische Einstellung an den Tag legt, bestand auf einmal verbissen auf der Einhaltung sämtlicher Vorschriften, sogar auf das einwöchige Schiwa-Sitzen, bei dem die Bilder und Spiegel verhüllt werden und keiner der Trauernden das Haus verlassen darf. Niemand hatte gewagt, sich dem zu widersetzen, nicht einmal ihre Brüder, allerdings hatten die nur die ersten drei Tage durchgehalten. Drei Jahre ist das nun her, aber noch immer gibt es Augenblicke, da vermisst Rifkin den alten Mann so sehr, dass es ihr das Herz zusammenzieht und sie kaum noch atmen kann.

Sie presst die Hand gegen ihren Mundschutz. Seit Dr. Bächle die Bauchhöhle geöffnet hat, liegt ein fauliger Gestank in der Luft. Wozu dieser Aufwand? Vier Messerstiche, das reicht doch wohl, um die Todesursache zu benennen. Dass man den Mageninhalt mit einer Suppenkelle in ein Glas füllt, mag ja noch angehen, diese Maßnahme dient sicherlich der Bestimmung des Todeszeitpunkts, aber wieso muss man die ganzen Eingeweide herausnehmen und sie einzeln wiegen und beschreiben? Wieso muss man Scheibchen von der Leber abschneiden und sie unters Mikroskop legen? Ob er in seinem Bericht wohl auch die zwei Faceliftings erwähnen wird, über die Dr. Bächle und die Assistentin vorhin gesprochen haben, kurz nachdem sie das Gesicht der Leiche heruntergeklappt hatten wie einen Waschlappen?

»Oh, ein neues Gesicht bei der Mordkommission«, begrüßte Dr. Bächle sie vorhin, wobei er seine Ziehharmonika-Stirn in noch tiefere Falten legte und hinzufügte: »Jessesna, die arme Kommissarin Wedekin!«

»Oberkommissarin«, verbesserte Rifkin, aber der Rechtsmediziner lamentierte einfach nur in seinem drolligen Dialekt weiter vor sich hin: »Des arme Mädle. Sie ischt nämlich die Einzige, die sonscht immer gern zu uns kommt.«

»In den Sektionssaal?«

»Ja, freilich! Die Frau Wedekin ischt ganz verrückt nach Sektionen, mein gröschter Fan, sozusagen«, versicherte ihr Dr. Bächle, und für einen Augenblick fragte Rifkin sich, ob es wohl Voraussetzung war, einen an der Waffel zu haben, um in Völxens Abteilung zu kommen.

Was Rifkin selbst anging, wäre sie überall lieber als hier.

Seit fast einer Stunde fuhrwerken Bächle und seine Sektionsassistentin nun schon in der Leiche herum. Aus dem, was der kleine Mann – er ist tatsächlich noch ein Stück kleiner als Rodriguez – bisher ins Diktiergerät gebrabbelt hat, ist zu entnehmen, dass der Stich in den Hals, höchstwahrscheinlich der erste, die Halsschlagader durchtrennt hat. Laut Dr. Bächle habe der Täter dabei schräg hinter der Attackierten gestanden, diese habe gesessen. Allerdings sei das Opfer nach dem ersten Stich nicht sofort tot gewesen. Es erfolgten weitere Stiche, bei denen der Täter vor dem Opfer gestanden habe: einer in die Herzgegend, der zweite traf eine Rippe, der dritte durchdrang die linke Herzkammer, der vierte die Bauchdecke und führte zu Blutungen im Bauchraum. Spätestens nach dem Stich in die Herzkammer sei der Tod sofort eingetreten. Als Tatwaffe komme ein spitzes Messer mit einer zweieinhalb Zentimeter breiten und einer zwölf Zentimeter langen Klinge infrage.

Die Informationen tippt Rifkin in ihr Handy, obwohl alles bestimmt detailliert im Obduktionsbericht stehen wird. Aber wer weiß, wie verständlich das Medizinerlatein dann ist.

Ob sie vielleicht doch mal kurz an die frische Luft gehen kann? Aber was, wenn Hauptkommissar Völxen davon erfährt? Noch während die Kommissarin mit ihrem Gewissen und einer aufkommenden Übelkeit ringt, stößt der Doktor einen Seufzer aus und meint: »Die Läber, die g'fällt mir gar net.«

»Was heißt das genau?«

»Die Läber deutet auf einen recht legeren Umgang mit Alkohol hin, und zwar über etliche Jahre hinweg.«

»Sie war ein Alki?«

Dr. Bächle sieht sie über seinen Mundschutz hinweg mit einer

Mischung aus Nachsicht und Strenge an. »Ich würde es anderscht formulieren, aber Sie ham net ganz unrecht.«

»Wann war denn nun der genaue Todeszeitpunkt?«, fragt Rifkin, denn dies scheint ihr im Moment das Wichtigste zu sein.

Bächle wackelt mit seinem weißen Haupt hin und her. »Ich denk, ich kann mich auf fünf Schtund nach der letschten Mahlzeit feschtlägen, wenn man vom Mageninhalt ausgeht. Es war übrigens Spinat und Lachs, der ischt immer a bissle fett, und vom Salat ischt noch … Frau Kommissarin? Wohin des Wäges?«

»Schade, dass wir uns zu einem so traurigen Anlass sehen«, begrüßt der *Bild*-Reporter Boris Markstein Jule und verzichtet ausnahmsweise einmal auf schmierige Komplimente. Aus Pietät, fragt sich Jule, oder weil ich wirklich beschissen aussehe? Markstein wiederum hat sich schon wieder ein neues Image zugelegt. Kennengelernt hat ihn Jule mit Trenchcoat, Cowboystiefeln und strähnigem Haar, bis vor einem Jahr lief er mit kahlrasiertem Schädel und Lederjacke herum, und nun ist er mit Jackett, Seitenscheitel, Bart und Balkenbrille zum Hipster mutiert. Wie ein Chamäleon, denkt Jule, und dass sie ihn womöglich gar nicht erkannt hätte, wären sie nicht verabredet.

Sie stellt ihre Fragen bis nach dem Essen zurück, denn sie hat plötzlich das Gefühl, ohne etwas im Magen gleich umzukippen und außerdem keinen klaren Gedanken fassen zu können. Nachdem sie ein Baguette mit Käse zur Hälfte gegessen hat, fühlt sie sich besser.

Boris Markstein bestellt Kaffee und fragt, wie er Jule denn nun helfen könne.

»Jan Mattai. Der zweite Mann meiner Mutter. Ich habe gesehen, dass er von 2006 bis 2010 bei der *Bild*-Redaktion in Hamburg gearbeitet hat, und in deinem Lebenslauf auf XING habe ich gesehen, dass du von 2007 bis Mitte 2009 auch dort warst.«

»Was willst du wissen?«

»Alles. Wie er gearbeitet hat, was du von ihm als Journalist hältst und was du über sein Privatleben weißt.«

Markstein hätte seinen Beruf verfehlt, wenn er nicht zurückfragen würde: »Du verdächtigst ihn?«

»Ich will einfach so viele Informationen wie möglich über ihn sammeln.«

»Das ist eine private Ermittlung, habe ich recht?«

»Ja, und dies hier ist ein privates Treffen.«

Markstein versichert ihr, dass er es genauso betrachten werde. Aber selbst wenn nicht, ist es Jule im Moment einfach egal.

Mattai, beginnt Boris Markstein, sei ein recht ordentlicher Reporter gewesen. Er habe die Leute dazu gebracht, mehr zu sagen, als sie eigentlich wollten, darin sei er gut gewesen.

»Und warum ist er weg?«

»Genau kann ich das auch nicht sagen«, erwidert Markstein, »weil ich im Jahr 2010 ja schon weg gewesen bin. Gerüchten zufolge hat es Differenzen mit einem neuen Redaktionsleiter gegeben. Wahrscheinlich war Mattai auf dessen Posten scharf, hat ihn aber nicht bekommen und ist daraufhin beleidigt gegangen. Als Freischaffender hat Mattai teilweise ganz gute Artikel und Reportagen verfasst. Er war jedoch selten ein Vorreiter, sondern eher ein Wiederkäuer.« Er denkt kurz nach und fasst dann zusammen: »Es war solide Arbeit, aber nur selten eine Perle dabei. Außerdem hat sich der Kollege auch hin und wieder vor den Karren von Lobbyisten spannen lassen.

»Er war korrupt?«

»Es ist eine Grauzone«, meint Markstein. »Man wird, zum Beispiel, von einem Energieriesen unverbindlich eingeladen. Natürlich sagt einem keiner direkt: ›Schreib einen positiven Artikel über Fracking, und dafür kriegst du eine zehntägige Luxussafari im Krüger Nationalpark für zwei spendiert oder eine Städtereise nach Dubai – mit einem kleinen Informationsprogramm als Alibi.‹ So läuft das nicht. Aber es entsteht durch solche Offerten doch eine gewisse Erwartungshaltung, der man sich als Schreibender früher oder später verpflichtet fühlt. Das bedeutet nicht, dass man grundsätzlich gegen seine Überzeugung anschreibt, aber man ist eben geneigt, Themen anders auszuwählen und Sachverhalte anders abzuwägen.«

Jule winkt ab. »Kenn ich von meinem Vater. Die Pharmafirma zahlt Flug und Hotel und die Gebühr für den Ärztekongress in den USA. Natürlich hat es keine Folgen für dich, wenn du hinterher ihr Medikament nicht verschreibst. Nur kannst du beim nächsten Mal deine Spesen selbst zahlen.«

»Siehst du!«, grinst er. »So läuft es überall, warum soll es im Journalismus anders sein?«

»Bei uns läuft's nicht so«, stellt Jule richtig.

»Klar, ihr seid natürlich die Insel der Seligen.«

Jule hat schon eine scharfe Antwort auf der Zunge, aber sie erinnert sich rechtzeitig daran, dass ja sie etwas von Markstein will. Der Kaffee wird gebracht, und Jule wartet, bis die Bedienung wieder weg ist, ehe sie fragt: »Was weißt du über sein Privatleben?«

»Nur ein paar harte Fakten. Seine erste Frau ist 2003 gestorben. Mit ihr hat er eine Tochter, aber das wirst du ja wissen. Im November 2009 kam auch noch seine zweite Frau ums Leben, aber da war ich schon in Hannover.«

»Seine zweite Frau?«

Dass Mattai verwitwet war, hat Jule gewusst. Ihre Mutter hat es immer extra betont, weil es in ihren Ohren so viel besser geklungen hat als geschieden. »Er war dazwischen noch einmal verheiratet?«, vergewissert sich Jule.

»Ja«, bestätigt Markstein. »Mit einer Zahnärztin.«

Wie konnte ihr das entgehen? Sie hat ihn doch überprüft? Jule schiebt ihre Kaffeetasse beiseite und beugt sich über den Tisch. »Wie kam Nummer zwei ums Leben?«

»Sie lief vor einen Lieferwagen, der, so stellte sich heraus, über siebzig gefahren ist, obwohl nur fünfzig erlaubt waren. Es gab eine Anklage wegen fahrlässiger Tötung. Soviel ich weiß, wurde der Fahrer sogar verurteilt, auf Bewährung. Er sagte aus, sie sei wie aus dem Nichts auf der Fahrbahn aufgetaucht.«

»Gab es Ermittlungen?«, stößt Jule atemlos hervor.

»Gegen Mattai meinst du? Nein, davon hätte ich erfahren. Die Hamburger Redaktion ist natürlich an der Sache drangeblieben.« Der Reporter lacht kurz auf. »Am Ende haben sie dann eine Serie über Lieferverkehr in Wohngebieten, Tempolimits und Gefahrenstellen gebracht. Meine damalige Kollegin Lori kann dir sicher mehr darüber erzählen, die hatte auch mal was laufen mit Mattai. Ich schick dir ihre Kontaktdaten.«

»Danke«, sagt Jule, während Markstein bereits auf seinem Smartphone herumtippt.

»Du scheinst den Typen nicht sehr zu mögen«, stellt der Reporter fest.

»Doch, doch«, knirscht Jule. »Ich kann's nur nicht so zeigen.«

»Eigenartig«, meint Markstein. »Mir ging's genauso. Ich kann dir nicht sagen, warum, er hat mir nichts getan, aber ich hatte trotzdem nie Lust, mal ein Bier mit ihm zu trinken. Nenn es Instinkt oder Paranoia, aber ich hab dem Kerl einfach nicht über den Weg getraut.«

»Herr Engelhorn, die Herrschaften sind von der Polizei. Sie möchten Ihnen ein paar Fragen stellen.« Die Altenpflegerin, auf deren Schürze der Name »Friedrich« eingestickt ist, spricht in jenem lauten und überdeutlichen Tonfall, den man sich in ihrem Beruf anscheinend mit der Zeit aneignet.

Herbert Engelhorn sitzt in einem Rollstuhl vor dem Fenster und scheint nicht zu reagieren. Die Pflegerin durchquert mit resolutem Schritt das Zimmer. »Ich drehe Sie mal besser um, in Ordnung?«

Herbert Engelhorn scheint kein Dauergast im *Abendfrieden* zu sein. Im Zimmer befinden sich keine mitgebrachten Möbelstücke, keine Bilder, kein Nippes. Zwei Koffer oben auf dem Kleiderschrank und ein kleiner Stapel Bücher auf dem Nachttisch sind die einzigen persönlichen Dinge, die Oda auf den ersten Blick erkennen kann.

Frau Friedrich schreitet zur Tat, und wenig später sitzt Herr Engelhorn mit dem Rücken zum Fenster und kann seine Besucher betrachten – und diese ihn. Oda ist überrascht. Sie hat einen Greis erwartet, aber Engelhorn ist erst Mitte sechzig. Sein Teint ist nahezu farblos, sein Kopf mit den dünnen, struppig abstehenden Haarsträhnen erinnert Oda an ein halb gerupftes Vogeljunges. Die

Jacke seines Trainingsanzugs schlottert von seinen knochigen Schultern, anscheinend war er nicht immer so dünn wie jetzt. Der Blick seiner hellbraunen Augen ist wach und klar – oder genau genommen ist es nur der Blick des rechten Auges, denn das linke wird bis zur Hälfte vom Augenlid bedeckt.

»Ich lasse Sie jetzt mit Herrn Engelhorn allein«, sagt die Pflegerin und sieht Oda und Fernando dabei streng an. »Aber überfordern Sie ihn nicht, das Sprechen fällt ihm schwer.«

Oda wartet, bis die Frau weg ist, dann stellt sie sich und Fernando vor. Herr Engelhorn deutet mit der rechten Hand auf einen Sessel. Die linke liegt in seinem Schoß wie ein totes Tier.

Oda setzt sich auf die Sesselkante. »Wir möchten Sie nicht lange stören, Herr Engelhorn.« Sie ertappt sich dabei, dass sie genauso laut und deutlich redet wie die Pflegerin.

»Wobei denn?«, erwidert Engelhorn, und sein Lächeln wäre wohl schelmisch, würde nicht der linke Mundwinkel schlaff herabhängen. »Sie müssen auch nicht schreien. Ich bin nicht schwerhörig.«

Seine Stimme ist schwach und brüchig, eine Mischung aus Krächzen und Flüstern, das sich anhört, als käme es aus dem Jenseits.

»Verzeihung«, sagt Oda in normalem Tonfall.

Er atmet schwer, dann presst er hervor: »Schlaganfall vor sechs Wochen. Aber mit den Ohren und im Oberstübchen ist noch alles in Ordnung. Fast möchte man sagen: leider.«

Oda erwidert sein Lächeln. »Herr Engelhorn, wie haben Sie letzte Nacht geschlafen?«

Engelhorn hebt überrascht die rechte Augenbraue, dann scheint er nachzudenken oder seinen Atem fürs Sprechen zu sammeln. Schließlich antwortet er: »Nicht so dolle. Im Liegen krieg ich manchmal ganz schlecht Luft.«

»Haben Sie Hilfe geholt?«

»Ja. Zweimal musste ich das Mädchen von der Nachtwache herausklingeln.«

»Kennen Sie den Namen der jungen Frau?«

»Den Vornamen. Svenja. Nette Person.« Er muss kurz husten,

ehe er fortfährt: »Sie behandelt einen wenigstens wie einen erwachsenen Menschen, wenn Sie verstehen, was ich meine.«

»Wissen Sie noch, um welche Uhrzeit das war?«

»Ungefähr um Mitternacht«, keucht Engelhorn. »Dann noch mal etwa eine Stunde später. Das war mir sehr unangenehm.«

»Es war definitiv die vergangene Nacht?«, vergewissert sich Oda.

»Ich bin nicht dement«, entgegnet Engelhorn ungehalten. Er macht eine Pause, ringt nach Luft, dann erklärt er: »Ich weiß auch noch, dass es heute Mittag Königsberger Klopse gab. Lassen Sie es sich von diesem Dragoner bestätigen, der Sie reingelassen hat. Und richten Sie ihr auch gleich aus, dass sie ungenießbar waren.«

Nach dieser langen Rede muss er erst einmal tief Atem holen, wobei ein rasselndes Geräusch entsteht.

»Herr Engelhorn«, mischt sich nun Fernando in das Gespräch. »Ich glaube, ich kenne Sie. Haben Sie nicht einen Teeladen in Linden?«

»Ja, aber jetzt nicht mehr«, presst er hervor.

»Das tut mir leid. Meiner Mutter gehört der spanische Tapas- und Weinladen, sie war Kundin bei Ihnen.«

Er nickt und versucht erneut zu lächeln. »Ich hab mir da manchmal Schinken geholt, und Wein. Grüßen Sie sie.« Das viele Reden führt erneut zu einem Hustenanfall.

Oda wirft Fernando einen vorwurfsvollen Blick zu. »Vielen Dank, Herr Engelhorn, das war's auch schon«, sagt sie, als der Mann sich wieder beruhigt hat. Der alte Herr hebt die Hand, wohl um anzudeuten, dass er noch etwas loswerden will. Er räuspert sich und krächzt: »Hat die Kleine was ausgefressen?«

»Wie es aussieht, wohl nicht«, antwortet Oda.

»Von welchem Dezernat kommen Sie?«, flüstert er.

»Mordkommission«, sagt Oda.

»Oh. Wer … wer ist denn ermordet worden?«

»Eine Frau aus Bothfeld«, antwortet Oda.

Er reißt das rechte Auge auf, was ihn grotesk aussehen lässt. »Eine Frau? Letzte Nacht?«, krächzt er, und seine bewegliche Hand fährt an seinen schiefen Mund.

Die Nachricht scheint ihn aufzuregen, Oda bereut ihre Offenheit. »Wir dürfen Ihnen leider nicht mehr sagen. Aber Sie werden bestimmt bald in der Zeitung davon lesen.«

Herr Engelhorn nickt und hustet.

Die Tür geht auf, und die Pflegerin, die Herbert Engelhorn mit der Bezeichnung »Dragoner« wirklich passend beschrieben hat, streckt den Kopf zur Tür herein und schaut erbost auf den hustenden Patienten und dann auf Oda, die sich zum Gehen bereit macht.

»Wir sind schon fertig«, sagt sie.

»Herr Engelhorn, geht es?«, brüllt Frau Friedrich. »Brauchen Sie Sauerstoff?«

Es sei alles in Ordnung, röchelt der Patient.

»Wiedersehen, Herr Engelhorn, und alles Gute für Sie«, wünscht Oda.

Der Mann, jetzt nur noch leise hüstelnd, winkt mit seiner noch intakten Hand resigniert ab.

»Ja, Wiedersehen.« Fernando deutet ein Winken an. »Ich grüße meine Mutter, ganz bestimmt.«

Sie gehen hinaus, Oda schließt die Tür, leise und vorsichtig, wie es sich für ein Krankenzimmer geziemt. Sie warten, bis auch Frau Friedrich wieder herauskommt.

»Ich hatte Sie doch gebeten, Rücksicht zu nehmen«, blafft die Pflegerin die Ermittler an.

»Hat er Angehörige, die sich um ihn kümmern?«, fragt Oda.

Sie schüttelt den Kopf. »Wir kümmern uns um ihn. Und um dreißig andere Leute auch noch, deshalb muss ich jetzt los.«

Fernando gönnt der Frau ein strahlendes Lächeln und sagt: »Danke, Frau Friedrich, dass wir mit Herrn Engelhorn reden durften.«

Die Miene des Dragoners hellt sich auf, und Oda ertappt sich bei dem Gedanken, dass die Frau bestimmt schon lange von keinem Mann mehr angelächelt wurde.

Fernando treibt seine Charmeoffensive auf die Spitze: »Frau Friedrich, schenken Sie uns bitte noch eine Minute Ihrer kostbaren Zeit.«

Sie nickt Fernando huldvoll zu.

»Was können Sie uns über Svenja Mattai sagen?«, fragt Fernando.

»Was wollen Sie denn wissen?«, entgegnet sie in einem ausgesprochen zuvorkommenden Ton.

»Sind Sie zufrieden mit ihrer Arbeit?«

»Ja, durchaus. Sie ist ja noch nicht lange hier, aber sie macht sich recht ordentlich. Die Leute mögen sie. Dass sie eine Ausbildung zur Krankenpflegerin hat, kommt uns sehr gelegen.«

»Ist sie zuverlässig? Pünktlich?«

»Bis jetzt schon, ja. Sie hat wohl kapiert, dass das ihre letzte Chance ist und sie hier keine krummen Sachen machen darf.«

»Was denn für krumme Sachen?«, fragt Fernando.

Frau Friedrich presst die Lippen zusammen und schüttelt den Kopf. »Ich weiß nicht, ob ich Ihnen das sagen darf …«

»Es geht um Mord.« Fernandos dunkle Augen blicken die Frau eindringlich an, während er sie gleichzeitig aufmunternd anlächelt. »Da könnte uns jeder Hinweis helfen.«

Ihr Widerstand schmilzt dahin. »Im Nordstadtkrankenhaus wurde ihr fristlos gekündigt. Es soll Unregelmäßigkeiten bei den Medikamentenbeständen gegeben haben.«

»Sie hat Pillen geklaut?«, bringt es Fernando auf den Punkt.

»Angeblich, ja. Aber hier ist noch nichts vorgefallen, ich achte natürlich sehr darauf.«

»Danke, Sie waren uns eine große Hilfe.« Er strahlt die Frau an.

»Gern, Herr …«

»Rodriguez. Fernando Rodriguez«, wiederholt er mit extra rollendem R.

Oda, die findet, dass ihr Kollege es mal wieder ziemlich übertreibt, nutzt die Gunst der Stunde und fragt: »Kommt der Herr Engelhorn denn jemals wieder auf die Beine?«

Das, seufzt die Pflegekraft, sei schwer zu sagen. Bei manchen Schlaganfallpatienten schlage die Reha sehr gut an, bei anderen nicht. »Aber sein Lungenkrebs dürfte wohl das größere Problem sein. Ein paar Wochen noch, dann ist es vorbei.«

Oda schluckt.

»Hat er geraucht?«, fragt Fernando.

»Das weiß ich nicht. Aber wie dem auch sei, jetzt ist jedenfalls Schluss damit.«

Oda möchte noch die Aufzeichnungen über die Einsätze der vergangenen Nacht einsehen.

»Das Pflegebuch liegt unten«, kommt es kurz angebunden. »Fragen Sie an der Pforte.«

Das Handy vibriert in der Tasche ihres weißen Kittels. Ulrike Bühring stellt die Kaffeetasse beiseite und drückt auf die grüne Taste. »Ja?«

»Hi, hier ist Svenja.«

»Svenja!«, ruft sie erfreut. »Woher hast du gewusst, dass ich gerade Kaffeepause habe? Ach Unsinn, natürlich weißt du, wann wir Pause machen. Ich wollte dich auch schon dauernd anrufen, aber dann habe ich mich nicht getraut, weil du das letzte Mal so ... ach, ist ja egal, ich freu mich, dass du dich wieder mal meldest.«

»Sie ist tot.«

»Was? Wer?«

»Meine Stiefmutter.«

Ulrike fragt sich, ob dies wieder einer von Svenjas grenzwertigen Scherzen ist. Sie kann manchmal sehr eigenartig sein. Aber gerade das Unberechenbare an ihr macht ihre Gesellschaft so interessant.

»Sie wurde gestern Nacht erstochen«, hört sie Svenja sagen. »Warst du das?«

»Sag mal, spinnst du?«

»Das war 'n Witz, verdammt.«

»Dann ist sie nicht tot?«, fragt Ulrike irritiert.

»Doch. Die Polizei lügt ja wohl nicht.« Svenja kichert. »Du hast jetzt also freie Bahn.«

»Das ist nicht witzig!« Ulrike wird heiß. »Du hast doch nicht etwa der Polizei ... was hast du denen gesagt? Über mich, meine ich.«

»Jetzt komm mal wieder runter«, erwidert Svenja. »Ich habe

nichts gesagt. Aber die Polizei wird sicher bei euch auf dem Gut aufkreuzen.«

Ulrike fühlt, wie ihr der Schweiß ausbricht. »Aber wieso denn?«

»Hat dieser Idiot Einar meinen Vater bedroht? Oder jemand anders?«

»Das weiß ich nicht«, sagt Ulrike und denkt bei sich, dass es schon vorstellbar wäre. Nicht Einar selbst, dazu ist er viel zu klug und beherrscht. Aber vielleicht Leif. Oder Ragnar.

»Danke für die Warnung, Svenja.«

»Sag mal, wohnst du jetzt da?«

»Ja, aber vorerst nur für ein halbes Jahr. Es ist toll. Ganz anders, als wenn man nur zu Besuch hinkommt. Komm doch mal her.«

»Lieber nicht. Einar ist bestimmt stinksauer auf mich. Aber sag ihm trotzdem, dass ich euch gewarnt habe.«

»Mach ich«, versichert Ulrike. »Können wir uns mal wieder treffen?«

»Mal sehen. Ich melde mich.«

»Bestimmt?«

»Bestimmt. Bis dann, Berenike!«

Auf dem Weg zum Parkplatz kommt Oda der Himmel blauer und die Sonne wärmer vor als bei ihrer Ankunft, und auch die Vögel zwitschern fröhlicher. Sie atmet tief durch, um den Mief des Pflegeheims aus ihren Lungen zu pressen. Dabei war dieses Heim wirklich noch eines der besseren.

Beim Wagen angekommen, fragt Fernando: »Noch eine rauchen, bevor wir losfahren?«

»Halt die Klappe!«

Fernando grinst.

»*Schenken Sie uns nur noch eine Minute Ihrer kostbaren Zeit*«, säuselt Oda, als sie im Wagen sitzen. »Was war das denn?«

Fernando hebt das Kinn und entgegnet, er sei eben ein freundlicher Mensch, denn damit erreiche man viel mehr, und es werfe außerdem ein gutes Licht auf die Polizei.

»Ein Schmierlappen bist du.«

»Kann man diesem Engelhorn glauben?«, fragt Fernando.

»Verwirrt ist er jedenfalls nicht. Das mit den Königsberger Klopsen stimmte, am Schwarzen Brett hing der Essensplan.« Oda schüttelt sich. »Meine Mutter hat das manchmal gekocht, ich hab's gehasst. Und seine Angaben decken sich mit den Vermerken im Buch.«

Oda hat das Pflegebuch noch vor Verlassen des Heims kontrolliert. Es verzeichnete für die vergangene Nacht einen Eintrag um 23.55 Uhr. *Zimmer 205, Engelhorn, Sauerstoff verabreicht,* und denselben Eintrag noch einmal für 1.04 Uhr. Es waren die einzigen Einsätze in dieser Nacht.

»Schade«, meint Oda. »Svenja war meine Lieblingsverdächtige.«

Fernando zuckt die Achseln. »Vielleicht ist es ja wirklich ganz einfach, und Jule hat recht. Es gab Streit, Mattai hat sie erstochen. Jule macht so eine Anschuldigung doch nicht ohne Grund.«

Oda antwortet nicht. Jule ist eine Angehörige und als solche fernab jeglicher Objektivität.

Sie stehen an der Kreuzung vor dem Segelhafen, als Oda Fernando bittet, da vorne mal anzuhalten.

»Wieso denn?«

Er solle gefälligst einer Kollegin mit höherem Dienstgrad gehorchen und keine überflüssigen Fragen stellen, stellt Oda klar.

Fernando verdreht die Augen und biegt in eine Parklücke ein. Oda steigt aus und befiehlt ihm mitzukommen. Fernando folgt ihr zur Bar des *Pier 21,* wo Oda zwei alkoholfreie Cocktails bestellt. Wenig später sitzen sie in einem Strandkorb, nuckeln an ihren bunten Getränken und blicken auf den Maschsee hinaus. Segel leuchten zwischen glitzernden Wellen, ein Ruderboot gleitet dahin, die Kommandos der Steuerfrau hallen sanft über die Wasserfläche. Auf der Uferpromenade bummeln Spaziergänger, und etlichen Joggern scheint es noch immer nicht zu heiß zu sein.

Fernando verschränkt die Hände im Nacken, blinzelt in die Sonne und streckt die Beine aus. »Völxen würde uns den Kopf abreißen, wenn er uns sehen könnte. Ganz zu schweigen von Jule.«

»Das Leben ist kurz«, antwortet Oda. »Auf die paar Minuten kommt's auch nicht mehr an.«

»Was ist los? Midlife-Crisis oder Klimakterium?«

»Fragt ausgerechnet der, der sich die Haare färbt!«

Dies weist Fernando empört von sich, während er sich durch seine schwarzen Locken fährt. Er färbe sich nicht die Haare, er verwende nur ein Tönungsshampoo. »Genau wie der Kanzler!«

Aber Oda ist mit den Gedanken woanders. »Stell dir vor, dich trifft so ein verdammter Schlaganfall, und von einem Tag auf den anderen sitzt du in einem Pflegeheim, das auch noch *Abendfrieden* heißt, und du kannst dich nicht mehr rühren. Da wäre ich wirklich lieber gleich tot.«

»Das übernimmt bei Engelhorn ja bald der Lungenkrebs. Was mich zu der Frage führt, warum du dir noch keine angezündet hast.«

»Rodriguez, ist dir klar, dass du am Watschenbaum rüttelst?«

Fernando wechselt vorsichtshalber das Thema. »Was glaubst du, warum Mattai Jules Mutter geheiratet hat?«

»Bestimmt hat er sich was ausgerechnet. Beeindruckt vom repräsentativen Wedekin'schen Anwesen ...«

»Aber Jules Mutter sah noch verdammt gut aus für ihr Alter – sogar als Leiche.«

»Du denkst also, es gibt noch wahre, uneigennützige Liebe auf diesem Planeten?«

»Du nicht?«

»Unter Teenagern vielleicht, aber nicht bei Männern in Mattais Alter. Da ist es immer ein Kuhhandel.«

»Du bist eine Zynikerin.«

»Und du ein verblendeter Romantiker«, gähnt Oda, die gerade auf ihren toten Punkt zusteuert, wie immer am frühen Nachmittag.

Beide widmen sich für eine Weile schweigend ihrem Getränk, bis Fernando beginnt: »Nur mal so theoretisch: Würdest du mich heiraten wollen?«

Oda betrachtet Fernando prüfend von der Seite. Dann bekennt sie, sie fühle sich durch seine Frage zwar geehrt, aber eine Heirat komme weder mit ihm noch mit einem anderen Kandidaten infrage. Sie sei nämlich überhaupt nicht erpicht auf einen Mann in ihrem Haushalt, der früher oder später nach Dienstleistungen aller Art verlange, dem man außerdem zuhören und mit dem man das Fernsehprogramm abstimmen müsse. »Nimm's nicht persönlich, Fernando, aber: nein.«

»An Jules Stelle, meine ich doch!«

»Ich rate dir, mit solchen Überlegungen noch drei Jahre zu warten.«

»Wieso das denn?«

»Nach 36 Monaten ist der Liebesrausch zu Ende und der Hormonpegel wieder im grünen Bereich.«

»Wer sagt das?«

»Die WHO.«

»Dass du aber auch immer so negativ sein musst!«, schnaubt Fernando verärgert.

»Ich bin nicht negativ, ich verweigere mich nur dem Diktat der Romantiker.«

»Hä?«

»Ich beobachte jeden Tag, wie die Leute am vollkommen unrealistischen Mythos der romantischen Liebe scheitern, und diesen Unfug mache ich nicht mit. Aber natürlich ist gegen guten Sex hin und wieder überhaupt nichts einzuwenden, also falls du da mal ein Defizit verspürst ... He, wo läufst du denn hin? Das ist nicht sehr charmant!«

Zwar kennt Fernando längst Odas lockere Einstellung in Sachen Sex, und die Tatsache, dass sie auch noch unverblümt darüber redet, mag daran liegen, dass ihr Vater Franzose ist. Aber manchmal ist er nicht sicher, ob Oda das womöglich ernst meint, deshalb ergreift er vorsichtshalber die Flucht auf den Steg hinaus. Als er außer Hörweite ist, ruft er Jules Mobilnummer an. Sie meldet sich prompt.

»Jule? Wie geht es dir, was machst du?«

»Ich nehme gerade ein Entspannungsbad und lese ein gutes Buch.«

Wenigstens ihren Humor hat sie wiedergefunden, stellt Fernando erleichtert fest. »Du klingst, als würdest du im Auto sitzen.«

»Ich fahre ins Wendland.«

»Was willst du denn da?«

»Ich gehe einem Hinweis nach.«

»Du schnüffelst hinter Mattai her.«

»Einer muss es ja machen. Und womit beschäftigst du dich?«, erkundigt sich Jule.

»Oda und ich haben gerade das Alibi seiner Tochter überprüft.«

»Und? Hat sie eines?«

»Ja.«

»Gibt es schon Ergebnisse von der Spusi?«

»Ich weiß es nicht«, sagt Fernando. »Sehe ich dich später?«

»Mal sehen.«

Es ist nicht viel los auf den Landstraßen, nur ab und zu muss Jule einen Trecker oder einen Mähdrescher überholen. In ihrem Mini läuft die Klimaanlage, vor der Windschutzscheibe gleißt der Sommertag, und Jule stellt zu ihrem Erstaunen fest, dass das Fahren sie beruhigt. Celle, Eschede, Uelzen, die Landschaft fliegt vorbei, und mit jedem Kilometer lässt die Dumpfheit in ihrem Kopf ein wenig mehr nach. Die frühere Kollegin von Markstein hat Urlaub, den sie in Wustrow verbringt, einem Dorf im Wendland, das Jule nach einer Fahrt von gut zwei Stunden erreicht. Ein spitzer Kirchturm, viel Fachwerk, ringsherum Naturschutzgebiet. Es wirkt ein wenig so, als wäre hier die Zeit stehen geblieben.

Die Villa in Bothfeld verkaufen, hier ein schnuckeliges Landhaus erwerben und … was machen? Einen Reiterhof betreiben? Eine Drei-Mann-Polizeidienststelle leiten? Doch noch Landärztin werden? Woher diese plötzliche Sehnsucht nach dem Land, Jule?

Marksteins ehemalige Hamburger Kollegin besitzt eines dieser putzigen Fachwerkhäuschen mit einem Garten, in dem es grünt und blüht. Ideales Domizil für eine Landpolizistin oder Dorfärztin.

Vor den Stufen zur Haustür liegt ein großer, braun-weiß gefleckter Hund, der lediglich den schweren Kopf ein wenig hebt und träge mit dem Schwanz aufs Pflaster klopft, als Jule sich dem Zaun nähert. Hinter einem Gewächshaus taucht eine brünette Mittvierzigerin in Jeans und karierter Bluse auf und kommt auf Jule zu, in der Hand ein Sieb voller Tomaten. Unter ihren Fingernägeln klebt Erde.

»Frau Wedekin? Sie waren ja schnell! Kommen Sie rein. Steigen Sie einfach über Max rüber, der tut nichts!«

Jule muss lächeln, weil der Hund genauso heißt wie ihr Halbbruder. Ein Begriff, den sie noch immer nicht verinnerlicht hat. Für sie ist Klein Mäxchen das Kind ihres Vaters und seiner neuen Frau. Vielleicht haben sie ein paar DNA-Ketten gemeinsam, aber das war's dann auch. Ihre Familie waren für Jule immer nur ihr Vater und ihre Mutter. Und die hat sich gerade halbiert.

»Treten Sie ein in mein kleines Refugium!«

Es gibt keinen Flur, die Küche wird nur durch einen Tresen vom Wohnraum abgetrennt, eine steile Treppe führt nach oben. Selten hat Jule ein so vollgestopftes und gleichzeitig gemütliches Haus gesehen. Frau Altenburg scheint dem Angebot von Kunsthandwerkmärkten nur schlecht widerstehen zu können. Das Ambiente wirkt wie der *Landlust* entsprungen, und auch Lorena Altenburg selbst entspricht nicht wirklich dem Klischee einer *Bild*-Reporterin.

Jule hat der Frau am Telefon schon erklärt, was geschehen ist und dass sie mit ihr über Jan Mattai sprechen will. Dass es sich bei der Ermordeten um ihre Mutter handelt, hat sie allerdings verschwiegen. Aber jetzt entschließt sie sich, mit offenen Karten zu spielen. Sie hat das Gefühl, dass Lorena Altenburg trotz ihres Berufs eine vertrauenswürdige Person ist, und es widerstrebt ihr, sie zu hintergehen.

»Ich ermittele inoffiziell«, erklärt sie. »Ich bin von dem Fall ausgeschlossen, weil das Mordopfer meine Mutter ist.«

Frau Altenburg setzt das Glas mit dem hausgemachten Rhabarbersaft ab, aus dem sie gerade trinken wollte, und sperrt erschrocken den Mund auf. »Du lieber Himmel! Das tut mir sehr leid für Sie.«

»Danke. Sie müssen also kein Protokoll unterschreiben, und wenn Sie nicht möchten, dann erfahren meine Kollegen auch nicht, woher meine Informationen kommen.«

Sie nickt, noch ein wenig geschockt von der vorangegangenen Botschaft.

»Boris Markstein sagte, Sie hätten den damaligen Fall intensiv verfolgt. Würden Sie mir erzählen, was Sie dazu bewogen hat und was dabei herausgekommen ist?«

Da müsse sie ein wenig ausholen. Und es gebe eigentlich nichts Beweisbares, nur eben so ein Gefühl.

»Egal«, sagt Jule.

»Als Jan Mattai in unsere Redaktion kam, das war 2006, da hat es zwischen uns ziemlich rasch gefunkt. Aus dem Flirt wurde bald ein Verhältnis. Ein Jahr zuvor hatte ich dieses Haus hier gekauft. Ich habe das meiste selbst renoviert und meinen Kollegen ständig davon erzählt. Ich glaube, ich bin ihnen damit ganz schön auf den Wecker gegangen.«

»Es ist wunderhübsch«, wirft Jule ein.

Sie lächelt. »Ja, ich mag es auch sehr. Jedenfalls gab es irgendwann diesen Running Gag in der Redaktion: Immer wenn das Wochenende nahte, witzelte irgendeiner, dass Lori nun wieder auf ihren *Landsitz* fährt. Alle wussten natürlich, dass es nur dieser kleine Furz von einem Haus ist, aber Jan, der ja später dazugekommen war, hat das wohl nie mitgekriegt. Jedenfalls hat er mich, nachdem wir zusammen waren, dauernd gelöchert, wann wir denn endlich einmal zu dem Haus fahren würden. Damals war aber Februar, und ich sagte ihm, dass es zu dieser Jahreszeit hier nicht allzu toll wäre. Es kamen ein paar Wochenenddienste dazwischen, und es wurde Ostern, bis es schließlich klappte. Er hat versucht, sich nichts anmerken zu lassen, aber ich hatte gleich den Eindruck, dass er etwas anderes erwartet hatte. Und danach …« Sie sieht Jule mit schräg gelegtem Kopf an, als wolle sie sie auffordern zu raten, was dann passiert sei.

Jule tut ihr den Gefallen. »Danach dauerte ihre Beziehung nicht mehr allzu lange.«

»Ganz genau. Ich habe das damals nicht mit dem Haus in Zusammenhang gebracht. Noch nicht. Es gab ja noch ein paar andere Unstimmigkeiten …«

»Darf ich fragen, welche das waren?«, unterbricht Jule.

Sie zögert ein wenig und meint dann: »Er hat öfter mal Ideen von mir als seine ausgegeben und die Lorbeeren dafür eingeheimst.«

»Das sieht ihm ähnlich!«

Außerdem sei da dieser Hang gewesen, immer etwas mehr vorzugeben, als er war. Sie hält inne und krault den Hund, der gerade in die Küche geschlurft kommt, hinterm Ohr. »Er musste zum Beispiel unbedingt so einen alten Porsche fahren, obwohl der dauernd in der Werkstatt stand und ihn ein halbes Vermögen gekostet hat. Er hat von Reisen erzählt, die er angeblich mit seiner verstorbenen Frau und später mit seiner Tochter gemacht hat, die das Budget in unserer Gehaltsklasse deutlich übersteigen. Überhaupt – seine Tochter. Ein verzogenes Gör im schlimmsten Pubertätsalter. Da war ich mir auch nicht so sicher, ob ich mir das wirklich antun möchte.«

»Dieser Hang zum Größenwahn, was meinen Sie, woher kam der?«

»Vielleicht hat es mit seiner Herkunft zu tun. Er erwähnte mal, dass er der Einzige in seiner Familie sei, der Abitur gemacht und studiert habe. Aber dies sei nicht seinen Eltern zu verdanken, die ihn am liebsten als Elektriker gesehen hätten, sondern lediglich seinem eigenen Willen und Ehrgeiz.«

»Hat er mal über seine erste Frau gesprochen, Svenjas Mutter?«

»Nur, dass sie an Krebs gestorben ist und dass sie Lehrerin war. Ich hatte aber den Eindruck, dass ihr Tod ein Einschnitt in seinem Leben war, den er nie ganz verwunden hat.«

»Und was geschah mit Jan Mattais zweiter Frau?«, kommt Jule auf den Grund ihres Besuchs zu sprechen.

Lorena Altenburg lächelt ein wenig verschämt. »Sie war Zahnärztin. Er hat immer damit angegeben, auch mit ihrem Doktortitel. Ich gebe zu, ich bin mal in die Praxis und habe dort eine professionelle Zahnreinigung machen lassen. Ich habe mich sogar unter falschem Namen angemeldet und die Behandlung dann auch selbst bezahlt. Ganz schön blöd, was?«

»Solange Sie sie nicht gestalkt haben …«

»Lieber Himmel, nein!«, wehrt die Journalistin ab. »Ich war nicht eifersüchtig, es war wirklich nur Neugierde, nach dem Motto: Was hat sie, das ich nicht habe? Das war das einzige Mal, dass sie mir begegnet ist. Marina Feldmann. Sehr nette Frau, Anfang vierzig. Keine umwerfende Schönheit, aber hübsch. Sie war mir sofort sympathisch. Sie war übrigens nie mit Jan verheiratet.«

»Dann hat sich der Kollege Markstein also geirrt?«

»Na ja, das war auch so eine Sache. Ab einem gewissen Zeitpunkt nannte er sie immer ›meine Frau‹. *Ich muss noch meine Frau vom Yoga abholen, meine Frau hat angerufen* … Keine Ahnung, warum er das sagte. Vielleicht hätte er es gern gehabt, vielleicht war ihm auch nur das Wort Lebensabschnittsgefährtin zu lang.«

»War sie wohlhabend?«, fragt Jule.

»Sie war eine von drei Teilhabern der Praxis, die recht neu und entsprechend verschuldet war. Aber sie besaß eine Doppelhaushälfte in Wandsbek, wo sie auch wohnte. Sie hatte sie von ihren Eltern geerbt. Nichts Besonderes, aber bei den Immobilienpreisen in Hamburg … Sie muss ein Testament zu seinen Gunsten gemacht haben, sie hatte ja keine Kinder. Erst als ich von der Erbschaft hörte, fiel mir wieder ein, wie enttäuscht er war, als er dieses Haus hier gesehen hat.«

Jule sieht ihrem Gegenüber jetzt direkt in die Augen und fragt: »Was glauben Sie, was passiert ist?«

Sie seufzt. »Es war im November 2009. Sie ging von der S-Bahn nach Hause. Ich habe mir die Stelle angeschaut. Der Gehweg ist dort schmal, und es gibt zehn Meter weiter eine Bushaltestelle mit einem Wartehäuschen. Jemand könnte ihr dahinter aufgelauert und sie dann auf die Straße gestoßen haben.«

»Jemand?«

»Das sind nur … Gedankenspiele.«

»Gab es Zeugen des Unfallhergangs?«

»Nur den Fahrer selbst. Der hat ausgesagt, sie sei plötzlich vor seinem Wagen aufgetaucht. Es war schon dunkel und es regnete. Vermutlich hat er telefoniert und war abgelenkt. Das hat er natürlich nicht zugegeben, aber die Auswertung seiner Handydaten legte die Vermutung nahe.«

»Wo war Mattai zum Zeitpunkt des Unfalls?«

»Angeblich war er zu Hause und hat gekocht, als die Polizei bei ihm klingelte. Jedenfalls hat er das in der Redaktion erzählt. Es wurde ja nie gegen ihn ermittelt. Ich habe mir damals überlegt, ob ich zur Polizei gehen soll, aber womit denn? Mit der Geschichte von meinem Häuschen? Lächerlich! Sie wissen ja selbst am besten, wie Leute behandelt werden, die eine solche Anschuldigung vorbringen. Verdächtigungen einer rachsüchtigen Geliebten! Außerdem bin ich damals davon ausgegangen, dass ich noch weiterhin mit ihm zusammenarbeiten muss. Wie sollte das gehen, wenn ich ihn bei der Polizei anschwärze? Dass er ein halbes Jahr später kündigt, konnte ich zu der Zeit ja noch nicht ahnen.«

»Aber Sie waren froh, als er ging, nehme ich an.«

»Und wie! Wissen Sie, Affären am Arbeitsplatz sind schon stressig genug, aber wenigstens hat man auch etwas davon. Aber wenn man mit seinem Ex zusammenarbeiten muss, das ist wirklich die Hölle.«

Anwalt Rainer Kampmann ist ein Mann mit hoher Stirn und roter Krawatte, der aussieht, als hätte man ihn in seinen Anzug hineingebügelt. Er ist pünktlich um sechzehn Uhr zur Stelle. Allerdings will er zuerst allein mit seinem Mandanten reden, und so wird es halb fünf, bis Völxen und Oda endlich Mattai und seinem Rechtsbeistand im Verhörraum gegenübersitzen. Das Aufnahmegerät läuft, die Präliminarien sind erledigt, Oda beginnt die Vernehmung mit der Bitte an Mattai, den gestrigen Tag zu schildern.

Jan Mattai erklärt, er sei um sieben aufgestanden, schwimmen gegangen, zum Bäcker geradelt, danach habe er das Frühstück vorbereitet und ein wenig Zeitung gelesen. Das gemeinsame Frühstück habe sich bis mittags hingezogen. Nachmittags sei Cordula zum Golf verabredet gewesen, um halb drei sei sie losgefahren und etwa um sechs Uhr wiedergekommen. Er habe in der Zeit gearbeitet.

»Sie spielen nicht Golf?«

»Cordula zuliebe habe ich vor einiger Zeit damit angefangen, aber gestern war es mir einfach zu heiß.«

»Wie ging es weiter?«

»Sie kam zurück, ist eine Runde geschwommen, dann hat sie geduscht, ich habe währenddessen das Essen vorbereitet. Es gab Wildlachs mit Blattspinat und Salat. Um sieben oder halb acht haben wir gegessen ...«

»War es sieben oder halb acht?«, will Völxen wissen.

»Eher halb acht.«

»Saßen Sie draußen?«

»Nein, am Tisch in der Küche.«

»Und was haben Sie dazu getrunken?«

»Eine Flasche *Sancerre*. Weißwein«, fügt Mattai hinzu, der offenbar glaubt, es mit Banausen zu tun zu haben.

»Gut, und weiter?«

»Ich habe nach dem Essen ferngesehen. Tatort. Cordula hat sich rausgesetzt, auf die Terrasse.«

Oda schaltet sich ein, sie will wissen, was sie dort gemacht hat.

»Gar nichts. Musik gehört, mit ihrem iPod.«

»Mit was für Kopfhörern?«

»So kleine, *in ear*.«

Oda und Völxen wechseln einen Blick.

»Was hat sie getrunken?«, fährt Oda fort.

»Ich glaube, sie hat sich noch einen Gin Tonic gemacht.«

»Sie glauben?«

»Ja, doch, bestimmt. Nach dem Tatort habe ich mich noch zu ihr gesetzt, wir haben uns unterhalten. Es gab *keinen* Streit«, betont Mattai, wobei er Oda ansieht. »Gegen elf Uhr bin ich nach oben gegangen und ziemlich bald eingeschlafen.«

Oda nimmt ein Foto aus der Akte, das die Terrasse zeigt, wie sie am Morgen vorgefunden wurde.

»Wo saß Ihre Frau?«

Mattai beugt sich über das Foto und deutet auf einen der Sessel. »Dort.«

»Stand der Sessel so da, als Sie nach oben gingen?«

»Ja. Sie saß immer so da. Mit dem Rücken schräg zur Terrassentür und dem Blick über den Pool in den Garten.«

»Wie viele Gin Tonic hatte Ihre Frau, als Sie ins Bett gegangen sind?«

»Soweit ich weiß, nur den einen.«

»Kam es vor, dass Ihre Frau draußen eingenickt ist?«

»Das wäre möglich, ja.«

»Als Sie zu Bett gegangen sind, hat Ihre Frau da wieder Musik gehört?«, will Oda wissen.

»Das weiß ich nicht.«

»Sie sind also eingeschlafen und sind nachts nicht einmal aufgewacht und haben auch nichts gehört«, hält Oda fest.

»So ist es.«

»Schildern Sie uns bitte den nächsten Morgen.«

»Ich bin aufgewacht, weil es klingelte. Also bin ich aufgestanden und habe die Jalousien hochgefahren ...«

»Obwohl es geklingelt hatte, haben Sie zuerst die Jalousien geöffnet?«, wiederholt Oda.

»Ja. Gewohnheit. Die gehen elektrisch hoch, ich brauchte ja nur auf den Schalter zu drücken. Gleichzeitig habe ich mich gewundert, warum Cordula nicht neben mir im Bett lag. Ich bin zur Sprechanlage im oberen Flur gegangen, aber es kam keine Antwort. Also nahm ich an, ich hätte mir das Klingeln nur eingebildet oder jemand hätte sich einen Scherz erlaubt. Da ich aber wach war, bin ich ins Bad pinkeln, dann habe ich mir ein Handtuch geschnappt und bin im Bademantel runter, um nach Cordula zu sehen und eine Runde zu schwimmen. Unten sah ich die Männer auf der Terrasse, die Sanitäter und die Polizisten, und ... und Cordula, die am Boden lag.« Mattai senkt den Kopf, und ein Schauder lässt seine Schultern erbeben.

»Dieser iPod ... wo war der?«

»Keine Ahnung. Denken Sie wirklich, ich hätte in diesem Moment auf dieses Scheißding geachtet?«

Oda antwortet mit einem strengen Blick, und der Anwalt nutzt den Moment, um zu fragen, wann sein Mandant sein Haus wieder betreten könne.

Von wegen sein Haus!, erwidert Völxen in Gedanken und sagt: »Frühestens morgen. Apropos Haus. Herr Mattai, können Sie mir sagen, was nun daraus wird?«

»Das weiß ich nicht. Sämtliche Unterlagen befinden sich bei Ihnen, also sehen Sie doch am besten selbst nach.«

»Haben Sie und Ihre Frau denn nie über diese Dinge gesprochen?«, will Völxen wissen.

Kampmann schaltet sich ein: »Könnten Sie den Begriff *Dinge* präzisieren?«

»Ein Testament. Eine Lebensversicherung. Solche *Dinge*«, antwortet Völxen. Was glaubt der Schnösel, wo er ist? Im Gerichtssaal einer amerikanischen Fernsehserie?

»Wir waren erst seit zwei Monaten verheiratet, wir haben noch nicht ans Sterben gedacht«, sagt Mattai.

Der eiert ja ganz schön herum bei diesem Thema, registriert Völxen und wird präziser: »Herr Mattai, was das Haus angeht, sind Sie über die genauen Besitzverhältnisse im Bilde?«

»Ich denke, Herr Mattai hat diese Frage schon beantwortet.«

»Nein, das hat er nicht«, widerspricht Völxen dem Anwalt.

»Er sagte, er wisse es nicht und er wird sich nicht weiter dazu äußern«, sagt der Anwalt mit einem Seitenblick auf seinen Mandanten.

»Herr Mattai, wovon haben Sie und Ihre Frau gelebt?«, fragt Oda.

»Von unserer Arbeit«, versetzt Mattai patzig. »Was glauben Sie denn?«

»Ein freischaffender Journalist und eine Klavierlehrerin«, hält Oda fest, und ihr ist klar, dass Cordula Wedekin wegen der Klavierlehrerin vermutlich gerade in Bächles Kühlkammer rolliert. »Auf der anderen Seite das große Haus mit Pool, zwei Autos, der Golfclub … und Ihre Tochter, die Sie auch noch unterstützen. Wie haben Sie das alles bewerkstelligt?«

»Wir kamen zurecht.«

»Haben Sie einen Ehevertrag?«, erkundigt sich Völxen.

»Nein.«

Völxen überlegt. Mattai scheint tatsächlich nicht zu wissen, dass das Haus noch immer Professor Wedekin gehörte, anderenfalls hätte er es sicher erwähnt, weil es ihn entlastet. Ohne einen Ehevertrag muss er davon ausgehen, dass die gesetzliche Erbfolge gilt, nach der Ehegatten ein Viertel des Vermögens erben. Die Villa ist natürlich gut und gerne eine halbe Million wert, wahrscheinlich sogar noch mehr. Dazu der Flügel, die Einrichtung, die noch verbliebenen Bilder ... Ein Viertel davon ist auch eine ganz hübsche Summe.

Der Anwalt meldet sich zu Wort: »Herr Hauptkommissar, falls Sie sich da ein Mordmotiv zusammenbasteln wollen, dann legen Sie bitte Fakten auf den Tisch. Ansonsten liegt nach meinem Ermessen kein Grund vor, Herrn Mattai noch länger festzuhalten.«

Völxen ist diese Bemerkung keine Antwort wert.

Oda schaltet sich ein: »Wir haben uns die anonymen Mails angesehen, die vermutlich von dieser Gruppe, die sich *Lichter des Nordens* nennt, stammen. Die sind zwar teilweise derb und strafrechtlich relevant, aber konkrete Morddrohungen enthalten sie nicht.«

»So, finden Sie?«, erwidert Mattai. »*Dich wird der Zorn der Götter treffen* – wie interpretieren Sie denn das?«

»Kennen Sie den Ausdruck ›Montezumas Rache‹? Montezuma ist ein Gott der Inka, und seine Rache bedeutet mitnichten gleich den Tod.«

»Wollen Sie mich verschaukeln?« Zum ersten Mal scheint Mattai die Beherrschung zu verlieren. Sein Anwalt legt ihm begütigend die Hand auf den Unterarm.

»Nein, ich interpretiere«, sagt Oda und wechselt das Thema. »Der Browserverlauf Ihres Laptops verrät uns, dass Sie sich in den letzten zwei, drei Wochen öfter Angebote von Mietwohnungen angesehen haben.«

»Wir haben darüber nachgedacht, uns zu verkleinern.«

»Ihre Frau auch? Oder nur Sie?«

Mattai sieht seinen Anwalt an, der daraufhin das Wort ergreift: »Mein Mandant hat diese Frage beantwortet.«

Oda lässt sich nicht anmerken, wie sehr dieser geschniegelte Kerl sie nervt, und fragt: »Was fällt Ihnen zu einer gewissen Ulrike Bühring alias *Berenike* ein?«

»Sie ist eine Freundin und ehemalige Arbeitskollegin meiner Tochter. Durch sie kam Svenja in Berührung mit dieser obskuren Sekte.«

»Ihre Tochter sagt aus, Berenike habe sich – Zitat – *an Sie rangeschmissen.*«

»Ich habe mit ihr geflirtet und sie dabei ein wenig ausgehorcht. Ich war schließlich in Sorge um meine Tochter.«

»Außerdem wollten Sie einen knackigen Artikel.«

Mattai schweigt zu Odas Bemerkung.

»War es nicht ein bisschen mehr als ein Flirt? In den Mails, sieben an der Zahl, ist die Rede von *Umarmungen* und ... Augenblick ... *deinen sanften Lippen.* Es werden noch andere Körperteile benannt, die möchte ich jetzt lieber nicht aufzählen.« Oda schiebt Mattai die Blätter mit Ausdrucken der Mails hinüber.

Der rührt sie nicht an, sondern sagt im Brustton der Überzeugung: »Ich habe keine Ahnung, wie sie auf so etwas kommt. Sie muss geistesgestört sein. Es waren keine Intimitäten notwendig, um sie zum Reden zu bringen, da reichten schon ein paar Komplimente. Sie schien geradezu nach Zuwendung zu lechzen. Auch meine Tochter hat sie schon als überaus anhänglich und aufdringlich erlebt. Es sind im Übrigen genau diese Leute, die von Scharlatanen wie diesem Einar magisch angezogen werden. Leute, die auf der Suche ...«

»Herr Mattai, wie haben Sie auf diese Mails reagiert?«, geht Oda dazwischen.

»Gar nicht. Sie hat mich einmal auf dem Handy angerufen, und ich habe ihr in sehr deutlichen Worten gesagt, sie solle mich in Ruhe lassen. Danach kamen eine Zeit lang verdächtige Anrufe auf dem Festnetz, bei denen aufgelegt wurde, wenn jemand ranging.«

»Selbst wenn Sie sich gemeldet haben?«

»Ja. Das fand ich auch seltsam«, räumt Mattai ein. »Aber seit etwa zwei Wochen herrscht Funkstille.«

»Hat Ihre Frau das mitbekommen?«

»Ja, natürlich. Ich habe ihr die Wahrheit gesagt. So wie Ihnen auch.«

»Wie hat sie reagiert?«

»Verärgert und auch ein wenig misstrauisch. Sie war … sie konnte sehr eifersüchtig sein.«

»Gab es Streit deswegen?«

Der Anwalt räuspert sich und rät seinem Mandanten, nicht darauf zu antworten.

Mattai nimmt den Ratschlag an und hält den Mund.

Oda hat noch eine Frage: »War diese Berenike jemals bei Ihnen zu Hause oder in der Nähe des Hauses?«

»Lieber Himmel, nein!«

»Am vergangenen Mittwoch wurde spät am Abend eine Person beobachtet, die vor Ihrem Grundstück herumlungerte. Haben Sie jemanden bemerkt? Eventuell auch zu einem anderen Zeitpunkt?«

»Mir ist nichts aufgefallen. Meinen Sie, das war …« Er sieht Oda und Völxen fragend an.

»Ist diese Berenike blond?«, fragt der Hauptkommissar.

»Als ich sie zuletzt gesehen habe, hatte sie braunes, halblanges Haar.«

»Herr Mattai«, sagt Völxen, »das wär's fürs Erste, aber wir müssen Sie bis morgen hierbehalten, bis erste Ergebnisse der Spurensicherung vorliegen.«

Mattai stöhnt auf, stützt den Kopf in die Hände und murmelt etwas von einem Albtraum. Sein Anwalt tuschelt mit ihm, dann steht er auf, streicht seine Hosen glatt und nickt den Beamten mit säuerlicher Miene zu. »Ich halte das zwar für Schikane, aber das Recht ist auf Ihrer Seite.« Er schaut demonstrativ auf seine extrem flache Armbanduhr. »Morgen sechzehndreißig steht mein Mandant entweder vor dem Haftrichter oder er geht nach Hause. Guten Tag, die Herrschaften.«

»Ich kenne den Gutshof von diesen *Lichtern des Nordens*«, meint Oda auf dem Rückweg in ihr Büro zu Völxen. »Er liegt hinter Fuhrberg, ich bin da schon spazieren gegangen.«

»Du gehst spazieren?«

»Wenn's mich überkommt. Ich brauche nur noch keine Stöcke dazu.«

Völxen überhört die Anspielung.

»Ich könnte morgen ausnahmsweise mal früh aufstehen und von zu Hause aus direkt dorthin fahren«, schlägt Oda vor. »Ist ja nicht weit von Isernhagen.«

»Allein? Fernando könnte doch …«

»Lass mal, das krieg ich schon hin. Wenn ich bis zum Morgenmeeting nicht zurück bin, schickt ihr einfach die Hundestaffel und den Heli los.«

»Meinetwegen«, gibt Völxen nach. »Wo willst du hin? Gleich ist Besprechung.«

»Fiedler anrufen, ob von der Spusi jemand diesen iPod gesehen hat.«

Als Völxen sein Büro betritt, lässt ihn ein dumpfes Knurren zusammenzucken. Hat Sabine den Hund vorbeigebracht? Aber der Korb ist leer und das Geräusch hat sich mehr nach einem Rottweiler als nach einem Terrier angehört. Außerdem würde Oscar ihn nicht anknurren. Da, schon wieder! Das Geräusch kommt von der Sitzgruppe, genauer gesagt vom Sofa, auf dem sich Kommissarin Rifkin lang gemacht hat. Völxen muss grinsen. Dieses Sofa hat es in sich, es ist wie eine Insel, die müde Gestrandete magisch anzieht und Wartende in einen friedlichen Schlummer sinken lässt. Rifkin ist nicht die Erste, die er hier schlafend vorfindet. Allerdings gab es bisher wenige, die dabei schnarchten wie ein Büffel.

Der Hauptkommissar beschließt, der jungen Dame noch ein paar Minuten zu gönnen. Er schleicht sich an seinen Schreibtisch, fährt den Computer hoch, um seine Mails abzurufen, aber da klingelt sein Handy.

»Völxen?«

»Jule hier.«

»Was gibt es?«

Über der Sofalehne erscheint der Kopf von Elena Rifkin, die ihn erschrocken anblinzelt und dann in die Höhe fährt. Das Schafkissen blökt.

»Verzeihung. Ich wollte nicht …«

Völxen hebt die Hand, um sie zum Schweigen zu bringen, denn gerade erzählt ihm Jule von einer ehemaligen Kollegin und Geliebten von Jan Mattai, die sie heute besucht hat, und von einer Zahnärztin, die mit Mattai zusammengewohnt hat. »Marina Feldmann. Lief aus ungeklärten Gründen vor einen Lieferwagen und starb an ihren Verletzungen.«

»Wann war das?«

»Im November 2009. Mattai hat ihr Haus geerbt. Eine Doppelhaushälfte in Wandsbek. Ich wollte nur, dass ihr das wisst.«

Völxen schwant, worauf Jule hinauswill. »Eine Frage: Wer hat bei dieser Büroaffäre mit wem Schluss gemacht?«

Jule zögert. »Ich weiß, was du denkst …«

»Dann ist ja gut. Ich hoffe sehr, dass du dich ab sofort ebenso intensiv mit dem Trauerkartenfall beschäftigst. Oder soll ich dich lieber beurlauben, damit du weiter Detektiv spielen kannst?«

»Nein. Aber ich hielt das für wichtig.«

»Okay, mag sein. Allerdings gebe ich nicht besonders viel auf Beschuldigungen von sitzen gelassenen Geliebten. Ich habe jetzt ein Meeting, wir sehen uns morgen. Ruh dich aus, Jule.« Völxen beendet das Gespräch und legt das Handy beiseite.

Elena Rifkin ist aufgestanden, und man sieht ihr an, dass sie am liebsten im Boden versinken würde. »Es tut mir leid. Ich wusste nicht, wo ich warten soll, ich habe ja noch keinen eigenen Platz.«

»Denken Sie sich nichts, ich habe hier auch schon das eine oder andere Nickerchen gehalten. Sie haben ja heute sowieso ein Schlafdefizit. Setzen Sie sich wieder hin, es kommen gleich noch mehr.«

Er hat kaum ausgeredet, da klopft es, und Fernando Rodriguez, Oda Kristensen und Richard Nowotny treten im Gänsemarsch ein.

Völxen stellt die Neue vor. »Kommissarin Elena Rifkin vom KDD. Frau Rifkin, das ist Hauptkommissarin Kristensen ...«

Die beiden Damen geben sich die Hand.

»Oda«, sagt Oda.

»Rifkin«, sagt Rifkin.

»... und das ist Hauptkommissar Richard Nowotny. Er macht Innendienst und führt die Fallakte. Liefern Sie ihm immer zeitnah Ihre Berichte, sonst wird er ungemütlich.«

Nowotny, der eine Tüte Gummibärchen in der Hand hält, lässt sich ächzend in einen der beiden Sessel sinken. Mit seinem weißen Haarkranz sieht er aus wie ein Opa. Er hat auch nur noch ein Jahr bis zur Pensionierung. Ob ich bis dahin auch so aussehe?, fragt sich Völxen.

Nowotny hält Rifkin die Tüte unter die Nase. »Aber nicht die Roten!«

Die Kommissarin lehnt dankend ab. Eingequetscht zwischen Oda und Fernando darf sie als Erste über ihren Besuch bei Dr. Bächle referieren. Sie macht es kurz. »Der Angriff erfolgte, als das Opfer saß. Zuerst kam der Stich in den Hals, der Täter stand dabei schräg hinter ihr. Ein Rechtshänder. Die anderen Stiche erfolgten von vorn – beziehungsweise von oben. Es gibt keine Abwehrverletzungen.«

»Hat sie da immer noch gesessen?«, fragt Fernando und greift unter Nowotnys wachsamen Blicken in die Gummibärentüte.

»Ja. Der Angriff muss sehr schnell erfolgt sein, sie hat es nicht mehr geschafft aufzustehen. Dazu kommt, dass sie zum Zeitpunkt des Todes 1,8 Promille im Blut hatte. Laut Dr. Bächle war sie Alkoholikerin. Dies deckt sich auch mit den Beobachtungen der Nachbarin Antje Volland. Aufgrund der Untersuchung des Mageninhalts schlussfolgert Dr. Bächle, dass der Tod fünf Stunden nach Einnahme der letzten Mahlzeit eingetreten sein muss.«

»Also um halb eins«, hält Oda fest. »Damit hat die Tochter ein ziemlich gutes Alibi. Schade. Diese Person im Kapuzensweatshirt mit den blonden Haaren, die ein paar Tage vorher am Zaun herumlungerte ... das hätte alles so schön gepasst.«

Mit der ganzen Erbarmungslosigkeit ihrer Jugend meint Rifkin: »Die Nachbarin ist schon alt, und sie war nicht sicher, was die Haarfarbe angeht. Es könnte auch mit dem Mondlicht zu tun haben. Ich würde auch bezweifeln, dass sie auf die Entfernung noch gut sieht.«

Als Nächste berichtet Oda über die Vernehmungen von Svenja Mattai, ihrem Alibi in Form von Herrn Engelhorn und von der Vernehmung von Mattai selbst. »Bei der Frage nach den Vermögensverhältnissen und der Erbschaft ist er ausgewichen. Außerdem scheint mir diese Stalkerin interessant zu sein und ebenso das Verschwinden dieses iPods. Fiedlers Leute haben den jedenfalls nicht mitgenommen, ich habe gerade mit ihm gesprochen.«

»Hat er sonst schon etwas Erhellendes für uns?«, fragt Völxen.

»Bis jetzt nicht. Keine verräterischen Fingerabdrücke, auch nicht an der Gießkanne, keine Spuren von Blut an der Kleidung von Mattai.«

»Von halb eins nachts bis früh um sechs wäre genug Zeit, um das Zeug wegzuschaffen«, murmelt Fernando.

»Und dann existiert da noch eine Tante, von der Jule keine Ahnung hat«, fährt Oda fort und berichtet mit verhaltener Belustigung über die Sache mit der stehen gelassenen Braut und der sich über dreißig Jahre hinziehenden Familienfehde.

»Ich kann es kaum erwarten, die zu sehen«, meint Fernando, als Oda fertig ist.

»Mal sehen, ob es dazu kommt. Ja, was ist denn?«, ruft Völxen unwirsch, als es an der Tür klopft.

Es ist Frau Cebulla, die verkündet, der Vize habe angerufen, aber den Herrn Hauptkommissar nicht erreicht.

»Ich war in einer Vernehmung.«

»Das habe ich ihm gesagt. Es geht um die Verstärkung. Kommissar Axel Stracke ist von seinem Chef freigestellt worden und kann morgen anfangen.«

»Ist das der Durchläufer vom letzten Jahr?«, fragt Oda.

»Der Lulatsch«, ergänzt Fernando und beißt einem Gummibären den Kopf ab.

»Wer kriegt den?«, will Oda wissen.

»Jule«, entscheidet Völxen. »Wir haben ja schon Kommissarin Rifkin.«

Frau Cebulla räuspert sich. »Wenn die Herrschaften vielleicht noch kurz zuhören könnten? Der Kollege Wieland vom Raub ist leider bei einer Fortbildung und deshalb unabkömmlich. Aber der Vizepräsident hat eine Alternativlösung gefunden und bittet Sie, Herr Hauptkommissar, persönlich – das hat er extra betont – um Ihr Einverständnis und Ihre Kooperation.«

»Oh-oh«, sagt Oda.

»Wer ist es?«, fragt Völxen, ebenso alarmiert wie seine Kollegin.

»Hauptkommissar Erwin Raukel.«

Oda und Völxen sehen sich an.

»Das darf doch nicht wahr sein!«, poltert Völxen los.

Frau Cebulla zieht den Kopf ein und meint, sie sei nur die Botin und mache jetzt Feierabend. Damit schließt sie die Tür.

Oda prustet los. »Doch nicht *der* Raukel?«

»Bacardi-Raukel?«, kichert Nowotny und schaufelt sich eine Ladung Gummibärchen in den Mund. »Oder war's Jägermeister?«

»Zwei gute, eine Niete. Das ist wie beim Filmverleih«, meint Fernando.

Oda setzt ein wölfisches Grinsen auf und wendet sich an ihren Vorgesetzten. »Den kriegt doch auch Jule, oder? Du hast gesagt, sie kriegt ihr eigenes Team. Und ein Team, das sind mindestens zwei.«

V.

Völxen stochert schweigsam in seinem Salat herum und ist froh, dass seine Frau Sabine die Unterhaltung bestreitet.

»Zuerst hat er den ganzen Übungsplatz markiert, als Nächstes hat er einen jungen Ridgeback angeknurrt, der war zum Glück recht gutmütig, aber dann hat er sich mit einem Beagle in die Wolle gekriegt. Die Besitzerin ist völlig hysterisch geworden, weil der Beagle einen winzigen Kratzer am Ohr abgekriegt hat. Ich meine, hey, das sind Hunde! Die raufen eben. Dann hat eine andere noch verlangt, dass Oscar in Zukunft einen Maulkorb tragen soll, was ich natürlich abgelehnt habe. Das ist eine Hundeschule, es ist Aufgabe der Trainerin, für Disziplin zu sorgen. In einer normalen Schule gibt es ja auch keine Maulkörbe für ungezogene Rotzlöffel. Nächste Woche soll es in die Stadt gehen, aber das kann ich vergessen. Ich weiß noch, wie er sich am Kröpcke losgerissen und zwischen den Tischen vom Mövenpick Tauben gejagt hat.«

»Terrier sind Jagdhunde«, erinnert Völxen seine Gattin und wirft einen Blick in die Ecke. Der Gegenstand ihrer Unterhaltung hat die Schnauze auf dem Rand seines Körbchens abgelegt und sieht vollkommen friedlich und unschuldig aus. Nur seine Ohren bewegen sich – kleine Radarschirme, die ihr Gespräch aufmerksam belauschen.

Sabine muss auf einmal lachen. »Weißt du, an was mich das erinnert hat? An zänkische Mütter auf dem Spielplatz. *Deiner hat zuerst mit Sand geworfen. – Aber dein Moritz hat unserem Finn-Ole die Burg zerstört.* Genau so war das gestern, nur mit Hunden.«

Völxen muss lächeln. Er hört ihr gerne zu. Sie ist so lebendig. Ihre Augen leuchten, und sie fuchtelt während ihrer Erzählung mit der Gabel herum. »Ich hatte mir mehr erhofft von diesem Kurs. Ich dachte, er wird dann etwas … umgänglicher. Aber die Trainerin meinte, für Oscar wären vielleicht Einzelstunden besser. Das sehe ich inzwischen auch so. Dieser Hund ist ein Rüpel und einfach nicht gesellschaftsfähig.«

Um das Thema zu wechseln, fragt Völxen, ob Sabine in den letzten Tagen etwas von Wanda gehört habe, was diese verneint.

»So langsam mache ich mir Sorgen, du nicht?«

Sie zuckt die Achseln. »Wenn ich früher verreist bin, habe ich nie zu Hause angerufen.«

»Ich auch nicht«, gesteht Völxen. »Aber das waren ganz andere Zeiten. Man musste Telefonmünzen besorgen oder pfundweise Münzen in Apparate werfen, aus denen sie immer wieder unten rauskamen, und es kostete ein Vermögen. Aber heute ...«

»Vielleicht haben sie ihr das Handy gestohlen. In Rom sollen sie ja klauen wie die Raben«, sagt Sabine.

»Es sind doch noch drei andere dabei, oder? Sie werden ja wohl nicht allen gleichzeitig die Handys geklaut haben«, zweifelt Völxen.

»Eben«, sagt Sabine. »Die hätten sich gemeldet, wenn ihr was passiert wäre. Aber wenn du dir solche Sorgen machst, dann ruf sie doch an oder schick eine SMS.«

»Nein, das wäre uncool. Was würde unsere Tochter von uns denken?«

Sabine verdreht die Augen. »Dann mach ich es eben morgen. Und du bist weiterhin der coole Dad.«

Einer plötzlichen Eingebung folgend, schiebt Völxen den Teller von sich, steht auf und geht um den Tisch herum. Dann beugt er sich zu ihr hinab, legt die Arme um sie und gibt ihr einen Kuss. Ihre Lippen sind weich und schmecken ein bisschen nach Salatdressing. »Ich liebe dich«, sagt er, und im selben Atemzug: »Ich schau noch mal nach den Schafen.«

»Warte!«

Er dreht sich um. Seine Frau, soeben wieder Herrin ihrer Verblüffung geworden, sieht ihn durchdringend an. »Was ist los?«

Eigentlich wollte er nicht davon anfangen, denn das hier ist sein Zuhause, wo er möglichst nicht über Tod und Verbrechen reden will, aber Sabine kennt ihn lange genug, um zu merken, dass etwas nicht stimmt. Also sagt er es ihr.

Sie lässt erschrocken die Gabel sinken. »Jules Mutter? Die Pianistin?«

»Na ja, das mit der Pianistin ist schon eine Weile her.«

»Und ... und was ist mit Jule?«

»Die habe ich natürlich von dem Fall abgezogen und durch eine junge Kollegin vom KDD ersetzt, Elena Rifkin.«

»Ich will wissen, wie es Jule geht!«

»Weiß ich nicht«, gesteht Völxen. »Ich denke, sie ist ziemlich durch den Wind. Aber sie ist der Typ Frau, der sich nur schwer helfen lässt.«

»Das ist ja furchtbar.«

»Ja, ist es.«

»Elena Rifkin, sagst du?«

»Ja, wieso?«

»Es gibt ... oder vielmehr gab ... einen Benjamin Rifkin. Deutschrusse jüdischen Glaubens, kam Ende der Neunziger nach Hannover. Er starb vor drei Jahren. Er war ein hervorragender Klarinettist, manche nannten ihn sogar den Gottvater des Klezmer ... was ist, was schaust du so?«

»Nichts«, sagt Völxen, der gerade das Bild eines riesigen Fettnapfs vor Augen hat. Er schnappt sich ein paar alte Brotscheiben, die in einer Schale auf dem Küchenschrank stehen, sieht Oscar an und nickt ihm zu. Der Terrier springt aus dem Korb und rast zur Tür. »Ich weiß gar nicht, was du willst, der gehorcht doch wie eine Eins!«

Sabine verdreht die Augen, aber man sieht ihr an, dass sie noch dabei ist, die schlimme Nachricht zu verdauen.

Herr und Hund gehen durch den Garten, der eine gemächlich, der andere in rasendem Zickzack, vorbei am Tomatenhaus, der Kräuterschnecke und dem kleinen Gemüsebeet, das Sabine nur noch resigniert »das Schnecken-Eldorado« nennt. Am Holzschuppen stehen riesige Sonnenblumen Spalier, dahinter wuchert eine Strauchrose, deren Blüten weiß gegen den rötlichen Abendhimmel anleuchten. Über der Regentonne tanzen Mücken. Völxen macht sich bewusst, wie schön er dieses unperfekte Durcheinander findet, und muss dabei unweigerlich an den sterilen, aufgeräumten Garten der Wedekins denken.

An seinem Lieblingsplatz angekommen, dem Zaun, der die Schafweide begrenzt, bereut er es, dass er sich kein Bier mitgenommen hat. Verfluchte Diät. Drei Kilo sind seit dem Frühjahr runter, immerhin, aber er fühlt sich nicht leichter, nur schwächer. Müsste er jetzt einen Verdächtigen verfolgen, würde er wahrscheinlich nach hundert Metern zusammenbrechen. Er stützt sich auf die Bretter und holt tief Atem. Es riecht nach ... Sommer. Eine Amsel sitzt im Apfelbaum und flötet ihr Abendlied. Naturgeräusche, hat Völxen neulich im Wartezimmer seines Orthopäden gelesen, sollen psychischen Stress lindern und erholsam auf geschundene Seelen wirken. Weiter hinten kriecht ein Mähdrescher über das Kornfeld und zieht dabei eine goldene Staubwolke hinter sich her, auf der anderen Seite der Schafweide ist Köpcke dabei, seine Hühner für die Nacht in die Ställe einzuschließen. Oscar hat sich davongeschlichen und verbellt die Schafe, bis Völxen ihn heranpfeift und ihm eine der dürren Brotscheiben gibt.

Eigentlich hat Völxen gehofft, hier draußen auf andere Gedanken zu kommen, aber es gelingt ihm nicht.

Jules Mutter. Eine Frau, die verzweifelt versucht hat, den Status aufrechtzuerhalten, der ihr längst abhandengekommen war. Eine dieser bedauernswerten Frauen, die in ständiger Angst vor Liebesverlust leben, weil sie den größten Teil ihres Selbstwertgefühls aus der Anerkennung des männlichen Geschlechts schöpfen. Immerhin, denkt Völxen ungewohnt zynisch, hat ihr der frühe Tod die Grausamkeiten des Altwerdens erspart. Wie sie wohl früher war, als Jule noch ein Kind war? Vielleicht wäre alles anders gekommen, wenn ihr erstes Kind nicht gestorben wäre. Der Sohn. Dessen Tod mit vier Jahren war bestimmt ein Trauma, das sie ihr Leben lang mit sich herumgeschleppt hat. Genauso wie der Verlust ihres ersten Mannes an eine andere Frau. Höchstwahrscheinlich war sie, wie alle vom Leben Enttäuschten, kein sehr umgänglicher Mensch. Aber wer hat sie so sehr gehasst, dass er sie auf diese brutale Weise ermordet hat?

Die meisten Delikte, die Völxen bisher untergekommen sind und in denen Stichwaffen eine Rolle spielten, waren Messerstechereien unter streitenden jungen Männern, fast immer unter Alkohol- oder Drogeneinfluss und stets im Affekt. Es waren auch Fälle von häuslicher Gewalt vorgekommen, bei denen zum Messer gegriffen worden war – vereinzelt auch von Frauen. Nur einmal war ein Täter planvoll vorgegangen, bei einem sogenannten »Ehrenmord« an einer jungen Libanesin, verübt durch den eigenen Bruder. Bezeichnenderweise haben fast alle Täter hinterher gejammert, dass sie das nicht gewollt hätten. Von wegen, nicht gewollt! Wer ein Messer zur Hand nimmt, der will schneiden und stechen, zumindest in diesem einen Moment. Denn dafür sind Messer ja schließlich da.

Messer. Allzeit und überall verfügbare Waffen, die dennoch anders sind als Schusswaffen. Letztere erlauben eine gewisse Distanz bei der Tat; mit einem Messer jedoch muss man seinem Opfer sehr nahe kommen, es braucht Kraft und Entschlossenheit, man darf nicht zögern, darf keine Angst haben vor dem Blut. Einen Menschen zu erstechen hat etwas von Abschlachten, es erfordert Kaltblütigkeit oder eine übermächtige Wut. Wer kommt für so eine Tat infrage? Die totgesagte Schwester? Schleicht nachts mit einem Messer durch den Garten und ersticht die jüngere Schwester, die ihr vor über dreißig Jahren den Bräutigam abspenstig machte? Einen Mann, der inzwischen schon wieder eine neue Frau hat? Das klingt wenig einleuchtend. Die Puppensammlerin, Frau Volland, die seit Jahren im Clinch mit ihrer Nachbarin liegt? Schwer vorstellbar, aber man kann nie wissen. Oder hat Mattai mit seiner Vermutung recht, dass man ihn für etwas bestrafen wollte, indem man ihm nimmt, was er liebt? Das hätte dann schon mafiöse Züge, und es würde den Kreis der Verdächtigen stark erweitern.

Völxen wird abgelenkt, als am gegenüberliegenden Zaun die rundliche Silhouette seines Nachbarn auftaucht.

»Hast du ein Bier?«, ruft Völxen verzweifelt zu diesem hinüber.

Wortlos dreht Köpcke bei, geht ins Haus, kommt nach zwei Minuten wieder zurück und um die Weide herum auf ihn zu. »Sogar ein kaltes«, brummt der Nachbar und hält Völxen eine von zwei mitgebrachten Flaschen hin. »Muss ja ein grausiger Tag gewesen sein, so wie du nach Bier schreist. Sonst muss man es dir immer aufdrängen.«

Völxen setzt die Flasche an. Das Bier schmeckt so gut wie nie, schon beim ersten Schluck geht die halbe Flasche drauf.

»Machst du immer noch diese komische Diät?«

Völxen grunzt zustimmend und fragt sich, wieso er plötzlich an Brathähnchen denken muss. Weil es danach duftet. Kann es sein, dass sein Nachbar wie ein Brathähnchen riecht, oder leidet er schon an olfaktorischen Halluzinationen?

Köpcke langt in die Brusttasche seiner Latzhose und zieht ein in Alufolie gewickeltes Etwas heraus, das exakt die Form einer Hähnchenkeule hat. »Gruß von Hanne. Damit du uns nicht ganz vom Fleisch fällst.«

Ja, es ist eine Keule, eine gebratene, knusprige, duftende Keule. Mit dem Hinweis, Köpcke sei ein wahrer Freund, wickelt Völxen die Keule aus, saugt einen Moment lang den köstlichen Duft ein, ehe er seine Zähne in das Fleisch schlägt. *Der Mensch ist eben doch ein Raubtier.*

»Gabriele.« Jule kaut auf dem Namen herum wie ein Koch, der ein Gericht abschmeckt. Schließlich spült sie ihn mit einem Glas Rotwein hinunter.

»Deine Mutter hat wirklich nie über sie gesprochen?«, vergewissert sich Fernando. Sie sitzen sich gegenüber, jeder in einer Ecke des Sofas, nur ihre Füße berühren sich ab und zu.

»Nicht eine Silbe«, bestätigt Jule. »Aber das wundert mich nicht. Wenn du meine Mutter gekannt hättest …« Jule lässt den Satz unvollendet.

»Wirst du sie besuchen?«, fragt Fernando.

»Ja, klar.«

»Aber warte bitte, bis wir dort waren«, fleht Fernando. »Auf einen Tag kommt es doch jetzt auch nicht mehr an, und ich komme sonst in Teufels Küche.«

»Ich kann meine Tante besuchen, wann immer ich will. Ich könnte ja auch durch meinen Vater von ihr erfahren haben. Ich *sollte* es eigentlich durch ihn erfahren haben«, setzt Jule grimmig hinzu.

Bis jetzt hat Fernando Völxens Anweisung im Großen und Ganzen befolgt und Jule nichts über den Verlauf der Ermittlungen erzählt. Aber bei der Sache mit Jules Tante geht es schließlich um die Familie. Soll er Jule vielleicht im Ungewissen lassen, bis die Frau am Ende noch als Überraschungsgast auf der Beerdigung auftaucht? Fernando ist sogar recht froh, dass es diese Tante gibt, denn er hätte sonst nicht gewusst, was er an diesem Abend mit Jule reden soll. Es ist nicht einfach, ein unverfängliches Thema zu finden, wenn die Mutter der Freundin tot ist und man nicht über die laufende Ermittlung reden darf. Überall lauern Fallstricke. Was, zum Teufel, haben er und Jule eigentlich in den letzten zwei Wochen geredet – oder sind sie gar nicht zum Reden gekommen? Fernando fühlt sich unsicher und weiß nicht, wie er mit der Situation umgehen soll. Er ertappt sich sogar bei dem Gedanken, dass er lieber gar nicht hier wäre. Geht es ihr genauso? Am Telefon hat sie gesagt, dass sie eigentlich lieber alleine wäre. Aber Fernando hat sich darüber hinweggesetzt, und zwar aus durchaus egoistischen Motiven. Er hat sich schlicht und einfach nicht nach Hause getraut. Seine Mutter hätte ihn mit Vorwürfen überschüttet. Also hat Fernando darauf bestanden, wenigstens für eine kleine Weile vorbeizukommen, und Jule hat dem zugestimmt. Vielleicht fehlte ihr auch einfach die Kraft, um mit ihm zu diskutieren.

Ob es wohl sehr pietätlos wäre, den Fernseher einzuschalten?, überlegt Fernando gerade, aber da sagt Jule: »Willst du gar nicht wissen, was ich im Wendland gemacht habe?«

»Doch, ja, warum warst du dort?«

»Weil ich eine Exgeliebte von Mattai getroffen habe.« Jule erzählt ihm von der Unterhaltung mit der Hamburger Journalistin in allen Einzelheiten.

»Hm«, grübelt Fernando, als sie geendet hat. »Schon komisch. Aber solche Sachen passieren. Weiß es Völxen schon?«

»Er meinte, auf Geschichten von verlassenen Geliebten gebe er nicht allzu viel.«

»Er hat uns kein Wort davon gesagt!«

»Siehst du?«, schnaubt Jule entrüstet. »Deshalb sage ich es jetzt dir.«

»Ich werde es morgen im Meeting anbringen, in Ordnung?«

»Nein, tu das nicht«, rät Jule. »Du kannst den Alten nicht vor der ganzen Mannschaft bloßstellen, das würde er dir übel nehmen. Sag es Oda.«

»Okay«, willigt Fernando ein und beginnt, laut nachzudenken: »Mattai hat also vom Tod seiner Freundin profitiert und ihr Haus geerbt. Aber im Fall deiner Mutter schaut er in die Röhre.«

»Ja, aber die Frage ist, wusste er das?« Jule sieht Fernando lauernd an. Der schweigt, also fährt Jule fort: »Denn ich glaube, dass er es nicht wusste. Meine Mutter hat ja nicht einmal mir davon erzählt. Bei einer gesetzlichen Nachfolgeregelung – von der er ausgehen musste – hätte ihm ein Viertel des Erbes zugestanden.«

»Das alles haben wir auch schon durchgekaut«, wehrt Fernando ab. »Und ich finde, wir sollten jetzt nicht über Mattai oder über … über dein Haus reden.«

Dieses Haus. Der Gedanke, dass Jule jetzt Hausbesitzerin ist, behagt Fernando überhaupt nicht. Natürlich hat er gewusst, dass Jule aus besseren Verhältnissen stammt. Anfangs nannte man sie auf der Dienststelle hinter ihrem Rücken »das höhere Töchterchen«. Aber bis heute hatte sie einfach nur einen reichen Vater, jetzt ist sie allerdings selbst reich. Das, findet Fernando, macht einen Unterschied. Es reißt geradezu eine Kluft zwischen ihnen auf.

»Gut, dann nicht«, sagt Jule.

Fernando steht auf, geht in die Küche und trinkt ein Glas Wasser. Wieder zurück bleibt er vor Jule stehen und sieht sie traurig an. »Verdammt, Jule, was machen wir hier eigentlich?«

Sie sieht ihn aus großen Augen an. »Was meinst du?«

Er setzt sich neben sie und legt die Arme um ihren Oberkörper. »Ich habe Angst, dass uns diese schreckliche Sache auseinanderbringen wird.«

Er hält inne, wartet auf eine Antwort. Auf die richtige Antwort, auf Widerspruch, nein, das werde nicht passieren, sie sei eben nur traurig und wütend und durcheinander. Aber Jule bleibt stumm. War es ein Fehler, das zu sagen? Klang es, als würde er nur an sich denken? Nach einer Weile schmiegt Jule den Kopf an seinen Hals. Ihre Wimpern kitzeln ein wenig, wenn sie zwinkert. Allmählich löst sich Fernandos Anspannung. Vielleicht ist es das, was sie jetzt braucht: eine Schulter zum Anlehnen und Anschweigen.

Auf dem Tisch klingelt sein Mobiltelefon. Verdammt! Er versucht es zu ignorieren, aber schon hat sich Jule von ihm gelöst. »Geh doch ran.«

Widerstrebend kommt er der Aufforderung nach. »Rodriguez?«

»Rifkin.«

»Was ist?«, fragt er unfreundlich.

»Kannst du zum Tatort kommen? Ich will was ausprobieren.«

»Was, jetzt? Es ist halb zwölf!«

»Kannst du, oder kannst du nicht?«

»Warte, ich ruf dich zurück.« Fernando legt auf und schaut Jule an. »Das war Rifkin. Sie will was ausprobieren.«

»Wer ist Rifkin?«

»Deine Vertretung, sozusagen. Sie sagt, sie kennt dich vom Rammkurs.«

»Dunkles Haar, dunkle Augen, ziemlich hübsch und einen halben Kopf größer als du?«

»Hübsch finde ich sie nicht – und noch nie habe ich eine Frau getroffen, die so wenig weiblichen Charme hat. Zum Lachen geht sie wahrscheinlich in den Keller. Und dann diese Figur …«

»Was stört dich an ihrer Figur?«

»Gar nichts, aber ich habe schon Türsteher vor dem *Sansibar* stehen sehen, die schmächtiger waren als sie.«

»Und diese Person will mitten in der Nacht was mit dir ausprobieren? Das solltest du dir nicht entgehen lassen.« Jule lächelt sogar bei diesen Worten.

Fernando zuckt hilflos die Achseln. »Keine Ahnung, was das soll.«

»Sie wird sicher ihre Gründe haben. Wenigstens eine, die sich engagiert. Also, worauf wartest du?«

Fernando schluckt die spitze Bemerkung unerwidert hinunter, dann ruft er Rifkin an und sagt: »Ich bin in ein paar Minuten da.«

Als Erwin Raukel das *Shakespeare* betritt, kommt er sich vor, als schlüpfe er in ein altes, unendlich bequemes Paar Schuhe. Er war schon monatelang nicht mehr hier, denn was soll man in einem Pub, wenn man nichts trinken darf? Aber heute hat er was zu feiern, heute muss es das *Shakespeare* sein. Nicht, dass Raukel literarisch ambitioniert oder gar anglophil wäre. Auch die Übertragungen der *Premier League* interessieren ihn nicht sonderlich. Aber die Kneipe liegt nicht weit von seiner Wohnung entfernt, sie ist klein und gemütlich wie ein zweites Wohnzimmer. Augenblicklich umfängt ihn die vertraute Atmosphäre. Es ist noch ruhig, über der Theke läuft der Fernseher, Fußball, was sonst. Nebenan, im Raucherraum, der den weitaus größeren Teil der Kneipe ausmacht, läuft auch ein Fernseher, während ein paar Männer Darts spielen. Es fühlt sich an, als wäre er erst gestern hier gewesen. Nur die Bedienung macht eine Bemerkung, dass man ihn ja schon ewig nicht mehr gesehen habe. Raukel nickt. Er sei in letzter Zeit beruflich sehr eingespannt gewesen.

»Was darf's sein?«

Für einen Moment erwägt Erwin Raukel, sich so eine alkoholfreie Plemme zu bestellen, aber dann kommt er zur Vernunft. *Scheiß drauf! Scheiß auf die Ärzte und die Therapeuten und ihr Geschwätz.* Also bestellt er ein Ale vom Fass und eine große Portion Frikadellen. Schluss mit Wasser und Salat. Hauptkommissar Erwin Raukel muss ab morgen einen Mörder jagen, und dazu braucht er einen klaren Kopf. Hatte er den vielleicht während der letzten drei Monate? Definitiv nicht. Im Gegenteil, er war ein Schatten seiner selbst, er hat sich von dahergelaufenen Heiopeis herumscheuchen lassen und sich bei den Anonymen Alkoholikern die konfusen Geschichten kaputter Typen angehört. So etwas kann nicht funktionieren, das zieht einen ja erst recht runter. Das Theater mag vielleicht für frustrierte Hausfrauen taugen, aber doch nicht für ein richtiges Mannsbild wie ihn. Okay, er muss es ja nicht wieder so übertreiben wie vor seinem kleinen … Ausfall. Nein, er hat sich im Griff. Ein, zwei Bier und keine harten Sachen, das wird ja wohl noch drin sein. Jetzt steht das frisch gezapfte Bier vor ihm, und Erwin Raukel nimmt den ersten Schluck. Gott im Himmel, das ist besser als ein Orgasmus! Zum ersten Mal seit Langem schmeckt ihm auch das Essen wieder, kein Wunder, es ist ja auch endlich mal was Anständiges. Nach dem dritten Ale ist Hauptkommissar Erwin Raukel wieder ganz er selbst. Ja, es scheint, als hätte sich das Blatt endlich gewendet, denn um den Abend vollends zu krönen, kommt nun auch noch Selma hereingestöckelt, eine alte Flamme. Sie schiebt ihren Prachtarsch, über den sich ein unverschämt kurzes Röckchen mit Leopardenmuster spannt, auf den Barhocker neben ihm und lächelt ihn mit ihren knallrot geschminkten Lippen an. Scheint heute mein verdammter Glückstag zu sein, denkt Erwin und legt ihr seine Pranke auf den fleischigen Schenkel.

Elena Rifkin hat ihr Rad an den Metallzaun der Wedekin'schen Villa gekettet und wartet auf Rodriguez, den sie wohl gerade seiner trauernden Liebsten entrissen hat. Er klang nicht begeistert, was verständlich ist, aber alles hat seine Zeit. Händchen halten können sie noch lang genug, aber jetzt gilt es, den Umstand zu nutzen, dass der Bewohner der Villa noch in Untersuchungshaft ist. Während sie wartet, sieht sie sich um. Nur noch in wenigen Häusern brennt Licht. Das Anwesen der Wedekins liegt genau zwischen zwei Straßenlaternen. Wenn man am Zaun steht, sieht man einen Teil des rückwärtig gelegenen Gartens, nicht aber die Terrasse. Was bringt es dann, hier herumzustehen? Ein Motorengeräusch unterbricht ihre Überlegungen. Ist das etwa ihr Kollege, der auf einem Motorrad durch die 30er-Zone prescht?

Er bremst dicht vor ihr, nimmt den Helm ab und will wissen, was er hier mitten in der Nacht soll.

Auch Rifkin verzichtet auf einen Gruß und sagt: »Angenommen, der Täter hat hier gewartet. Woher wusste er, ab wann die

Wedekin allein war? Man kann die Terrasse von hier aus nicht sehen.«

»Musste ich herkommen, damit du mich das fragen kannst?«

Rifkin verabscheut überflüssiges Geschwätz, besonders bei der Arbeit, deswegen gibt sie keine Antwort.

»Vielleicht hat der Täter hier darauf gewartet, dass im ersten Stock das Licht angeht«, sagt Rodriguez nach ein paar Sekunden des Nachdenkens.

»Möglich«, stimmt Rifkin ihm zu. »Das setzt voraus, dass derjenige wusste, dass Mattai meistens vor ihr schlafen ging.«

»War's das jetzt?«, fragt Fernando.

»Wir sollten die Situation nachstellen.«

»Welche Situation?«

Wie begriffsstutzig kann ein Mensch, der bei der Kripo arbeitet, eigentlich sein? »Die Situation in der Mordnacht«, erklärt Rifkin. »Der Typ ist nur noch heute in U-Haft, und Wetter sowie Mondlicht sind fast genauso wie gestern. Denn wenn ihr Mann es nicht gewesen sein will, dann muss der Täter durch den Garten gekommen sein.«

»Ach so.«

»Cooles Teil, übrigens, deine Guzzi.«

Er grinst.

»Wetten wir, dass du es nicht schaffst, dich unbemerkt im Garten an mich ranzuschleichen? Und wenn ich gewinne, darf ich eine Runde damit drehen. Abgemacht?«

»Wie viel hast du getrunken?«, entgegnet Fernando.

Rifkin sieht ihn finster an, aber Fernando fährt fort: »Laut unserem schwäbischen Leichenfledderer hatte das Opfer schon einiges intus. Wenn es also authentisch sein soll ...«

»Stimmt. Aber mich zu betrinken würde jetzt zu lange dauern. Ein Alki kann auch mit zwei Promille noch ziemlich klar im Kopf sein.«

»Nenn sie nicht Alki. Sie ist ... war Jules Mutter, verdammt«, erwidert Fernando dünnhäutig. »Außerdem trug sie vermutlich Kopfhörer und hörte Musik. Vielleicht hat sie sogar geschlafen, klar kann sich da jemand an sie ranschleichen, das dürfte keine große Kunst sein.«

»Ob sie schlief oder nicht, konnte der Täter aber von hier aus nicht sehen.«

»Mag sein. Wenn er ihre Gewohnheiten kannte, dann brauchte er nur lange genug zu warten«, meint Fernando. »Aber ganz egal, ob es gelingt oder nicht, es ist kein Beweis – für gar nichts.«

Sie wolle nichts beweisen, räumt Elena ein, sondern nur ein Gespür für die Situation bekommen.

»Na großartig! Als ob ich heute Abend nichts Besseres zu tun hätte!«

»Du solltest leiser sprechen, du weckst noch die ganze Nachbarschaft«, ermahnt ihn Rifkin. »Bis gleich.«

Während Fernando weiter vor sich hin mault, schultert sie ihren Rucksack und steigt mit einer flinken Bewegung über den hüfthohen Zaun, so wie heute Morgen schon die Kollegen von der Streife. Der Zaun ist ein Witz, denkt Rifkin. Taugt höchstens dazu, Hunde davon abzuhalten, auf den Rasen zu kacken.

Es ist sternklar, aber die dünne Sichel des abnehmenden Mondes spendet wenig Licht. Das Haus ragt als großer, kompakter Würfel in den Nachthimmel. Der Pool, der vor ihr liegt, ist eine glatte, dunkle Fläche.

Eigenartig, überlegt Rifkin, dass Jule Polizistin geworden ist. Leute, die in solchen Häusern in solchen Stadtvierteln aufwachsen, die werden ... keine Ahnung, jedenfalls keine Polizisten.

Um die Situation möglichst originalgetreu nachzustellen, hat sie zwei Senfgläser mit Teelichtern darin mitgebracht, die die Funktion von Windlichtern übernehmen sollen. Auf der Terrasse angekommen, nimmt sie sie aus dem Rucksack und zündet sie an, ehe sie sich niederlässt. Sie muss sich einen der Sessel heranholen, die auf der anderen Seite des Tisches stehen, denn die Spurensicherung hat den Sessel, in dem die Tat geschehen ist, mitgenommen. Und außerdem sämtliche Polster, wie Rifkin fluchend feststellt.

Sie setzt sich mit dem Rücken zur Tür in den harten Gartenstuhl, den sie genau an die Stelle gerückt hat, an der Frau Wedekin gesessen hat – was man an den Kreidestrichen, die die Spurensicherung hinterlassen hat, noch erkennen kann. Dann starrt sie ins Dunkel und lauscht, wohl wissend, dass sie sich eigentlich ahnungslos verhalten müsste, genau wie das Opfer. Aber natürlich gelingt ihr das nicht, im Gegenteil. Eine kribbelnde Spannung hat von ihr Besitz ergriffen. An der Hecke, die das Grundstück von Frau Volland abgrenzt, glimmen ein paar Solarleuchten, aber deren Lichtschein reicht nur einen Meter weit. Eine Grille zirpt, und von fern hört man leises Verkehrsrauschen. Ab und zu raschelt etwas. Ein Igel? Fernando auf der Pirsch? Plötzlich ein heller Lichtschein. Rifkin fährt herum, wird geblendet. Der Bewegungsmelder hinter dem Haus. Nach etwa zehn Sekunden verlöscht das Licht wieder, ohne dass etwas geschieht. Sicher wartet Fernando ab, bis sie nicht mehr in die Richtung des Lichtscheins blickt, und schleicht sich dann über den Rasen. So würde sie es machen. Wie hat Dr. Bächle den Tathergang noch mal geschildert? Der erste Stich erfolgte von schräg hinten. Sie saß mit dem Rücken zum Haus. Demnach lautet die naheliegende Schlussfolgerung, dass der Täter von dort kam. Sollte er durch den Garten gekommen sein, musste er es klug anstellen. Das Blut auf den Platten mit dem Wasser aus dem Pool abzuwaschen, war schon mal ziemlich klug. *Ein Mörder, der putzt*, hatte Völxen gesagt. Ein Mörder, der putzt und aufräumt, überlegt Rifkin: nämlich die Leiche in den Pool. Wollte der Täter so eine Art Ordnung schaffen, so makaber das auch klingen mag? Möglich, aber wahrscheinlich war er einfach sehr vorsichtig. Bei einem Angriff mit einem Messer kann sehr leicht DNA vom Täter auf das Opfer übertragen werden. Es erscheint geradezu unvermeidlich. Wasser dagegen vernichtet Spuren. Ja, wir haben es nicht mit einem Dummkopf zu tun …

Ein Schatten huscht an der Hauswand entlang, dann ertönt ein Rumpeln, dem ein spanischer Fluch folgt und der Ausruf: »Scheiß Blumentopf!«

Fernando steht vor ihr und reibt sich das Schienbein. »Mir reicht's, ich fahre jetzt nach Hause.«

»Nein«, sagt Rifkin. »Wir machen noch einen Versuch. Diesmal sitzt du hier, und ich schleich mich an.«

»Wenn es dich glücklich macht!«

»Tut es.«

Rifkin geht über den Rasen zurück und verharrt nachdenklich vor dem Anwesen. Dann hat sie eine Idee. Sie wendet sich dem Nachbargrundstück zu und steigt über Frau Vollands Jägerzaun. Im Haus der Puppen und Teddybären sind alle Fenster dunkel. Leise bewegt sie sich durch den Garten, wobei sie sorgsam darauf achtet, nicht in die Beete zu treten und ihre neuen Turnschuhe zu versauen. Die Eibenhecke, die die beiden Grundstücke voneinander trennt, ragt wie eine Wand vor ihr auf. Rifkin sucht nach einer Möglichkeit, durch die Hecke zu schlüpfen. Es ist einfacher als gedacht, Eiben sind nicht dornig, und die Zweige sind weich und biegsam. Ohne einen größeren Flurschaden anzurichten, schafft sie es, sich durch die Hecke zu zwängen. Sie steht im hinteren Teil des Gartens der Wedekins. Zwischen ihr und der Terrasse befindet sich der Rosenpavillon, bis dorthin gelangt sie ungesehen. Und jetzt? Noch immer gilt es etwa zehn Meter freie Rasenfläche zu überwinden. Sie tritt auf etwas Hartes. Ist das ein Ball? Nein, ein Apfel oder so etwas. Eine Quitte! Herabgefallen vom Baum, der eigentlich in Frau Vollands Garten steht. Ihre Mutter pflegt diese steinharten Früchte zu Gelee zu verarbeiten. Rifkin hebt die Frucht auf und wirft die Quitte in die Richtung, aus der Fernando vorhin kam, als er sich um das Haus herum anschleichen wollte. Prompt reagiert der Bewegungsmelder. Rifkin erinnert sich, wie geblendet sie vorhin war. Diesen Moment nutzt sie jetzt aus, überquert geduckt das freie Rasenstück und taucht in den Schatten des Oleanderkübels, der neben der Terrasse an der Hauswand steht. Bestimmt schaut Fernando noch immer in die andere Richtung, dorthin, wo das Licht des Bewegungsmelders gerade wieder verlöscht. Sie verliert keine Zeit, schleicht um den Pflanzkübel herum und legt Fernando eine Hand auf die Schulter. Der fährt mit einem Schrei in die Höhe.

»Scheiße! Hab ich mich erschreckt. Wie hast du das hingekriegt?«

»Durch Ablenkung und einen Umweg über Frau Vollands Garten.«

»Und?«, knurrt Fernando. »Sind wir jetzt schlauer?«

»Ja.«

Ob sie ihn dann freundlicherweise an ihrem Herrschaftswissen teilhaben lassen würde, fragt Fernando und klingt dabei ein wenig gereizt.

Um den offenbar geistig etwas trägen Kollegen zu erleuchten, erklärt sie: »Wir wissen jetzt, dass man sich ungesehen anschleichen kann, aber nur, wenn man über einen gewissen Grad an Intelligenz verfügt und sich hier auskennt. Der Täter muss zum Beispiel gewusst haben, dass es diesen hinteren Bewegungsmelder gibt, dessen Scheinwerfer blendet, und dass die Hecke zum Nachbargrundstück durchlässig ist.«

»Und er muss ihre Gewohnheiten gekannt haben«, ergänzt Fernando.

»Das haben wir vorhin schon festgestellt«, erinnert ihn Rifkin.

»'tschuldige«, schnaubt Fernando mürrisch und fragt: »Was ist eigentlich los mit dir?«

»Was meinst du?«, fragt Rifkin verwirrt.

»Nichts«, sagt Fernando, was Rifkin noch befremdlicher findet. Ohne sich mit dem seltsamen Benehmen des Kollegen weiter aufzuhalten, stellt sie fest: »Die Frage ist also: War der Täter mit den Gewohnheiten vertraut, weil er die Wedekin kannte, oder hat er sie ausspioniert?«

»Oder beides«, meint Fernando. »Ich denke da an unsere Freundin mit den grässlichen Puppen. Oh, Mist!« Fernando deutet auf das Nachbarhaus, dessen steiler Giebel spitz in den Nachthimmel ragt. Im ersten Stockwerk, wo Frau Vollands Schlafzimmer liegt, ist gerade das Licht angegangen.

»Du warst zu laut«, sagt Rifkin.

»Ich? Wieso ich?«, ereifert sich Fernando.

»Wir sollten nicht rumquatschen, sondern uns verpissen«, sagt Rifkin. Sie rafft die Senfgläser und die Teelichter zusammen und verstaut sie in ihrem Rucksack. Wie zwei Diebe hasten sie über den

Rasen, wobei sich Rifkin die Situation plastisch vor Augen führt, was sie zu unkontrolliertem Gelächter veranlasst.

»Sei doch leise!«, zischt Fernando.

»Wieso? Jetzt ist es doch auch schon egal.«

Sie klettern über den Zaun.

»Wenn Völxen das mitkriegt, der reißt uns den Kopf ab«, prophezeit Fernando.

»Er wird's nicht mitkriegen, wenn wir den Mund halten.«

»Er kriegt immer alles mit«, meint Fernando und schwingt sich auf seine Guzzi.

»Schönen Abend noch, grüß Jule!«, ruft Rifkin, aber Fernando stülpt sich nur wortlos den Helm über den Kopf und gibt Gas.

»Memme«, kichert Rifkin, kettet ihr Bike los und tritt in die Pedale. Von fern hört man das anschwellende Geräusch einer Sirene. Als sie die nächste Kreuzung erreicht, kommt ihr die Streife in voller Lichterpracht entgegen. »Sorry, Jungs«, murmelt sie und fährt ungerührt weiter durch die laue Sommernacht.

VI.

Dienstag, 14. Juli

Einar hat die Augen geschlossen und konzentriert sich auf die Laute der Natur: das Summen der Insekten, den Warnruf einer Krähe, das Rascheln der Blätter im Wind. Als würden Hunderte von Stimmen gleichzeitig flüstern. Er versucht, seinen Atem zu kontrollieren, um in jenen Zustand zu gelangen, der es ihm gestattet, seinen Geist auszusenden, hinaus aus seinem Körper, hinein in die jenseitige Welt. Vor seinem inneren Auge sieht er sich selbst an seinem Kraftort unter der Eiche sitzen, die Morgensonne wirft lange Schatten, und im Geist spricht er die Runen *Ansuz* und *Raidho*, deren Laute er zu einem schnarrenden *Aarrh* vereint. Er praktiziert dies so lange, bis sein Geist von nichts anderem mehr erfüllt ist als von diesem Laut. Losgelöst von Raum und Zeit, scheint sein Körper jetzt nur noch aus Luft und Licht zu bestehen, und ihm ist, als würde er schweben. Die Reise kann beginnen.

Utiseta, also »draußen sitzen« nennt man diese Versenkungsübung, und in diesem tranceartigen Zustand kann es sein, dass man Wesenheiten aus der anderen Welt trifft oder mit Toten in Kontakt tritt. Einar praktiziert die Visionssuche regelmäßig, und allmählich stellen sich Erfolge ein. Der Fenriswolf ist ihm schon einige Male begegnet, ebenso Lichtelfen und ein Schwarzalb. Plötzlich spürt Einar, wie sich ein Schatten über seinen Körper legt … Doch die Gestalt, die er nun vor sich stehen sieht, schlägt alles bisher Dagewesene um Längen und raubt ihm für Sekunden den Atem. Das Wesen muss direkt aus Asgard herabgestiegen sein, um sich ihm zu zeigen. Es ist eine weibliche Gestalt, ganz in Schwarz, mit flachsblondem Haar und Augen, die vom Licht des Polarmeers erfüllt sind. Ja, sie sieht aus, als sei sie gerade dem Nordmeer entstiegen und schwebte nun über dem Morgendunst der Weide. Ist es Frigg, die ranghöchste Göttin der Asen, oder vielleicht Sif mit den goldenen Haaren? Er ist nicht sicher, und eine Göttin mit dem falschen Namen anzusprechen, könnte fatale Folgen haben. Also steht Einar auf und bewegt sich wie von einem Magneten gezogen auf die Gestalt zu. Als er sie fast erreicht hat, verneigt er sich tief und sagt: »Ich grüße dich, Göttin. Ich bin Einar, der Jarl der *Lichter des Nordens*. Nennst du mir deinen Namen?«

Normalerweise steht sein Frühstück schon auf dem Tisch, wenn Fernando morgens die Küche betritt. Aber heute steht da gar nichts, nicht einmal eine Tasse Kaffee. Was ist los, wieso lässt auf einmal der Service nach? Er setzt gerade Wasser auf, als Pedra Rodriguez die Küche betritt. Ihre Miene verrät nichts Gutes, und automatisch beginnt Fernando zu überlegen, ob er irgendetwas angestellt oder zu erledigen vergessen hat. Aber ihm will nichts einfallen, darum sagt er mit künstlicher Munterkeit: »Na, verschlafen?«

»Was machst du hier?«

Fernando, die Kaffeekanne in der Hand, sieht seine Mutter erschrocken an. Was ist los mit ihr, hat sie plötzlich geistige Aussetzer?

»Ich bin dein Sohn und wohne hier«, sagt er, halb scherzhaft, halb beunruhigt.

»Und? Hat der Herr Sohn gut geschlafen?«

»Äh, ja …«

»Solltest du nicht bei Chule sein, deiner Freundin, die gerade ihre Mutter verloren hat?«, zetert Pedra, während sie ihm die Kaffeekanne aus der Hand reißt.

Ach, daher weht der Wind. Fernando, der schon das Schreckgespenst Alzheimer am Horizont winken sah, atmet erleichtert auf. »Ich war gestern Abend bei ihr«, erinnert er seine Mutter, »aber sie wollte lieber allein sein.«

»Das glaubst du ihr?«

»Herrgott, Mama …«

»Fluch nicht, Fernando!«

»Warum sollte ich ihr denn nicht glauben?«

»Weil Chule ein stolzes Mädchen ist. Sie würde es nicht zugeben, wenn sie Hilfe braucht. Aber die braucht sie jetzt. Und du, du …«

»Meinst du nicht, Mama, dass ich Jule ein wenig besser kenne als du?«

»Ach ja? Seit wann ist das Ei klüger als die Henne?«

Es ist zwecklos, mit Pedra zu diskutieren, wenn sie in dieser Stimmung ist. Sie leidet zwar zum Glück nicht an Alzheimer, im Gegenteil, sie hat ein Gedächtnis wie ein Elefant, aber ein gewisser Altersstarrsinn macht sich allmählich doch bei ihr bemerkbar. Wobei sie, genau genommen, eigentlich schon immer ziemlich dickköpfig war. Okay, muss Fernando zugeben, meistens – oder zumindest sehr oft – hat sie ja auch recht. Aber nicht immer. Wider besseres Wissen macht Fernando dennoch einen Versuch, sich zu rechtfertigen: »Jule ist ein erwachsener Mensch, und wenn sie sagt, dass sie allein sein will, dann habe ich das zu respektieren.«

»Typisch Mann!«, murmelt Pedra, die ihm wahrscheinlich wieder einmal gar nicht zugehört hat. »Wenn es um Sex geht, seid ihr zur Stelle, aber wenn ihr wirklich gebraucht werdet …«

Fernando wird auf der Stelle rot wie ein Stoppschild. Noch nie hat er seine Mutter das Wort Sex aussprechen hören – jedenfalls kann oder will er sich nicht daran erinnern. Außerdem kränkt ihn ihre Unterstellung. »Bemüh dich nicht, ich frühstücke im Dienst«, zischt er und stapft davon, während Pedra hinter ihm herkeift: »Wehe, wenn du das mit Chule vermasselst! Du gehst auf die vierzig zu, wenn du in deinem Leben noch eine Frau abkriegen willst, dann musst du langsam in die Gänge kommen, oder denkst du vielleicht, deine alte Mutter will für alle Ewigkeit hinter dir herputzen?«

Halb neun, Hauptkommissar Bodo Völxen und sein Hund Oscar haben gerade ihre gewohnten Plätze eingenommen – Völxen hinter dem Schreibtisch und Oscar in seinem Korb unter den Ästen des Gummibaums –, als jemand gegen die Tür hämmert.

»Ja!«

Erwin Raukel betritt den Raum. Die Wände rücken zusammen.

»Völxen, altes Haus!«

»Guten Morgen, Erwin.«

Oscar bellt. Sabine hat ihm den Hund heute Morgen aufs Auge gedrückt. Sie möchte mit einer Freundin einen Stadtbummel unternehmen, und zwar ohne die Gesellschaft eines potenziellen Taubenkillers.

»Oscar, Platz und Ruhe!« Völxen ist aufgestanden. Sowohl Oscar als auch sein Herr nehmen Witterung auf. Hat Raukel eine Fahne? Völxens vergleichsweise unterentwickelter Geruchssinn registriert nur eine aufdringliche Rasierwasserwolke. Aber wer weiß, was sich dahinter verbirgt? Der Terrier kann leider nicht sagen, was er riecht, aber er knurrt leise vor sich hin, was an sich schon verdächtig ist.

»Du hast 'ne Fußhupe im Büro?«

»Einen Terrier!«

»Schön, dass wir uns mal wiedersehen.«

»Freut mich auch«, lügt Völxen. Wann hat er Raukel zum letzten Mal gesehen? Dürfte schon ein paar Jahre her sein.

Über den Schreibtisch hinweg tauschen die beiden einen männlichen Händedruck aus, wobei sie sich gegenseitig mustern. Raukel ist um die eins achtzig groß und besitzt die typische Figur eines regelmäßigen Biertrinkers: dünne Arme, dünne Beine, Mordswampe. Er scheint jedoch im Vergleich zu früher abgenommen zu haben. Nicht, dass er jetzt schlank wäre, beileibe nicht, er sieht immer noch aus, als hätte ein dürrer Mann einen dicken verschluckt, aber Völxen meint sich zu erinnern, dass Raukels Umfang schon voluminöser war. Bestimmt haben sie ihn bei der Entziehungskur abspecken lassen. Raukels Gesicht mit den kleinen, blauen Schweinsäuglein ist aufgedunsen und verbraucht. Die glatt zurückgekämmten Haare sehen aus, als wären sie nass, und verdecken ein paar kahle Stellen. Na ja. Was zählt, sind die inneren Werte. Was Raukel wohl gerade über ihn denkt?

»Leck mich am Arsch, bist du grau geworden, Völxen. Kriegst du eine Glatze? Ein bisschen zugelegt um die Taille herum hast du auch.«

»Ich habe schwere Knochen«, erwidert Völxen patzig. »Hauptsache, du kommst daher wie eine Elfe.«

Raukel grinst und murmelt etwas über gute Gene.

»Setz dich, Erwin. Oscar, du auch. Platz und Ruhe!«

Der Hund legt die Ohren an und legt sich mit einem schmollenden Seufzer hin. Hundeschule, wer sagt's denn!

Raukel hat sich in den Besucherstuhl gezwängt. Jetzt faltet er die Hände über seinem Wanst und sagt: »Sei ehrlich, Bodo! Du hast wen anders angefordert, und ich war der Trostpreis.«

Preis? Eher die Kröte, die ich schlucken muss! »Richtig. Aber ich hätte auch ablehnen können.«

»Stimmt, das hättest du«, muss Raukel zugeben.

Für ein paar Sekunden breitet sich verlegenes Schweigen aus.

»Wie geht's dir so?«, fragt Völxen schließlich.

»Man frettet sich so durch.«

»Die Sauferei?«

»Alles im Griff. Du kannst dich auf mich verlassen. Ich bin wieder ganz der Alte.«

»Ich hoffe, nicht!«, entschlüpft es Völxen. Raukel war seinerzeit nicht gerade der Sympathieträger des Dezernats gewesen. Aber andererseits hatte er diesen Riecher gehabt, den manche einfach haben, und oft auch das Glück, zum richtigen Zeitpunkt am richtigen Ort zu sein. Hätte er nicht regelmäßig zu tief ins Glas geschaut, säße Raukel dann womöglich auf Völxens Stuhl? Nein, eher nicht. Denn *political correctness* war noch nie eine Stärke des Kollegen gewesen, und die ist heutzutage ja immens wichtig. Erschwerend kommt die Angewohnheit Raukels hinzu, kein Blatt vor den Mund zu nehmen.

Raukel stößt einen tiefen Seufzer aus. »Du ahnst nicht, wie froh ich bin, dieser Welt von Idioten entkommen zu sein. Endlich hat man es wieder mit Verbrechern zu tun. Die sind mir allemal lieber als diese Arschgesichter in der Verwaltung. Also, worum geht es?«

»Zwei Mordfälle. Sonntagnacht wurde die Mutter von unserer Oberkommissarin Jule Wedekin auf ihrer Terrasse erstochen. Der Fall hat natürlich oberste Priorität. Und dann ist da noch dieser verdammte Makler aus Kleefeld …«

»Der Trauerkartenmord? Auf dem kaut ihr doch schon seit Wochen ohne Ergebnis herum.«

»So ist es«, bestätigt Völxen kurz angebunden. »Natürlich kann Wedekin nicht am Fall ihrer Mutter mitarbeiten. Aber sie will nicht beurlaubt werden. Also habe ich sie für den Trauerkartenmord eingeteilt. Dazu noch Kommissar Stracke, er war schon mal als Durchläufer hier.«

»Das ist alles? Ich meine, mehr Leute gibt's nicht?«

»Nein, im Moment leider nicht.«

»Na gut. Ich werde das Beste daraus machen. Kannst dich auf mich verlassen, alter Kumpel.« Hauptkommissar Raukel reibt die Hände aneinander und steht auf. »Also dann, auf in den Kampf. Am besten, du stellst mich meiner neuen Mannschaft kurz vor.«

»Ähm, Erwin … Oberkommissarin Wedekin wird das Team leiten.«

Raukel plumpst zurück auf seinen Stuhl wie ein fallen gelassener Sack Kartoffeln. »Das ist nicht dein Ernst, oder? Das Mädchen ist wie alt? Na, egal. Sie ist Oberkommissarin, ich bin Hauptkommissar …«

»Das ist mir bekannt«, unterbricht ihn Völxen. Diese Unterhaltung geht ihm gehörig gegen den Strich. Er kann einerseits verstehen, dass Raukel sich gedemütigt fühlt, aber er kann und will es nicht verantworten, diesem angezählten Wrack die Leitung eines Falls zu übertragen. In seinen Augen hat Jule ihre Chance mehr verdient als Raukel, über den es in den letzten Jahren mehr Beschwerden gab, als Völxen warme Mahlzeiten hatte. »Wenn du ein Problem damit hast, Erwin, dann sag es lieber gleich, dann vergessen wir, dass du heute hier warst.«

Raukel gibt einen kehligen Laut von sich, der Oscar erneut in Alarmbereitschaft versetzt.

»Noch was, Erwin: In meinem Dezernat gibt es keine *Mädchen*.«

Raukel seufzt, brummt etwas von einem Frauenversteher und schüttelt den Kopf. »Was ist nur aus unserer Polizei geworden?«

»Erwin, es ist eine Chance für dich. *Take it or leave it.*« Was rede ich eigentlich für einen Mist daher?, fragt sich Völxen im selben Moment.

»Schon gut, brich dir keinen ab. Ich bin einverstanden. Ich werde mich reinhängen.«

»Versprochen?«

»Großes Indianerehrenwort«, sagt Raukel mit würdiger Miene und schiebt seinen Bauch zur Tür hinaus, wobei er sich dezent am Hintern kratzt.

Noch immer fassungslos betrachtet Jule Wedekin das, was Völxen ihr vor wenigen Minuten mit großer Geste als »ihr Team« präsentiert hat. Okay, gegen Axel Stracke ist nichts einzuwenden. Der junge Kommissar hat schon als Anwärter ihr Dezernat durchlaufen und sich dabei gar nicht mal so dumm angestellt. Genau genommen war sogar er es, der damals auf das Motiv des Täters gestoßen ist. Aber diese andere Elendsgestalt, das ist doch wohl ein schlechter Witz! Wo hat Völxen den nur aufgegabelt, in einer Eckkneipe?

Hauptkommissar Erwin Raukel. Ginge es nach Alter und Dienstgrad, müsste er eigentlich das Team leiten. Stattdessen sitzt er jetzt mit einem gönnerhaften Lächeln an seinem Schreibtisch und verdaut die Tatsache, dass er einer Oberkommissarin unterstellt ist, die zwanzig Dienstjahre weniger auf dem Buckel hat als er. Das kann ja heiter werden.

Aber auch für Jule gab es Demütigungen. Vorhin musste sie ihren Schreibtisch leer räumen, und jetzt sitzen sie und ihr Dreamteam in einem Büro von allerhöchstens zwanzig Quadratmetern, das ein Stockwerk tiefer liegt als ihr angestammtes Dezernat. Kopierer, Whiteboard, Drucker, Kaffeemaschine – alles Fehlanzeige.

»Gut, dass ich ein Faible für Purismus habe«, bemerkte Jule, als Frau Cebulla ihr den Raum gezeigt hat. Und als Jule die Sekretärin gebeten hat, ihr die Akten des Falls Kai Börrie zukommen zu lassen, hat Frau Cebulla geantwortet, sie müsse sich erst bei Hauptkommissar Völxen erkundigen, ob sie dafür zuständig sei.

Dann möge sie das bitte rasch klären, hat Jule eisig erwidert und gedacht: Sie hat mich noch nie besonders leiden können. Genauso wenig wie ich ihren Kaffee.

Wenig später karrte Frau Cebulla einen mit Ordnern beladenen Rollwagen heran. Ihrer säuerlichen Miene nach zu urteilen, hat Völxen ihre Frage nach der Zuständigkeit wohl recht unmissverständlich beantwortet. Stumm türmte sie das Aktengebirge auf Jules Schreibtisch auf und schlappte in ihren Gesundheitsschuhen davon.

Auch Jule hat nichts gesagt. Diese Glasglocke, die sie seit gestern umgibt, ist immer noch da, und ein Scharmützel mit der Sekretärin ist das Letzte, was sie jetzt gebrauchen kann. Nachdem Fernando gestern Abend aufgebrochen war, hat sie noch zwei oder drei Gläser Rotwein getrunken, aber erst gegen Morgen in den Schlaf gefunden. Umso grausamer war das Erwachen. Wie ein Schlag in den Magen ist die Realität über sie hereingebrochen. Sie hat schon zwei Kopfschmerztabletten eingeworfen, fühlt sich aber dennoch wie gerädert.

Der Einzige im Raum, der hoch motiviert ist und vor Tatendrang zu bersten scheint, ist Axel Stracke. Deshalb hat ihn Jule, quasi als erste Amtshandlung, losgeschickt, um eine Kanne Kaffee zu organisieren. »Aber nicht die abgestandene Plörre von Frau Cebulla!«

Eine Aufgabe, die der junge Kommissar mit Bravour bewältigt hat. Sogar ein paar Franzbrötchen hat er dazu ausgegeben, was ihm bei Raukel einen ersten Pluspunkt einbrachte.

Nachdem das Koffein zu wirken begonnen hat, macht Jule sich daran, ihre beiden Mitarbeiter über den mutmaßlichen Tathergang und den Stand der Ermittlungen im Fall des Immobilienmaklers Kai Börrie aufzuklären.

»Kai Börrie, Jahrgang 1964, wohnhaft in der Schopenhauerstraße in Kleefeld, wurde am Montag, den 18. Mai, gegen 13.30 Uhr von seiner Lebensgefährtin Silvia Hauschild, die Dame ist zarte fünfundzwanzig, im eigenen Garten tot aufgefunden. Er erlitt mehrere Schläge auf den Kopf, und zwar mit einem Schlagstock, das hat die Rechtsmedizin anhand eines Profilabdrucks in der Kopfhaut festgestellt. Der Tod trat zwischen 10.00 Uhr und 11.00 Uhr am Vormittag ein. Zu diesem Zeitpunkt war er allein im Haus, seine Lebensgefährtin, mit der er seit drei Jahren zusammenwohnte, befand sich beim Pilates in Kirchrode – das wurde bestätigt –, danach war sie noch in der Stadt shoppen, ihre Kreditkartenabrechnung belegt das. Laut ihren Angaben stand Börrie meistens gegen zehn Uhr auf und ging dann als Erstes im Bademantel zum Briefkasten. So fand man ihn auch, im Bademantel, nur wenige Meter von der Gartentür entfernt. Die Zeitung war noch im Kasten. Das Grundstück ist zwar mit einer blickdichten Hecke eingefriedet, aber ein Passant hätte den Vorfall unter Umständen durch die Pforte beobachten können. Der Täter ging also ein gewisses Risiko ein. Allerdings laufen im Philosophenviertel um diese Zeit nicht viele Leute herum, und die Nachbarn waren nicht zu Hause.«

»Philosophenviertel. Sehr nett.« Rauke schnalzt anerkennend mit der Zunge.

»Kai Börrie«, fährt Jule fort, »hat neben seiner Maklertätigkeit auch bei diversen Luxussanierungen die Hände im Spiel gehabt. Er hat dafür gesorgt, dass die von der Baufirma Frankland & Morell GmbH & Co. KG erworbenen Objekte möglichst zügig entmietet wurden. Um dies zu erreichen, hat er wohl zunächst versucht, die Mieter mit finanziellen Anreizen oder drohenden Mieterhöhungen zum Auszug zu bewegen. Wenn das nicht fruchtete, hat er andere Saiten aufgezogen. Dabei waren er und seine Helfer in der Wahl ihrer Mittel nicht gerade zimperlich. Eine Familie«, so erinnert sich Jule, »fand im Kinderwagen, den sie im Flur abgestellt hatte, einen Schweinekopf.«

»Wie in *Der Pate*!«, kichert Raukel.

Jule kann sich den Einwand nicht verkneifen, dass das ein Pferdekopf war.

»Man sollte dem Mörder einen Orden verleihen«, meint Axel Stracke.

»Ach ja?«, zischt Jule. »Verfolgen wir neuerdings nur noch die Mörder von Opfern, die wir sympathisch finden?«

»'tschuldigung«, murmelt der junge Kommissar und läuft rot an.

»Schon gut.« Jule bereut es, ihn so angefahren zu haben. Aber sie stellt sich gerade vor, wie ihre Kollegen ein Stockwerk höher beim Morgenmeeting sitzen und womöglich auf ähnliche Weise über ihre Mutter reden. Als Mordopfer wird man praktisch gläsern, sämtliche Schwächen und Geheimnisse werden ans Licht gezerrt und diskutiert, nichts bleibt mehr privat, nicht einmal das Innere des Körpers. Das unterscheidet Mordopfer von gewöhnlichen Toten. Ob Bächle sie schon obduziert hat? Du musst dich zusammennehmen, ermahnt sich Jule. Du wolltest diesen Fall, also konzentrier dich darauf.

In der Tat scheinen etliche Leute wie Axel Stracke zu denken, nicht nur die von Börrie geschädigten Mieter. Börries Nachbar von gegenüber hatte seinerzeit ausgesagt, er habe nichts beobachtet, aber selbst wenn er etwas gesehen hätte, dann würde er nichts sagen, weil er hoffe, dass der Täter davonkomme.

Sie fährt fort: »Man kann zusammenfassend sagen, dass Börrie den Ausputzer für die Baufirma Frankland & Morell gemacht hat. Die meisten ihrer Häuser befinden sich in Hannover-Linden. Wir haben sämtliche Mieter befragt, die während der vergangenen zwölf Monate ausziehen mussten. Besonderes Augenmerk galt natürlich denen, die Widerstand leisteten und dem Makler böse Briefe geschrieben haben. Es gibt da zum Beispiel diese Initiative namens *Living Linden*. Einige Mitglieder dieser Vereinigung sind von den Sanierungsmaßnahmen der Firma Frankland & Morell unmittelbar betroffen, andere sind nur Sympathisanten, die sich ganz allgemein gegen die Gentrifizierung des Viertels stemmen.«

Raukel lässt ein Grunzen hören. »Gentrifizierung, ts!«

»Das bedeutet, dass die Leute, die einen Stadtteil attraktiv gemacht haben ...«

»Ich weiß, was Gentrifizierung bedeutet«, fällt ihr Raukel ins Wort. »Dass es an jeder Ecke Latte macchiato gibt, aber kaum noch vernünftige Kneipen. Bin ja nicht von gestern. Trotzdem finde ich, manchen Vierteln dieser Stadt würde ein bisschen Gentrifizierung ganz guttun.«

»Inwiefern ist dieser Aspekt wichtig für unseren Fall?«, erkundigt sich Jule.

»Gar nicht«, antwortet Raukel mit einem breiten Grinsen. »Es war eine persönliche Anmerkung rein philosophischer Natur.«

Jule macht weiter: »Im Büro des Mordopfers fanden sich zahlreiche Briefe und ausgedruckte Mails mit Drohungen und Beschimpfungen aus den letzten fünf Jahren, teilweise anonym, teilweise unterzeichnet. Der Mann hat sie gesammelt wie Trophäen. Diese Trauerkarte, auf die sich die Presse gestürzt hat, ist nur eine davon. Deshalb ist es ihm wohl auch nicht in den Sinn gekommen, damit zur Polizei zu gehen. Nicht einmal seine Freundin wusste davon. Der Brief mit der Karte kam am 6. Mai mit der Post, also zwölf Tage vor seinem Tod. Das ist sie.« Jule legt die Karte und den Pergamentbogen, die zusammen mit dem aufgerissenen Umschlag in einer Klarsichthülle stecken, auf den Schreibtisch.

Axel Stracke liest vor: »*Eines Morgens wachst Du nicht mehr auf, die Vögel aber singen, wie sie gestern sangen. Nichts ändert diesen neuen Tageslauf. Nur Du bist fortgegangen. Aufrichtiges Beileid, Kai Börrie, zu Deinem baldigen Tod.* Ist das ein Zitat oder so was?«

»Goethe. Scheint ein beliebter Trauerspruch zu sein. Eigentlich kommt am Ende noch ein Zeile: *Nun bist Du frei, und unsere Tränen wünschen Dir Glück.* Laut unseren Kriminaltechnikern handelt es sich bei der Schreibmaschine, die benutzt wurde, um das Modell *Adler Gabriele* 12. Es gab keine Fingerabdrücke auf dem Papier oder dem Umschlag, nur die des Opfers.«

»Wer schreibt denn heute noch mit einer Schreibmaschine?«, wundert sich Stracke.

»Ich. Ich hab noch so ein altes Schätzchen rumstehen«, verkündet Raukel. »Manchmal tippe ich damit Adressen auf Briefumschläge, weil ich nicht weiß, wie ich den Drucker einstellen und wie rum ich den Umschlag ins Fach legen muss.«

»Also alte Leute«, hält Stracke fest.

Raukel macht auf cool und zeigt Stracke den Mittelfinger.

Jule nickt ihren Kollegen anerkennend zu. »Guter Gedanke. Vielleicht hatte der Täter ähnliche Probleme, oder er hat keinen Drucker, will aber auch seine Handschrift nicht preisgeben. Man kann eine Schreibmaschine billig auf dem Flohmarkt kaufen. Bei Ebay gehen die Dinger zwischen zwanzig und dreißig Euro weg.«

»Oder es ist jemand, der sich bewusst dem digitalen Zeitgeist verweigert, oder einer, der genau diesen Anschein erwecken will«, ergänzt Stracke.

»Natürlich haben wir uns im Zuge der Ermittlungen bei besonders verdächtigen Personen nach der Maschine umgesehen – leider vergeblich. Wir wissen ja nicht einmal, ob die Trauerkarte wirklich etwas mit seinem Tod zu tun hat oder ob es nur eine besonders makabre Drohung war.« Jule hält inne, nimmt einen Schluck Kaffee und unterdrückt ein Gähnen. Sie ist erschöpft und uninspiriert. Das alles wurde vor Wochen schon erörtert und zigmal durchgekaut. Ausgerechnet von einem Frischling und einem abgehalfterten Suffkopf erwartet sie sich keine neuen Erkenntnisse.

Kommissar Stracke hebt den Kopf. »War Kai Börrie vermögend, und wenn ja, wer beerbt ihn?«

»Börrie stammt aus ärmsten Verhältnissen«, antwortet Jule, »aber er hat sich mit der Zeit ein nettes Vermögen zusammengerafft. Das Haus in Kleefeld gehört dazu. Er hat kein Testament hinterlassen, somit geht seine Lebensgefährtin komplett leer aus.«

Nach dieser Information macht sich zwischen den männlichen Mitarbeitern des Teams erstmals eine Art Konsens breit. »Dumm gelaufen«, grinst Stracke, und Raukel meint: »Kann man wohl sagen. Drei Jahre Bückstück für nichts und wieder nichts.«

Jule schließt die Augen, zählt bis drei, dann fährt sie fort: »Der Erbe musste erst ermittelt werden, es ist der Sohn seines verstorbenen Cousins, er ist vierundzwanzig Jahre alt und wohnt in Köln. Er hatte nie Kontakt zu seinem Onkel und war bei dessen Ermordung mit seiner Freundin auf Lanzarote.«

Während Raukel etwas von gottverdammten Glückspilzen murmelt, kommt Jule ihre Tante Gabriele in den Sinn, von der sie bis gestern ebenfalls nichts wusste. Gabriele, ausgerechnet. Wie die Schreibmaschine. Konzentration, Jule. Sie zwingt sich weiterzusprechen: »Die Art, wie Börrie getötet wurde, deutet auf jemanden hin, der große Wut hatte und dem außerdem alles egal zu sein schien. Immerhin war es heller Tag, und um jemanden mit einem Schlagstock zu erstechen … Verzeihung, ich meine natürlich, zu erschlagen …« Jule merkt, wie ihr die Worte im Hals stecken bleiben und eine heiße Welle über sie hinwegschwappt. Wie sich das ähnelt: Beide Opfer wurden im eigenen Garten ermordet, beide Male war anscheinend Wut im Spiel. Das war es dann aber auch schon wieder. Tag – Nacht, Schlagstock – Messer, dazu diese Karte … Nimm dich zusammen! Sie trinkt einen Schluck vom inzwischen kalt gewordenen Kaffee und räuspert sich. Verdammt, jetzt hat sie den Faden verloren. »Wo war ich stehen geblieben?«

»… am hellen Tag mit einem Schlagstock im eigenen Garten erschlagen«, souffliert Stracke.

»Danke. Tut mir leid. Der Täter muss in aller Seelenruhe auf Börrie gewartet haben, wahrscheinlich sogar im Garten. Hinter einem Gehölz wurden von der Spurensicherung Sohlenabdrücke der Größe 43 entdeckt. Glatte Sohlen. Börrie hatte Schuhgröße 41, der Gärtner, ein Frührentner, der einmal in der Woche vorbeikam, hat 45.«

Jule leistet insgeheim den Schwur, Raukel den Locher über den Schädel zu ziehen, sollte er jetzt einen Kalauer loslassen, der von Mördern und Gärtnern handelt. Zu seiner Rettung schweigt der Mann jedoch und starrt scheinbar teilnahmslos die etwas schief hängende Jalousie an.

»Wie gehen wir vor?«, will Axel Stracke wissen. »Befragen wir die vergraulten Mieter alle noch einmal?«

»Zumindest die, die kein Alibi haben«, bestätigt Jule. »Die Alibis sollten auch noch einmal überprüft werden, vor allem, wenn sie von Angehörigen stammen oder von Leuten, die Börrie ebenfalls nicht leiden konnten. Also praktisch jeder. Ich schlage vor, wir fangen bei diesem *Living Linden*-Verein an …«

»Hunde, die bellen, beißen nicht«, lässt sich Erwin Raukel vernehmen, ehe er seinen Kaffeebecher leert und nachlässig einen Rülpser unterdrückt.

»Bitte?«, fragt Jule.

»Ach, nichts.«

Jetzt wagt sich auch Axel Stracke aus der Deckung: »Ich denke, der Kollege meint jemanden aus der zweiten Reihe. Zum Beispiel ein Sohn, der hilflos zusehen musste, wie seine Mutter darunter gelitten hat, die Wohnung und die vertraute Nachbarschaft zu verlieren. Oder ein Enkel, ein Freund ... Jemand, der mitgelitten hat, ohne unmittelbar betroffen zu sein.«

»Ja, sehr gut«, stimmt Jule zu. Scheint ja doch gar nicht so schlecht zu sein wie zuerst gedacht, ihr *Team.*

»Allerdings«, bedauert Axel Stracke, »erweitert sich dadurch der Kreis der Verdächtigen geradezu exponenziell.«

»Du meinst, das sind ein Haufen Leute«, stellt Raukel klar.

»Genau.«

»Dann sag das doch, Axelwurst!«

»Mein Name ist Stracke!«

»Eichsfelder Stracke, ist das vielleicht keine Wurst?«

»Ist ja gut, wir wollen nicht zu albern werden, ja?«, geht Jule dazwischen. Wo sind wir hier, im Kindergarten?, fragt sie sich und hört sich in derselben Sekunde im Tonfall einer Erzieherin sagen: »Ich finde, das sind tolle Ansätze. Lasst uns die gekündigten Mieter der Häuser von Frankland & Morell durchgehen und nachforschen, was aus ihnen geworden ist und wen es am härtesten getroffen hat.«

Mit strengem Blick mustert Oda Kristensen den blond gelockten Typen, der gerade von seinem Holzgestell herabgestiegen ist. Er wirkt ein bisschen wie ein Schlafwandler, den man vom Dach geholt hat. Liegt vielleicht an dem hellen Leinenkittel, der fast so lang ist wie seine ledernen Shorts, aus denen muskulöse Beine hervorschauen. Er trägt keine Schuhe.

»Mein Name ist Oda Kristensen, ich bin keine Göttin, sondern Kriminalhauptkommissarin von der Polizeidirektion Hannover.«

»Oda«, wiederholt er verzückt. »Sei uns willkommen.«

Ist er verrückt? Hat er was genommen?

»Ich wüsste nicht, dass wir uns duzen«, weist ihn Oda in die Schranken. »Sind Sie Jürgen Freese, der Besitzer dieser Liegenschaften hier?«

Wo immer er auch war, so langsam scheint er ins Hier und Jetzt zurückzufinden. Er nickt. »Mein Name lautet Einar. Der andere Name hat mit meinem Leben nichts mehr zu tun.«

»Meinetwegen, Einar. Könnten wir uns irgendwo ungestört unterhalten?«

»Worüber?«, fragt Einar.

»Da wäre so einiges.«

»Gleich hier?« Er deutet auf das Podest unter der Eiche.

»Warum nicht«, seufzt Oda und macht sich daran, die Sitzgelegenheit zu erklimmen. Dort liegen bereits eine Isomatte und ein Schlafsack. »Haben Sie hier übernachtet?«

Er breitet die Arme aus und schaut in den Himmel. »Es gibt nichts Herrlicheres, als unter einem alten Baum und tausend Sternen zu nächtigen.«

Es ist tatsächlich ein schöner Platz. Die Eiche ist ein prächtiger Solitär mit einem knorrigen, dicken Stamm. Man hat einen weiten Blick über Felder und Wiesen und den Fuhrberger Forst. Hinter ihnen liegt der Gutshof, ein einstöckiges Gebäude aus Backstein und Fachwerk, wie es für landwirtschaftliche Gebäude in Niedersachsen typisch ist. Auf dem Dach blinken Solarzellenpanels in der Sonne. Rechts vom Gutshaus befinden sich Stallungen und eine Scheune, und auf der linken Seite reihen sich fast bis zum Wald hin etwa ein Dutzend kleine, weiße Holzhäuschen. Sie sind ein bisschen zu groß für Gartenhäuser – und wer bräuchte auch ein Dutzend davon? Die Hütten sind nach Süden ausgerichtet, und jede einzelne hat ebenfalls ein Solarzellenpanel auf dem Dach. Man hat es also mit Öko-Heiden zu tun. Außerdem erkennt Oda Kräuter, Tomatenstauden und anderes Gemüse, wahrscheinlich für den Eigenbedarf, an den Seitenwänden stapelt sich gehacktes Brennholz. Es gibt ein paar gemauerte Feuerstellen, vor einer steht ein Gestell mit einer Hängematte. Hinter den Hütten, in Richtung Norden, erstreckt sich eine schüttere Wiese, auf der ein paar Hühner herumscharren. Was für ein Idyll, denkt Oda halb ironisch, halb neidisch.

Menschen sieht man nicht viele. Die junge Frau, die sich mit dem Namen Arndís vorgestellt und die Kommissarin zur Eiche geschickt hat, steht jetzt in einem Verschlag und füttert zwei Minischweine, begleitet von fünf blonden Kindern im Vorschulalter. Mit ihrem langen, gewellten Haar, das in der Sonne rötlich schimmert, und der Schürze über dem schlichten, wadenlangen Leinenkleid wirkt sie, als sei sie einem längst vergangenen Jahrhundert entstiegen. Zwei junge Hünen sind dabei, einen Trecker auseinanderzunehmen. Auf der Obstwiese grasen Ziegen, und ein Mann mit Strohhut mäht mit einer Sense zwischen den Bäumen Gras. Danach riecht es auch, nach frisch gemähtem Gras. Nach Sommer. Oda atmet tief durch.

Einar lässt sich im Schneidersitz nieder, während er sie unverhohlen mustert. Oda lässt die Beine vom Podest baumeln und dreht sich eine Zigarette.

»Verzeih mir, Oda. Ich dachte, mein Utiseta wäre von Erfolg gekrönt und hätte eine Göttin zu mir geführt. Deine Augen sehen aus, als hättest du jahrhundertelang aufs Polarmeer gestarrt.«

Das ist mal ein originelles Kompliment. Klammheimlich beginnt Oda sich zu amüsieren. Sie hat sich vorher über Freese informiert. Er ist 43 Jahre alt, geboren in Bremen, geschieden. Er sieht jünger aus als 43. Kommt sicher vom gesunden Landleben. »Sind Sie der Chef von dem Laden hier?«

»Ich würde es anders formulieren, aber wenn du … wenn Sie es so nennen wollen.«

»Wie würden Sie es denn nennen?«

»Wir sind eine Gruppe spirituell lebender Menschen, die versucht, ein Dasein im Einklang mit der Natur zu führen, und den alten Göttern opfert. Unsere Sippe nennt sich *Lichter des Nordens.*«

»Odin und Thor, meinen Sie die Götter?«, fragt Oda und zündet sich eine Zigarette an. »Rauchopfer«, erklärt sie, als sie Einars skeptischen Blick auffängt.

Offenbar hat sie bei Einar noch immer einen Göttinnenbonus, denn er belässt es dabei.

»Was ist das hier, eine Sekte?«

Er lächelt. »Klar. Die Scheune da drüben steht voller Rolls-Royce. Gehirnwäschen gibt's aber nur samstags.«

Oda lächelt zurück. Sie mag schräge Vögel, die Humor haben.

»Ich fahre einen alten Defender, die Leute sind alle freiwillig hier und können jederzeit überallhin gehen. Und wir sind auch keine Rechtsradikalen. Sind Sie hier, weil dieses Arschloch diesen bescheuerten Artikel geschrieben hat?«

»Jan Mattai, meinen Sie den?«

Der Blick seiner hellblauen Augen verdüstert sich. »Was hat er nun wieder behauptet, dass gleich die Polizei anrückt?«

»Glauben Sie mir, Einar, wenn wir *anrücken*, dann sieht das anders aus. Momentan bin ich nur hier, um mich mit Ihnen zu unterhalten.«

»Was wollen Sie wissen?«

Ihre Hand beschreibt einen weiten Bogen. »Wie funktioniert das alles hier? Wovon leben die Leute, wer bezahlt was?«

»Ich habe vor fünf Jahren diesen Hof gekauft, von meinen Ersparnissen, einer kleinen Erbschaft und den Erlösen einer Publikation. Er war nicht teuer, weil er ziemlich heruntergekommen war. Zusammen mit vier Gründungsmitgliedern haben wir ihn renoviert, zuerst das Wohnhaus, dann die Ställe. Wir betreiben hier ökologischen Landbau nach Demeter-Richtlinien. Die umliegenden Felder haben wir nach und nach dazugepachtet. Wir machen keine großartigen Gewinne, aber so langsam läuft es. Wir verkaufen unsere Produkte auf Wochenmärkten und sind gerade dabei, einen Internet-Versand auf die Beine zu stellen.«

»Wie viele Leute leben hier?«

»Im Moment sind es sechsundzwanzig. Zwölf von ihnen arbeiten auch hier und wohnen dadurch kostenfrei im Gebäude oder in einer der Hütten. Mehr Arbeitsplätze gibt der Betrieb momentan nicht her. Diejenigen, die hier wohnen und nicht hier arbeiten, sondern ihren angestammten Berufen nachgehen, zahlen Miete für die Unterkunft, das müssten sie ja woanders auch. Dann gibt es Leute, die Asatru nahestehen und immer wieder mal bei uns vorbeikommen. Zu den Ritualen oder auch einfach so. Manche helfen unentgeltlich bei der Ernte oder wenn etwas gebaut wird.«

Oda schwenkt über zum Thema Jan Mattai: »Es gab da ein paar recht unfreundliche Mails und Kommentare in seinem Blog. Das Kriminaltechnische Institut prüft gerade die IP-Adressen. Also sagen Sie mir lieber, wenn es da etwas gibt, wovon ich wissen sollte.«

Er hebt abwehrend die Hände. »Es gibt viele Leute, die es nicht leiden können, wenn man Asatru in die Nähe von Scientology oder Rechtsradikalen rückt. Wer so agiert wie Mattai mit seinen verleumderischen Artikeln, muss im digitalen Zeitalter eben mit einem Echo rechnen.«

»Svenja Mattai. Was können Sie mir über sie sagen?«

»Sie kam zusammen mit Berenike. Svenja war anfangs sehr interessiert, aber ... wie soll ich sagen ... ich glaube, ihr Interesse galt vorrangig meiner Person.«

»Hatten Sie was mit ihr?«

»Nein.«

»Warum nicht? Sie ist doch hübsch und jung.«

Einar blickt nachdenklich in die Ferne, wo ein paar hellbraune Kühe grasen. »Ich fand sie nicht anziehend. Es lag an ihrem Wesen. Und im Nachhinein betrachtet, hat sich mein Instinkt als richtig erwiesen.«

»Wie meinen Sie das?«

»Ich denke, dass Svenja uns bei ihrem Vater verleumdet hat. Denn wenn es nicht so war, dann hätte sie uns ja warnen können, als er hier auftauchte, anstatt so zu tun, als würde sie ihn nicht kennen. Er hat einen falschen Namen benutzt und verschwiegen, dass er Journalist ist. Ehrlich gesagt, fand ich ihn sogar sympathisch.«

So viel zu seiner Menschenkenntnis, denkt Oda kopfschüttelnd.

Aber er hatte sie ja auch für eine Göttin oder weiß der Geier was gehalten. »Ulrike Bühring. Was wissen Sie über sie?«

»Sie meinen Berenike. Sie wohnt seit Kurzem für ein halbes Jahr zur Probe in der Hütte ganz links.« Er deutet auf das letzte der weißen Holzhäuschen. »Norwin, dem das Haus gehört, wird bis zur Wintersonnwende in Lappland sein. Wir pflegen den Austausch mit anderen Sippen, wenn es die Umstände zulassen. Berenike würde wohl gern für immer hierbleiben, aber ich bin noch nicht sicher, ob sie zu uns passt.«

»Was stimmt denn nicht mit ihr?«

»Berenike ist einsam und sucht krampfhaft Anschluss. Aber Asatru braucht selbstbewusste, starke Menschen, meinetwegen auch kritische Geister – solche wie dich!«

Oda unterdrückt ein Schmunzeln. »Svenja behauptet, Berenike hätte sich ihrem Vater an den Hals geworfen.«

»Sie ist wie ein Welpe. Gewährt man ihr ein klein bisschen Aufmerksamkeit, wird man sie nicht mehr los. Das hat Mattai schamlos ausgenutzt.«

»Hat Berenike gewusst, wer Mattai wirklich war?«

»Nein, ich denke, nicht, zumindest nicht am Anfang. Sie hätte mir das nicht verschwiegen, es liegt ihr viel an der Gemeinschaft.«

Oda drückt ihre Zigarette aus und fragt: »Einar, wo waren Sie Sonntagnacht?«

»Na, hier, wo sonst? Warum, was ist denn passiert?«

»Gibt es dafür Zeugen?«

»Allerdings. Wir haben ein Ritual durchgeführt.«

»Ein Ritual«, wiederholt Oda.

»Der Kern von Asatru sind gemeinsame Opferrituale. Neben den vier großen Festen des Jahreskreises veranstalten wir hin und wieder ein kleines Ritual. Das dient dem Zusammenhalt. Wir lassen den Göttern ein Essensopfer zukommen und speisen anschließend gemeinsam.« Er deutet über die Wiese, wo zusammengezimmerte Tische die Form eines Hufeisens bilden. In der Mitte liegt ein Steinquader. Darauf stehen Schüsseln und Krüge und ein Blumenstrauß. Oda stellt sich vor, wie die Heidenschar hier sitzt und tafelt, und muss dabei an das obligatorische letzte Bild der Asterix-Comics denken, auf dem die Dorfbewohner bei Wildschweinbraten im Kreis zusammensitzen. Ob es hier auch einen Troubadix gibt, den sie gefesselt und geknebelt in die Eiche hängen?

»Was ist so lustig?«, fragt Einar misstrauisch.

»Ich stelle mir gerade Ihr kleines Fest vor.«

»Du bist herzlich eingeladen, beim nächsten Dankesmahl teilzunehmen.«

»Danke. Wie lange ging das gestern?«

»Die Nacht war schön, einige, auch ich, saßen bis Mitternacht noch zusammen. Warum, brauche ich ein Alibi?«

»Die Frau von Jan Mattai ist gestern Nacht ermordet worden.«

»Was?« Er wirkt schockiert. »Und ... und er?«

»Er lebt.«

Einars Miene drückt Bedauern aus, wahrscheinlich, weil es nicht seinen Erzfeind getroffen hat. »Und er denkt jetzt, wir waren das? Wegen dieser Mails?«

»Ich weiß nicht, was Mattai denkt, und es ist mir auch egal. Aber ich weiß, dass Sie Ärger mit ihm hatten. Ich brauche die Namen aller, die gestern Abend bei Ihrem kleinen Festmahl dabei waren, und vor allen Dingen die Namen derer, die nicht dabei waren.«

»Es waren alle dabei.«

Sein Blick wandert zum Himmel, der sich von Westen her allmählich mit dünnen Schleierwolken zuzieht. Dann steht er auf, springt voller Elan von seinem Podest und reicht Oda die Hand, um ihr herunterzuhelfen. »Zeit für ein Frühstück. Darf ich dich einladen?«

»Gibt's Kaffee?«

»Alles, was du willst«, sagt er mit einem verheißungsvollen Lächeln.

»Danke, Kaffee genügt.« Der Gedanke an ihren Vorgesetzten und die für neun Uhr angesetzte Morgenbesprechung wird kurzerhand verdrängt. Hier besteht noch dringender Ermittlungsbedarf, erkennt Oda, während sie Einar zum Gutshaus folgt, wobei sie Gelegenheit hat, die kunstvollen Tattoos an seinen muskulösen

Waden zu betrachten. Auch sonst ist der Mann eine Augenweide, das muss man wirklich zugeben. Er hat ein eindrucksvolles Profil mit einer markanten Kieferpartie, und das lange Haar steht ihm gut.

Die zwei bärtigen Typen, die noch immer den Trecker in der Mache haben, beäugen Oda aufmerksam, als sie an ihnen vorbei über den tadellos gefegten Hof geht.

»Leif und Ragnar«, meint Einar, verzichtet aber darauf, seine Besucherin den beiden vorzustellen.

Auch bei ihnen gibt es Tattoos zu bewundern, auf den Armen und den nackten, muskulösen Oberkörpern. Sie tragen ihr Haar ebenfalls lang, allerdings mit breit ausrasierten Seiten. Bärte, halb rasierte Schädel und Tattoos, das scheint der angesagte Wikinger-Look zu sein. Aber manch einer von den jungen Kollegen sieht inzwischen so ähnlich aus. Die Welt wird immer unübersichtlicher, findet Oda und spürt die Blicke der beiden in ihrem Rücken, bis sie vor der Haustür angekommen sind. Darüber prangt eine Holztafel, in die jemand mit altertümlich stilisierten Buchstaben *Lichter des Nordens* geschnitzt hat.

»Es sind kaum Leute zu sehen, was machen die alle?«

»Ein paar sind mit dem Marktstand unterwegs, außerdem ist gerade Erntezeit.«

Die Küche ist riesig, mit Möbeln, die nach Eigenbau aussehen, und einem breiten Gasherd. Es ist warm. Eine Fliege surrt am Fenster, und es riecht nach den kleinen, noch grünen Äpfeln, die in einer Tonschale liegen. Wahrscheinlich sind sie zu früh vom Baum gefallen. Oda setzt sich an den langen Holztisch, an dem bestimmt sämtliche Nordlichter Platz finden, und sieht zu, wie ihr Gastgeber mit routinierten Bewegungen den Wasserkessel aufsetzt und einen altmodischen Filter aus Keramik auf eine Kaffeekanne stellt. Eine pechschwarze Katze durchquert das Zimmer und schlüpft, als sie Oda bemerkt, durch den offen stehenden Türspalt rasch wieder hinaus. Einar macht die Tür zu.

»Asatru. Was genau ist das?«, will Oda wissen.

»Asatru bedeutet ›Die alten Sitten‹. Es ist eine Kult- und Ahnenreligion, die man nach alten Quellen erneuert hat und die sich am nordischen Heidentum orientiert. Es ist eine offiziell anerkannte Religion«, verkündet Einar stolz. »Vor allem in den skandinavischen Ländern. Dort kommt sie ja auch her.«

»Wonach richtet ihr euch, nach der Edda?«

»Nein, es gibt keine Heilige Schrift. Es wird auch nicht missioniert, und es gibt keine Priester oder etwas in der Art.«

»Nur einen Jarl«, bemerkt Oda.

Aber Einar beachtet den Einwurf nicht. »Jeder kann Rituale leiten, und jeder macht seine persönlichen Gotteserfahrungen. Die Gottheiten teilen sich grob in die Asen und die Vanen, daneben gibt es auch noch Riesen, Elfen, Zwerge ...«

Oda muss an Island denken, wo es angeblich ein Ministerium für das Elfenwesen geben soll. Hierzulande weiß Oda nur von ein paar Trollen im Innenministerium. »*Kein Missionieren* klingt sympathisch.«

Einar ist jetzt nicht mehr zu bremsen: »Bei Asatru geht es nicht darum, etwas zu glauben, das man nicht weiß, sondern um das Leben nach den Traditionen der Ahnen. Die Sitte, das war Kult und Glaube, aber auch ein Rechtssystem und Regeln für das soziale Zusammenleben.«

»Mattai benutzte das Wort Naturreligion ...«

»Weil er ein Idiot ist. Niemand wäre so naiv, einen Baum oder einen Felsen als heilig anzusehen. Aber an bestimmten Orten kann sich das Bewusstsein vom Körper lösen und sich als Teil des Ortes und der Natur empfinden. Dazu gibt es Rituale und Versenkungsübungen, so wie die, bei der du mich vorhin gestört hast.«

»Sorry. Gibt es überhaupt so etwas wie einen Himmel und eine Hölle?«

»Nein.« Ihr Gegenüber reckt stolz sein Kinn. »Es gibt weder Gebote noch Verbote, auch keine Sünden im moralischen Sinn oder Strafen im Jenseits. Aber natürlich auch keine Belohnung, denn die Seele wird nicht als unsterblich betrachtet.«

Oda ist überrascht. »Wie? Keine Aussicht auf ewige Glückseligkeit im Jenseits als Ausgleich für all den Ärger hier?«

Der Wasserkessel pfeift. Für eine Weile herrscht Stille, während Einar den Kaffee aufbrüht. Der Duft breitet sich aus. Dann, ganz unvermittelt, legt Einar ihr die Hand auf die Schulter: »Bin gleich wieder da«, sagt er und verschwindet nach nebenan, wo sich vermutlich eine Speisekammer befindet. Aus dem Raum hört man gedämpfte Geräusche, dann kommt Einar mit einem Tablett zurück, beladen mit Brot, Marmelade, Margarine, einer Schale mit Frischkäse – dem Geruch nach stammt er von Ziegen – und einem Kännchen Milch. Der Kaffee ist inzwischen auch durchgelaufen, und als der Becher vor Oda steht, meint sie: »Aber die meisten Leute glauben doch nur deshalb an irgendeinen Gott, weil sie panische Angst vor dem Tod haben. Und da gibt's bei euch kein Heilsversprechen, an das man sich klammern kann?«

»Nicht wirklich. Im Allgemeinen lebt der Verstorbene in seinen Kindern weiter. Im Rad des Lebens folgt eine Generation auf die vorangegangene.«

»Kein Wunder, dass euch die Christen die Show gestohlen haben«, sagt Oda.

Einar bricht in herzhaftes Lachen aus und zeigt dabei eine tadellos weiße Zahnreihe. »Mag sein, aber auf mich wirkt das alles sehr beruhigend. Nichts fände ich bedrohlicher als die Aussicht auf ein Danach, womöglich gar ein ewig währendes.«

Oda muss ihm zustimmen. »Für mich wäre die Ewigkeit eine echte Zumutung, ich würde sterben vor Langeweile.«

Sein intensiver Blick begegnet den Augen Odas, als er sagt: »Der Tod allein verleiht allem Bedeutung. Gäbe es das ewige Leben, wäre doch alles, was hier geschieht, vollkommen belanglos.«

Oda trinkt von ihrem Kaffee, der auf angenehme Weise bitter schmeckt. Dann besinnt sie sich wieder auf den Grund ihres Hierseins und versichert Einar, dass sie sich am liebsten noch stundenlang mit ihm über Religionen und Weltanschauungen unterhalten würde, aber nun rufe leider die Pflicht. »Ich brauche die Namen der Leute, die gestern Abend an eurem Ritual beteiligt waren.«

»Du kannst mit den beiden Jungs da draußen anfangen. Leif und Ragnar.«

»Gut. Ist diese Berenike auch da?«

Einar steht auf und späht zum rückwärtigen Fenster hinaus, wo sich ein kleiner Parkplatz befindet. »Ihr Auto ist weg, also ist sie wohl schon zur Arbeit gefahren.«

»War sie gestern Abend auch dabei?«

»Ja.«

»Wie lange?«

»Das weiß ich nicht mehr. Komm heute Abend wieder, da sind alle da, und du kannst deine Fragen stellen. Aber ich kann dir eins versichern: Keiner von uns würde so etwas tun. Bei Asatru spielen Ehre und Anstand eine große Rolle. Vielleicht würde der eine oder andere Hitzkopf diesem Mattai gerne eine aufs Maul hauen. Aber keiner von uns würde eine unschuldige Frau töten, das schwöre ich bei allen Göttern.«

Schwarzgrüne Thujen und eine riesige Kastanie beherrschen das Grundstück am Stadtrand von Steinhude. Ihre Zweige reichen bis an den Erker eines Bungalows, der sich bescheiden ins Grün duckt. Das Ganze wird von einem Jägerzaun umfriedet.

Jule drückt auf die Klingel. Wenig später wird hinter dem gewellten Glas ein Schatten sichtbar, dann wird die Tür aufgerissen.

Gabriele Decker, geborene Jenke, ist schlank, wenn auch nicht so dünn, wie ihre Mutter es war. Das Haar ist grau und kurz geschnitten. Sie scheint mit Besuch gerechnet zu haben, denn sie trägt einen dunkelblauen Rock und eine elfenbeinfarbene Bluse, die dem Hautton ihres Gesichts entspricht.

»Hallo, Tante Gabriele.«

»Mein Beileid.«

Ihre Stimme klingt scharf wie ein Kristall, die Lippen sind schmal, von einem Faltenkranz umgeben und fast ohne Rot.

»Danke. Darf ich reinkommen?«

Sie wirft einen Blick über Jules Schulter, als wolle sie prüfen, ob die Nachbarn schon in den Fenstern hängen. Dann tritt sie wortlos zur Seite und führt ihre Nichte durch einen dämmrigen Flur in ihr Wohnzimmer. Jule ist, als betrete sie eine Theaterkulisse, für die der Regisseur die Anweisung *gutbürgerliches Spießerambiente der Siebzigerjahre* erlassen hat. Wie alt ist ihre Tante, 58? Solche Einrichtungen bekommt Jule sonst nur an Leichenfundorten zu sehen, deren Bewohner mindestens zwanzig Jahre älter sind. Ein diffuses, grünliches Dämmerlicht fällt durch die akkuraten Falten der Stores, und Jules Pupillen sind noch dabei, sich auf die Lichtverhältnisse einzustellen, als ein schriller, markerschütternder Schrei sie zusammenzucken lässt. In einem riesigen Käfig, der auf einem Metallständer befestigt ist und beinahe den ganzen Erker ausfüllt, sitzt ein grüner Papagei, der sie mit schief gelegtem Kopf beäugt.

Jules Herz klopft auf einmal wie wild und ihr Mund ist trocken. »Kann ich ein Glas Wasser haben?«

»Setz dich.« Ihre Tante deutet auf einen der kognakbraunen Ledersessel.

Jule gehorcht. Die Zeit, die ihre Tante braucht, um das Wasser zu holen, nutzt Jule, um sich umzusehen. In der Eichenschrankwand steht ein Hochzeitsfoto, das aber nicht Gabriele und ihren Mann Rainer zeigt, sondern vermutlich dessen Eltern. Von ihnen stammt wohl auch die Einrichtung, überlegt Jule, und obwohl es im Raum stickig warm ist, läuft es ihr kalt den Rücken hinunter.

Wieder krächzt der Vogel, und wieder erschrickt Jule. So ein Vieh wäre das Letzte, was mir ins Haus kommt, denkt sie, während sie dem Tier in die traurigen, von rosa Hautfalten umgebenen Augen blickt.

Die Hausherrin kommt wieder und stellt ein Glas Mineralwasser auf einen Untersetzer, um den Tisch mit der Steinplatte zu schonen. Dann setzt sie sich mit durchgedrücktem Rücken auf die Sofakante und sagt ohne Umschweife: »Ich hab sie nicht umgebracht. Ich war am Sonntag den ganzen Abend hier, zusammen mit Rainer. Wo auch sonst?«

»Ich bin privat hier, nicht als Polizistin.«

»Was willst du?«

»Meine Tante kennenlernen.«

»Gut. Du hast mich gesehen.«

Ein beklommenes Schweigen füllt den Raum, untermalt vom

Ticken der Wanduhr mit den römischen Zahlen, die über dem Fernsehschrank hängt. Man muss nicht in Trauer sein, um das alles hier deprimierend zu finden, erkennt Jule und bereut es, hergekommen zu sein. Um irgendetwas zu sagen, erkundigt sie sich nach Gabrieles Mann Rainer.

»Er ist beim Angeln.«

Stimmt, er ist ja laut seinen Meldedaten zehn Jahre älter als Gabriele, also längst in Rente. Sie nimmt einen neuen Anlauf. »Du und meine Mutter, habt ihr euch wirklich über dreißig Jahre lang nicht gesehen?«

»Fünfunddreißig.«

»Auch nicht bei den Beerdigungen?«, fragt Jule. »Ich meine, von euren Eltern?«

Gabriele nickt. »Doch, da war sie. Aber wir sind uns aus dem Weg gegangen.«

»Es tut mir leid, dass wir uns …«, beginnt Jule, wird aber von einem lautstarken Krächzen aus dem Erker unterbrochen.

»Gute Nacht, Jocki, gute Nacht, Jocki!«

Gabriele streift den Käfig mit einem gleichgültigen Blick.

Jule macht einen neuen Anlauf. »Mir wird gerade klar, dass ich nichts über meine Familie weiß. Zum Beispiel über meine Großeltern. An meine Großmutter kann ich mich verschwommen erinnern, sie hat uns ab und zu besucht. Aber mein Großvater starb zu früh.«

»Dann frag doch deine geschwätzige Tante Stefanie, und lass mich in Frieden.«

»Ich frage aber dich«, sagt Jule und fixiert ihre Tante mit einem entschlossenen Blick, den sie sonst bei Leuten anwendet, die ihr im Verhörraum gegenübersitzen.

Gabriele ist Widerstand offenbar nicht gewohnt, denn ihr Mund klappt auf und zu, dann holt sie tief Luft und sagt: »Da gibt's nicht viel zu erzählen. Unsere Mutter hat in den Läden und im Büro mitgeholfen, deshalb war ich von meinem zwölften Lebensjahr an für den Haushalt zuständig. Deine Mutter hat es schon immer gut verstanden, sich vor allem zu drücken, und Stefanie, dieses undankbare kleine Aas, hat immer zu ihr gehalten. Dabei wissen die beiden gar nicht, was sie mir zu verdanken haben.«

»Wie meinst du das?«

Gabriele zupft am Saum ihres Rocks, der sich über ihre knochigen Knie spannt. Jetzt ist endlich etwas Farbe in ihr Gesicht getreten. »Dein Großvater ... er war kein schlechter Vater. Besonders deine Mutter wurde verwöhnt, sie war sein Liebling. Er war beliebt bei den Nachbarn und den Kunden, er konnte sehr charmant sein, wenn er wollte. Wenn er aber ein gewisses Quantum intus hatte, dann kamen plötzlich wieder Dinge hoch, die er im Krieg erlebt haben muss.« Sie stockt, und als sie weiterspricht, klingt ihre Stimme wie ein gläserner Faden. »Er hat ja nie darüber gesprochen. Damals dachte man, es ist das Beste, wenn man schweigt, fleißig arbeitet und zusieht, dass es den Kindern mal besser geht. Aber wenn er besoffen war, dann redete er lauter verworrenes, schreckliches Zeug von erschossenen und verbrannten Menschen.«

»Was für Menschen?«

»Das weiß ich nicht. Es war wirres Gefasel. Es kam nicht oft vor, alle paar Wochen, aber dann musste man sich vorsehen.«

»Du meinst, er hat euch geschlagen, wenn er betrunken war?«

»Meistens hat er nur rumgeschrien und die Nachbarn angepöbelt, oder angefangen, die Wohnungseinrichtung kaputt zu machen. Er war dann nicht mehr er selbst – als hätte man einen Schalter umgelegt. Wenn meine Mutter und ich versucht haben, ihn von der Straße zu holen, oder ihn daran hindern wollten, das Geschirr und die Möbel zu zerschlagen, dann konnte es sein, dass wir eine mitgekriegt haben.«

»Das tut mir leid.«

»Ich dumme Kuh!« Gabriele lacht bitter auf. »Ich dämliche Kuh hab mir mal ein Veilchen eingefangen, weil ich verhindert habe, dass er das verdammte Klavier kurz und klein haut. Damit unser Wunderkind weiterhin darauf herumklimpern konnte. Ja, und zum Dank dafür, dass ich Constanze und Stefanie, so gut es ging, beschützt habe, hat mir deine ehrenwerte Mutter dann den Bräutigam ausgespannt. Aber diese lustige Geschichte kennst du sicher schon.«

Kann es wirklich sein, fragt sich Jule, dass eine verlorene Liebe, auch wenn es die vermeintlich ganz große war, einen derart dunklen Schatten auf das ganze Leben wirft? Wie kann man sich nur derart in etwas hineinsteigern? Hat sie denn gar kein Selbstwertgefühl? Wahrscheinlich gibt sie den beiden noch heute die Schuld an allem Unangenehmen, das ihr im Lauf des Lebens zugestoßen ist. Warum hat sie keine Kinder? Wie muss ihr Ehemann, dieser Rainer, gestrickt sein, um das auszuhalten? Wie oft geht er wohl zum Angeln?

»Braver Jocki, braver Jocki!«

»Ich finde das nicht lustig«, stellt Jule klar. »Im Gegenteil, es tut mir leid. Aber ich kann nun wirklich nichts dafür.«

»Spar dir dein Mitleid.«

»Das ist kein Mitleid, ich wollte nur …«, beginnt Jule, wird aber von Gabriele unterbrochen: »Aber wo du nun schon mal hier bist: Erzähl mir doch, wie es war, als dein Vater deine Mutter verlassen hat, wegen einer Jüngeren. Wie hat sie sich gefühlt? Bestimmt hat sie rumgeheult, gesoffen, was das Zeug hält, und mit jedem rumgehurt, der ihr über den Weg lief. War's nicht so?«

Jule zuckt zusammen. Das Schlimme an den Worten ihrer Tante ist, dass Gabriele mit dieser Einschätzung gar nicht so falschliegt. Woher weiß sie so gut Bescheid, womöglich von Tante Stefanie? Oder weil sie ihre Schwester einfach gut kennt und sie richtig einzuschätzen weiß? Jedenfalls gelangt Jule zu der Erkenntnis, dass ihr Vater den richtigen Riecher hatte, als er sich im letzten Moment aus dem Staub gemacht hatte. Sie hat genug und steht ruckartig auf. »Es war ein Fehler, herzukommen. Ich sollte besser gehen.«

»Halt's Maul, du Drecksvieh!«

Auch Gabriele ist aufgestanden. Ihr Gesicht ist verzerrt vor Wut. »Du bist wie deine Mutter!«, schleudert sie Jule entgegen. »Denkst auch, man muss dich einfach mögen, nur aufgrund deiner bloßen Existenz. Aber ich verrate dir was, mein Goldkind: Das ist nicht der Fall. Dafür bist du ihr viel zu ähnlich!«

»Besser ihr als dir!«, antwortet Jule.

In den Augenschlitzen ihrer Tante glänzt es dunkel wie flüssiges

Blei, als sie plötzlich ruft: »Und jetzt stirbt sie auch noch vor mir. Erstochen! Dramatischer ging's wohl nicht. Aber das passt zu ihr, nicht mal auf anständige Art sterben kann sie. Jetzt kann ich sie nicht einmal mehr hassen, sogar das hat sie mir genommen!«

Jule bleibt unter der Tür stehen, sie bebt vor Zorn und zischt: »Dabei ist so ein Hass doch so praktisch! Man kann alles, was im Leben nicht so läuft, wie man sich's erträumt hat, auf die böse Schwester schieben.«

»Hast du da hingekackt, du Mistvieh?«

Jules Abgang gleicht einer Flucht. Eigentlich hat sie ihre Tante fragen wollen, ob diese zur Beerdigung kommen möchte. Aber sie ist während der vergangenen Minuten zu dem Schluss gelangt, dass sie diese Frau nie wiedersehen möchte, und schon gar nicht am Grab ihrer Mutter.

Gabriele ist ihr gefolgt, vielleicht aus Gewohnheit oder weil sie sich vergewissern will, dass Jule auch wirklich geht.

»Leb wohl, Tante Gabriele«, sagt Jule und hängt für einen Moment dem Gedanken nach, dass sie noch nie zuvor zu jemandem »leb wohl« gesagt hat. Als sie ein paar Schritte weit gegangen ist, hört sie im Haus den Vogel pfeifen und kann es sich nicht verkneifen, sich noch einmal umzudrehen und ihrer Tante zuzurufen: »Der Vogel passt übrigens zu dir. Ein einsames, verstörtes Geschöpf, das nicht wegfliegen kann!«

Selten war ein Meeting, das am Tag nach einem Mord stattfand, so unbefriedigend wie das, das Völxen gerade hinter sich hat. Die Ausbeute der Spurensicherung war dürftig: Auf der Terrasse wurden keine Sohlenabdrücke gefunden und auf dem trockenen Rasen ebenfalls nicht. Nichts deutet darauf hin, dass der Täter im Haus gewesen ist. Die Auswertung der DNA-Spuren an den Gläsern und den Polstern der Sitzgruppe ist noch nicht fertig, aber Völxen verspricht sich davon nicht viel. Ein Mörder, der sich die Mühe macht, die Terrasse zu fluten, um seine Fußabdrücke zu vernichten, wird wohl kaum hinterher einen Schluck vom Gin Tonic seines Opfers nehmen. Der Laptop von Jan Mattai ist bei der Kriminaltechnik, dort will man den Spuren der Drohmails nachgehen und sich ansehen, was der Mann sonst noch so getrieben hat – auch das wird dauern. Ähnlich ist es mit den Auszügen der Bankkonten des Paars, für die man erst eine richterliche Verfügung braucht. Der Obduktionsbericht von Dr. Bächle hat nur noch einmal das bestätigt, was er gestern schon von Kommissarin Rifkin erfahren hat. Immerhin hat Frau Wedekins Mobilfunkbetreiber schon Daten geschickt. Daraus geht hervor, dass die Verstorbene ihr Handy wohl ausschließlich dazu benutzt hat, um mit Mattais Handy oder dem häuslichen Festnetzanschluss zu telefonieren. Der letzte Anruf wurde am Sonntagnachmittag nach dem Golfspiel getätigt, um dem Ehemann ihre Heimkehr anzukündigen.

Völxen hat verfügt, dass Jan Mattai wieder aus dem Gewahrsam entlassen wird. Was blieb ihm anderes übrig? Rodriguez und Rifkin hat er angewiesen, das Material durchzusehen, das von der Spurensicherung beschlagnahmt wurde.

Wo, zum Teufel, steckt überhaupt Oda? Sie wollte doch pünktlich zum Meeting escheinen. Ist sie etwa dieser Wikingersekte beigetreten?

Es klopft. Frau Cebulla stellt eine Tasse Tee vor ihn hin und verkündet: »Die Damen vom *Didago* erwarten Sie heute um 14.30 Uhr im Clubheim.«

Völxen blickt die Sekretärin verständnislos an und fragt: »Ist das so was wie *Pegida*?«

»Das bedeutet Dienstag-Damen-Golf. Die Golfrunde von Frau Wedekin. Am Dienstagnachmittag ist der Platz für Herren gesperrt.«

Ein Frauentag in der Sauna leuchtet Völxen ein, aber auf dem Golfplatz? »Spielen die nackt?«, murmelt er.

»Wie bitte?«

»Wird es bald einen Damentag in der Kantine geben, an dem nur Salat und Tofu serviert wird?«

Frau Cebulla kann den wirren Gedankengängen ihres Vorgesetzten entweder nicht folgen oder ignoriert sie absichtlich. »Sie baten mich, die Damen herzubestellen, aber ich dachte, es spart Zeit, wenn sie dort sowieso alle zusammenkommen.«

»Von mir aus.«

»Und Sie möchten bitte pünktlich sein, um 15.00 Uhr haben die Damen Abschlag«, ermahnt ihn die Sekretärin im Hinausgehen.

»Sonst noch Wünsche?«, ruft ihr Völxen hinterher.

»Ich kann jetzt nicht mit Ihnen reden, ich muss arbeiten.« Ulrike Bühring alias Berenike ist dabei, in einem leeren Zimmer ein Bett frisch zu beziehen, als Oda eintritt und ihr den Dienstausweis vor die Nase hält.

»Entweder wir reden hier, oder ich bestelle Sie aufs Präsidium.«

»Und weswegen?«

»Da wären zum Beispiel Stalking, Belästigung, dringender Mordverdacht …«

Ulrike Bühring sieht Oda mit einer Mischung aus Erschrecken und Verwirrung an. Ihr Gesicht wird von den großen braunen Augen beherrscht, in deren Winkel sich erste Fältchen eingegraben haben. Sie hat rosige Apfelbäckchen und ihre Nase zeigt ein wenig himmelwärts. Eine Schönheit ist sie definitiv nicht.

»Was reden Sie denn da?« Dann scheint ihr aber einzufallen, dass sie in einer Viertelstunde Pause hat. Sie und Oda könnten sich in der Cafeteria treffen, schlägt sie vor.

Oda nutzt die Wartezeit, um ins Freie zu gehen und sich eine zu drehen. Bloß keine Minute länger in diesem Bau! Dass Krankenhäuser auch immer so riechen müssen. Kliniken oder Altenheime, sie weiß nicht, was schlimmer ist, vom olfaktorischen Standpunkt aus betrachtet. Der alte Mann von gestern, Engelhorn, kommt ihr in den Sinn, als sie gerade ihre Zigarette anzünden will. Verdammt! Jetzt ist ihr die Lust am Rauchen glatt vergangen. Sie sollte wirklich versuchen aufzuhören. Oder zumindest weniger rauchen. Zwei am Tag. Drei höchstens.

Um sich abzulenken, läuft sie ein wenig auf und ab. Ob dieser Heidenverein wirklich so harmlos ist, wie Einar es darstellt? Oda muss an das Gespräch denken, das sie vorhin noch mit den beiden bärtigen Hünen Leif und Ragnar geführt hat. Die zwei hatten noch immer eine Stinkwut auf Mattai und machten überhaupt keine Anstalten, dies zu verhehlen. Beide behaupteten jedoch, am Sonntag bis nach Mitternacht mit Einar zusammen am Feuer gesessen zu haben, und Oda schwant jetzt schon, dass die *Lichter des Nordens* sich alle gegenseitig Alibis geben werden. Aber vielleicht wird sie Einars Angebot dennoch annehmen und heute Abend mal dort vorbeischauen.

Sie telefoniert mit Völxen.

Wie überaus gnädig von ihr, sich beim gemeinen Fußvolk zu melden, nein, es gebe nichts Neues, ja, er habe Mattai gehen lassen, und nein, er habe keine schlechte Laune! Wie sie darauf komme?

Die Cafeteria ist groß und das Frühstücksbuffet scheint beliebt zu sein. Oda zählt ein gutes Dutzend weiße und grüne Kittel und ungefähr die doppelte Anzahl an Bademänteln und Jogginganzügen. Ihre Gesprächspartnerin wartet bereits an einem kleinen Tisch bei einer Tasse Tee. Oda holt sich ebenfalls einen, denn von Kaffee bekommt sie immer Lust zu rauchen.

»Frau Bühring, Sie wohnen seit einigen Wochen auf dem Gelände der *Lichter des Nordens*. Gefällt es Ihnen dort?«

In ihre Augen tritt ein Leuchten. »Oh, ja. Es ist wunderbar, als hätte man eine große Familie. Aber nennen Sie mich bitte Berenike.«

»Sie haben sonst keine Familie?«

Das schwärmerische Leuchten in ihren Augen verlöscht, als hätte man eine Kerze ausgeblasen. »Nur meine Mutter. Aber sie wohnt weit weg, und wir verstehen uns nicht besonders gut.«

»Berenike, Sie wissen, was passiert ist?«

»Ja. Svenja hat mich angerufen.«

»Warum?«

»Na, weil sie meine Freundin ist?« Der trotzige Tonfall passt nicht zu einer Frau von Mitte dreißig.

»Und Svenjas Vater, ist der auch Ihr Freund?«

»Nur weil ihr Vater ein Mistkerl ist, müssen Svenja und ich doch nicht zerstritten sein.«

»Sie nennen ihn einen Mistkerl?«, wundert sich Oda.

»Ich wüsste nicht, wie ich ihn sonst nennen sollte. Arschloch? Nach diesem Artikel war ich genauso wütend auf ihn wie … wie alle anderen auch.«

»Gab es welche, die es Mattai heimzahlen wollten?«

Berenike schüttelt den Kopf und presst die Lippen aufeinander.

»Sie waren also wütend auf Jan Mattai«, stellt Oda noch einmal klar.

»Er hat mich benutzt, hat so getan, als würde er sich für mich interessieren, nur um mich auszuhorchen.«

Oda zieht die Ausdrucke der E-Mails an Jan Mattai aus ihrer Tasche und legt sie fächerartig ausgebreitet auf den Tisch. »Diese Mails klingen aber ganz anders: *Das Leben ist zu kostbar, um es mit der falschen Frau zu vergeuden … Du und ich gehören zusammen, die Götter wollen es so …* Oder hier wird es plastischer: *Ich möchte das Feuer deiner Hände zwischen meinen Schenkeln spüren …*«

»Hören Sie auf!« Berenike starrt eine Weile auf die Buchstaben, dann flattern ihre Hände über die Blätter wie aufgescheuchte Vögel, und sie stottert: »Das … das war ich nicht. Und … und das auch nicht, nein!« Sie sieht Oda an, ihr Gesicht glüht. »Diese Sachen habe ich nicht geschrieben, niemals! Ich hab ihm noch nie eine Mail geschrieben.«

»Aber die Mailadresse: berenike15@gmx.de, das ist doch Ihre, oder?«

Wieder starrt sie auf die Ausdrucke. »Nein, die Adresse gehört mir nicht. Jeder kann sich so eine Mailadresse zulegen.«

»Das ist wahr. Besitzen Sie einen Computer, ein Smartphone?«

»Nein.«

»Das glaube ich Ihnen nicht.«

Sie zieht ein sehr schlichtes Nokia aus der Tasche ihres Kittels. »Mein Laptop ist seit Monaten kaputt. Ich schwöre bei den alten Göttern, ich war das nicht!«

Sie ist laut geworden. Zwei Patientinnen drehen ihre Köpfe nach ihnen um. Im normalen Leben vielleicht gepflegte, ordentlich gekleidete Frauen, doch jetzt sehen sie schäbig aus in ihren rosa Morgenmänteln, den Pantoffeln und den zerdrückten Frisuren. Krankenhaus ist schlimmer als Knast, realisiert Oda. Als Kranker verliert man binnen Kurzem seine Würde und verwandelt sich in ein hilfloses, verwahrlostes Geschöpf. Wie schaffen es Ärzte und Pfleger, dennoch Respekt vor den Patienten zu haben? Wie oft schaffen sie es nicht? Was ist davon zu halten, dass Veronika ausgerechnet Medizin studieren will, hat das Mädchen überhaupt eine Ahnung davon, was da auf sie zukommt?

Oda konzentriert sich wieder auf ihre Gesprächspartnerin, die zu jammern begonnen hat: »Ach, du Scheiße, glaubt er etwa, dass ich das geschrieben habe?«

»Kann Ihnen das nicht egal sein, wo Sie doch so wütend auf ihn sind?«

»Ich will trotzdem nicht, dass er denkt, dass ich ...« Ihre Stimme schnappt über, sie muss husten und trinkt hastig von ihrem Tee.

»Es gab auch Anrufe, bei denen aufgelegt wurde«, erwähnt Oda.

»Ich habe ihn *einmal* angerufen. Ich wollte ihn fragen, warum er das gemacht hat, und da hat er ... du meine Güte, jetzt kapier ich das!«

»Was kapieren Sie?«

»Dass er mich angebrüllt hat, ich solle ihn in Frieden lassen. Jetzt kapier ich das«, wiederholt sie fassungslos.

Oda ist geneigt, der Frau zu glauben. Allerdings hat sie im Lauf ihres Berufslebens schon etliche oscarreife Darbietungen geboten bekommen, und das Erstaunliche dabei war: Je gestörter die Leute waren, desto überzeugender kamen sie rüber.

»Mal angenommen, Sie sagen die Wahrheit: Wer könnte das mit den Mails gewesen sein?«

»Keine Ahnung.«

»Gibt es jemanden, der Ihnen schaden oder Sie lächerlich machen will?«

Kopfschütteln.

»War es vielleicht Svenja?«

Die Krankenschwester blickt Oda aus tränenfeuchten Augen an. »Wieso sollte sie so etwas tun?«, fragt sie in jammerndem Ton.

»Was für ein Verhältnis hat Svenja zu ihrem Vater?«

»Er gibt ihr ab und zu Geld.«

»Wie spricht sie von ihm?«

»Ganz normal. Manchmal nennt sie ihn *den Alten* oder so was. Aber das meint sie nicht böse. Ich glaube, sie mag ihn sehr. Sie hat ja keine Mutter mehr.«

»Wie sprach Svenja über Cordula Wedekin?«

»Gar nicht.«

»Kommen Sie, das glauben Sie doch selbst nicht.«

»Sie hat mal gesagt, sie wäre eine aufgetakelte Ruine und dass sie nicht versteht, was ihr Vater an ihr findet.«

»Was meinen Sie, könnte Svenja mit diesen Mails versucht haben, ihre Stiefmutter eifersüchtig zu machen und für ein bisschen Zoff zu sorgen?«

»Aber doch nicht mit meinem Namen. Sie ist doch … sie ist doch meine Freundin.«

Das sagt sie nun schon zum zweiten Mal, fällt Oda auf. Was ist das überhaupt für eine seltsame Freundschaft? Ulrike Bühring ist dreizehn Jahre älter als Svenja. Was verbindet die beiden? Einsamkeit? Probleme mit der Familie? Das Gefühl, nirgends dazuzugehören?

»Frau Bühring … Berenike, als Sie Jan Mattai bei den *Lichtern des Nordens* begegnet sind, wussten Sie da, dass er Svenjas Vater ist?«

»Nein.«

»Svenja, Ihre *Freundin* Svenja, hat es Ihnen nicht verraten?«

Kopfschütteln. »Später hat sie es mir erklärt. Es war ihr furchtbar peinlich, als er ohne Vorwarnung dort auftauchte. Darum war sie froh, dass er sich nicht als ihr Vater vorgestellt hat, und hat ebenfalls den Mund gehalten.«

»Wie fand Svenja es, dass Sie sich für ihren Vater interessiert haben?«

Ihre Miene verhärtet sich. »Sie hat sich darüber lustig gemacht.

Aber ich … ich habe mich geschämt. Wenn ich das gewusst hätte, hätte ich doch nie …« Statt den Satz zu vollenden, streicht sie sich eine braune Haarsträhne aus dem Gesicht.

»Berenike, wo waren Sie Sonntagnacht gegen halb eins?«

»Da habe ich geschlafen. Wir hatten ein Ritual und danach ein gemeinsames Dankesmahl. Kurz nach elf hab ich mich hingelegt. Ich habe diese Woche Frühschicht, da muss ich schon um halb fünf aufstehen.«

»Gibt es Zeugen dafür?«

Sie zuckt die Achseln. »Keine Ahnung. Vielleicht hat mich wer ins Haus gehen sehen.«

»Haben Sie sich am Mittwoch, dem 8. Juli, nachts vor dem Haus von Herrn Mattai aufgehalten?«

»Nein! Was hätte ich denn da sollen?«

»Was halten Sie von Einar?«

Die Gefragte sieht Oda verwirrt an. »Was ich von Einar *halte*?«

»Genau«, sagt Oda.

Ein beseeltes Lächeln erhellt ihr Gesicht, die Augen beginnen zu leuchten. »Einar ist unser Jarl, der Gründer unserer Sippe. Ohne ihn gäbe es das alles gar nicht da. Sind Sie ihm denn nicht begegnet?«

»Doch, doch.«

»Wie können Sie dann so etwas fragen? Er ist die Seele der *Lichter des Nordens*, das Blut der alten Götter fließt in seinen Adern.«

»Fließt das Blut der alten Götter auch in den Adern der Kinder, die auf dem Gut herumwuseln?«

Berenike nickt. »Ja, natürlich«, meint sie unbekümmert. »Asatru ist ja schließlich ein Ahnenkult.«

»Wer ist die Mutter? Oder wäre hier der Plural angebracht?«

»Arndís und Gudrun. Und die zwei Älteren sind von seiner Exfrau, die lebt aber nicht bei uns.«

»Und Sie? Planen Sie auch schon Nachwuchs für den Erhalt der Sippe?«

Berenike ignoriert Odas Frage und sagt eingeschnappt: »Sie können Einar nicht mit normalen Maßstäben messen.«

»Wieso nicht?«

»Er hat etwas an sich, etwas ... Göttliches. Wenn er einen ansieht, dann ist es ... Ich weiß nicht, wie ich es beschreiben soll ... als würde man innerlich brennen.«

Geilheit trifft es womöglich ganz gut, lästert Oda in Gedanken.

Berenike beugt sich über den Tisch und flüstert: »Er hat eine außergewöhnliche spirituelle Begabung, er kann mit der anderen Seite kommunizieren. Aber nicht nur das. Einar ist ein Gestaltwandler.«

»Tatsächlich?«

»Wissen Sie nicht, was das bedeutet?«

»Doch, ja, davon habe ich schon gehört«, sagt Oda und stellt sich die Frage, ob die gute Berenike nicht vielleicht ein paar Fantasyserien zu viel konsumiert hat.

»Ich habe es *gesehen*«, sagt Berenike mit einem triumphierenden Blitzen in den Augen.

»Erzählen Sie!«

Automatisch verfällt sie in einen konspirativen Flüsterton. »Ich sah ihn eines Nachts in Gestalt einer Schleiereule. Sie saß in unserer Stammeseiche.«

»Woher wussten Sie, dass es Einar war?«

»An der Art, wie die Eule mich angesehen hat. Strafend.«

»Strafend?«

»Ja. Weil ich auf dem Platz des Jarl saß«, sagt sie mit bußfertigem Augenaufschlag.

»Sie meinen dieses Holzpodest mit dem Schaffell darauf?«

Berenike ist die Frage keine Antwort wert.

Hätte ich es Thron nennen sollen?, überlegt Oda reumütig.

»Einar hat es uns nicht direkt verboten, dort zu sitzen, aber dennoch machen wir das nicht. Am nächsten Tag fragte er mich, was ich nachts dort gemacht hätte. Dabei hatte ich genau aufgepasst, dass mir niemand folgt und mich niemand sieht.«

»Warum haben Sie da gesessen?«, will Oda wissen.

»Es ist ein Kraftort. Ich habe meditiert und hoffte auf eine außerkörperliche Erfahrung.«

»Hat's funktioniert?« Es fällt Oda nicht leicht, sich das Grinsen zu verkneifen.

»Ein bisschen. Ich fühlte mich schwerelos.«

Alles klar. Gras, Pillen, Pilze … Oder einfach nur Irrsinn, religiöser Wahn. Oda seufzt und kommt zu dem Schluss, dass diese Frau durchgeknallt ist und überdies das perfekte Sektenopfer. Bereit, alles zu tun für Einar, die Lichtgestalt.

Exklusive Etagenwohnungen in revitalisierter Stadtvilla mitten im charmanten Künstlerviertel Linden, einem lebendigen, jungen Stadtteil mit guter Infrastruktur und kultureller Vielfalt …

»Revitalisierte Stadtvilla«, wiederholt Raukel murmelnd. »Wer hat da vorher drin gewohnt, Zombies?«

Marmorbad, Aufzug, Klimaanlage, Fußbodenheizung, Loggia, gemeinsamer Fitnessraum, Hausmeisterservice, Alarmanlage. Diese und andere Annehmlichkeiten offeriert der Hochglanzprospekt zu einem Quadratmeterpreis, der ungefähr der Höhe des monatlichen Nettoeinkommens von Hauptkommissar Raukel entspricht. Er ist gerade dabei, auszurechnen, wie lange er allein für den Kaufpreis arbeiten müsste, als sein junger Kollege aufsteht und mit einem aufgeschlagenen Aktenordner auf ihn zukommt.

»Ich glaube, ich hab hier was Interessantes. Würden Sie sich das mal ansehen?«

»Verdammt, Junge, sag gefälligst du und Erwin zu mir!«

»Okay, Erwin. Ich heiße Axel.«

»Dann lass mal sehen, Axeljunge.«

»Dieser Typ da, Martin Krohne, 42. Der hat diesen Verein *Living Linden* mitgegründet. Zum 1. Mai, also knapp drei Wochen vor dem Mord an dem Makler, sind er und seine Frau und die beiden kleinen Töchter aus dem Haus in der Fröbelstraße ausgezogen. Es gab davor monatelang Schriftverkehr zwischen ihm und Börrie, und der war zuletzt nicht gerade freundlich. Krohne hat ein Alibi, aber nur von seiner Frau. Angeblich hat er an dem Morgen die Kinder besucht …«

»Wieso besucht?«

»Seine Frau Nicole ist mit den Kindern nach Hemmingen raus gezogen, in das Haus, in dem ihre Eltern seit 1978 gemeldet sind. Er selbst wohnt seit Mai hinterm Deisterkreisel, direkt an der Göttinger Straße. Nicht gerade eine Eins-a-Lage. Das sieht mir sehr nach Trennung aus. Der muss doch eine Stinkwut haben.«

»Mhm.«

»Bis letztes Jahr war er Taxifahrer bei einem kleinen Unternehmen. Zum ersten Januar wurde ihm gekündigt, weil sein Chef angeblich den Mindestlohn nicht zahlen kann, das hat er bei der Vernehmung angegeben. Seine Frau war zur Tatzeit noch in Elternzeit, sie ist von Beruf Erzieherin.«

»Job weg, Bude weg, und die Alte macht die Flatter und zieht heim zu Mami und Papi«, umreißt Raukel die Situation in dürren Worten. »Wer hat ihn seinerzeit vernommen?«

»Rodriguez und Wedekin.«

Raukel nimmt dies mit einem tiefen Seufzer zur Kenntnis. Das Dreamteam: die Gewitterziege und das spanische Weichei.

»Was meinst du, Erwin, sollen wir uns diesen Krohne mal vorknöpfen? Und eventuell auch seine Frau?«

Raukel sieht keine Chance, den Jungen von seinem Vorhaben abzubringen, so wie der mit den Hufen scharrt. So ist das eben mit den niederen Chargen: Denken in absolut geraden Bahnen, erst recht dann, wenn sie einer Generation angehören, die durch Internet- und Videospiele verblödet worden ist und die Welt nur noch per Smartphone wahrnimmt. Der Hauptkommissar blickt auf seine Rolex, die er auf dem Nachtmarkt in Bangkok für vierzig Euro gekauft hat. Es geht auf die Mittagszeit zu, auch sein Magen macht sich bemerkbar. Man könnte ja unterwegs in diesem Biergarten haltmachen. Ein wenig frische Luft hat noch niemandem geschadet, besonders nicht nach einem Abend wie dem gestrigen. Diese Selma, mein lieber Herr Gesangsverein, die hat wirklich nichts verlernt. Außerdem braucht er jetzt was Anständiges zu essen. Zumal Madame Teamleiterin auch noch nicht wieder aufgetaucht ist und offenbar ihre eigenen Pläne verfolgt.

»Meinetwegen, Junge«, ächzt Raukel und arbeitet sich aus seinem Sessel heraus.

»Axel«, sagt Axel. »Sollen wir der Chefin Bescheid geben?«

»Das kannst du halten, wie du willst, Axel Arschkriecher.«

Fernando unterdrückt immer wieder ein Gähnen. Dabei hat er heute schon vier Tassen Kaffee getrunken. Das kommt davon, wenn man sich die Nächte mit bescheuerten Aktionen um die Ohren schlägt. Zusammen mit Elena Rifkin hat er sich die Umzugskartons aus Odas Büro geschnappt, und nun sind sie dabei, die Papiere von Cordula Wedekin durchzusehen. Ein langweiliger Job, der bis jetzt keine bahnbrechenden Erkenntnisse gebracht hat.

Es ist für ihn über die Maßen ungewohnt, diese Rifkin auf Jules Platz zu sehen, und des Öfteren ertappt er sich dabei, dass er zusammenzuckt, wenn er den Blick hebt. Beide arbeiten stumm vor sich hin.

Genau genommen geht Rifkins wortkarge Art Fernando ziemlich auf den Sack. Für wen hält die sich eigentlich? Da er ein kommunikativer Mensch ist und längeres Schweigen nur schwer erträgt, unternimmt er einen Versuch, das Eis zu brechen. »Wohnen deine Eltern auch in Hannover?«

»Ist das wichtig?«

»Nein«, sagt Fernando. »Entschuldige, ich wollte bloß … ich dachte, wenn wir schon zusammenarbeiten, dann wäre es doch netter, wenn man ein wenig vom anderen weiß.«

»Findest du?«

»Ach, vergiss es!«

»Meine Mutter wohnt in Wülfel und ich in der Südstadt, und mein Vater ist tot.«

»Meiner auch.« Immerhin eine Gemeinsamkeit, denkt Fernando mit gemischten Gefühlen. Er nutzt die Gunst der Stunde und erzählt: »Meine Mutter hat einen Laden für spanische Lebensmittel und Wein in Linden. Man kann aber auch Tapas …«

Es klopft.

»Herein!«, rufen Fernando und Rifkin im Chor.

Es ist Jule. Für einen Moment scheint sie vergessen zu haben, dass Rifkin sie vertritt, denn sie schaut Rifkin an, als wäre sie ein Gespenst. Rifkin springt wie von einer Nadel gestochen auf und sagt laut und überdeutlich: »Guten Tag, Oberkommissarin Wedekin.«

»Moin«, sagt Jule.

»Mein aufrichtiges Beileid zum Tod Ihrer Mutter.«

»Danke. Fernando, kann ich dich mal sprechen?«

»Klar. Ich wollte mir sowieso einen Kaffee holen«, murmelt er und verlässt eilig das Büro. Draußen, auf dem Flur, sagt er: »Siehst du jetzt, was ich meine? Um ein Haar hätte sie salutiert.«

»Was wollte sie denn gestern Abend von dir?«

Fernando überhört die Frage und schaut Jule bekümmert an. »Ich hab den ganzen Morgen versucht, dich anzurufen.«

»Ich hatte zu tun.«

»Wie geht es dir denn?«

»Geht so. Also, was wollte sie gestern Nacht?«

Fernando überlegt, ob er autorisiert ist, Jule davon zu berichten. Erst vorhin hat Völxen vor versammelter Mannschaft noch einmal ausdrücklich betont, dass der Stand der Ermittlungen »gefälligst nicht nach außen getragen wird, auch nicht an Kollegen«. Dabei hat er Fernando extrascharf ins Visier genommen. Er und Rifkin haben ihr nächtliches Abenteuer aus guten Gründen verschwiegen. Aber da nach Fernandos Dafürhalten bei dieser idiotischen Aktion sowieso nichts herausgekommen ist außer einem vergeblichen Einsatz der Kollegen vom PK Lahe, gelangt er zu dem Schluss, dass er es Jule ruhig erzählen kann. Nur nicht hier, wo die Wände Ohren haben. »Wir treffen uns unten, in Odas Raucherecke.«

Axel Stracke taucht die letzte Pommes in den Ketchup und spült sie mit einem Schluck Cola hinunter. Dann rutscht er ungeduldig auf der Bierbank herum und sieht zu, wie Raukel seine Currywurst verdrückt. Große Teile von Raukels Hemd sind inzwischen so durchgeschwitzt, dass seine Schwabbelbrüste wie bei einem Wet-T-Shirt-Contest hervortreten. Die Schweinehaxe, auf die der Kollege eigentlich scharf gewesen war, gibt es erst am Abend, was bei Raukel zu einer kurzzeitigen Verstimmung geführt hat. Diese scheint aber wieder verflogen zu sein, nachdem er den ersten Schluck von seinem frisch gezapften Pils genommen hat.

»Hampel nicht so rum, Junge, der ganze verdammte Tisch wackelt!«

»Ich würde gerne aufbrechen.«

»In der Ruhe liegt die Kraft.«

Axel könnte sich dafür ohrfeigen, dass er sich auf Raukels Vorschlag eingelassen hat, sich vor der Befragung von Martin Krohne noch eine »kleine Stärkung« im Biergarten am Waterloo zu gönnen. Seit einer halben Stunde sitzen sie nun schon hier herum, und Raukel verdrückt bereits seine zweite Currywurst – »die Dinger werden immer kleiner, der reinste Nepp!« – und gerade hat er sich auch noch das zweite Pils geholt.

»Auch 'n Schluck?«

»Nein danke!«

»Gut, dann bleib bei deinem Kindergesöff.« Raukel setzt das Bierglas an und leert es in einem Zug. Danach wischt er sich mit einem wohligen Brummen den Schaum von den Lippen, rülpst dezent und erklärt, er sei jetzt bereit, dem Verbrechen entgegenzutreten. »Zieht euch warm an, ihr Lumpen, ein neuer Sheriff ist in der Stadt!«

Axel verdreht die Augen. »Ich fahre!«

Raukel hat nichts dagegen. Wäre ja auch noch schöner nach zwei Bier, und das während der Dienstzeit. Was hat sich Hauptkommissar Völxen nur dabei gedacht, als er diesen fertigen Typen angeheuert hat? Offenbar hat er eine soziale Ader, von der man bis jetzt noch nichts gewusst hat.

Wenig später stehen sie vor der Wohnungstür von Herrn Krohne, die sich im dritten Stock eines nüchternen Wohnblocks befindet. Der Kollege, endlich oben angekommen, rasselt wie ein alter Diesel. Geschieht ihm recht, diesem Fettsack! Schade, dass es nicht der vierte Stock ist.

Auch nach mehrmaligem Klingeln und Klopfen rührt sich drinnen nichts.

»Was jetzt?«

»Jetzt fahren wir zu seiner alten Wohnung«, keucht Raukel.

»Aber die ist doch sicher längst eine Baustelle.«

Aber Raukel hat sich bereits an den Abstieg gemacht, und so bleibt Axel nichts anderes übrig, als dessen Schweißfahne zu folgen. Ehe sie sich in den Wagen setzen, schaltet Raukel sein Handy aus. »Ist besser, wenn man Undercover unterwegs ist«, meint er wichtigtuerisch. Also schaltet auch Axel sein Handy aus, obwohl ihm nicht ganz wohl dabei ist.

Das vierstöckige Mietshaus, in dem Krohne zuletzt mit seiner Familie gelebt hat, ist vollkommen eingerüstet. Am Gerüst ist ein Schild angebracht, darauf ist das Haus abgebildet, wie es aussehen wird, wenn die *Frankland & Morell GmbH & Co. KG* mit ihm fertig sein wird. Noch sieht das Gebäude nicht ganz so edel aus wie auf der Zeichnung, aber dass es sich um einen charmanten Altbau handelt, kann man gleich erkennen. *Leben im Herzen von Linden. Hier entstehen acht hochwertige Eigentumswohnungen …* Handwerkerfahrzeuge parken davor, erst ein Stück weiter finden sie einen Parkplatz. Ächzend quält sich Raukel aus dem Wagen. Er würdigt das Haus kaum eines Blickes, sondern watschelt daran vorbei und murmelt, dass er gar nicht wisse, was die Leute immer mit Linden hätten, Linden könne ihm gestohlen bleiben, das sei der reinste Müllhaufen.

Axel Stracke seufzt und folgt dem Kollegen, den es offenbar schnurstracks zum nächsten Kiosk zieht. Tatsächlich. Schon wird dessen füllige Gestalt vom dämmrigen Inneren des Ladens verschluckt. Ordert er etwa gerade sein drittes Bier? Es vergehen mindestens fünf Minuten, bevor der Hauptkommissar wieder ans Tageslicht kommt. Nein, kein Bier, stellt Axel fest. Raukels Atem riecht eindeutig nach Schnaps.

Ja, er habe einen Verdauer zu sich genommen, gibt er zu, die Currywürste hätten ihm im Magen gelegen.

»Einen Verdauer, soso.«

»Einen Digestiv«, grinst Raukel.

Dieser Typ ist der totale Alki, wie soll man mit so jemandem zusammenarbeiten? Dass der überhaupt eine Waffe tragen darf! Rein theoretisch, denn Raukel hat noch nicht die Zeit gefunden, sich eine Dienstwaffe zu besorgen, das hat er vorhin beim Essen mit Bedauern erwähnt.

»Was machen wir hier eigentlich, eine Sauftour durch Linden?«

»Man muss mit den Leuten reden, Junge, nur so erfährt man was.«

»Und was hast du erfahren?«

»Dass Krohne in dem Laden da keinen Kredit mehr hat«, meint Raukel und setzt sich auf seinen kurzen Beinen erstaunlich rasch in Bewegung. Als sie die Limmerstraße entlanggehen, bleibt Raukel mit einem Mal so ruckartig stehen, dass Axel nur im allerletzten Moment eine Kollision verhindern kann. Das hätte ihm noch gefehlt, Körperkontakt mit diesem Klops auf Stelzen. Eine Figur hat der wie ein Kastanienmännchen.

»Da vorn, an dem Stehtisch vor dem Kiosk, siehst du den Typen, Axelwurst?«

»Ja. Und es heißt nur Axel.« Der junge Kommissar hat das Foto des Verdächtigen auf seinem Handy, aber während er stehen bleibt, es studiert und unauffällig mit dem Mann vergleicht, der vor dem Kiosk steht und sich an seiner Bierflasche festklammert, ist Raukel schon weitergegangen. Verdammt, dieser Besoffski wird noch alles vermasseln! Axel eilt ihm nach und zischt: »Warte!«

»Was ist denn jetzt schon wieder? Musst du vorher noch aufs Klo?«

»Vielleicht sollten wir vereinbaren, wie wir taktisch vorgehen?«

»Die Taktik ist: Wir gehen da rein, kaufen uns zwei kühle Bierchen und verwickeln den Scheißer in ein Gespräch.«

Dieser Vorschlag gefällt Axel Stracke gar nicht, am allerwenigsten die Sache mit den zwei Bier. »Und wenn er was merkt und abhaut?«

»Dann erschießt du ihn.«

Martin Krohne wirkt älter als zweiundvierzig. Braune Augen, dunkles Haar, männliche Züge. Seine Jeans und die Lederweste, die er über seinem T-Shirt trägt, haben schon bessere Tage gesehen, doch sein Haar ist gewaschen, wenn auch der Schnitt etwas aus der Form ist. Er ist rasiert und riecht nicht so, wie die Typen riechen, die für gewöhnlich vor solchen Trinkhallen herumlungern. Er wirkt eher wie einer, dem es mal besser ging und der bemüht ist, ein gewisses Niveau aufrechtzuerhalten – auch wenn er hier an einem Stehtisch lehnt, der mit einer Fettschicht imprägniert ist.

»*Ich* kaufe das Bier«, sagt Axel.

»Meinetwegen, aber mach schnell.«

Axel begibt sich ins Innere des Kiosks, und als er wenig später mit zwei Flaschen und zwei leeren Gläsern vor die Tür tritt, hat Raukel den Verdächtigen bereits in eine kleine sportliche Fachsimpelei verwickelt. »War ja arschknapp mit dem Klassenerhalt, ich hätte nicht darauf …« Raukel hält inne und wirft einen entsetzten Blick auf die zwei Flaschen mit alkoholfreiem Pils, die Axel auf den Tisch stellt. Dann knurrt er leise, dass er diese Plemme auf gar keinen Fall saufen werde und aus einem Glas sowieso nicht, er sei ja schließlich keine Schwuchtel.

Auch Martin Krohne wirft einen skeptischen Blick auf die Bierflaschen, dann sagt er: »Ihr seid Bullen, was?«

Axel hat schon den Mund geöffnet, um es abzustreiten, aber Raukel sagt: »Das ist wahr, Mann. Gut erkannt.«

Axel ist einen Schritt zurückgetreten, darauf gefasst, dass Krohne jeden Moment einen Fluchtversuch unternehmen wird. Aber der nimmt nur einen großen Schluck aus seiner Flasche und meint: »Geht's noch immer um dieses Maklerschwein?«

»Ja, um den geht es«, bestätigt Raukel. Er ergreift die Bierflasche und hält sie Axel mit seinen kleinen, fetten Fingern demonstrativ vors Gesicht wie einen stinkenden Fisch und sagt: »So viel zum Thema Taktik, Kommissar Wurst!«

Axel ignoriert Raukel, zückt seinen Dienstausweis, stellt sich vor und sagt: »Herr Krohne, wir hätten da noch ein paar Fragen …«

»Ich war's«, sagt Krohne, an Raukel gewandt, dem er offenbar mehr Kompetenz zutraut. Vielleicht weil er denselben Biergeschmack hat.

Der Angesprochene antwortet lediglich mit einem tiefen Seufzer.

»Ich war es«, wiederholt Krohne mit lauter, etwas zitternder Stimme. »Ich hab den Dreckskerl umgebracht.«

Axel ist verwirrt. Was wird hier gespielt? Ist Krohne besoffen? Haben die beiden verabredet, ihn zu verarschen? »Herr Krohne, das ist jetzt nicht der Moment für Scherze. Oder sind Sie betrunken?«

Krohne sieht ihn an. Traurig wirkt er, ja, aber ziemlich nüchtern.

»Ich will, dass ihr mich mitnehmt. Ich möchte ein Geständnis ablegen.«

Axel kann nicht verhindern, dass sein Herz einen aufgeregten Hüpfer macht. Das wär's, das wär der Hammer! Sein erster Tag in der Ermittlungsgruppe Trauerkartenmörder und sofort eine Festnahme. Und das, nachdem sich die Kollegen wochenlang die Zähne an dem Fall ausgebissen haben. Das ist wie ein Lottogewinn, das wird ihm Tür und Tor öffnen. Aber nein, versucht er seinen Optimismus zu dämpfen, so einfach kann es nicht sein – oder doch?

»Eins müsst ihr mir versprechen«, sagt Martin Krohne.

»Das wäre?«, fragt Raukel gelangweilt. Er trinkt nun doch einen Schluck von dem Bier, das Axel gekauft hat, und verzieht angewidert das Gesicht.

»Nicole darf keine Schwierigkeiten kriegen, weil sie mir ein falsches Alibi gegeben hat.«

»Nun, das liegt nicht in unserer …«, setzt Axel an, wird aber von Raukel übertönt. »Geht klar, Mann. Sicher haben Sie Ihre Frau dazu genötigt, oder?«

»Ja, stimmt. Genötigt. So war's.«

»Also, was wollte Rifkin ausprobieren?«, fragt Jule inzwischen zum dritten Mal. Fernando sieht sich nervös um, so, als würde er beschattet. Da ihm die ganze Sache im Nachhinein lächerlich vorkommt, schildert er die Ereignisse in dürren Worten und setzt hinzu: »Aber ich weiß eigentlich gar nicht, was das sollte. Es beweist gar nichts, wenn sie geschlafen hat, könnte jeder …«

»Es war aber nicht *jeder*, es war Mattai.«

»Nicht unbedingt«, meint Fernando, der an die Schilderung von Frau Ottermann denkt: die eventuell weibliche Gestalt im Kapuzenpulli, mit eventuell blondem Haar. »Bis jetzt ist das nicht bewiesen. Es gibt auch noch andere Möglichkeiten. Ich weiß, es ist schwer für dich, objektiv zu sein, aber …«

»Welche Möglichkeiten? Was habt ihr?«

Fernando schüttelt den Kopf. »Nichts.«

Jule setzt den Hebel an anderer Stelle an. »Hast du mit Oda über den Tod von Mattais Exfreundin Marina Feldmann gesprochen?«

»Nein.«

»Warum nicht?«

»Weil ich sie heute noch gar nicht gesehen habe.«

»Wieso, was macht sie?«

»Sie recherchiert.«

»Und was?«

»Ruf sie an und frag sie selber, wenn es dich so sehr interessiert.« Dann wirst du schon hören, was sie dazu sagt, grollt Fernando im Geheimen.

Jule beißt sich auf die Lippen. Fernando kennt sie gut genug, um zu ahnen, wie wütend sie gerade ist.

»Jule, warum lässt du uns nicht einfach in Ruhe arbeiten? Schau, es ist jetzt gerade mal ein Tag vergangen. Völxen sitzt den Kriminaltechnikern und der Spurensicherung im Nacken, aber manche Dinge dauern eben ihre Zeit, das weißt du doch selbst am besten.«

»Also müsst ihr Mattai wieder laufen lassen?«

»Äh … ja, sieht so aus.«

Jule kneift die Augen zusammen und sieht Fernando an. Leider scheint sie in seinem Gesicht lesen zu können wie in einem offenen Buch. »Sag mir nicht, dass er schon entlassen worden ist. Der Mörder meiner Mutter läuft frei herum, während ihr auf irgendwelche … Daten wartet?«

»Moin, die Herrschaften, störe ich etwa?«

Jule und Fernando fahren erschrocken herum. Vor ihnen steht Völxen, der im Begriff ist, mit Oscar eine kleine Runde zu drehen.

»Ihr seht aus wie zwei Teenager, die man beim Rauchen erwischt hat«, konstatiert Völxen und sieht die beiden argwöhnisch an. »Nur sehe ich leider keine Zigaretten!«

»Ich … wir … es war etwas Privates.« Fernando wird plötzlich sehr warm, obwohl es hier, im Schatten des Gebäudes, eigentlich angenehm kühl ist.

»Und, Jule? Wie läuft es mit dem neuen Team?«, fragt Völxen.

»Sehr gut.« Sie wirft Fernando einen unmissverständlichen Wir-sprechen-uns-noch-Blick zu, dann murmelt sie, sie müsse jetzt wieder an die Arbeit, und verschwindet um die Ecke.

»Ich kann nichts dafür«, stöhnt Fernando und schaut seinen Vorgesetzten an wie Oscar, wenn er etwas ausgefressen hat. »Ich glaube, ich brauche einen Bodyguard.«

Jule stutzt, als sie vor drei leeren Schreibtischen steht. Nach einem Blick auf die Uhr kommt sie zu dem Schluss, dass ihre beiden Mitarbeiter wahrscheinlich beim Essen sind. Das bringt sie auf eine Idee. Sie steigt ein Stockwerk höher. Völxen führt den Hund aus, das ist schon mal gut, Oda ist weiß der Teufel wo, und jede Wette, dass Nowotny um diese Zeit in der Kantine ist, denn sein Mittagessen ist Nowotny heilig, komme, was da wolle. Das Büro ist auch nicht abgeschlossen, also schlüpft sie durch die Tür.

Das digitale Zeitalter ist auch an Richard Nowotny nicht vorübergegangen, aber er ist einer vom alten Schlag, der den Computern dieser Welt nicht über den Weg traut. Deshalb speichert er die Protokolle und Berichte zwar in einer für die Mitarbeiter von Völxens Dezernat zugänglichen Datei ab, fertigt aber grundsätzlich von jedem Protokoll, jedem Bericht und jeder Mail einen Ausdruck an und heftet dies alles fein säuberlich in einen Leitzordner. Diesen Ordner schleppt er auch zu den Besprechungen, ohne ihn, so hat er zugegeben, fühle er sich geradezu nackt.

Heute Morgen hat Jule sich in die Cloud ihres Dezernats eingeloggt und versucht, Einsicht in die digitale Fallakte zu nehmen.

Aber das übliche Passwort Oscar123 hat nur eine Fehlermeldung zum Vorschein gebracht. Dieser gewiefte alte Fuchs, hat Jule noch gedacht und es erneut probiert. Doch auch Amadeus123 hat nichts gebracht, und die Namen der anderen Schafe hat Jule vergessen.

Nowotnys Schreibtisch bedecken Stapel von Akten, Teile einer Zeitung, aufgerissene Gummibärchentüten, leere und halb leere Kaffeetassen, ein angebissenes Stück Reiswaffel, der Essensplan der Kantine und ein Foto seiner Enkel. Das alles ist übersät mit Kekskrümeln, Locherkonfetti und etwas, das wie Schuppen aussieht. Dabei ist Nowotnys Schädel größtenteils kahl. Jule überlegt, ob man auch mit Glatze Schuppen haben kann, während sie angewidert die Nase rümpft. Der Bildschirm hat schon seit Wochen keinen feuchten Lappen mehr gesehen, ebenso die Tastatur, deren fettige Fingerabdrücke ein gefundenes Fressen für jeden Spurensicherer wären. Apropos Fressen: Auf den verstaubten Nummerntasten klebt ein welker Zwiebelring, der hundertprozentig von einem Matjesbrötchen von *Gosch* stammt, denn so eines bringt sich der Feinschmecker immer von der Markthalle für sein zweites Frühstück mit. Auf diesem Quadratmeter hier, spekuliert Jule, siedeln wahrscheinlich mehr Bakterien als Menschen auf unserem Planeten. Allerdings fahndet sie vergeblich nach dem wohlbekannten Ordner mit der blauen Schrift auf dem Rücken. Er ist auch nicht im Hängeregister und nicht im Aktenschrank.

Die Schublade ist zu flach für den Ordner, dennoch zieht Jule sie mit spitzen Fingern und angehaltenem Atem auf. Brillenetuis, Markierstifte, klebrige Notizzettel, und was ist das, eine tote Fledermaus? Nein, eine mumifizierte Bananenschale.

Nichts wie weg hier, ehe man sich noch eine Seuche einfängt!

Zu spät. Die Tür wird geöffnet, aber es ist nicht Nowotny, was das kleinere Übel gewesen wäre. »Moin, Oda«, sagt Jule mit künstlicher Munterkeit.

»Versuch bitte erst gar nicht, meine Intelligenz mit irgendeiner schrägen Ausrede zu beleidigen.«

»Was bleibt mir denn anderes übrig, mir sagt ja keiner was.«

»Du kennst die Vorschriften doch, was erwartest du also?«

»Ich erwarte von meinen Kollegen, dass sie mich nicht behandeln wie eine Aussätzige. Dass sie mir sagen, wo die Ermittlungen stehen und welche Spuren sie verfolgen.«

»Okay«, sagt Oda. »Ich, zum Beispiel, war heute Morgen bei diesem Heidenverein, den *Lichtern des Nordens*, über die Mattai einen bösartigen Artikel geschrieben hat.«

»Warum sollten die meine Mutter ermorden, sie hat den Artikel doch nicht geschrieben?«

»Es gab Drohungen. Dem müssen wir nachgehen, findest du nicht? Oder wollen wir die einfach unter den Teppich kehren, weil du dich an Mattai festgebissen hast?«

»Das ist Zeitverschwendung«, meint Jule. »Forscht lieber nach, was es mit dem Tod von Marina Feldmann auf sich hat!«

»Marina wer?«

»Das war Mattais Exfreundin, die einen sehr seltsamen Autounfall hatte. Mattai hat ihr Haus in Wandsbek geerbt. Frag Fernando oder Völxen. Natürlich nur, falls ihr mal Zeit und Muße findet, miteinander zu reden.«

»Jetzt mal ganz sachte.« Odas Augen werden schmal. »Ich habe gerade erst das Gebäude betreten ...«

»Na und? Schon mal was von Mobiltelefonen gehört?«

»Jule, wir sind keine Idioten. Wir haben auch schon Fälle gelöst, bevor du hier aufgekreuzt bist. Und hör gefälligst auf, dein Verhältnis mit Fernando so schamlos auszunutzen. Das ist unfair, und du bringst ihn damit noch in Teufels Küche!«

»Ach! Bist du jetzt auch noch meine Beziehungsberaterin, ausgerechnet du?«

Oda antwortet nicht, denn gerade kommt Richard Nowotny herangeschlurft, unter dem Arm die begehrte Fallakte. Er erfasst die Situation mit einem Blick und meint, falls die Damen sich kloppen wollten, würde er ihnen dafür gern sein Büro überlassen und noch mal auf einen Kaffee samt Nachtisch verschwinden. »Aber räumt hinterher auf, ich hab's gern ordentlich.«

Da Martin Krohne selbst darum gebeten hat, aufs Revier gebracht zu werden, ist Hauptkommissar Raukel zu der Ansicht gelangt, dass man auf das Anlegen von Handschellen getrost verzichten kann. Dies verklickert er nun dem Kollegen Stracke. Ein wenig widerstrebend zeigt der sich am Ende einsichtig, und nachdem er den Verdächtigen nach Waffen durchsucht hat, gehen sie stumm und unspektakulär im Gänsemarsch – Krohne in der Mitte – zurück zum Dienstwagen. Als sie auf der gegenüberliegenden Straßenseite Krohnes altes Wohnhaus passieren, bleibt dieser stehen und zeigt nach oben: »Da haben wir gewohnt. Im ersten Stock. Vier Zimmer, mit Stuck an der Decke, und da lag ein richtiger Dielenboden, kein billiges Laminat. Da unten, schauen Sie, da war der Teeladen von Herbert Engelhorn. Dem haben sie die Miete dermaßen erhöht, dass er sein Geschäft schließen musste. Die arme Sau hat kurz danach einen Schlaganfall bekommen, und ich wette, den hat er nur gekriegt, weil er sich so darüber aufgeregt hat.«

»Herr Krohne, bitte«, unterbricht ihn Stracke, dem das Jagdfieber ins Gesicht gemeißelt ist. »Sie können das alles gleich bei Ihrer Aussage zu Protokoll geben.«

Martin Krohne verstummt und trottet mit gesenktem Kopf weiter bis zum Wagen, wo er brav und schicksalsergeben auf dem Rücksitz Platz nimmt.

Wie unsensibel die Jugend doch ist, philosophiert Raukel vor sich hin. Kapiert dieses halbe Kind denn nicht, dass Krohne seinen Frust loswerden muss, und zwar so lange, bis er sich leer gejammert hat?

Während der kurzen Fahrt zu PD telefoniert Erwin Raukel mit seiner neuen Vorgesetzten, Oberkommissarin Wedekin, die ziemlich angefressen zu sein scheint: »Wo sind Sie denn, und wieso gehen Sie beide nicht ans Handy?«

»Wir waren sozusagen Undercover unterwegs.«

»Wollen Sie mich verarschen?«

»Nein. Der Kollege Stracke hat gerade den mutmaßlichen Trauerkartenmörder dingfest gemacht«, antwortet Raukel und schenkt dem Kollegen dabei ein komplizenhaftes Clint-Eastwood-Lächeln.

Der strahlt zurück wie ein Honigkuchenpferd. Zur Gewitterziege am Telefon sagt er in förmlichem Ton: »Der Verdächtige ist geständig und möchte aussagen, wir sind mit ihm unterwegs zur PD.«

»Wenn das einer von Ihren Scherzen ist …«

»Ist es nicht. Wenn ich einen Vorschlag machen darf, dann lassen Sie doch schon mal alles für das Verhör vorbereiten.«

Im Dezernat sirrt die Luft. Die Nachricht von der Festnahme des mutmaßlichen Trauerkartenmörders hat sich wie ein Lauffeuer verbreitet. Als Erwin Raukel und Axel Stracke mit dem Verdächtigen im Schlepptau im Präsidium eintreffen, wirken die beiden wie heimkehrende Feldherren nach siegreicher Schlacht. Völxen verspürt einen Anflug von Neid. Er und seine Leute haben wochenlang recherchiert und sich die Hacken abgelaufen – und nun das. Fortuna ist nicht gerecht! Bei Stracke nennt man das Anfängerglück, aber was ist mit Raukel?

Martin Krohne wird von Axel Stracke in den Verhörraum gebracht, der per Videokamera mit dem Konferenzraum verbunden ist.

Währenddessen diskutiert man in Völxens Büro darüber, wer den Mann verhören soll.

»Völxen, alter Freund, mir ist klar, dass du den Kerl selbst befragen willst. Immerhin ist es ein Aufsehen erregender Fall, an dem ihr schon lange arbeitet, das ist eindeutig Chefsache.«

In Völxens Hirn blinkt ein rotes Lämpchen auf, angesichts dieser plötzlichen Bescheidenheit, ausgerechnet von Raukel, der sich für einen Superbullen hält. Sein Instinkt sagt Völxen, dass da etwas nicht stimmt, und ehe Jule sich einmischen kann, antwortet er entschieden, nein, die Ehre gebühre selbstverständlich den beiden Ermittlern, die den mutmaßlichen Täter dingfest gemacht hätten.

»Aber nicht doch«, wehrt Erwin Raukel ab und wirkt tatsächlich verlegen, als er hinzufügt, die Festnahme von Martin Krohne sei ganz allein das Verdienst des Kollegen Stracke. Der Junge habe den Verdächtigen mithilfe eines ausgeklügelten Systems und den Methoden moderner Polizeiarbeit als potenziellen Verdächtigen identifiziert. Er, Raukel, sei lediglich dabei behilflich gewesen, den Mann in seinem angestammten Revier aufzuspüren.

Diese Worte Raukels, dessen zweiter Vorname Eigenlob lautet, steigern Völxens ungutes Gefühl nur noch mehr, und erstaunlicherweise drängt sich auch Jule nicht vor, um das Verhör zu führen: »Lass die zwei ruhig machen, ich kann immer noch einspringen, wenn etwas schiefläuft.«

Dies hat zur Folge, dass wenig später nicht nur Völxen und Jule im Konferenzraum sitzen, sondern auch Oda und Fernando, denen Völxen erlaubt hat, das Verhör zu verfolgen, und obendrein Richard Nowotny, der sich selbst die Genehmigung dazu erteilt hat. Um Rifkin nicht außen vor zu lassen, hat Völxen auch ihr angeboten, dabei zu sein. Aber gerade als sie darüber sprachen, traf eine gewisse Frau Möllenbrink ein, Cordula Wedekins Putzfrau, die zu einer Zeugenbefragung herbestellt worden ist.

»Ich übernehme das«, hat Rifkin angeboten.

»Sie müssen nicht ...«

»Schon okay.«

Eine typische Einzelkämpferin, hat Völxen auf dem Weg zurück in den Konferenzraum gedacht. Arbeitet gern allein. So wie er selbst eigentlich auch, wenn er ganz ehrlich ist.

Marlies Möllenbrink, deren Personalausweis verrät, dass sie vierundsechzig ist und in Langenhagen wohnt, hat nichts dagegen, dass Rifkin das Gespräch auf Band aufzeichnet.

Die Frau wirkt sehr aufgewühlt. Seit achtzehn Jahren, erklärt sie, habe sie den Wedekin'schen Haushalt unter ihren Fittichen. Früher sei sie fast jeden Tag gekommen und habe auch gekocht. Nach dem Auszug des Professors sei sie nur noch einmal in der Woche zum Putzen gekommen.

Was sie zu berichten hat, untermauert lediglich bereits Bekanntes. Mattai: ein Charmebolzen und ein Glücksfall für die einst so schnöde Verlassene. Frau Wedekin: eine launische, nicht gerade umgängliche Schnapsdrossel, die Gin- und Wodkaflaschen an den unmöglichsten Orten versteckte. Und es gab Geldprobleme.

»Vor ein paar Monaten hat sie sogar die Fenster selbst geputzt. Dafür kam sonst immer ein extra Fensterputzer. Das sah vielleicht aus hinterher, als die Sonne reinschien! Alles voller Streifen, ich konnte das nicht sehen, ich musste sie einfach noch mal putzen – ohne Bezahlung.«

Ja, ab und zu habe es schon dicke Luft gegeben. Das habe sie gespürt, auch wenn sich das Paar nie in ihrer Gegenwart gestritten habe.

Interessanter wird es erst, als Frau Möllenbrink berichtet, sie komme gerade von Herrn Mattai. »Ich wollte ihn fragen, ob ich ihm irgendwie helfen kann. Seine Tochter war gerade da, sie ist mir entgegengekommen, als ich ankam. Der Ärmste, er wirkte auf mich völlig durcheinander. Ich habe dann den ärgsten Dreck weggemacht, den die Polizei dort hinterlassen hat. Dieses schwarze Pulver an den Türrahmen, was für eine Schweinerei!« Sie sieht Rifkin vorwurfsvoll an, als sei die dafür verantwortlich. »Kaum war die Tochter gegangen, kam die Schwester von Frau Wedekin vorbei. Die hätten Sie mal sehen müssen! Total aufgedonnert, ganz in schwarzer Spitze und mit einem Mordstrumm von einem Blumenstrauß.«

»Oha«, sagt Rifkin.

»Ja, das dachte ich mir auch.« Frau Möllenbrink lächelt vielsagend. »Da fühlte ich mich überflüssig und bin gegangen.«

»Sie kennen die Schwester?«

»Stefanie, natürlich kenne ich die. Sie war ja die einzige von Frau Wedekins Familie, die hin und wieder zu Besuch kam. In letzter Zeit kam sie sogar recht häufig. Oft auch am Dienstagnachmittag, wenn Frau Wedekin golfen war …« Sie lächelt vielsagend. »Aber vor zwei oder drei Wochen hörte es plötzlich auf. Es soll einen Mordskrach gegeben haben zwischen den Schwestern. Angeblich sei Stefanie türenknallend aus dem Haus gerannt und habe einen richtigen Kavaliersstart hingelegt.«

»Dafür, dass Sie nur noch einmal in der Woche dort putzen, wissen Sie aber sehr gut Bescheid.«

»Das liegt an Frau Ottermann«, antwortet Frau Möllenbrink.

»Immer wenn ich freitags bei ihr putze, erzählt sie mir in allen Einzelheiten, wer da drüben wann aus- und eingeht. Als ob mich das interessieren würde!«

Nein, ganz bestimmt nicht! »Frau Möllenbrink, ist Ihnen in letzter Zeit sonst irgendetwas aufgefallen, das anders war als sonst?«

»Nein.«

»Fremde Besucher? Leute, die das Grundstück beobachtet haben?«

»Nein, nichts.«

Rifkin entlässt die Zeugin und öffnet dann das Fenster, um die im Raum schwebende Melange aus Lavendel und Schweiß zu vertreiben. Der Luftzug versetzt die große Hannover-96-Fahne in langsame, träge Bewegungen.

Martin Krohne wollte keinen Anwalt hinzuziehen, obwohl Hauptkommissar Raukel ihm dazu geraten hat. Er redet wie ein Wasserfall, schildert das harmonische, glückliche Familienleben mit seiner Nicole und den beiden Kindern in der Lindener Wohnung in den rosigsten Farben, sodass Oda und Völxen gelegentlich nicht widerstehen können und einen skeptischen Blick wechseln. Sie kennen sich lange genug, um zu wissen, was der jeweils andere denkt.

»Und dann kommen diese Schweine und werfen einen raus, und man ist machtlos dagegen, weil die am Ende am längeren Hebel sitzen. Aber bis man das begriffen hat, ist man mit den Nerven am Ende und hat sein Geld den Anwälten in den Rachen gestopft. Deshalb habe ich sogar diesen Verein mitgegründet, *Living Linden*. Daraufhin gab es ein paar Artikel über Gentrifizierung, aber letztendlich waren die einfach stärker, die feinen Herrn von Frankland & Morell und dieses Maklerarschloch Börrie mit seiner Schlägertruppe.«

»Das ist übel«, pflichtet ihm Raukel bei. »Der Makler hat's verdient, meine Meinung, ganz unter uns.«

»Hätten Sie nicht einfach ausziehen können?«, fragt Axel Stracke.

»Einfach ausziehen?«, wiederholt Krohne und schaut den Kommissar böse an. Wohin denn, bitte schön? Finden Sie doch hier in Linden mal eine einigermaßen passable, bezahlbare Wohnung. Das können Sie vergessen! Die Mieten sind dermaßen unverschämt gestiegen, und die Vermieter wollen nur Beamte oder Doppelverdiener. Mit zwei Kindern und einem Verdienst, da bist du schon asozial.«

»Aber es gibt doch noch andere Stadtteile«, meint Axel Stracke.

»Dieser Idiot hat keine Ahnung«, zischt Fernando verächtlich.

Völxen weiß, was Fernando meint. Ein echter Lindener kann nur in seinem Stadtteil existieren, er verlässt ihn nur, wenn es absolut unvermeidlich ist, und schon der Gedanke wegzuziehen, verursacht Panik.

Wie um Fernandos Anmerkung zu unterstreichen, schüttelt Krohne heftig den Kopf. »Nicole wollte unbedingt in Linden bleiben und ich auch. Dort hatten wir Freunde, die Kinder hatten Freunde, dort ist die Kita, in der Nicole arbeitet. Was sollen wir irgendwo anders, wo wir kein Schwein kennen?«

»Aber jetzt ist Ihre Frau ja doch weggezogen«, stellt Raukel fest.

Krohne beugt sich über den Tisch. »Wissen Sie, was die gemacht haben? Die haben uns einen abgeschnittenen Schweinekopf in den Kinderwagen gelegt. Das war dann der Punkt, an dem Nicole aufgegeben hat. Einen Nervenzusammenbruch hat sie gekriegt, einen Versager hat sie mich genannt, und dann ist sie mit den Kindern zu ihren Eltern gezogen. Und seitdem …« Krohne verstummt.

»Seitdem?«, hakt Kommissar Stracke nach.

»Unsere Ehe ist im Arsch, und das alles nur, weil die ihre Hälse nicht vollkriegen.«

»Wie ging es weiter?«, will Stracke wissen.

Krohne grinst. »Ich wollte, dass diesem Kerl mal so richtig die Muffe geht. So wie uns die ganze Zeit, besonders, nachdem wir den Schweinekopf gefunden haben. Da habe ich diese Karte geschrieben.«

»Wie? Mit der Hand?«, fragt Axel Stracke.

»Mit einer alten Schreibmaschine. Die stammt von meinem Vater, die stand jahrelang im Keller rum.«

»Was war es für ein Modell?«

»Keine Ahnung. Ich hab sie danach weggeworfen. Beweismittel vernichten, verstehen Sie?«

»Was haben Sie geschrieben?«

»Ein Gedicht von Goethe. Was mit singenden Vögeln.«

»Geht es vielleicht etwas genauer?«, hakt Erwin Raukel nach.

»Nö. Ist ja schon eine Weile her. Hab ich aus dem Internet, ich hab's ja nur abgetippt, nicht auswendig gelernt.«

»Wann haben Sie die Karte abgeschickt?«, fragt Stracke.

»Anfang Mai, so ungefähr. Genau weiß ich es nicht mehr.«

Raukel nickt und fragt: »Wie ging es weiter, Herr Krohne?«

»Ich habe knapp zwei Wochen gewartet und dann bin ich zu ihm hin und hab ihm 'nen Schlagstock über den Schädel gezogen.«

»Wann war das?«

»Am 18. Mai.«

»Warum gerade da?«

»Es hat sich so ergeben. Ich dachte, jetzt ist genug Zeit vergangen, nach der Karte, meine ich. Jetzt hat er den ersten Schrecken überwunden und wird nachlässiger.«

»Sie sind da hin und haben geklingelt, oder wie war das?«, fragt Stracke.

»Nein. Ich habe im Gebüsch gewartet, bis er rauskam.«

»Woher wussten Sie, dass er allein war?«

»Das wusste ich nicht, es war mir egal.«

»Seine Lebensgefährtin hat zuvor das Haus verlassen. Die hätten Sie doch sehen müssen.«

»Ja, doch, das stimmt. Die habe ich gesehen. Aber sie mich nicht.«

»Wann war das?«

»Keine Ahnung, ich hab nicht auf die Uhr geschaut.«

»Als Börrie rauskam, haben Sie ihm eins übergezogen?«, fragt Hauptkommissar Raukel. Er hat sich zurückgelehnt und die Hände über seiner Bauchkugel gefaltet.

»Ja.«

»Womit?«

»Mit einem Schlagstock.«

»Woher hatten Sie den?«, will Kommissar Stracke wissen.

»Den hatte ich schon ewig. Aus meinen wilden Jahren.« Martin Krohne verzieht den Mund zu einem fratzenhaften Grinsen.

»Wie oft haben Sie zugeschlagen?«, will Stracke wissen.

»So lange, bis sich das Dreckschwein nicht mehr gerührt hat. Ich hab ihm noch gesagt, dass ich das für Nicole mache. Sagen Sie ihr das bitte!« Krohne schaut die beiden Beamten nacheinander eindringlich an. »Das hab ich für sie getan. Ich bin kein Versager. Auch wenn's nichts genützt hat, ich habe das Schwein zur Strecke gebracht, das unser Leben zerstört hat.« Er lehnt sich zurück und wirkt wie einer, der sich etwas von der Seele geredet hat.

Im Konferenzraum tauschen Oda und Völxen erneut einen Blick.

»Herr Krohne«, beginnt Erwin Raukel. »Ich kann ja nachvollziehen, warum Sie Börrie den Schädel eingeschlagen haben, doch, wirklich. Ich meine, er hat Ihr Leben ruiniert ...«

»Oh, nein! Bitte nicht, Erwin!«, fleht plötzlich Völxen. »Nicht den uralten Trick mit dem Finger!«

Die anderen im Raum sehen erst Völxen fragend an, dann starren alle wieder auf den Bildschirm, wo Raukel gerade sagt: »... aber was ich nicht so ganz verstehe, Herr Krohne: Wieso mussten Sie ihm auch noch den Finger abschneiden?«

»Den Finger?«

»Ja, den Finger.« Raukel hebt die rechte Hand und streckt dabei seine Finger aus, während Stracke dem Kollegen einen Seitenblick zuwirft.

»Weil ... wegen dem Ring«, sagt Krohne. »Der hatte einen Ring an. Ich dachte, der ließe sich zu Geld machen. Aber der ging nicht runter.«

»Um an den Ring zu kommen, haben Sie der Leiche den Finger abgeschnitten?«

»Ja«, nickt Krohne.

»Den Ringfinger.«

»Ja.«

»Womit?«

»Meinem Messer. Das hab ich immer bei mir. Also ... danach habe ich es natürlich weggeschmissen. Zusammen mit dem Schlagstock. In die Leine, alles.«

Raukel wendet den Kopf, grinst in die Kamera und deutet im Sitzen eine burleske kleine Verbeugung an. *Ende der Vorstellung.* Zu Martin Krohne sagt er: »Sie können gehen, Herr Krohne.«

»Aber ich ...«

»Wir hatten alle unseren Spaß, aber jetzt ist es genug. Wenn Sie Ihrer Nicole imponieren wollen, denken Sie sich etwas anderes aus. Verschwinden Sie, und zwar dalli, bevor meine gute Laune dahin ist und ich Sie wegen Vortäuschung einer Straftat anzeige.«

Während Martin Krohne die Hände vors Gesicht schlägt und in sich zusammensinkt, ist Axel Stracke aufgesprungen und fährt Martin Krohne an: »Das kann doch nicht wahr sein! Sie stehlen uns hier unsere Zeit mit Ihren Geschichten!«

»Gräm dich nicht, Axelwurst«, meint Raukel großmütig. »Das ist jedem von uns schon mal passiert.«

Während Krohne aufsteht und aus dem Sichtfeld der Kamera verschwindet, legt Erwin Raukel dem Kollegen Stracke begütigend die Hand auf die Schulter und sagt mit dem Gesicht zur Kamera: »Ich weiß, Junge, du wolltest nur aus meinem Schatten heraustreten. Aber wo ich stehe, da ist keine Sonne, mein Junge, da ist einfach keine Sonne.«

Nach diesen Worten verdunkelt sich der Bildschirm, womit Erwin Raukel einmal mehr beweist, dass er ein Händchen für Dramaturgie besitzt.

Rifkin ist froh, allein im Büro zu sein. Man kann einfach viel effizienter arbeiten, wenn diese Quasselstrippe Rodriguez nicht da ist. Sie hat den Inhalt von zwei der drei Umzugskisten, den die Spurensicherung im Haus der Wedekins sichergestellt hat, bereits grob sortiert: private Korrespondenz, Berufliches, Finanzamt, Bankauszüge, die umfangreiche Akte der Wedekin'schen Scheidung samt dazugehöriger Korrespondenz, Schriftverkehr, der das Haus betrifft, Versicherungen. Wie es aussieht, wurde Frau Wedekin vor einem Jahr ein Sparvertrag ausgezahlt, knapp dreißigtausend Euro. Um zu sehen, was mit dem Geld passiert ist, müsste man die Kontoauszüge durchforsten. Was schwierig ist, da Frau Wedekin diese anscheinend nur sporadisch aufbewahrt und an verschiedenen Stellen abgelegt hat. Einige fehlen ganz, wie man an den fortlaufenden Nummern erkennen kann. Man muss wohl oder übel auf die Datenherausgabe der Banken warten. Allerdings gibt es einen Steuerberater, darauf deuten jedenfalls dessen Rechnungen hin. Der könnte ihnen vielleicht weiterhelfen. Leider hat sie dort bis jetzt nur einen Anrufbeantworter erreicht.

Sie schaut in den letzten der drei Umzugskartons. Darin sind hauptsächlich Notenblätter und zwei Fotoalben. Sie nimmt das oberste heraus. Es hat einen Umschlag aus handgeschöpftem Papier mit Rosendekor. Das Hochzeitsalbum. Sie will es gerade beiseitelegen, als etwas herausfällt.

Rifkin eilt mit langen Schritten schnurstracks in das Büro von Frau Cebulla, wo sich ihr ein eindrucksvoller Anblick bietet. Ein dralles Hinterteil, auf dem sich blaue Blumen tummeln, ragt neben dem Schreibtisch hoch in die Luft. Eine Yogaübung?

»Gib fein das Pfötchen, Oscar«, bettelt die Sekretärin und streckt die Hand aus. Ihr gegenüber sitzt Völxens Hund mit schief gelegtem Kopf. Jetzt beschnüffelt er die Hand, um dann enttäuscht den Kopf abzuwenden.

»Störe ich?«

Frau Cebulla rappelt sich auf, wobei ihr offenbar schwindelig wird, denn sie taumelt um ihren Schreibtisch herum und lässt sich schnaubend auf den rettenden Bürostuhl sinken. »Ein hoffnungsloser Fall, dieser Hund«, keucht sie. »Dabei wollten wir doch den Herrn Hauptkommissar mit einem Kunststück überraschen.«

»Den suche ich«, sagt Rifkin, die sich hier allmählich über nichts mehr wundert.

»Sie sind noch immer alle im Konferenzraum.«

»Und der ist wo?«

»Den Gang runter, ganz hinten links. Aber ich an Ihrer Stelle würde da jetzt nicht stören.«

»Danke.«

Im Gehen begriffen, bemerkt die Kommissarin Oscar, der ihrem Blick ausweicht wie ein Schüler, der die Hausaufgaben nicht gemacht hat. Rifkin beugt sich zu dem Tier hinab und streckt die Hand aus. »Pfote!«

Augenblicklich legt der Terrier seine Pfote in ihre Hand.

»Geht doch«, meint Rifkin und nickt Frau Cebulla anerkennend zu. »Gute Arbeit.« Sie schließt die Tür und eilt in die angegebene Richtung.

Sie will gerade an die Tür des Konferenzraums klopfen, als sie von drinnen Geräusche hört. Es klingt wie Gelächter. Ja, tatsächlich, Gelächter aus mehreren Kehlen, und jetzt hört sie die Stimme von Jule Wedekin. »Keine Sonne!«, japst die Trauernde zwischen zwei Lachsalven. »Der arme Axel, er tut mir echt leid.«

»Abgeschnittener Finger«, kichert Fernando. »Dass dieser Uralt-Trick immer noch zieht.«

Wirklich, ein Irrenhaus! Rifkin klopft an die Tür und betritt den Raum.

»Kommissarin Rifkin«, ruft Völxen vergnügt. »Sie kommen leider zu spät. Die Show ist vorbei.«

»Aber du hast was verpasst«, meint Fernando.

»Haben Sie den Mörder?« Damit ließe sich die allgemeine Heiterkeit vielleicht erklären.

»Was? Den Mörder? Nein, den haben wir nicht«, antwortet Oda Kristensen und wirkt dabei unangemessen fröhlich.

»Was gibt es, Frau Rifkin?«, fragt Völxen, sichtlich darum bemüht, wieder einen halbwegs seriösen Eindruck zu machen.

Rifkin blickt auf das Stück Papier, das sie in einer Klarsichthülle hierher transportiert hat. Betende Hände auf der einen Seite, auf der anderen ein maschinengeschriebener Text, den sie laut vorliest: *»Eines Morgens wachst Du nicht mehr auf, die Vögel aber singen, wie sie gestern sangen. Nichts ändert diesen neuen Tageslauf. Nur Du bist fortgegangen. Aufrichtiges Beileid, Cordula Wedekin, zu Deinem baldigen Tod.«*

Das Lachen hat aufgehört, als Rifkin mit Vorlesen fertig ist und fragt: »Ist das nicht das Gedicht, das auch der Makler bekommen hat?«

»Wo hast du das her?« Jule Wedekin ist aufgesprungen, und für einen Augenblick sieht es so aus, als wolle sie Rifkin die Karte entreißen. Aber nach einem Blick von Völxen setzt sie sich wieder hin.

»Lag hinten im Hochzeitsalbum«, antwortet Rifkin und reicht das *corpus delicti* an Völxen weiter. »Dem von der zweiten Hochzeit«, fügt sie in ihrer korrekten Art hinzu. »Ein Umschlag für die Karte war leider keiner dabei.«

Sekundenlang ist es mucksmäuschenstill, während alle dabei sind, diese Nachricht zu verdauen. Dann platzt die Tür auf und Erwin Raukel kommt herein, blickt strahlend in die Runde und fragt: »Na, wie war ich?«

Kurz darauf geht es im Konferenzraum zu wie in einem Hühnerstall. Alle gackern durcheinander, die Fantasien schießen ins Kraut. Schließlich wird es Völxen zu bunt und er brüllt: »Ruhe, verdammt noch mal!«

Die anderen verstummen. Völxen lässt ein paar Augenblicke verstreichen, dann fragt er: »Fernando, bist du mit deinem Hobel hier?«

»Falls du meine Guzzi meinst, ja.«

»Schnapp dir diese Trauerkarte und bring sie zur Kriminaltechnik. Dort stehst du denen so lange auf den Zehen rum, bis sie dir sagen können, ob die Karte auf derselben Maschine geschrieben wurde wie die erste. Ich will das heute noch wissen.«

Fernando gönnt Jule noch ein kurzes Lächeln, das diese jedoch nicht erwidert, dann verlässt er den Raum.

»Rifkin, treiben Sie Stracke auf, er soll herkommen«, befiehlt Völxen.

»Der sitzt bestimmt auf dem Klo und schmollt«, spekuliert Oda.

Aber sie hat kaum ausgeredet, da kommt der Kommissar auch schon ins Büro. Das Gesicht flammend rot, wagt er kaum aufzublicken.

»Ah, gut, da sind Sie ja«, sagt Völxen nur.

Stracke setzt sich auf den einzigen freien Platz neben Raukel, der ihn über die neueste Entwicklung aufklärt.

Völxen wartet ungeduldig, bis Raukel verstummt, dann sagt er: »Eigentlich wurden der Text auf der Karte und deren Motiv, diese betenden Hände von Dürer, nie veröffentlicht, jedenfalls nicht von uns. In unserer Pressemitteilung war nur die Rede von einer maschinengeschriebenen Trauerkarte. Aber es gibt natürlich immer Lecks – im Kriminaltechnischen Institut, oder weiß der Teufel, wo. Dieser Martin Krohne wusste zumindest, dass es ein Goethe-Gedicht war und dass Vögel darin vorkamen. Wo ist er jetzt?« Die letzte Frage war an Erwin Raukel gerichtet.

»Weg. Ich hab dem Clown gesagt, er soll sich schleunigst verpissen.«

»Hol ihn wieder her!«

»Was, jetzt?«

»Nein, in vierzehn Tagen! Ich will wissen, woher er die Information hatte. Das hätte man ihn übrigens schon im Verhör fragen können. Ist dir vielleicht mal der Gedanke gekommen, dass möglicherweise nicht du ihn gelinkt hast, mit deinem Bauerntrick vom abgeschnittenen Finger, sondern er dich?«

Raukel nimmt den Rüffel widerspruchslos hin. Sein Blick pendelt zwischen Jule und Völxen hin und her, dann fragt er aufsässig: »Zu wem gehöre ich denn jetzt eigentlich? Habe ich jetzt zwei Chefs?«

»Ja«, antworten Völxen und Jule im Chor.

Raukel brummt etwas von einem Narrenschiff, dann sagt er zu Axel Stracke: »Komm, Junge, fangen wir den Vogel wieder ein.«

Völxen protestiert: »Nein, das machst du allein. Kommissar Stracke wird hier gebraucht.« Völxen hat die Nase allmählich gestrichen voll von Raukels Extravaganzen.

Der Zurechtgewiesene erhebt sich mit quälender Langsamkeit und verlässt den Konferenzraum, wobei er die Tür etwas heftiger ins Schloss fallen lässt als nötig.

Völxen fährt fort: »Rifkin und Stracke, ich nehme an, Sie beide sind aufgrund Ihres jugendlichen Alters ... wie nennt man das noch gleich, *digital natives?*«

»Ja«, sagt Rifkin.

Stracke nickt.

»Sucht euch ein ruhiges Plätzchen und geht sämtliche Pressemeldungen über den Mordfall Börrie durch. Forscht auch im Internet, ob irgendwo erwähnt wurde, welches Gedicht auf der Trauerkarte stand.« Die beiden springen auf, als hätten sie auf Kohlen gesessen, und verlassen den Raum.

»Richard, du besorgst mir einen Durchsuchungsbeschluss für Krohnes Wohnung.«

»Zu Befehl«, sagt Nowotny und macht sich ebenfalls davon.

»So«, seufzt Völxen. »Langsam wird's hier wieder übersichtlich.« Außer ihm sind jetzt nur noch Oda und Jule im Raum. »Ihr zwei setzt euch zusammen und geht der Frage nach, ob es irgendeine Verbindung zwischen Kai Börrie und Jules Mutter gibt. Sollten sie auch nur in denselben Kindergarten gegangen sein oder im selben Krankenhaus geboren worden sein, dann will ich das wissen. Alles klar?«

»Alles klar«, sagt Oda.

Aber Jule fragt: »Was ist mit Mattai? Sollten wir den nicht als Ersten nach der Karte fragen?«

»Ich denke, wenn er davon wüsste, hätte er es uns bestimmt gesagt«, erwidert Völxen.

»Es sei denn, er will eine falsche Spur legen«, entgegnet Jule. »In dem Fall wird er natürlich leugnen, die Karte zu kennen.«

»Oder er kennt sie wirklich nicht«, meint Oda.

Jule schüttelt den Kopf: »Ich kann mir nicht vorstellen, dass meine Mutter so eine Karte bekommt und niemandem etwas sagt. Erst recht nach all dem, was in der Presse über diese Karte geschrieben wurde.«

»Da ist was dran«, lenkt Völxen ein. »Warum sollte sie so etwas verheimlichen?«

»Warum hat Börrie es verheimlicht?«, hält Oda dagegen.

»Börrie hatte einen ganzen Stapel Drohbriefe, und er wusste

auch, warum. Aber meine Mutter ...« Jule unterbricht sich und sieht aus, als wäre ihr gerade ein Geistesblitz gekommen. »Es sei denn, sie hat die Karte Mattai gezeigt, und der hat ihr aus irgendeinem Grund ausgeredet, sie mir zu zeigen.«

Völxen und Oda verdrehen die Augen. Als Nächstes, schätzt Völxen, wird Jule ihrem Erzfeind auch noch den Mord an dem Makler unterschieben und ihm die Schuld am Klimawandel geben.

Unbeeindruckt fährt Jule fort: »Könnte Mattai den Wortlaut der Karte gekannt haben? Immerhin ist er Journalist.«

»Aber nicht für solche Themen«, widerspricht Oda. »Der Trauerkartenmörder, das ist das schnöde Tagesgeschäft, etwas für Leute wie Markstein. Mattai will doch der große Enthüllungsjournalist sein, der die Welt rettet. Um einen einzelnen Mord kümmert der sich doch nicht.«

»Aber er kennt andere Journalisten.«

Völxen geht dazwischen: »Warten wir doch ab, was die Technik über die Schrift auf der Karte sagt, vorher sind alle Spekulationen müßig. Also, an die Arbeit.«

»Und was machst du?«, erkundigt sich Oda.

»Ich fahre zum Golfplatz.«

»Schnupperkurs?«

Völxen blickt auf seine Armbanduhr. »Ich muss mich beeilen, sonst versäumen die *Didagos* ihren Abschlag.«

»Oscar, Platz!«, befiehlt Völxen zum wiederholten Mal. »Setz dich hin, du verdammter Köter! Das wird kein Ausflug, das wird eine Befragung.« Aber der Terrier schert sich nicht um die Anweisungen seines Herrn, er wetzt aufgeregt auf der Rückbank des Dienstwagens hin und her. Das wird wieder Ärger geben, wegen der Hundehaare.

Wenn er nicht gerade durch Oscar abgelenkt wird, denkt Völxen über Verbindungen nach. Kai Börrie und Cordula Wedekin. Haben sich die beiden gekannt? Woher? Beruflich, privat? Gibt es eine Person, die beide kennt, ohne dass die beiden Opfer das gewusst haben? Jemand, der beide gehasst hat, womöglich aus ganz unterschiedlichen Gründen? Wo soll man da anfangen zu suchen? Die Putzfrau? Putzte sie auch bei Börrie? Eine Perle, die nacheinander ihre Klientel umbringt, eine Mörder-Putzfrau … Sei nicht albern, Völxen! Soweit er sich erinnert, war bei Börrie eine unterbezahlte Russin als Haushaltshilfe beschäftigt.

Was haben Jules Mutter und Kai Börrie gemeinsam? Beide gehörten einer privilegierten Schicht an, auch wenn bei Frau Wedekin der Lack schon ein wenig zu bröckeln begann. Sie wohnten in schönen Häusern in guten Gegenden. Beide wurden in ihren eigenen Gärten ermordet, der eine bei Tag, die andere bei Nacht.

Spielte der Makler Golf? Bestimmt. Nirgendwo lassen sich besser Geschäfte anbahnen als auf einem Golfplatz. Nun, wenigstens das lässt sich sofort überprüfen.

Völxen parkt vor dem Clubhaus des Golfclubs Isernhagen, steigt aus und dreht eine kleine Runde um den Parkplatz, damit Oscar sich ein wenig abreagieren kann. Wie frisch die Luft hier draußen ist, gleich ein paar angenehme Grad kühler als in der Stadt. Es duftet nach gemähtem Gras. Das lässt Völxen an seine Schafe denken – und an das Wolfsproblem, das seinen Nachbarn Jens Köpcke umtreibt. Vielleicht sollte er doch einen hohen Zaun um die Schafweide ziehen? Aber das würde ja aussehen wie ein Knast. Noch gibt es ja keine Wölfe in seiner Umgebung, beruhigt sich Völxen. Im Fuhrberger Wald ja, aber nicht im Deister. Aber selbst wenn … er wohnt schließlich nicht im Wald, nicht einmal am Wald, sondern am Dorfrand, umgeben von bewirtschafteten Feldern. Das müssten dann schon sehr mutige und vorwitzige Wölfe sein. Oder ein einzelner Draufgänger. Auszuschließen ist das nicht. Man hört ja in letzter Zeit die seltsamsten Dinge. Neulich sollen Wölfe ein neugeborenes Fohlen gerissen haben. Nicht hysterisch werden, sagt sich Völxen. Wahrscheinlich wollte der Hühnerbaron ihn nur aufziehen, und er ist ihm prompt auf den Leim gegangen. Wäre nicht das erste Mal.

Nachdenklich schaut er Oscar zu, der sorgfältig den Breitreifen eines Cabrios markiert. Gegenüber laden gerade zwei Damen ihre Golfwägelchen aus einem riesigen SUV. Die Augen mit entenschnabelförmigen Sonnenschutzschilden bedeckt, beobachten die beiden das Tun des Terriers mit sichtlicher Missbilligung. »Ein Wort von euch Schnepfen, und ich garantiere, dass ihr euren Abschlag verpasst«, grummelt Völxen, der aus unerfindlichen Gründen plötzlich schlecht gelaunt ist.

Er ermahnt den Hund, sich zu benehmen, dann betreten beide das Clubhaus, wo ihnen drei Damen gleichzeitig die Köpfe zuwenden. Als Völxen in ihre Gesichter sieht, muss er schon wieder an seine Schafe denken.

»Ich denke, die Kindheit und Jugend von Börrie und deiner Mutter können wir vernachlässigen. Börrie wurde 1964 geboren und mit sieben seiner Mutter weggenommen, weil der Stiefvater ihn misshandelte und sie nichts dagegen unternommen hat. Er wuchs in einem Kinderheim in Celle und in wechselnden Pflegefamilien auf. Er war wohl nicht einfach im Umgang, aber nicht dumm. Er ging in Celle aufs Gymnasium, machte 1983 das Abitur und studierte danach BWL. Für das Studium kam er erstmals nach Hannover. Da war deine Mutter schon zwei Jahre mit deinem Vater verheiratet. Sag mal, Jule, hörst du mir überhaupt zu?«

»BWL-Studium ab 1983 in Hannover«, wiederholt Jule tonlos.

Oda schiebt die Akten von sich weg und lehnt sich zurück. »Hör zu, Jule, ich hab das vorhin nicht so gemeint. Aber ich mache mir Sorgen um dich und um Fernando und auch um das Betriebsklima hier.«

»Das Betriebsklima ist mir momentan scheißegal, wenn du entschuldigst.«

»Was ist mit Fernando? Ist er dir auch scheißegal?«

»Nein, natürlich nicht.«

Odas Antwort besteht in einem prüfenden Blick.

»Was?«, fragt Jule ungehalten.

»Er meint es ernst, weißt du? Gestern Mittag hat er was von Heiraten gefaselt.«

»Lieber Himmel!«

»Vielleicht sind wir zwei uns recht ähnlich«, meint Oda, Jules zweifelnde Miene ignorierend. »Immer wenn ich mich auf jemanden festlegen sollte, bin ich weitergezogen. Vielleicht bist du ja auch so. Diesen Staatsanwalt hast du doch auch verlassen, weil nur allzu offensichtlich war, wohin das geführt hätte. Aber wenn das so ist, dann wäre es fair, es Fernando zu sagen. Er ist trotz aller seiner Macken ein aufrichtiger, verlässlicher Kerl.«

»Du hast schon ganz anders über ihn gesprochen«, erinnert Jule ihre Kollegin.

»Zugegeben.«

»Und als ich hier anfing, hatte Fernando einen pathologischen Hang zu Haargel und war der größte Weiberheld der ganzen PD.« Jule lächelt bei diesen Worten.

»Das waren doch nur Gockeleien«, sagt Oda. »Wenn er *die Eine* findet, von der er träumt, wenn er seine Bollywoodschinken anschaut, dann muss er sich nicht mehr beweisen, was für ein toller Aufreißer er ist.«

»Hat er dich etwa gebeten, bei mir ein gutes Wort für ihn einzulegen?«, erkundigt sich Jule.

»Quatsch! Was ich sagen wollte, ist: Menschen ändern sich, und Fernando verdient Ehrlichkeit. Lass ihn nicht noch mal fünf Jahre seinen Schwänzeltanz aufführen, wenn es dir nicht ernst ist.«

»Ich weiß im Moment überhaupt nicht, was ich fühle. Können wir uns jetzt wieder mit dem Fall beschäftigen?« Jule beugt sich demonstrativ über die Akten, aber im selben Augenblick klingelt ihr Telefon. »Mein Vater«, stellt sie nach einem prüfenden Blick aufs Display fest. »Ich sollte vielleicht kurz rangehen.«

Oda steht auf. »Bleib, ich gehe so lange nach unten eine rauchen.«

Als Oda gegangen ist, nimmt Jule das Gespräch an. »Gut, dass du anrufst, Papa. Ich habe eine wichtige Frage: Weißt du, ob Mama jemals etwas mit einem gewissen Kai Börrie zu tun hatte?«

»Nicht dass ich wüsste, wer soll das sein?«

»Ein Makler.«

»Doch nicht *der* …?«

»Genau der.«

»Keine Ahnung. Davon weiß ich nichts. Wir haben nie einen Makler beauftragt, wofür auch?«

»Okay«, sagt Jule. »Hab ich mir fast gedacht. Warum rufst du an?«

»Äh, ja. Es ist wegen der Sache mit dem Familiengrab …«

»Was ist mit dem Familiengrab?«, fragt Jule, die auf einmal das Gefühl hat, dass das kein angenehmes Gespräch werden wird.

»Alexa, ich habe mir überlegt, dass es vielleicht doch keine so gute Idee ist, die Urne deiner Mutter darin beizusetzen.«

»Ach. Warum denn nicht?« Jule hat bereits eine Ahnung, was den Grund angeht, und spürt eine Welle von Wut heranrollen.

»Nun ja, also, wenn ich einmal sterbe, dann möchte Brigitta vielleicht nicht … Ich meine, ich werde ja wahrscheinlich vor ihr sterben, und wenn sie dann mein Grab besucht … du verstehst?«

Jule ist aufgesprungen und tigert in Odas winzigem Büro auf und ab, während sie antwortet: »Ist dir schon mal der Gedanke gekommen, dass ich auch noch zu deiner Familie gehöre und vielleicht später mal meine Eltern im selben Grab wissen möchte?«

»Alexa, bevor du dich aufregst: Es ist noch gar nichts entschieden, ich wollte nur fragen, ob du heute Abend zu uns kommen möchtest, damit wir alle in Ruhe darüber …«

»Wir alle?«, kreischt Jule. »Willst du sagen, du, ich und deine …« Um ein Haar hätte sie das Wort ausgesprochen, das ihre Mutter stets benutzt hat, wenn von ihrer Nachfolgerin die Rede war: Schlampe. »… Brigitta?« Sie spuckt den Namen aus wie eine bittere Mandel. »Was hat sie mit dem Tod meiner Mutter zu tun? Aber keine Sorge, ich hab verstanden. Ich werde Mama woanders verscharren, irgendwas finde ich schon auf die Schnelle.«

»Alexa, ich bitte dich!«

»Vielleicht in einem Friedwald, das ist doch jetzt hip. Sie hatte es zwar nie mit Wäldern, aber ist doch egal. Ich kann ihre Asche auch in die Leine streuen oder über den Golfplatz verteilen. Hauptsache, die zarten Gefühle deiner Gattin Nummer zwei werden nicht verletzt.« Diese Unterhaltung ist makaber und absurd, erkennt Jule, was sie aber nicht daran hindert weiterzureden: »Ach, und noch eins, Papa: Falls ich vor dir sterben sollte, will ich auch nicht in euer verdammtes Familiengrab. Ich will nämlich auf keinen Fall eines Tages neben deiner Brigitta liegen. Das Grab gehört allein dir, ihr und eurem Mäxchen, und den anderen Blagen, die ihr noch in die Welt setzt!« Außer sich vor Wut drückt Jule auf die rote Taste und wirft das Telefon auf den Aktenberg. Dann rauscht sie hinüber, ins Büro von Richard Nowotny.

»Ich brauche sofort einen Schnaps.«

»Seh ich aus wie ein Kiosk?«

»Er liegt unter den Hängeregistern.«

Nowotny tut ihr den Gefallen, er zaubert sogar noch ein Schnapsglas aus der Schublade hervor, das er großzügig mit Nordhäuser füllt.

Jule kippt den Korn hinunter. »Kein Wort zu Völxen.«

»Bei dem steht Kognak, falls du noch einen brauchst.«

Sie schüttelt den Kopf.

»Was ist denn los?«

Jule winkt ab. »Das Übliche, wenn jemand gestorben ist: Streit mit der Verwandtschaft.«

Nachdem die Didagos ausgiebig darüber diskutiert haben, wie viele kosmetische Operationen Cordula Wedekin hatte – die Vermutungen schwanken zwischen zwei und vier –, beginnen die Damen mit der Beschreibung ihres Charakters. Sie schildern Frau Wedekin als ehrgeizig und distanziert. Sie habe das Golfen nicht als Zeitvertreib verstanden, sondern als Herausforderung an sich selbst. Wenn sie schlecht gespielt habe, sei sie verärgert und ohne den obligaten kleinen Umtrunk nach Hause gefahren. Auch am Sonntagabend sei sie gleich nach der Runde gefahren, aber nicht, weil sie schlecht gespielt hatte, sondern weil Cordulas Mann mit dem Abendessen auf sie gewartet habe. Überhaupt – der Gatte. So ein netter Mensch, so charmant und eloquent. Allerdings ein miserabler Golfer.

Ob sie mit Cordula Wedekin befreundet gewesen seien, will Völxen wissen.

Zwei schütteln die Köpfe. Nein, man kenne sich nur vom Golfplatz. »Sie war nicht sehr zugänglich, eigentlich machten wir immer nur Small Talk. Aber Anne-Rose, du kanntest sie besser«, meint die dürre Brünette und schaut nervös auf die Uhr und dann zu Völxen. »Wir sollten dann langsam ...«

Anne-Rose Bülow erklärt, sie verzichte auf den pünktlichen Abschlag, sie wolle gern noch allein mit Völxen reden. Sie würde ihre Mitspielerinnen dann an Loch drei oder vier einholen.

»Aber dann zählt doch die ganze Runde nicht!«, ruft die ganz in Rosa gekleidete Blonde entsetzt.

»Mein Gott, Traudel, dann ist es eben so, davon geht die Welt nicht unter.«

Der Kommissar entlässt die beiden Damen und befiehlt Oscar, der ebenfalls unter dem Tisch hervorgesprungen ist, sich wieder hinzulegen. Dann widmet er sich Frau Bülow, einer kleinen, rothaarigen Dame, die etwa Cordula Wedekins Alter haben dürfte und angibt, »so etwas wie eine Freundin« gewesen zu sein.

»Ich kenne sie schon lange, mein Mann und ihr erster Mann Jost sind Kollegen. Nach der Trennung war ich die Einzige, die immer wieder nach ihr gesehen hat. Ein paar Mal war ich zwar drauf und dran, den Kontakt zu ihr abzubrechen, so unmöglich hat sie sich benommen, aber ich kann auch ganz schön hartnäckig sein. Sie tat mir eben leid – was ich mir natürlich nicht anmerken lassen durfte, um Himmels willen, auf Mitleid reagierte sie wie eine Furie. Nach einigen Monaten hatte sie sich wieder einigermaßen gefangen, und ich habe sie überredet, wieder öfter mit uns zu golfen.«

»Was wissen Sie über ihre zweite Ehe?«

Anne-Rose Bülow seufzt. »Nicht sehr viel. Leider gehörte Cordula zu den Frauen, die Freundschaft wenig zu schätzen wissen. Kaum gab es diesen neuen Mann in ihrem Leben, hat sie sich voll und ganz auf ihn konzentriert. Es grenzt schon an ein Wunder, dass sie noch regelmäßig mit uns Golfen gegangen ist.« Sie sieht Völxen an, als versuche sie einzuschätzen, ob man ihm trauen könne. Dann fährt sie fort: »Ich wollte es vorhin, vor den anderen, nicht sagen, aber ich war nie besonders begeistert von Herrn Mattai. Ich habe mich schon gefragt, ob sie da nicht auf eine taube Nuss hereingefallen ist.«

»Taube Nuss?«

»Früher nannte man es Heiratsschwindler.«

»Was veranlasst Sie zu diesen Bedenken?«

»Nur so ein Gefühl. Seine großkotzige Art. Ich kann es nicht an konkreten Vorkommnissen festmachen, tut mir leid. Vielleicht bin ich aber auch nur eifersüchtig oder eingeschnappt, weil sie mich wegen ihm so rasch aufs Abstellgleis geschoben hat.«

So viel Selbstkritik hätte Völxen der Frau gar nicht zugetraut, sie steigt gerade ein paar Stufen in seiner Achtung. »Gab es denn viel zu holen?«, fragt er gespielt arglos.

»Das nicht gerade. Aber ich frage mich, ob er zum Beispiel wusste, dass ihr das Haus gar nicht gehört hat.«

»Ach, Sie wussten davon?«, wundert sich Völxen.

»Ja. Aber nicht von ihr, sondern durch meinen Mann, der mit Jost darüber gesprochen hat.«

»Wie kommen Sie darauf, dass Mattai es nicht wusste?«

»Ich habe ein paar Mal gehört, wie er meinte, dies und das könnte man in Zukunft noch ausbauen oder verändern … So redet normalerweise einer, dem das alles gehört.«

Jule würde sich bestätigt sehen, könnte sie dies hören, denkt Völxen und fragt: »Hatten Sie die Befürchtung, dass er gewalttätig werden könnte – oder gab es Anzeichen dafür?«

Sie lächelt. »Sie meinen, ob Cordula bei trübem Wetter mit dicker Sonnenbrille herumgelaufen ist? Nein. Nein, ich glaube nicht, dass er der gewalttätige Typ ist. Wobei man das ja nie hundertprozentig ausschließen kann. Ich hielt ihn mehr für ein Windei.«

»Kennen Sie auch die Tochter?«, will Völxen wissen.

»Ich habe sie schon einige Jahre nicht mehr gesehen. Sie hatten wohl kein sehr herzliches Verhältnis. Alexa war immer schon ein Papakind, und Cordula war sehr enttäuscht von ihr. Sie hat es einfach nicht verwunden, dass ihre Tochter das Medizinstudium hingeschmissen hat und zur Polizei gegangen ist. *Sie wirft ihre Zukunft weg, und das nach all dem, was Jost und ich in sie investiert haben*, hat sie oft gesagt.«

Investiert. Als hätte sich Jule als eine schlechte Geldanlage erwiesen. Frau Bülow scheint nicht zu wissen, dass Jule in seinem Dezernat ist, und er lässt es dabei bewenden. Eigentlich hat Völxens Frage ja auch Mattais Tochter Svenja gegolten. Er klärt das Missverständnis auf.

»Die habe ich nur auf der Hochzeit gesehen«, gibt Frau Bülow an. »Aber Cordula konnte sie wohl nicht ausstehen. Ein paar Wochen vor der Hochzeit hat sie zu mir gesagt: *Eher lasse ich die Hochzeit platzen, als dass dieses kleine Biest bei mir einzieht.*«

»Stand das denn zur Diskussion?«

»Ich weiß es nicht, ich habe damals nicht weiter nachgehakt.«

Hatte Oda nicht berichtet, Svenja habe laut eigenen Angaben gar nicht dort wohnen wollen?

»Frau Bülow, noch etwas anderes: Hat Frau Wedekin jemals einen gewissen Kai Börrie erwähnt?«

»Ist das nicht dieser Makler, der umgebracht wurde?«

Völxen nickt.

»Nein, niemals«, antwortet sie verwundert.

»Kann es sein, dass der Mann hier Mitglied war?«

Sie schüttelt den Kopf. »Das glaube ich kaum. Das hätte sich längst herumgesprochen. Aber fragen Sie lieber noch mal im Büro nach.«

Es wiederholt sich das Schauspiel von heute Mittag. Zuerst klingelt Raukel sich mit einer Ausrede ins Haus hinein, dann quält er sich drei Stockwerke hoch, durch dieses muffige, abgerockte Treppenhaus. Verschnaufen. Klingeln. Niemand öffnet. Er poltert die Stufen hinab, wartet auf dem Treppenabsatz, schleicht nach zwei Minuten wieder bis vor die Wohnungstür und verbringt dort geschlagene zehn Minuten angestrengt lauschend. Nein, es scheint wirklich keiner da zu sein.

Was jetzt? Der Kiosk auf der Limmerstraße, wo man Krohne vorhin schon angetroffen hat? Ist das eigentlich die sprichwörtliche

Ironie des Schicksals, dass ihn diese Ermittlung ständig zu irgendwelchen Trinkhallen führt?

Die Wirkung der zwei Mittagsbierchen samt Verdauer lässt langsam nach, was Erwin Raukel auf die Stimmung drückt. Das und die Art, wie Völxen, dieser Schafstölpel, ihn vor versammelter Mannschaft herumkommandiert hat. Kein Wort des Lobes über seine souveräne Entlarvung eines Spinners. Im Gegenteil, auf einmal ist er der Sündenbock.

Im Grunde ist es Raukel scheißegal, was die anderen von ihm halten – mit einer Ausnahme: Oda Kristensen, dieses Prachtexemplar von einem Weibsbild. Raukel hat schon einiges über sie gehört, und er kennt sie flüchtig von früher, aber damals ist sie ihm nicht sonderlich aufgefallen. Er muss entweder Kartoffeln auf den Augen gehabt haben, oder sie gehört zu den ganz wenigen Frauen dieser Welt, die mit den Jahren an Attraktivität gewinnen.

Vor dem Kiosk ist Krohne nicht zu finden, und der Türke, der dem durstigen Kommissar ein Bier verkauft, ein anständiges dieses Mal, meint, er habe sich in der Zwischenzeit auch nicht sehen lassen.

Das Bier in der Hand, steht Raukel im Schatten der Hauswand und kratzt sich nachdenklich am Allerwertesten. Was tun, sprach Zeus?

Auf eine Eingebung hoffend, beobachtet er das nachmittägliche Treiben auf der Limmerstraße, der Lebensader des Quartiers. Die Kneipendichte in Linden ist ein Pluspunkt, das muss er zugeben, aber ansonsten fühlt man sich hier wie bei einer Hauptversammlung der UNO, und dazu kommen noch die zahlreichen Penner und dieses ganze tätowierte, mützentragende Gesocks. Er nimmt einen großen Schluck Bier. Langsam kommt sein Hirn wieder auf Touren. Es spricht zwar alle Welt vom Trauerkartenmörder, aber es ist nicht bewiesen, ob derjenige, der den Makler ins Jenseits befördert hat, tatsächlich auch die Karte geschrieben hat, fällt Raukel ein. Vielleicht haben ein paar Witzbolde von *Living Linden* ein bisschen Dampf abgelassen, und der Mörder hat unabhängig davon zugeschlagen. Oder einer von den Witzbolden. Aber bestimmt nicht

Krohne, dieser Pantoffelheld. Der wäre doch tatsächlich für Jahre in den Knast gegangen, nur um vor seiner Ex gut dazustehen, ist das zu glauben? Muss Liebe schön sein! Raukel seufzt. Mit dem nächsten Schluck kommt ihm noch ein Gedanke. Womöglich haben die *Living Linden*-Witzbolde auch noch mit anderen Leuten über die Karte geredet. Daheim, mit Frau oder Freundin, am Tresen, wenn sie schon ein paar Bierchen gezwitschert haben. Womöglich kennt ein ganzer Haufen Leute den Wortlaut dieser Karte. Vielleicht hat sich der Mörder von Cordula Wedekin den Pressewirbel um die Trauerkarte lediglich zunutze gemacht, um eine falsche Spur zu legen.

Dieser Verein, *Living Linden* – wer außer Krohne war da noch dabei, und wo haben die sich eigentlich getroffen? Könnte da eventuell diese ominöse Schreibmaschine herumstehen?

Es wird Zeit, Krohne aufzutreiben und noch ein paar Fragen hinterherzuschieben. Er leert sein Bier, das inzwischen schon ein wenig warm geworden ist, und stellt sich die Frage: noch einen Verdauer oder nicht? Drei Uhr. Spätestens um fünf muss er sich wieder in der PD sehen lassen, zur nächsten scheiß Besprechung. Komisch, wann immer er sich in schwachen Momenten nach seiner alten Dienststelle zurückgesehnt hat, hat er dabei diese idiotischen Meetings völlig ausgeblendet.

»Noch einen Jägermeister«, sagt er zu dem Türken. Zwei Stunden bis zum Meeting, bis dahin wird sich das bisschen Alkohol längst durch seine Blutbahnen gefressen haben und bereit sein, wieder ausgepisst zu werden.

Im Nachhinein kann Raukel sich nicht mehr erinnern, welcher Gedanke es war, der seine Schritte zu Krohnes altem Wohnhaus lenkte. Vielleicht gar keiner, vielleicht war es einfach sein unschlagbarer, genialer Instinkt, der nach maßvollem Alkoholgenuss stets am besten funktioniert. Jedenfalls steht er plötzlich zum zweiten Mal an diesem Tag vor dem Schild *Leben im Herzen von Linden*. Die Haustür ist offen, also geht er hinein. Im Treppenhaus riecht es nach frischem Putz und es zieht wie Hechtsuppe. Die Tür zum Hinterhof ist offen, dort ist ein Handwerker zugange. Er trägt einen

Gehörschutz und schneidet mit einer Flex Fliesen zu, was einen Höllenlärm macht. Die Nachbarschaft hat sicher ihre helle Freude daran. Raukel verzichtet darauf, den Mann, der ihm den Rücken zuwendet, bei seiner Arbeit zu stören. Die Treppen sind mit Papier ausgelegt, er steigt über Farbeimer und angebrochene Säcke mit Putz in den ersten Stock. Rechts liegt die Wohnung, die Krohne ihm vorhin von draußen gezeigt hat. Die Tür ist nur angelehnt. Raukel geht über den Flur und betritt das ehemalige Wohnzimmer. Der Dielenboden ist frisch abgeschliffen und mit Folie abgedeckt, die Wände wurden neu verputzt. Wirklich ein schöner Altbau, da hat Krohne nicht übertrieben. Dummerweise ist der Haken noch immer vorhanden, an dem, inmitten einer Stuckrose, wohl einmal der Kronleuchter befestigt war. Jetzt baumelt an dem Haken ein gelbes Nylonseil. Und an ebendiesem hängt der leblose Körper von Martin Krohne. Eine Plastiktüte von *Obi* liegt unter ihm, neben der umgestoßenen Malerleiter. Der Kassenzettel liegt noch drin, € 14,99 hat das Seil gekostet, bezahlt wurde es in bar, und zwar heute um 14.12 Uhr. Etwa um die Zeit, erinnert sich Raukel, hat er vor Krohnes Wohnungstür herumgelungert, Luftlinie etwa hundert Meter entfernt von *Obi*. Jetzt ist es fünf nach drei. Von *Obi Linden* bis hierher braucht man zu Fuß fünfzehn, zwanzig Minuten.

Raukel legt den Kopf in den Nacken und betrachtet den Leichnam. Hätte ich am Kiosk auf das Bier verzichtet ... Aber ohne diesen Katalysator wäre ich gar nicht auf die Idee gekommen, hier vorbeizuschauen. Da beißt sich die Katze in den Schwanz. Derlei Überlegungen, weiß Raukel, sind überflüssig wie nur was. Er wählt den Notruf. Sollen sich die Sanis und seinetwegen die Feuerwehr damit vergnügen, den Kerl vom Haken zu holen. Als das getan ist, steht Raukel allerdings vor einem Dilemma, das ihn veranlasst, sich nachdenklich und ausgiebig am Gesäß zu kratzen. Wen von seinen Chefs soll er jetzt als Erstes anrufen, den Schafstölpel oder die Gewitterziege? Aber da Erwin Raukel im Grunde schon immer der Meinung war, dass Frauen bei der Polizei nichts verloren haben, fällt ihm die Wahl nicht allzu schwer.

Makler Kai Börrie war kein Mitglied im Golfclub Isernhagen, zumindest das steht wenig später fest. Völxen rollt gerade vom Parkplatz des Clubs, als sein Telefon die Ankunft einer SMS signalisiert. Sie ist von Fernando und lautet: *Eine Maschine, zwei Schreiber.*

Völxen hält an und ruft zurück: »Was genau heißt das?«

»Der Typ meint, die erste Karte hätte jemand geschrieben, der den Umgang mit mechanischen Schreibmaschinen gewohnt ist. Die zweite Karte wäre von jemand Ungeübtem geschrieben worden, der Anschlag ist ungleichmäßig und deutlich härter, zweimal wurde ein falscher Buchstabe einfach mit dem richtigen übertippt. Die Karte an Börrie dagegen war fehlerlos. Aber es war ohne Zweifel ein und dieselbe Maschine.«

»Und da ist er ganz sicher?«

»Er sagte, das Schriftbild einer mechanischen Maschine sei fast wie ein Fingerabdruck, winzige Abnutzungsspuren der einzelnen Typen lassen sich genau einer Maschine zuordnen, vor allem dann, wenn sie nicht mehr fabrikneu ist. Bei unseren Karten ist unter anderem das kleine A innen verschmiert, und das kleine T hat eine winzige Macke am Fuß, weil dort keine Farbe hinkommt.«

»Gut gemacht. Wir sehen uns später im Büro. Ach, noch eins: kein Wort zu Jule. Jetzt, wo die Fälle zusammenhängen, werde ich sie freistellen müssen.«

»Das wird ihr nicht gefallen.«

»Und dich schicke ich auch nach Hause, solltest du den Mund nicht halten können.«

Völxen beendet das Gespräch. Ihm schwirrt der Kopf. An einem Feldweg hält er an und macht einen kleinen Spaziergang mit Oscar. Den hat er sich verdient, weil er im Clubhaus unter dem Tisch ausgeharrt hat, ohne zu kläffen, jemanden anzuknurren oder die Möbel anzupinkeln.

Kaum hat er aufgelegt, ruft Erwin Raukel an und teilt ihm mit den schönen Worten »Krohne hängt am Kronleuchter« mit, dass Martin Krohne sich erhängt habe.

Jule Wedekin ist in Gedanken immer noch bei dem unerquicklichen Gespräch mit ihrem Vater, als Völxen sie in sein Büro bittet. Sie ahnt, was er ihr zu sagen hat. Warum sonst sollte er auf einmal anfangen, ihr Honig ums Maul zu schmieren?

»Du warst bis jetzt eine sehr gute Ermittlerin, Jule, und weißt du auch, warum?«

Jule schweigt, denn er wird es ihr bestimmt gleich sagen.

»Weil du immer an allem gezweifelt hast. Was vordergründig und offensichtlich zu sein schien, hast du systematisch hinterfragt. So lange, bis es bewiesen war, dabei warst du gründlich und zäh wie ein Terrier.«

Sein Blick wandert bei diesen Worten hinüber zu Oscar, der in seinem Korb liegt und dezent schnarcht. »Aber jetzt, wo es dich persönlich betrifft, ist dir die Objektivität abhandengekommen. Das würde wahrscheinlich jedem von uns so gehen. Deshalb werden Angehörige ja von Ermittlungen ausgeschlossen. Ich hätte dir den Trauerkartenmord gern gelassen, aber da sich nun Übereinstimmungen ergeben haben, sehe ich mich gezwungen …«

»Ich versteh schon«, unterbricht Jule das Gesülz. »Ich nehme mir bis Ende der Woche frei, ist das in Ordnung?«

Völxen versucht erst gar nicht, seine Erleichterung zu verbergen. Aufatmend antwortet er: »Glaub mir, es wird dir guttun. Du musst dich ja jetzt auch um viele andere Dinge kümmern.«

Ja, überlegt Jule zynisch, vielleicht nutze ich die Tage, um mir Hannovers Friedhöfe anzuschauen.

»Ich habe übrigens die Akte aus Hamburg angefordert«, hört sie Völxen sagen.

»Hamburg?«

»Den Unfall dieser Marina Feldmann, Mattais Lebensgefährtin. Ich sehe da auch … jedenfalls ist es verdächtig, ich werde mir das mal genauer ansehen.«

»Gut«, sagt Jule. Sie sieht ein, dass Völxen nicht anders handeln kann, als sie zu suspendieren. Als Teamleiterin hat sie ohnehin gründlich versagt. Sie ist während der Dienstzeit Privatangelegenheiten nachgegangen, anstatt sich um den Fall zu kümmern. Und jetzt ist ein Mensch gestorben, der vielleicht noch leben könnte, wenn sie ihre Pflicht getan hätte. Sie fühlt sich wie ausgehöhlt, und es fällt ihr schwer, einen klaren Gedanken zu fassen.

So ganz scheint Völxen ihr jedoch nicht über den Weg zu trauen, denn jetzt mustern seine grauen Augen sie eindringlich, und er sagt: »Bitte versprich mir, dass du nicht auf eigene Faust ermittelst.«

»Ich verspreche es. Würdet ihr mir trotzdem Bescheid sagen, wenn es neue Erkenntnisse gibt?«

»Das mache ich«, sagt Völxen und wiederholt: »*Ich* mache es. Bring Fernando nicht in Schwierigkeiten. Und was Mattai angeht – er ist noch immer ein Verdächtiger, es wäre besser, wenn du ihn nicht siehst.«

»Nichts liegt mir ferner, glaub mir.«

Sie steht auf, verlässt das Büro und geht wenig später die Waterloostraße entlang in Richtung U-Bahn. Es fühlt sich an, als schleppe sie ein schweres Gewicht mit sich herum. Sie will nur noch nach Hause, die Füße hochlegen. Fernando kommt ihr auf seinem Motorrad entgegen. Er hält an, drosselt den Motor und nimmt den Helm ab.

Ganz automatisch fragt Jule: »Und? Was ist bei den Schreibmaschinen rausgekommen?«

Er holt tief Atem. »Bitte, Jule, versteh doch. Ich darf dir das nicht sagen.«

Mein Gott, wie kleinkariert und autoritätshörig kann man eigentlich sein, hat dieser Kerl denn gar keine Eier? Die Trägheit von eben fällt von ihr ab, der ganze Frust, den dieser Tag für sie bereithielt, bricht sich mit einem Mal Bahn. Im Grunde weiß Jule, dass sie den falschen Baum anbellt, aber sie kann nicht anders. Vielleicht ist es Fernandos flehender, Verständnis heischender Blick, der sie reizt. »Es hat sich also schon herumgesprochen, dass ich suspendiert bin. Hast du es schon vor mir gewusst? Wäre nett gewesen, wenn du mich vorgewarnt hättest.«

Fernando schlägt nun auch einen anderen Ton an. »Kann sein. Aber nett sein zieht bei dir offensichtlich nicht. Seit gestern habe ich kaum ein freundliches Wort von dir gehört, du willst mich nicht um dich haben, du willst alles alleine bewältigen … Okay, meinetwegen. Jeder darf so trauern, wie er will. Aber wenn es um Informationen geht, dann bin ich auf einmal wieder die erste Adresse. Findest du das nicht egoistisch? Wenn dir auch nur ein winziges bisschen an mir liegen würde, dann würdest du vielleicht einmal daran denken, dass ich damit meinen Job riskiere. Und du wirst es nicht glauben, aber weißt du, ich brauche meinen Job! Ich habe nämlich keinen Palast geerbt, und ich habe auch keinen reichen Vater.« Ohne ihre Antwort abzuwarten, stülpt er sich den Helm auf den Kopf, lässt die Maschine an und gibt Gas. Jule bleibt verdattert am Straßenrand stehen. Ihr ist, als hätte gerade jemand einen Eimer kaltes Wasser über ihr ausgeleert. Mit weit ausgreifenden Schritten geht sie weiter. Sie wird nicht die Bahn nehmen, sie braucht Bewegung. Was fällt diesem aufgeblasenen Möchtegern-Macho eigentlich ein, so mit ihr zu reden, und das ausgerechnet jetzt?

»Erhängt in der alten Wohnung«, wiederholt Nicole Krohne Fernandos Worte. Sie schüttelt den Kopf mit den kurzen, blonden Haaren. »Das passt zu ihm.« Frau Krohne sitzt auf der Terrasse ihres Elternhauses und tupft sich mit einem Papiertaschentuch die Tränen weg. Im Nachbargarten schnurrt ein Rasenmäher. Frau Krohnes Mutter ist auf die Bitte ihrer Tochter hin mit den Kindern zum Spielplatz gegangen.

»Er hat zuvor gestanden, Börrie ermordet zu haben. Und er legte Wert darauf, dass man Ihnen sagte, er hätte es für Sie getan.«

Sie schluchzt auf. »So ein Idiot! Außerdem stimmt das Alibi, das ich ihm gegeben habe, als Sie und Ihre Kollegin mich damals vernommen haben.«

»Ich glaube Ihnen«, versichert Fernando. »Aber er wusste zumindest ungefähr, was auf dieser Trauerkarte stand, obwohl das nie an die Presse gegangen ist. Haben Sie eine Idee, woher?«

»Nein. Aber er hat sämtliche Berichte darüber, egal ob Zeitung oder Internet, quasi inhaliert, und wann immer er hier war, um die

Kinder zu sehen, hat er gesagt: ›Hoffentlich kriegen sie den Täter nie, der hat der Menschheit einen Dienst erwiesen.‹«

»Besaß Ihr Mann eine mechanische Schreibmaschine?«, fragt Fernando, eigentlich nur der Vollständigkeit halber.

»Nein.«

»Oder einen Schlagstock?«

Sie blickt ihn mit einer Mischung aus Ärger und Nachsicht an. Sie ist auf eine rustikale Art hübsch, ihr Gesicht ist ungeschminkt, leicht gebräunt und mit Sommersprossen übersät. »Martin hat Börrie zwar bis aufs Blut gehasst, aber er hätte ihn nie erschlagen können.«

Der Rasenmäher nebenan hat aufgehört, jetzt hört man nur noch ab und zu Vogelgezwitscher. Es ist stickig unter der gestreiften Markise, und Fernando spült Durst und Beklemmung mit einem großen Schluck Wasser hinunter, das sie ihm gleich zu Beginn angeboten hat.

»Martin und ich stammen beide aus kleinbürgerlichen Verhältnissen.« Frau Krohne macht eine umfassende Handbewegung, und das Lächeln, mit dem sie das Ambiente präsentiert – die Waschbetonplatten, das Gartenhäuschen aus dem Baumarkt, der Fahnenmast mit der Deutschlandflagge –, hat gleichermaßen etwas Liebevolles und etwas Herablassendes. »Jetzt kommt es mir manchmal so vor, als hätte ich immer schon geahnt, dass ich eines Tages wieder landen werde, wo ich herkomme. Bei Martin war das anders. Er hat das Abitur gemacht, aber anstatt zu studieren, wurde er Versicherungsvertreter. Später hatte er eine eigene Agentur. Als ich schwanger wurde, zogen wir in die Wohnung in der Fröbelstraße. Die war von Anfang an nicht ganz billig, aber für Martin hat sie den sozialen Aufstieg symbolisiert. Die Dielenböden, die Stuckdecken, das war eine ganz andere Klasse. Wir hatten ein gutes Leben. Ich habe im Bioladen eingekauft, wir sind ins Kino und ins Theater gegangen, einmal die Woche kam eine Putzfrau. Irgendwann fing auch ich an zu glauben, dass der Traum niemals enden würde, dass wir es geschafft hätten. Dann kam die Krise – die Zinsen fielen, und den Leuten wurde klar, dass Lebensversicherungen keine lohnende Geldanlage mehr sind. Auf einmal kaufte ich nicht mehr im Bioladen ein, sondern schlich mich zu *NP*. Kino und Theater wurden gestrichen, ebenso die Putzfrau. Die Kochrunde mit unseren Freunden ließen wir immer öfter ausfallen, weil wir uns das Essen und einen anständigen Wein dazu nicht mehr leisten konnten. Martin schmiss die Vertretung hin und wurde Verkäufer in einem Küchencenter. Es war wenigstens ein kleines Festgehalt, dazu kamen die Verkaufsprämien. Er war unglücklich über diesen Job, aber wir konnten uns noch ordentliche Kleidung kaufen und zu einem guten Friseur gehen. Man hat es uns noch nicht angesehen. Wir behielten die Wohnung, auch wenn der Kontostand das eigentlich nicht mehr hergab. Etwa zu der Zeit wurde unser Haus an Frankland & Morell verkauft, und die erste Mieterhöhung flatterte herein. Das Geld wurde knapp, vor allem, nachdem das zweite Kind da war. Ich hatte ein schlechtes Gewissen, weil ich es gewollt hatte. Dann wurden wir über die Sanierungspläne unterrichtet, und wir machten Bekanntschaft mit Börrie. Wir hätten damals sofort die Prämie nehmen und verschwinden sollen.« Sie beißt sich auf die Lippen und wischt wieder eine Träne von ihrer Wange. »Aber Martin kann stur sein. Er beschloss, das durchzufechten. Mit ein paar anderen gründete er diesen Verein, *Living Linden*. Als ob das etwas hätte nützen können! Ein paar Zeitungsartikel, ja, toll! Aber hat es was geändert? Danach ging es Schlag auf Schlag. Martin verlor die Arbeit im Küchenstudio, weil er einen von diesen Geiz-ist-geil-Kunden angeschnauzt hatte. Er fuhr Taxi. Anfang des Jahres wurde er entlassen, angeblich konnte Martins Chef den Mindestlohn nicht zahlen. Parallel dazu dachten sich Börrie und seine Schergen täglich neue Schikanen aus, um uns loszuwerden. Stromausfall, Wasser weg, ständig Lärm und Dreck. Die Fenster hängten sie uns zu, unsere Katze verschwand spurlos. Die Krönung war der Schweinekopf, der im Kinderwagen lag, den ich kurz unten stehen gelassen hatte. Wir stritten uns immer öfter, und irgendwann fiel das Wort ›Versager‹. Als er mich ohrfeigte, packte ich meine Sachen, nahm die Kinder und zog hierher. Denken Sie bitte nichts Falsches, Herr Rodriguez, Martin hat mich vorher nie geschlagen, ich habe das regelrecht provoziert. Wahrscheinlich, damit ich einen Grund hatte zu gehen.«

»Ich verstehe«, sagt Fernando. Die Frau tut ihm leid, und ihre Geschichte geht ihm zu Herzen. Vielleicht, weil auch er genug solcher Geschichten kennt.

Die Wassergläser haben feuchte Ringe auf dem Plastiktisch hinterlassen, sie malt gedankenverloren mit dem Finger darin herum, während sie weiterspricht. »Ich weiß noch, wie es war, als Martin das erste Mal zum Arbeitsamt ging, um Unterstützung zu beantragen. Auf dem Rückweg hat er sich an den Kiosk um die Ecke gestellt, zu den Typen, die er in Wahrheit verachtet hat, und hat sich die Kante gegeben. Als ob er damit der Welt seinen Niedergang demonstrieren wollte. Es tat weh, das zu sehen, und gleichzeitig habe ich mich in Grund und Boden geschämt.« Sie hält inne und schnäuzt in ihr Taschentuch. »Wir sind nicht die Einzigen«, fährt sie fort. »In der Nachbarschaft wohnte eine Geigerin, die verkauft neuerdings selbstgemachte Marmelade auf Wochenmärkten. Ein ehemaliger Dozent von der Uni verleiht Luftballons und organisiert Kindergeburtstage, und ein Rundfunkredakteur, der entlassen wurde, versucht sich jetzt als Personal Trainer. Das sind studierte, gut ausgebildete Menschen, die ein normales, gutes Leben hatten, und jetzt haben sie drei Minijobs. Ich weiß nicht, ob ich es tröstlich oder schrecklich finden soll, dass es anderen auch so geht.« Sie sieht Fernando fragend an.

Der weiß nicht, was er sagen soll. Dass ihm neuerdings seine Mutter immer öfter vorjammert, dass der Umsatz in ihrem Laden zurückgehe, obwohl sie schon die Preise gesenkt habe? Vielleicht haben die Krohnes, als es ihnen noch gut ging, bei ihr den Wein für ihre Kochrunden gekauft. Sie und die Geigerin und der Redakteur …

»In der Zeitung liest man andauernd, wie gut es uns Deutschen geht«, seufzt Frau Krohne. »Aber wer ist damit eigentlich gemeint, frage ich mich. Das Geld, das den normalen Leuten auf einmal fehlt – wer hat das denn jetzt?«

Die Frage ist berechtigt, findet Fernando.

»Da läuft etwas gewaltig schief in diesem Land«, bemerkt Frau Krohne. »Ich fürchte, Martin war nur der Anfang. Wenn die Leute erst mal zu alt sind, um im Callcenter zu sitzen oder Pakete auszufahren, dann werden noch viel mehr zum Strick greifen.«

VII.

Der Abend ist lau, die Mücken fliegen tief, die Luft riecht nach Regen. Hauptkommissar Völxen und seine Gattin nehmen das Abendessen, das im Großen und Ganzen aus Grünzeug besteht, auf der Veranda ein. Völxen, der dies schon ahnte, hat nach Dienstschluss einen Abstecher zu Pedra Rodriguez gemacht. Die scharfen Würstchen und der Ziegenkäse waren zwar sehr lecker gewesen, aber Pedra lag ihm während des Verzehrs ununterbrochen mit Wehklagen über den Mord an Jules Mutter in den Ohren, sodass ihm beinahe der Appetit vergangen ist.

»Wie war denn der Grünkohlsmoothie?«

»Was?«, schreckt Völxen aus seinen Gedanken. »Ach, der. Geht so. Der Geschmack ist in Ordnung, aber das Auge isst ja bekanntlich mit. Du musst ihn nicht noch mal machen.«

»War ein Versuch«, meint Sabine. »Morgen mache ich dir wieder einen aus Spinat und Kräutern.«

Völxen verzieht das Gesicht.

»Und sonst? Seid ihr vorangekommen?«

»Heute hat ein Mann einen Mord gestanden, den er gar nicht begangen hat, weil er seiner Frau damit imponieren wollte.«

»Wahnsinn!«

»Du sagst es. Angenommen, er wäre damit durchgekommen, was hätte er davon gehabt – im Knast?«

»Ihre Hochachtung war ihm eben wichtiger als seine Freiheit.« Sabine lässt ihren Blick versonnen über den Garten schweifen. »Das nenne ich romantisch«, seufzt sie.

»Ja, und damit es noch romantischer wird, hat er sich gleich nach seiner Vernehmung bei Obi ein Seil gekauft und hat sich damit in seiner alten Wohnung erhängt.«

Ihre blauen Augen blitzen ihn böse an. »Bodo, du bist ein Scheusal!«

»Ich Ignorant hätte es vielleicht verhindern können, wenn ich den Mann nicht einem selbstgefälligen Suffkopf und einem blutigen Anfänger überlassen hätte.« Er steht auf, geht in die Küche und holt sich ein Bier aus dem Kühlschrank. So eine Diät wird man ja wohl mal für eine Viertelstunde unterbrechen können.

»Du kannst nicht überall sein. Wenn sich einer umbringen will, dann findet er früher oder später einen Weg«, meint Sabine, als er wieder auf die Veranda kommt. Über die Kohlenhydrate in flüssiger Form verliert sie kein Wort.

Er werde noch einmal nach den Schafen sehen, verkündet Völxen und begibt sich mit der Flasche in der Hand und Oscar auf den Fersen zu seinem Lieblingsplatz, wo er den vergangenen Tag noch einmal Revue passieren lässt. Normalerweise ist er am Abend froh, wenn er Tod, Gewalt und Bürokratie für ein paar Stunden hinter sich lassen kann, aber heute gelingt es ihm nicht, abzuschalten. Das Rad seiner Gedanken dreht sich unablässig, ob er will oder nicht.

Es dauert nicht lange, und Jens Köpcke gesellt sich zu ihm, ebenfalls mit einer Flasche in der Hand.

»Du brauchst einen Hund«, meint der Hühnerbaron unvermittelt.

»Was, denkst du, ist das da?« Völxen weist auf Oscar, der am Zaun entlang patrouilliert und hier und dort das Bein hebt.

»Einen richtigen Hund, keinen verzogenen Kläffer, der nachts bei euch im Bett pennt.«

»Oscar schläft in der Küche – meistens. Außerdem geht er jetzt in die Hundeschule.«

»Lernt er dort, wie man Wölfe reißt?«

Schon wieder dieses leidige Thema.

»Du brauchst einen Herdenschutzhund«, erklärt Köpcke. »Einen, der nachts bei den Schafen ist und vor dem die Biester Respekt haben.«

»Hm.«

»Oder Esel.«

»Esel?«

»Esel sollen ebenfalls Wölfe vertreiben.«

»Was du alles weißt«, wundert sich Völxen.

»Stand neulich in *Land & Forst.*«

»Ausgeschlossen«, antwortet Völxen, denn er hat Sabines Warnung noch gut im Ohr: *Schlepp mir noch ein Vieh an, und ich ziehe aus.*

»Sag nicht, ich hätte dich nicht gewarnt!«, sagt Köpcke mit Grabesstimme, ehe beide in den Sonnenuntergang schweigen und dabei ihre Flaschen leeren.

Wie still es ist, wenn alle weg sind. Selten einmal ist Fernando so spät noch im Büro, und wenn, dann meistens mit Jule, die sich in einen Fall verbissen hat. Das Gespräch mit Nicole Krohne geht ihm nicht mehr aus dem Sinn, und auf einmal muss Fernando realisieren, dass sein Glaube an die Gerechtigkeit hierzulande schon seit Längerem erschüttert ist. Aber noch nie ist ihm so deutlich vor Augen geführt worden, dass man auch scheitern kann, ohne etwas falsch gemacht zu haben. Auf dem Rückweg vom Hemminger Reihenhaus zur PD hat er sich insgeheim zu seiner Entscheidung beglückwünscht, Beamter geworden zu sein – und sich gleichzeitig für diese Gedanken geschämt.

So gerne würde er mit Jule über all das reden. Ob sie das genauso sieht. Ob sie sich eigentlich schon einmal Gedanken über ihre unterschiedliche soziale Herkunft gemacht hat. Er hat ein paar Mal versucht, sie anzurufen, aber sie ging nicht ran. Muss sie ausgerechnet heute die Beleidigte spielen, gerade jetzt, wo sie sich gegenseitig brauchen?

Er starrt auf den leeren Stuhl gegenüber. Vielleicht wäre es besser, wenn er sich versetzen ließe. Natürlich weiß Fernando, dass er Völxen viel verdankt. Aber manchmal hat er das Gefühl, dass er in den Augen seines Vorgesetzten noch immer der halbwüchsige Lümmel ist, dem man ab und zu die Ohren langziehen muss. Höchste Zeit, unter Völxens Fittichen hervorzukriechen. Vielleicht sollte er in ein anderes Dezernat wechseln, in eines, wo man ihn von Anfang an als erwachsenen Menschen wahrnimmt. Es wird ohnehin höchste Zeit für seine Beförderung zum Hauptkommissar. Er wird mit dem Alten reden, wenn diese Sache vorüber ist. Aber zunächst muss der Mörder von Jules Mutter gefunden werden. Noch nie war ein Fall so wichtig. Aber es war auch nur selten ein Fall so kompliziert. Diese verfluchte zweite Trauerkarte stellt alles auf den Kopf. Vielleicht ist es das, durchzuckt es Fernando. Vielleicht soll die Karte dazu dienen, Verwirrung zu stiften. Er fährt zusammen, als plötzlich die Tür aufgeht und Rifkin hereinkommt.

»Was machst du denn noch hier?«, fragt Fernando muffig.

»Ich muss noch meinen Bericht über das Gespräch mit der Putzfrau schreiben.«

»War es interessant?«

»Teilweise. Die Schwester der Wedekin war anscheinend scharf auf Mattai.« Rifkin gibt Frau Möllenkamps Aussage in groben Zügen wieder.

»Wurde die Putzfrau schon durchleuchtet und nach ihrem Alibi gefragt?«, will Fernando wissen.

»Nein.«

»Vielleicht wollte Jules Mutter sie entlassen, weil das Geld knapp wurde, und das hat sie nicht verwunden«, fantasiert Fernando.

»Eine Frau Mitte sechzig, die seit achtzehn Jahren für die Familie gearbeitet hat, schleicht sich nachts mit einem Messer in den Garten und sticht zu?«

»Kann doch sein«, beharrt Fernando. »Meine Mutter ist auch über sechzig, aber wenn man sieht, wie sie riesige Serranoschinken durch die Gegend schleppt, wird einem angst und bange.«

»Stimmt es eigentlich, dass du noch bei deiner Mutter wohnst?«

»Was geht das dich an?«, erwidert Fernando gereizt.

»*Wo wir schon zusammenarbeiten, ist es doch netter, wenn man ein bisschen was vom anderen weiß.* Deine Worte von heute Morgen.«

»Es ist einfach ... praktisch, dort zu wohnen. Was soll sie allein in einer Fünfzimmerwohnung, warum soll ich woanders einen Haufen Miete bezahlen? Ich werde schon ausziehen, wenn ... wenn es Zeit dafür ist.«

»Bleib cool. Ist doch völlig okay. Ich bin auch jedes Wochenende zu Hause, die Wohnung in der Südstadt habe ich hauptsächlich wegen des Schichtdienstes.«

»So was bräuchte ich im Moment auch«, bricht es aus Fernando heraus. »Ich trau mich schon gar nicht mehr nach Hause. Mama ist der Meinung, ich müsste Tag und Nacht bei Jule sein.«

»Und warum bist du jetzt nicht bei Jule?«

Diese Rifkin nervt! Aber wie unter einem rätselhaften Redezwang antwortet Fernando: »Wir hatten Zoff, weil ich mich nicht aushorchen lassen wollte.«

»Richtig.«

»Ja, schon. Aber ich war gemein zu ihr, mir ist einfach der Gaul durchgegangen. Und jetzt geht sie nicht ans Telefon.«

»Ist ja wohl klar.«

»Wieso?«

Ihre dunklen Augen mustern ihn prüfend: »Du hast nicht allzu viel Ahnung von Frauen, was?«

»Du hast wahrscheinlich mehr.« Kaum hat er die Worte ausgesprochen, wird er auch schon rot wie ein Stichling. Lieber Himmel, warum kann ich Trottel meinen Mund nicht halten? Gleich wird sie mich in Grund und Boden stampfen. »'tschuldige. Ich wollte nicht …«

Aber zu seiner Überraschung scheint sie nicht beleidigt zu sein. »Kann schon sein«, grinst sie.

Fernando ist erleichtert und hört sich sagen: »Wollen wir Jules Tante noch einmal befragen und hinterher einen Döner essen gehen?«

»Du bist tatsächlich wiedergekommen!« Einar geht Oda, die gerade aus ihrem Golf steigt, mit einem strahlenden Lächeln entgegen. Er trägt abgewetzte Jeans und ein Sweatshirt mit Kapuze, wahrscheinlich wegen der Mücken, die mit der Abenddämmerung in Massen ausschwärmen.

»Ich bin dienstlich hier«, sagt Oda und denkt darüber nach, ob man Einars Gestalt im Dunkeln für die einer Frau halten könnte.

»Glaubst du immer noch, dass du den Mörder hier bei uns findest?«

»Ich glaube nicht, ich ermittle«, antwortet Oda. »Welches ist noch mal das Häuschen von Berenike?«

»Das hinterste. Aber ich sehe ihr Auto nicht, ich fürchte, sie ist nicht da.«

»War sie denn heute schon mal hier?«

»Das weiß ich nicht. Ich bin selbst gerade erst zurückgekommen. Ich war in der Stadt«, erklärt er ungefragt.

»Shopping?«

»Ich will mit ein paar Bioläden ins Geschäft kommen, die habe ich heute abgeklappert.«

»Mit Erfolg?«

»Teils, teils.«

Oda setzt sich dennoch in Bewegung, Einar folgt ihr wie ein Schatten. Laut Auskunft der Nerds vom LKA wurden die Mails von berenike15@gmx.de an Jan Mattai vom Anschluss des Gutshofs aus abgeschickt. Sie gehen an den Hütten vorbei, die sich grellweiß gegen die Dämmerung abzeichnen. Der angenehme Wind, der tagsüber wehte, hat nachgelassen und einer drückenden Schwüle Platz gemacht. Die Luft riecht anders als heute früh, würziger und erdiger, und vom Wald her kriecht eine feuchte Kühle heran. Heute Morgen, im hellen Sonnenschein, fand Oda die Lage der kleinen Hütten noch idyllisch, jetzt, beim Herannahen der Dunkelheit, empfindet sie die Nähe des Waldes als unheimlich. Neuerdings soll es hier in der Gegend auch Wölfe geben. Einar bestätigt das auf ihre Frage hin. Ja, er habe selbst schon eine Gruppe von dreien gesehen, gar nicht weit von hier, am Waldrand.

Vor einem der weißen Häuschen qualmt ein kleines Lagerfeuer, davor sitzen Ragnar und zwei Frauen um die dreißig. Eine von ihnen scheint schwanger zu sein. Sie spielen Karten. Ragnar verzieht keine Miene, die Frauen jedoch nicken Einar lächelnd zu, ehe sie Oda einer genauen Musterung unterziehen. Zwei Häuser weiter liegt Leif in einer Hängematte. Auch er schweigt und verfolgt Oda und Einar mit misstrauischen Blicken, wobei er, wenn Oda ihr

Geruchssinn nicht arg täuscht, weiter ungeniert Gras raucht. Vielleicht, überlegt Oda, sollte man sich mal genauer anschauen, was auf den umliegenden Feldern so alles wächst. Andererseits – wem schadet es, wenn die *Lichter des Nordens* hier ein wenig kiffen? Vom Gutshof her hört man das Kreischen von Kindern, die sich offenbar mit einem Gartenschlauch bespritzen, dazwischen die helle, gutmütig schimpfende Stimme von Arndís. Die Kinder – Einars Kinder – scheinen hier jedenfalls Spaß zu haben.

Tatsächlich ist das Domizil von Berenike dunkel, und niemand antwortet, als Oda an die Tür klopft. Verstohlen drückt sie dabei auf die Klinke. Die Tür gibt nach. »Es ist offen«, wundert sie sich.

Einar stellt sich ihr in den Weg. »Niemand schließt hier seine Tür ab«, klärt er Oda auf. »Das heißt aber noch lange nicht, dass man hier ohne einen Durchsuchungsbeschluss herumschnüffeln darf.«

Statt einer Antwort nimmt Oda das kleine *Maglite* aus ihrer Handtasche und lässt den Lichtstrahl über seine Schulter hinweg durch den Raum gleiten. »Nur gucken, nicht anfassen«, erklärt sie. Schmales Bett, Tisch, zwei Stühle, Schrank. Eine Spüle, ein Regal mit Geschirr, ein winziger Kühlschrank und eine elektrische Doppelkochplatte bilden die Kücheneinrichtung. Von einem Computer oder einem Laptop ist nichts zu sehen. Eine winzige Tür führt in einen kleinen, abgetrennten Raum. »Ist hinter der Tür das Bad?«, fragt Oda, noch immer den Raum ausleuchtend.

»Das Klo. Geduscht wird im Gemeinschaftsbad im Gutshof.«

»Ist ja kuschelig. Gibt's hier W-Lan?«

»Na klar. Wir sind Heiden, keine Amisch. Im Gemeinschaftsraum im Haupthaus steht sogar ein PC, den alle benutzen dürfen.«

Also ist das, was ich hier mache, blinder Aktionismus, erkennt Oda und muss sich eingestehen, dass sie hauptsächlich hier ist, um nicht zu Hause sein zu müssen, in der leeren Wohnung. Was Veronika wohl gerade macht? Besucht sie ihre erste Studentenfete?

»Ich finde es nicht korrekt, was du hier tust«, stellt Einar klar.

»Ich bin gleich fertig.« Der Strahl der Lampe erfasst den Zipfel von etwas Hellem, das unter dem Bett liegt. Oda geht in die Knie.

Das ist doch … Sie richtet sich wieder auf. »Unter dem Bett liegt etwas, das muss ich mir ansehen.«

»Nur, wenn du mich erschießt.« Einar steht mit trotzig verschränkten Armen im Türrahmen.

Oda knipst die Taschenlampe aus, versenkt sie in den Tiefen ihrer Handtasche und sucht stattdessen nach ihrem Telefon, wobei sie vor sich hin murmelt: »Irgendwie war mir so, als hätte ich da vorhin Gras gerochen. Aber die Kollegen vom Rauschgiftdezernat können das sicher besser beurteilen.«

Man kann förmlich sehen, wie es unter den blonden Locken arbeitet. Dem Grundrecht Berenikes auf Unverletzlichkeit der Wohnung steht das Schreckgespenst einer Drogenrazzia gegenüber, die, darauf würde Oda wetten, garantiert nicht erfolglos verlaufen würde.

»Das ist nicht fair!«, beschwert sich Einar.

»Behauptet auch niemand«, entgegnet Oda, während sie eine Beweismitteltüte hervorkramt und sie an Einar weiterreicht: »Das Ding da, unter dem Bett, brauche ich.«

»Warum holst du es nicht selbst?«

»Ohne Durchsuchungsbeschluss? Das gäbe nur Ärger. Aber ich habe ja dich als Zeugen und Hausherrn, der das Beweisstück entdeckt und mir freiwillig überreicht hat.«

Einar deutet auf Odas Handtasche: »Hast du da drin auch Handschellen?«

Oda lächelt ihn an und meint, darüber könne man bei einer anderen Gelegenheit einmal reden.

Einar lächelt ebenfalls, geht auf das Bett zu und zieht die blonde Perücke darunter hervor.

Es war eine Art Koma, in das Jule sank, nachdem sie in ihrer Wohnung angekommen war. Sie wachte erst drei Stunden später wieder auf, als das Festnetztelefon klingelte. Statt abzunehmen, riss sie den Stecker aus der Dose.

Jetzt sitzt sie auf dem Balkon und starrt auf die Häuser gegenüber. Nach und nach gehen in immer mehr Fenstern die Lichter an. Lauter kleine Bühnen, auf denen sich alltägliche Szenen abspielen: Leute, die nach Hause kommen, in bequeme Klamotten schlüpfen, sich etwas zu essen machen, ihre Kinder ins Bett bringen oder vor dem Fernseher sitzen. Sie lauscht den allmählich leiser werdenden Stadtgeräuschen und sieht zu, wie sich der Himmel zuerst orange verfärbt und allmählich immer mehr Wolken aufziehen.

Der erste Donner rollt heran, und eine Windbö zerzaust die Geranien, die sie in die Balkonkästen gepflanzt hat. Sie holt sich eine Decke. Auf einmal fühlt sie sich schrecklich allein, eine nie zuvor gekannte Schwärze breitet sich in ihrem Inneren aus und droht, sie zu ersticken. Sie ringt nach Atem und wünscht sich, Fernando wäre hier. Aber der Stolz verbietet ihr, ihn anzurufen. Er hat sich wirklich unmöglich benommen. Ihr das Erbe und den Wohlstand ihres Vaters vorzuwerfen, ist wirklich das Letzte! Aber sie könnte stattdessen ein Stockwerk höher gehen, zu Thomas und Fred. Als wollte das Wetter sie in ihrem Entschluss bestärken, zerplatzt ein erster schwerer Tropfen auf ihrem Handrücken.

Es klingelt an der Wohnungstür.

Sicher Fernando! Jule kennt ihn, es wird nichts nützen, die Klingel einfach zu ignorieren. Am besten, sie geht hin und sagt ihm, dass er sich gefälligst verziehen soll. Trotz dieses Vorsatzes kann sie nicht verhindern, dass sich etwas in ihr seinem Anblick entgegensehnt.

Was, wenn er mit Blumen dasteht? Nein, auch dann nicht! Er muss lernen, dass er so nicht mit ihr reden darf. Eine Lektion muss hart und schmerzhaft sein, nur dann sitzt das Gelernte auch wirklich. War das nicht sogar eine der Lebensweisheiten ihrer Mutter?

Sie wappnet sich innerlich, um dem Blick seiner Espressoaugen zu widerstehen, und öffnet die Tür. Aber es ist nicht Fernando, wie sie mit Schrecken und Ernüchterung feststellt. Vor der Tür steht, ohne Blumen, Jan Mattai.

»Was wollen Sie denn noch so spät?«

Stefanie Jenke hat es sich offenbar vor dem Fernseher gemütlich gemacht. Beim Anblick der Chips läuft Fernando das Wasser im

Mund zusammen. Er stellt Rifkin vor und versichert, es würde auch nicht lange dauern, während Frau Jenke die Decke vom Sofa nimmt, damit die beiden sich hinsetzen können.

»Frau Jenke, wie war eigentlich Ihr Verhältnis zu Ihrem Schwager, dem Herrn Mattai?«, beginnt er ohne Umschweife.

Sie zögert, dann sagt sie: »Wir haben uns gut verstanden.«

»Sie waren oft am Dienstagnachmittag dort. An diesen Tagen spielte Ihre Schwester aber meistens Golf.«

»Ja und? Ich habe mich mit Jan unterhalten. Ist das verboten?«

»Hatten Sie was mit ihm?«, fragt Rifkin.

»Was erlauben Sie sich?«, kommt es affektiert zurück.

»Sie können es zugeben, es ist ebenfalls nicht verboten«, meint Fernando freundlich.

»Wir hatten kein Verhältnis. Ja, ich fand ihn sehr nett, man konnte gut mit ihm reden. Besser als mit meiner Schwester. Deshalb war ich ab und zu dort.«

»Vor drei Wochen hörten die Besuche plötzlich auf. Warum?«, will Fernando wissen.

»Constanze und ich hatten Streit.«

»War sie eifersüchtig?«

Sie winkt ab. »Nein. Das ist ganz dumm gelaufen. Ich habe mich während eines Abendessens mit den beiden verplappert und nebenbei erwähnt, dass das Haus eigentlich dem Professor gehört und Constanze nur ein Wohnrecht hat. Das alles hat sie mir nämlich damals, als sie und Jost geschieden worden sind, in allen Einzelheiten erzählt, und ich dachte natürlich, dass Jan darüber Bescheid wüsste. Aber ich habe sofort gemerkt, dass da etwas nicht stimmt. Jan ist ganz still geworden, und nach einer Weile ist er in sein Büro hochgegangen, obwohl wir gerade erst mit der Vorspeise fertig waren. Daraufhin hat mir Constanze vorgeworfen, ich wäre heimtückisch und wolle ihre Ehe kaputt machen. Ich habe zu ihr gesagt, dass sie es mir schon hätte sagen müssen, dass das ein Geheimnis ist. Ein Wort gab das andere, und seitdem …« Ihre Augen sind feucht geworden. »Ich hab's wirklich nicht böse gemeint. Das habe ich auch Jan gesagt, als ich heute bei ihm war.«

»Im kleinen Schwarzen«, ergänzt Rifkin.

»Wie bitte?«

»Nichts. Das war's schon, oder?« Rifkin sieht Fernando fragend an.

Der nickt, halb ohnmächtig vor Hunger.

Sie verabschieden sich. Im Aufzug sagt Rifkin: »Von wegen, verplappert!«

»Meinst du, es war Absicht?«

»Hundert pro. Guck nicht so entsetzt! Frauen sind so.«

»Du redest schon genau wie Oda!«

»Hat diese Hyäne denn wenigstens ein Alibi für die Mordnacht?«

»Buchführung im Puff.«

»Oh. Mal was anderes.«

»Wurde aber noch nicht überprüft, es war einfach noch keine Zeit«, gesteht Fernando.

»Dafür ist doch Raukel der richtige Mann«, meint Rifkin.

Andächtig betrachtet Erwin Raukel das frisch gezapfte Bier im leicht beschlagenen Glas. Den Feierabendschluck hat er sich verdient nach diesem Tag. Okay, einige Dinge sind schiefgelaufen, zweifellos. Das kommt davon, wenn man halben Kindern die Zügel überlässt. Wenn es nach ihm gegangen wäre, hätte man von diesem Krohne von vornherein die Finger gelassen. Er nimmt einen Schluck und spürt einem Gedanken nach, den er sich heute Nachmittag vergegenwärtigt hatte, kurz bevor er durch den am Haken baumelnden Martin Krohne wieder abgelenkt worden ist. Verdammt, was war es nur? Es hatte mit diesem Lindener Verein zu tun, diesem *Living Linden*. Etwas, das Völxens Leute zu überprüfen versäumt haben. Er kommt nicht darauf. Sein Blick verliert sich im Flaschenregal, seine Gedanken schweifen ab, hin zu Oda Kristensen. Himmel, Arsch und Zwirn, was für ein Prachtweib! Diese stolze Haltung, dieser entschlossene Gang, die strenge Frisur und vor allen Dingen diese gefährlichen Huskyaugen. Auch die Tatsache, dass Oda dieses spießige Rauchverbot im Dienstgebäude einfach scheißegal ist, spricht unbedingt für die Frau. Das ist garantiert eine, die mit einem richtigen Mannsbild noch was anfangen kann, eine, die einen Kerl sucht, keinen *Abspüler* und *Frauenversteher*. Und im Bett ist die bestimmt ein rattenscharfes Luder.

Hinter ihm kichern zwei Frauen, mit der Brünetten hatte er schon einige Male Blickkontakt. Aber er dreht sich nicht um, obwohl er eigentlich losgezogen ist, um Beute zu machen. Stattdessen bestellt er noch ein Bier, während seine Fantasie mit ihm durchgeht.

Fernando zerreibt das Minzeblatt, das seinen Mojito ziert, zwischen den Fingern und riecht daran. »Was ich dich schon lange fragen wollte ...«

»Was?«, reagiert Rifkin lauernd.

»Wieso magst du es nicht, wenn man Elena zu dir sagt?«

»Zu persönlich. Mein Privatleben ist eben – privat.«

»Das ist Quatsch«, meint Fernando. »Dein Vorname steht in deinem Pass. Ein Kosename wäre privat. Meine Mutter zum Beispiel nennt mich Nando, wenn sie nicht gerade sauer auf mich ist. Das würde ich mir im Dienst auch verbitten.«

»Das klingt wie ein Laufvogel.«

Fernando gelangt zu der Erkenntnis, dass er weniger trinken und vor allen Dingen weniger reden sollte.

»Meine Mutter nennt mich Lena. Oder Kisska, das heißt Kätzchen.«

Kätzchen? Panther wäre passender, denkt Fernando, sagt aber: »Klingt nett.« Fernando trinkt von seinem Cocktail und fragt: »Wann ist dein Vater gestorben?«

»Er ist nicht gestorben.«

»Hast du aber gesagt.«

»Er wurde ermordet.«

»Was? Von wem?«

»Vom KGB.«

Fernando sieht sie misstrauisch an. »Das ist jetzt eine Verarsche, oder?«

»Nein. Sie haben's natürlich nicht zugegeben, ist ja nicht ihre Art. Aber das Gift, das sie verwendet haben, war typisch für den KGB.«

»Wann war das?«

»1998. Ich war sieben, wir wohnten damals noch in St. Petersburg. Er war Journalist. Das war immer schon ein gefährlicher Beruf in Russland. Danach sind meine Mutter und mein Großvater mit meinen zwei Brüdern und mir hierhergekommen.«

»Scheiße, das tut mir leid.«

Sie zuckt die Achseln, leert ihr Glas und bestellt beim Barkeeper noch einen Wodka mit Eis. »Willst du auch noch so ein Yuppiegesöff?«

Sich einen anzutrinken ist vielleicht nicht die schlechteste Idee, denkt Fernando. Wenn ich jetzt schon regelmäßig meine Abende mit Rifkin verbringe ... Das haben sie jetzt davon, Jule und Mama! Er nickt.

Rifkin gibt dem Barkeeper ein Zeichen.

»Mein Vater ist gestorben, da war ich elf«, erzählt Fernando. »Es war ein Herzinfarkt. Danach war ich wohl ein ziemliches Früchtchen. So schlimm, dass meine Mutter Völxen bat, mir die Leviten zu lesen. Der war damals schon immer mit den Kollegen in ihrem Laden.«

»So lang kennt ihr euch schon!«

»Ja. Bestimmt fünfundzwanzig Jahre. Die Hälfte davon dienstlich.«

Fasziniert beobachtet Fernando, wie Rifkin den Wodka mit einem Zug hinunterkippt. Manche Klischees scheinen wirklich zu stimmen.

»Wie ist er so als Chef?«

»Ganz okay, nur manches sieht er ein bisschen eng. Also tritt besser keine Türen ein, verprügle die Kundschaft nicht, auch wenn sie's noch so verdient hat, komm pünktlich und nüchtern zum Morgenmeeting, und mach keine Schafswitze.«

Rifkin will wissen, was es mit den Schafen auf sich hat, und Fernando erklärt es ihr. »Und falls du Lammfleisch isst – erwähne es nicht«, rät er.

»Zu spät.«

Nach der dritten Runde kommen sie überein, dass Fernando sie ab jetzt Elena nennen darf. Als sie wieder auf die Straße treten, leuchten die Lichter der Clubs, Bars und Bordelle bunt gegen die Dunkelheit an.

Fernando muss für einen Moment darüber nachdenken, wo er die Guzzi geparkt hat, aber nach zwei Bier im Dönerladen und drei Mojitos in der Bar ist an Fahren ohnehin nicht mehr zu denken.

»Wenn du dich nicht nach Hause wagst, können wir noch in einen Club gehen«, hört er seine Begleiterin sagen.

»In einen Club?«, wiederholt Fernando. Eigentlich ist die Idee gar nicht so schlecht. »In welchen?«

»Such dir was aus«, meint Rifkin. »Salsa oder Techno?«

»Techno«, meint Fernando. *Ist besser, um sich abzureagieren.*

»Verschwinde, oder ich rufe meine Kollegen!« Jule ärgert sich, als sie merkt, wie schrill ihre Stimme klingt.

»Ich möchte nur mit dir reden. Wir können ja in eine Bar gehen, wenn du dich vor mir fürchtest.« Er sagt es ernst, ohne ein spöttisches Lächeln.

Jule reißt sich am Riemen. Sie ist schließlich Kriminaloberkommissarin und kein verschrecktes kleines Mädchen. Sie tritt einen Schritt zur Seite. »Zehn Minuten.«

»Wie gnädig«, meint Mattai, und allein dafür würde Jule ihn am liebsten gleich wieder rauswerfen. Sie führt ihn ins Wohnzimmer und hört sich tatsächlich fragen, ob er ein Glas Wein möchte.

Er lächelt. »Du bist wie deine Mutter. Sie konnte noch so wütend sein, aber die Etikette hat sie nie missachtet.«

Das kenne ich anders! Obwohl er noch nicht geantwortet hat, gießt sie ihm einen Schluck Rotwein in ein Glas, allerdings ohne ihn dabei auch nur eine Sekunde aus den Augen zu lassen.

»Wir müssen uns über die Beerdigung unterhalten«, beginnt Mattai, der sich unaufgefordert im Sessel niedergelassen hat.

Jule setzt sich aufs Sofa. »Wieso?«

»Ich bin schließlich ihr Mann.«

Der Ausdruck verursacht Jule Übelkeit, sie stößt hervor: »Der Leichnam wird erst freigegeben, wenn die Ermittlungen abgeschlossen sind. Sie wollte verbrannt werden, und die Urne kommt ins Familiengrab.«

»In welches Familiengrab?«

»In das der Wedekins.«

»Gibt es keines von ihrer Familie?«

»Weiß ich nicht. Aber bis auf Stefanie hasste sie alle in ihrer Familie. Hat sie dir das nicht erzählt?«

»Du weißt nicht, wo deine Großeltern mütterlicherseits begraben sind?«

»Auf dem Stadtfriedhof Seelhorst«, sagt Jule unwirsch. »Warum bist du wirklich hier?«

Er sieht sie an. Schweigt. Ein uralter Trick, den Jule selbst schon bei Verhören angewendet hat, um Leute nervös zu machen. Aber nicht sie.

Na also, er hat den Kürzeren gezogen. »Glaubst du wirklich, dass ich deine Mutter umgebracht habe?«

»Ja.«

Er schüttelt den Kopf. »Wie passt das dann zu dem Brief deines Anwalts, der mich auffordert, bis zum Monatsende aus *deinem* Haus auszuziehen?«

»Ach, deswegen bist du hier?«, fragt Jule in verächtlichem Ton. Typisch. Wahrscheinlich wird er gleich herumwinseln und sie bitten, noch länger dort wohnen zu dürfen.

»Nein. Aber wenn du so überzeugt wärst, dass ich Cordulas Mörder bin, dann wäre das Schreiben doch überflüssig. Dann säße ich ja schon bald im Knast. Es sei denn, deine Kollegen können mir nichts nachweisen.«

»Völxen hat bis jetzt noch jeden gekriegt. Bis auf diesen Trauerkartenmörder.« Es war eine spontane Idee, ihn zu erwähnen – und Mattai dabei zu beobachten.

Er legt seinen Raubvogelkopf zurück, trinkt einen Schluck Wein, dann lächelt er sphinxhaft und antwortet: »Da siehst du es. Man muss es nur intelligent genug anstellen.«

»So wie beim letzten Mal, was?«

»Was meinst du damit?«, fragt Mattai, der Jule ebenso misstrauisch ansieht wie sie ihn.

»Ich spreche von Marina Feldmann, deiner letzten Lebensgefährtin, die durch einen rätselhaften Unfalltod starb und dir ihr Haus hinterlassen hat.«

Er nickt. »Ja, das hat sie. Mit einer ziemlich großen Hypothek darauf, die sie zuvor für die Renovierung aufgenommen hatte. Nach dem Verkauf und dem Abzug aller Kosten und der Steuer blieben noch knapp hunderttausend Euro übrig.«

»Wo ist das Geld hingekommen?«

»Wird das jetzt ein Verhör?«, entgegnet er.

»Geh doch, wenn dir die Unterhaltung nicht gefällt«, erwidert Jule. »Ich habe dich nicht hergebeten.«

Für einen Moment sieht es so aus, als wollte er tatsächlich aufstehen. Dann nimmt er aber nur einen Schluck aus seinem Glas und sagt: »Von einem Teil des geerbten Geldes, das noch übrig blieb, haben Svenja und ich eine Zeit lang gelebt, nachdem ich bei der *Bild*-Hamburg gekündigt hatte. Dieses Reservepolster hat es mir überhaupt erst erlaubt, diesen Schritt zu machen, den ich sowieso vorhatte. Es ist nämlich nicht so einfach als freier Journalist.«

»Also musste sie sterben, weil du Startkapital für deine Karriere als Edelfeder gebraucht hast?«

»Glaub doch, was du willst!«, schnaubt er wütend.

»Was würdest du denn an meiner Stelle denken? Das ist die dritte Frau an deiner Seite, die stirbt.«

»Das ist unfair, und das weißt du!«

»Es ist eine Tatsache.«

»Svenjas Mutter starb an Krebs, das kann ich beweisen. Und Marina hatte einen Unfall. Das war schrecklich, aber solche Dinge passieren.«

»Und als das Geld alle war und du beruflich auf dem absteigenden Ast, da hast du dich im Internet nach der nächsten gut situierten Frau umgesehen und bist auf meine Mutter gestoßen.«

Zu Jules Verblüffung lächelt Mattai und sagt: »Ja, so war es. Was denkst du denn? Dass ich mir eine Schuhverkäuferin anlache? Man sucht sich doch immer jemanden aus der eigenen Kaste, oder würdest du einen Bauarbeiter heiraten, nur weil er so sexy ist?«

Der eigenen Kaste. Seltsamer Begriff, aber nicht unpassend, findet Jule.

»Ich habe mir allerdings eine Frau gesucht, um mit ihr zu *leben*, nicht, um sie umzubringen und sie zu beerben.«

»Sie muss eine ziemliche Enttäuschung gewesen sein, was die Erbschaft angeht. Hast du nicht sorgfältig genug recherchiert vor der Hochzeit?«

»Ich weiß nicht, wovon du sprichst.«

»Ihr wart pleite, alle beide.«

»Wir hatten ein paar Probleme, aber wir waren dabei, sie in den Griff zu bekommen. Ich konnte deine Mutter überzeugen, dass manche Dinge nicht unbedingt sein müssen.«

»Was für Dinge denn?«, fragt Jule, neugierig geworden.

»Das, was sie immer *den feinen Unterschied* nannte. Ein Friseurbesuch muss nicht zweihundert Euro kosten, man muss nicht alle vierzehn Tage zur Kosmetikerin, die Putzfrau muss nicht dreimal die Woche kommen, und uns hätte auch ein Auto gereicht.«

»Darüber war sie sicher hellauf begeistert.«

»Sie hat es eingesehen.«

»Ohne Streit? Ich bitte dich, ich kenne meine Mutter.«

»Das bezweifle ich zwar, aber ich weiß, worauf du hinauswillst. Ja, wir haben uns gestritten, auch um Geld. Aber nicht an dem Abend, als sie starb.« Er hält inne, sieht sie an. »Alexa, ich bin hier, um dir zu versichern, dass ich mit dem Tod deiner Mutter nichts zu tun habe. Ich habe sie geliebt, sie war eine tolle Frau. Mit kleinen Schwächen, okay, aber trotzdem eine großartige Frau.«

Jule spürt, wie der Kloß in ihrem Hals anschwillt. *Nicht heulen. Nicht vor ihm!*

»Aber ich frage mich, was mit dir nicht stimmt«, fährt Mattai fort. »Du bist mir von Anfang an mit Ablehnung begegnet. Kann ja sein, dass ich nicht so toll und so reich bin wie dein Vater, aber du hast mir nicht die geringste Chance gegeben. Warst du eifersüchtig?«

»Auf dich?« Jule sieht ihn verächtlich an. »Lächerlich.«

»Auf das, was sie und ich hatten. Weil wir uns geliebt und respektiert haben, während euer Verhältnis doch ziemlich zerrüttet war. Sie war enttäuscht von dir, und du hast im Geheimen doch nur auf sie herabgesehen. Für dich war sie das verwöhnte, überspannte und von deinem Supervater verlassene Vorstadtweibchen. Hast du dich in den letzten Jahren auch nur ein einziges Mal ernsthaft mit ihr unterhalten? Hast du wirklich wissen wollen, wie es ihr geht? Hast du überhaupt mitbekommen, dass sie gesoffen hat, und das manchmal schon am helllichten Tag?« Jule zuckt zusammen. Was fällt ihm ein, so über ihre Mutter zu sprechen?

» … und glaubst du allen Ernstes, sie will im Familiengrab eines Mannes beigesetzt werden, der sie wegen einer Jüngeren verlassen hat?«, hört sie Mattai noch sagen, ehe er endlich, endlich verstummt.

Ob er wohl weiß, wie sehr sie sich wünscht, einen Karateschlag in seinem arroganten Indianergesicht zu landen, ihm den Kehlkopf zu zerschmettern … Aber wenn Jule je etwas von ihrer Mutter gelernt hat, dann ist es, ihre Gefühle nicht zu zeigen. *Contenance*, nannte sie das immer. Innerlich kochend steht Jule auf, starrt verkrampft lächelnd in Richtung Tür und sagt: »Du solltest jetzt gehen. Gute Nacht.«

VIII.

Mittwoch, 15. Juli

»Wir haben also drei Tote. Zwei Ermordete und einen Selbstmörder«, lautet Hauptkommissar Völxens Fazit, nachdem die Ereignisse des vergangenen Tages noch einmal durchgekaut worden sind. Er wirft einen Blick in die Runde. Fernando trägt dasselbe Hemd wie gestern, ist unrasiert und hat dunkle Schatten unter den Augen. Während des Meetings sah es zwischendurch fast so aus, als wäre er eingenickt. Auch Oda hat schon einmal munterer gewirkt. Raukels Gesicht sieht aus wie ein ungemachtes Bett, aber er ist immerhin frisch rasiert und ihn umgibt eine moschusartige Duftwolke. Nowotny mümmelt den letzten Keks und gähnt. Lediglich Rifkin und Stracke wirken munter, und die ganze Erwartungsfülle junger, noch unverbrauchter Ermittler steht ihnen ins Gesicht geschrieben.

»Gibt es zum Fall Martin Krohne noch etwas, damit wir wenigstens damit abschließen können?«, fragt der Dezernatsleiter.

»Wegen des Gedichts ...«, beginnt Axel Stracke. »Im Netz findet man vereinzelt Spekulationen, dass es ein Gedicht von Goethe gewesen sein soll, und es wird auch an einigen Stellen zitiert. Allerdings gibt es auch Zitate anderer Goethegedichte, die gern für Grabsteine genommen werden.«

»Wo im Internet?« Völxen hofft, dass seine Frage nicht allzu naiv klingt.

»In Blogs, auf Facebook, es ist unmöglich herauszufinden, wo es zuerst stand.«

»Mist, verdammter! Dass das alles beschissen gelaufen ist, ist euch klar, oder?« Völxen nimmt bei diesen Worten ganz besonders Erwin Raukel aufs Korn. Der macht einen auf Pokerface.

Völxen fährt fort: »Gut. Wir haben also zwei Trauerkarten, die auf derselben Maschine, aber vermutlich von zwei verschiedenen Personen geschrieben wurden. Wir haben die Aussage dieser Nachbarin, Frau Ottermann, die eine Person mit Kapuzenpulli und eventuell blondem Haar wenige Tage vor dem Mord vor dem Grundstück der Wedekins herumlungern sah. Oda hat gestern Abend eine blonde Perücke bei Ulrike Bühring gefunden. Oda, berichte du weiter.«

»Die Perücke hat unter dem Bett gelegen, ich habe sie ins Labor bringen lassen. Die Hütte befindet sich auf dem Gelände des Gutshofs der *Lichter des Nordens*, die Spurensicherung dürfte sie sich gerade vornehmen. Eine Zivilstreife hat über Nacht vor dem Gut gestanden, Frau Bühring ist aber nicht aufgetaucht. Sie geht nicht ans Telefon und ist auch heute früh nicht bei der Arbeit erschienen, es wurde vergeblich versucht, ihr Handy zu orten. Es gibt schwärmerische Mails von ihr an Mattai, deren Urheberschaft sie bestreitet. Trotzdem kommt mir das alles merkwürdig vor. Warum lässt sie das Ding nicht verschwinden?«

»Du meinst, jemand könnte die Perücke dort platziert haben?«, präzisiert Völxen.

Oda nickt. »Eine günstige Gelegenheit wäre zum Beispiel, wenn alle beim Abendessen im Haupthaus sind. Das ist immer gegen 19.00 Uhr der Fall.«

»Das setzt voraus, dass der- oder diejenige das mit dem gemeinsamen Essen weiß«, wirft Erwin Raukel unerwartet scharfsinnig ein.

»Jan Mattai, zum Beispiel«, ergänzt Oda. »Womöglich haben wir ihn mit unseren Fragen nach der herumlungernden Person auf diese Idee gebracht.«

»Davon hat er schon seit dem 9. Juli gewusst«, sagt Kommissarin Rifkin. »Die Zeugin Ottermann gab an, sie habe ihre Beobachtung vom Abend des 8. Juli Herrn Mattai gleich am nächsten Tag mitgeteilt.«

»Das steht auch so in der Akte«, bestätigt Nowotny.

»Warum sollte Mattai eine blonde Perücke unter Frau Bührings Bett legen?«, fragt Fernando, dessen graue Zellen heute offenbar noch etwas träge arbeiten.

»Um von sich abzulenken. Er ist schließlich immer noch unser Hauptverdächtiger«, versetzt Oda.

Unerwartet meldet sich Erwin Raukel zu Wort. »Ich habe mir zum Fall des Maklers Börrie ein paar Gedanken gemacht. Falls meine bescheidene Meinung gefragt ist«, fügt er beflissen hinzu.

»Lass hören«, sagt Völxen.

Alle sehen ihn erwartungsvoll an. Raukel scheint die Aufmerksamkeit zu genießen. Er lehnt sich weit zurück, verschränkt die kurzen Arme über seinem Schmerbauch und meint: »Ich würde mich bei der Suche nach dem Täter auf die Stillen konzentrieren. Auf Leute, die ohne viel Gedöns aus ihren Wohnungen ausgezogen sind, weil sie von vornherein gewusst haben, dass sie sowieso keine Chance haben. Bei denen sitzt die Wut ganz tief drin, und irgendwann hört sie entweder auf, die Wut, oder sie wächst. Dann muss nur noch etwas anderes dazukommen, irgendein Unheil, eine Enttäuschung, etwas, das vielleicht gar nichts mit dem Makler oder dem Umzug zu tun hat. Vielleicht gerät der Typ wieder in eine Situation, in der er hilflos ist. Und auf einmal ist die Wut so groß, dass man Amok läuft und den Typen umbringt, den man für all sein Unglück verantwortlich macht. Nur damit man wieder klar denken kann. Nach so jemandem würde ich suchen.«

Nach diesem Monolog herrscht sekundenlang andächtige Stille.

»Das ist gut, es klingt einleuchtend«, meint Oda schließlich.

Raukel strahlt die Kollegin an wie eine Hundert-Watt-Birne.

Völxen, ein wenig verblüfft über Raukels kompetenten Vortrag, räuspert sich und meint: »Ja, den Ansatz solltest du weiterverfolgen, Erwin.« Er schaut in die Runde, aber niemand hat mehr etwas beizutragen. »Also dann: Raukel weiß, was er zu tun hat, Stracke, Sie finden alles über diese Bühring raus. Rodriguez und Rifkin, ihr zeigt das Bild von Ulrike Bühring in der Nachbarschaft von Frau Wedekin und dem Makler herum. Oda und ich fahren noch mal raus zu dieser Heidensekte und fühlen denen auf den Zahn. Irgendwer muss doch etwas gesehen haben. Danach werden wir uns den Herrn Mattai noch einmal vorknöpfen. Irgendwelche Fragen?«

Fernando öffnet den Mund, aber dann scheint er es sich anders überlegt zu haben und schweigt.

»Oda, du kannst noch eine rauchen, ich muss noch einen Anruf erledigen, ehe wir losfahren«, sagt Völxen, während sich die Versammlung auflöst.

»Zigarette oder Rillo?«

»Woher soll ich das wissen?«

»Ich frag wegen der Dauer.«

»Übertreib es nicht, Oda!«

Oda sitzt bei einer Tasse Kaffee und der ersten Zigarette des Tages in ihrem Büro, als es zaghaft an der Tür klopft und Fernando wie ein Dieb ins Zimmer schlüpft. Oda rümpft die Nase. »Rodriguez, du siehst aus, als hättest du mit einem Bären gekämpft. Und du riechst auch so.«

Fernando setzt sich verkehrt herum auf den Besucherstuhl, verschränkt die Arme über der Lehne und fragt: »Kann ich dir etwas anvertrauen?«

»Du hast Jule einen Heiratsantrag gemacht.«

»Ich glaube, ich habe letzte Nacht mit Rifkin geschlafen.«

Oda hebt die Augenbrauen. »Du unartiges Ding! Aber was heißt, du *glaubst*? Warst du so betrunken, dass du dich nicht mehr daran erinnerst?«

»Woher weißt du das?«

»Lebenserfahrung.«

»Wir waren gestern nach der Arbeit noch einen Döner essen. Und dann in einer Bar und dann in einem Club. Das ist das Letzte, woran ich mich erinnere, und dass wir getanzt haben. Heute Morgen bin ich in ihrem Schlafzimmer aufgewacht, in ihrem Bett, meine Klamotten lagen daneben. Alle.«

»Was sagt denn Rifkin dazu?«

»Ich konnte sie noch nicht fragen. Sie ging raus zum Joggen, als ich ins Bad bin.« Fernando schüttelt fassungslos den Kopf. »Das ist auch so eine Sache: Ich bin halb tot, mir brummt der Schädel, ich kann kaum geradeaus schauen, und sie steht auf und geht joggen.

Dabei hat die einen Wodka nach dem anderen weggekippt wie nichts.«

»Ach, die Jugend …«, seufzt Oda wehmütig.

»Ich bin dann erst mal los, meine Guzzi holen, und als ich hier ankam, musste ich gleich zum Morgenmeeting. Und dabei dachte ich immer, sie wär 'ne Lesbe. Hör auf zu lachen, Oda, das ist nicht witzig!«

»Ich glaub ja nicht, dass sie lesbisch ist«, streut Oda noch eine Prise Salz in die Wunde. »Ich kenne einen Kollegen, der kennt einen, der war mal mit ihr zusammen.«

»Scheiße, wie soll ich das nur Jule erklären?«, jammert Fernando.

»Hä? Wieso willst du denn das tun?«

»Es wäre doch … ehrlicher. Ich hätte sonst immer ein schlechtes Gewissen.«

»Gewissen! Beim Leiden Christi, ihr Katholiken habt wirklich einen Knall. Wenn du dein Gewissen erleichtern möchtest, dann geh beichten, *crétin*!«

»Ja, aber …«

»Es gibt Wahrheiten, die will kein Mensch hören. Warum solltest du Jule mit etwas belasten, an das du dich nicht mal mehr erinnerst?«

»Okay, das leuchtet ein.« Fernando steht langsam auf, wobei er das Gesicht verzieht und stöhnt: »Verdammt, ich hab zu alldem auch noch einen fürchterlichen Muskelkater!«

»Keine Details, bitte.« Aber als er an der Tür ist, erbarmt sie sich und ruft: »Warte!« Sie öffnet ihre Schreibtischschublade, nimmt eine kleine Papiertüte heraus und überreicht sie Fernando. »Zwei Teelöffel davon aufbrühen und nach fünf Minuten trinken, ohne Zucker. Macht die Birne wieder klar.«

»Ist das von deinem Wunderheiler?«

»Tian ist kein Wunderheiler, er praktiziert chinesische Medizin.«

Als Fernando gegangen ist, murmelt Oda vor sich hin: »Ich wünschte, es gäbe ein Kraut gegen Dummheit.«

Die Zigarette ist noch nicht fertig geraucht, da steht Völxen in der Tür, wedelt demonstrativ den Rauch weg und berichtet dann, er habe gerade mit dem Beamten telefoniert, der 2009 den Unfall von Marina Feldmann bearbeitet hat, einem gewissen Kriminalhauptkommissar Böttcher aus Wandsbek.

»Und?«

»Er sagt, ihm sei die Sache damals auch seltsam vorgekommen, aber da es keine Zeugen gab, habe man annehmen müssen, dass der Unfall aus Unachtsamkeit beider Beteiligten geschah. Und der zuständige Staatsanwalt war wohl ein Frischling, der sich in der Flut der Fälle mit Ach und Krach über Wasser gehalten habe. Für den war es ein Unfall, Punkt. Akte geschlossen, ein Fall weniger auf dem Tisch.«

»Hatte Mattai ein Alibi?«

»Nicht wirklich. Er war zu Hause, als die Polizei kam, um ihm von dem Unglück zu berichten. Das war allerdings erst eine Stunde danach. Von der Unglücksstelle bis zum Wohnhaus ist es angeblich gerade mal zehn Minuten zu Fuß.«

»Das alles kann man so oder so interpretieren.«

»Ja. Viel weiter bringt uns das leider nicht. Ich hab's hauptsächlich getan, damit Jule Ruhe gibt«, gesteht Völxen. »Ich wollte es ihr sagen, aber sie geht nicht ans Telefon.«

»Sie wird viel um die Ohren haben«, erwidert Oda. »Beerdigung organisieren, Erbe antreten ...«

Völxen nickt und seufzt. »Ja, das mag sein. Sie wird schon zurückrufen. Aber was anderes: Ich überlege, ob wir Mattai schon etwas von der Trauerkarte sagen sollen. Wenn er nichts davon wusste, regt er sich auf und veranstaltet einen Mordswirbel. Am Ende informiert er die Presse darüber, und die Hölle bricht los. Wenn er aber von der Karte weiß, dann hat er einen Grund, warum er uns das verschwiegen hat. Wenn wir also so tun, als hätten wir die Karte noch nicht entdeckt, wird er vielleicht nervös. Und wer nervös wird, der macht Fehler ...«

Im Dienstwagen herrscht angespanntes Schweigen. Fernando weiß nicht, was er sagen soll, und auch Rifkin scheint keinen Gesprächsbedarf zu haben. Erst als sie kurz vor ihrem Ziel sind, fragt sie: »Geht's wieder?«

»Was meinst du?«

»Du hast heute früh ziemlich verkatert ausgesehen.«

»Ja, schon okay«, murmelt Fernando. Der Tee, den Oda ihm gegeben hat, schmeckte zwar wie Katzenpisse, hat aber seinen Kopf aufgeräumt. Allmählich stellen sich auch immer mehr Erinnerungsfetzen ein. An den Club, an die blitzenden Lichter und die Beats, die ihn in einen seltsam rauschhaften Zustand versetzt haben. Dann ist ein Panzerschrank von einem Typen aufgetaucht ... »Dein Bruder«, murmelt Fernando. »Das war doch dein Bruder, den du mir vorgestellt hast?«

»Ja, Sascha. Ihm gehört der Club.«

»Hör mal, Rifkin ... Elena ...«

Sie hebt abwehrend die Hand. »Keine Panik, von mir wird Jule kein Sterbenswort erfahren.«

»Danke.«

»Keine Ursache. Ist ja nichts, was man an die große Glocke hängen muss.«

»Genau«, stößt Fernando hervor.

»Sie hat ja gerade genug andere Probleme«, meint Rifkin.

»Ja, da hast du recht.« Noch nie hat er sich so schäbig gefühlt. Am liebsten würde er aus dem fahrenden Wagen springen.

»Wie findest du übrigens meine Tattoos?«, fragt Rifkin ein paar Minuten später.

Fernando wird flau. »Die sind ... toll.«

Sie sind da. Fernando setzt den Blinker und parkt vor dem Haus der Witwe Volland.

»Welche von den Schreckschrauben nehmen wir zuerst?«, fragt Rifkin gut gelaunt.

»Such dir eine aus.«

Sie entscheidet sich für Frau Ottermann, die Dame mit dem weißen Hund.

Nein, die Frau auf dem Foto erkenne sie nicht. Wie gesagt, es sei dunkel gewesen, und sie habe das Gesicht wirklich nur einen winzigen Moment lang gesehen.

»Danke, Frau Ottermann, das war's schon.«

Sie gehen über die Straße. Fernando wirft dabei unweigerlich einen Blick auf die weiße Villa der Wedekins. Jules Haus. Es war unfair von ihm, ihr vorzuhalten, dass sie es geerbt hat. Die oberen Jalousien sind geschlossen, mehr ist nicht zu sehen.

Antje Volland ist dabei, Rosenblätter aufzufegen, die das nächtliche Gewitter von den Blüten gerissen hat. Sie bittet die Besucher ins Haus, wo die beiden wieder zwischen den Puppen Platz nehmen.

Rifkin zeigt der Frau das Passfoto von Ulrike Bühring.

»Ja, die erkenne ich. Die war gestern bei Herrn Mattai.«

»Wann?«, fragen Fernando und Rifkin im Chor, woraufhin beide ein kleines Lächeln tauschen.

»Am Nachmittag, gegen halb vier. Ich war hinten, Kompost durchsieben, da sah ich, wie Mattai an der Pforte stand und mit ihr redete.«

»Er hat sie nicht reingebeten?«, vergewissert sich Fernando.

»Nein. Deswegen dachte ich erst, das wäre eine, die was verkaufen will, oder eine von den Zeugen Jehovas, aber die kommen ja immer zu zweit. Es sah so aus, als würden sie sich streiten. Ich habe nicht alles hören können. Einmal rief sie: ›Die sind nicht von mir, das schwöre ich‹, und ein anderes Mal nannte sie ihn einen scheinheiligen Lügner.«

»Was hat er gesagt?«, fragt Rifkin.

»Ihn habe ich kaum verstanden, aber ich hatte den Eindruck, dass ihm die Begegnung unangenehm war. Er wirkte wütend, um ehrlich zu sein. Am Ende sagte er wortwörtlich: *Das ist mir scheißegal, lass mich einfach in Frieden und hau ab.* Daraufhin stieg sie in ihr Auto und fuhr weg. In einem weißen Kleinwagen.«

»Interessant«, meint Rifkin.

Dies ermuntert Frau Volland ihrerseits zu einer Frage: »Sagen Sie, stimmt es, dass er ausziehen muss, weil Frau Wedekins Tochter die Alleinerbin ist?«

»Woher haben Sie diese Information?«, will Fernando wissen.

»Ich habe es gehört. Zufällig, gestern Mittag. Zuerst hab ich die Tochter – also *seine* Tochter – auf der Terrasse sitzen sehen, über eine Stunde lang. Sie muss auf ihn gewartet haben. Dann kam er nach Hause. War er denn so lange in Untersuchungshaft?«

»Was geschah dann?«, fragt Rifkin.

»Er und die Tochter waren im Wohnzimmer, aber die große Schiebetür war auf, und da konnte ich hören, wie sie sich gestritten haben. Er hat sie angebrüllt, sie solle ihre Klamotten wieder mitnehmen, sie könne hier nicht einziehen, weil er ebenfalls raus müsse.«

»Was hat sie dazu gesagt?«, fragt Fernando.

»Das war nicht zu verstehen. Sie sind in die Küche gegangen, und da habe ich nichts mehr gehört. Kurz danach ist die Tochter gegangen, mit ihrer großen Tasche. Sie hat sie umgehängt und ist mit dem Rad davongefahren. Auf mich wirkte sie wütend.«

»Das war wann genau?«, will Fernando wissen.

»Das muss gegen ein Uhr gewesen sein.«

Rifkin will wissen, ob Frau Volland am Mittwoch vor dem Mord in der Nacht eine fremde Person auf der Straße herumlungern sah.

»Nachts? Nein. Tut mir leid, mir ist nichts aufgefallen.«

»Oder in einer anderen Nacht?«

»Nein.«

Die beiden verabschieden sich. »Da hatte die gute Frau ja gestern volles Programm«, sagt Rifkin und setzt sich ans Steuer.

»Hoffentlich krieg ich nie solche Nachbarn«, seufzt Fernando.

»Kann dir schon passieren, wenn du mit Jule in die Vorstadt ziehst.«

Das Gewitter vom Tag zuvor hat eine klare, angenehm kühle Luft hinterlassen, der Himmel ist von einem intensiven Blau und die Weide so grün, als befände man sich in Irland.

»Wirklich schön hier«, muss Völxen zugeben. »Ich mag diese braunen Kühe. Hast du die Eiche da drüben gesehen, ist das nicht ein herrlicher Baum?«

»Ein Kraftort«, sagt Oda. »Wusstest du, dass die alten Germanen unter Eichen dem Gott Donar geopfert haben? Und die Linde war der Baum der Göttin Freya. In ihrer Nähe entstanden später oft Marienkapellen.«

»Was du alles weißt«, bemerkt Völxen süffisant.

Einar hat die beiden Ermittler in Empfang genommen und sie bis zu Berenikes Hütte begleitet, deren Inneres gerade von zwei Mitarbeitern der Spurensicherung unter die Lupe genommen wird. Nein, er habe nichts von Berenike gehört, hat er auf Odas Frage hin versichert und hinzugefügt: »Sonst hätte ich dich sofort benachrichtigt.«

Nachdem Oda ihm klargemacht hat, dass die Untersuchung noch eine Weile dauern würde, hat er sich wieder verdrückt, nicht ohne zu bemerken, dass er wirklich sehr dankbar wäre, wenn Oda den Mörder bald fassen würde, damit hier wieder Ruhe einkehrt.

»Warum duzt er dich?«, fragt Völxen misstrauisch, nachdem er verschwunden war.

»Er hält mich für eine Göttin.«

»Na dann.«

Oda dirigiert Völxen auf die schattige Rückseite der Hütte. Ein einzelnes, verirrtes Huhn kämpft sich durch schütteres Gras, Giersch und Brennnesseln. An der Wand steht eine vollgelaufene Regentonne, daneben lehnt ein rostiges Fahrrad. »Was schätzt du, wie weit ist es bis zum Wald?«, fragt Oda ihren Chef.

»Dreißig, vierzig Meter.«

»Dies ist die letzte Hütte in der Reihe. Jemand könnte sich durch den Wald angeschlichen haben. Außerdem war die Hütte offen. Einfacher geht's doch gar nicht.«

»Du denkst an Mattai?«

»Ja. Oder Svenja. Sie kennt sich hier sogar noch besser aus. Vielleicht will sie ihren Vater entlasten. Sie schien sehr besorgt um ihn, es hat ihr sicher einen Schrecken eingejagt, dass wir ihn über Nacht in Haft behalten haben.«

»Hm.«

Oda geht auf einen der Spurensicherer zu, der gerade ins Freie getreten ist, um eine Zigarettenpause zu machen. »Moin. Wie weit seid ihr?«

»Bald fertig. Es gibt einen Haufen verschiedener Fingerabdrücke, aber sonst nichts Verdächtiges. Nur ein paar Gramm Gras in der Besteckschublade.«

Der Mann zündet sich die Zigarette an, was Oda reflexartig nach ihrer Handtasche greifen lässt. Aber sie widersteht der Versuchung. Die nächste, hat sie beschlossen, gibt es erst nach dem Mittagessen.

»Computer, Laptop?«

»Nein«, sagt der Spurensicherer, nachdem er eine Rauchwolke in die Luft geblasen hat. »Auch kein Handy. Nur einen MP3-Player.«

Oda stockt der Atem, dann stößt sie hervor: »Was für einen?«

»Einen iPod.«

Fernando telefoniert mit Völxen, während Rifkin den Wagen steuert. Als er aufgelegt hat, sagt er: »Planänderung. Wir sollen nach Herrenhausen, dort hat die Bühring ihre eigentliche Wohnung.«

»Was sollen wir da?«

»Sie festnehmen, falls sie da ist. Sie haben in der Hütte einen iPod gefunden, auf dem sich ausschließlich klassische Musik befindet.«

»Cool«, ist alles, was Rifkin dazu meint. Danach herrscht wieder angespanntes Schweigen. Als sie vor einer roten Ampel stehen, sagt sie: »Du hast voll den Filmriss, was?«

Fernando kapituliert. »Das ist die Mutter aller Filmrisse, der totale Blackout, so was ist mir noch nie passiert.«

»Mir schon. Vor allem, wenn ich Pillen eingeworfen hatte.«

»Pillen? Was für Pillen?«

»Das weiß ich doch nicht. Du kamst vom Klo, und kurz danach bist du abgegangen wie ein Zäpfchen. Zwei oder drei Stunden bist du auf der Tanzfläche rumgehüpft.«

»Ich?«

»Ja, du.«

»Und dann?«

»Ich habe mir gedacht, dass deine Mutter vielleicht nicht so begeistert ist, wenn man den kleinen Nando nachts um drei zugedröhnt bei ihr abliefert. Also hab ich dich mit zu mir genommen. Ich hab auf der Couch im Wohnzimmer gepennt, Ende der Geschichte.«

Aber für Fernando ist die Geschichte noch nicht ganz zu Ende. »Wieso lag ich ohne Klamotten in deinem Bett?«, fragt er verunsichert.

»Keine Ahnung. Als du angefangen hast, dich auszuziehen, und mich gefragt hast, wo dein blauer Schlafanzug ist, hab ich die Tür zugemacht.«

Fernando versinkt in einer Wolke der Scham.

»Wie gesagt, von mir erfährt keiner was«, versichert Rifkin.

Vor lauter Dankbarkeit beugt sich Fernando zu ihr hinüber und drückt ihr einen Kuss auf die Wange.

»Rodriguez, lass gefälligst den Scheiß! Ja, du Arsch, reg dich wieder ab.« Der letzte Satz galt dem hupenden Autofahrer hinter ihr, denn die Ampel ist zwischenzeitlich auf Grün gesprungen.

Auf der Fahrt nach Herrenhausen versucht Fernando drei Mal, Jule anzurufen. Aber es meldet sich immer nur die Mailbox. »Verdammt! So langsam mache ich mir ernsthaft Sorgen.«

»Soll ich es mal mit meinem Handy versuchen?«, bietet Rifkin an, als sie in Kleefeld aus dem Wagen steigen.

Da sein Image bereits einen Totalschaden erlitten hat und der Rubikon der Peinlichkeiten heute ebenfalls schon überschritten worden ist, hat Fernando nichts mehr zu verlieren. »Ja. Sie muss ja nicht mit mir reden, denk dir irgendeinen Vorwand aus, warum du anrufst.«

Doch auch Rifkin hat kein Glück und erreicht nur Jules Mailbox. Sie versucht, Fernando zu beruhigen. »Wenn Jule im Display eine unbekannte Nummer sieht, denkt sie sicher, du hast dir ein Handy ausgeliehen. Was ja auch irgendwie stimmt.«

Fernando nickt. »Wenn wir zurück sind, frage ich Oda. Bei ihr wird sie rangehen – oder wenigstens zurückrufen. Wenn nicht, dann breche ich die Tür auf.«

»Muss Liebe schön sein«, grinst Rifkin.

»War ja klar, dass wir wieder die Arschkarte ziehen«, mault Erwin Raukel.

»Das wundert dich nach dem Debakel von gestern?«, erwidert Axel Stracke.

»War dieser Krohne etwa meine Idee?«

Stracke bleibt stumm.

»Hey, Wurst«, grinst Raukel. »Vielleicht kannst du deinen Kardinalfehler ja wiedergutmachen.«

»Ach ja? Wie denn?«

»Stell eine Liste zusammen von allen Leuten, die zu diesem Verein *Living Linden* gehören oder mit denen sympathisieren. Es gibt zwar etliche Verhörprotokolle von denen, die mit dem Makler im Clinch lagen, aber ich möchte wissen, wer da noch dabei ist.«

»Das sind Chaoten, die haben bestimmt keine Mitgliederliste oder so was. Erst recht führen sie nicht Buch über Sympathisanten.«

»Dann streng dich an und krieg's trotzdem raus. Haben die nicht so eine Facebook-Seite?«

»Doch, ja.«

»Siehst du, damit kannst du anfangen.«

»Wozu soll das gut sein?«

»Nur so eine Idee.«

»Warum machst du das nicht selbst?«

»Ach, weißt du, Junge, ich als digitaler Neandertaler bin ja schon froh, wenn ich es schaffe, mir meine Pornos runterzuladen.«

Völxens Telefon dudelt, als er und Oda im Wagen sitzen und Richtung Bothfeld fahren. »Frau Cebulla, was gibt es?«

»Das Labor hat angerufen, wegen dieser Perücke. Es gibt keine DNA-Spuren darauf und auch keine anderen Gebrauchsspuren. Sie ist also neu und noch von niemandem getragen worden.«

»Ist ja merkwürdig.«

»Außerdem soll ich ausrichten, dass die Ortung von Frau Bührings Handy nichts gebracht hat. Sie versuchen jetzt, ein Bewegungsprofil zu erstellen.«

»Danke, Frau Cebulla.«

»Halt, da ist noch etwas!«

»Ja?«

»Der Herr Mattai ist gerade gekommen. Es scheint sehr dringend zu sein. Soll ich ihn an den Kollegen Raukel verweisen?«

»Nein, bloß nicht«, platzt Völxen heraus. »Sagen Sie ihm, er möge sich gedulden, wir sind in einer Viertelstunde da.«

Als Völxen und Oda aus dem Aufzug steigen, werden sie von Jan Mattai schon erwartet und mit den Worten »Na endlich!« begrüßt.

»Ihnen auch einen schönen guten Morgen. Was können wir für Sie tun?«, antwortet Oda.

Völxen bittet Mattai in sein Büro. Ob er heute früh wohl im Pool schwimmen war, überlegt er und wundert sich selbst über seinen Sarkasmus.

Mattai verzichtet darauf, sich zu setzen, und streckt den Beamten sein Handy entgegen.

»Hier, sehen Sie! Diese SMS kam gestern Nacht von meiner Tochter!«

Beide beugen sich über das Display des Handys. *Papa hilf mir u. lasst mich nich weg bin im f.* Laut Anzeige wurde die Nachricht gestern um 23.54 Uhr von Svenjas Handy abgeschickt.

»Ich habe sie leider erst vor einer Stunde entdeckt«, sagt Mattai verzweifelt. Er lässt sich jetzt doch auf den Besucherstuhl sinken. »Gestern Abend war der Akku leer, das Telefon hing ausgeschaltet am Ladegerät, und ich hatte heute Morgen noch nicht das Bedürfnis, mit jemandem zu sprechen, daher …« Er senkt den Blick und schüttelt den Kopf, scheinbar voller Reue über sein Versäumnis, früh am Morgen sein Handy zu überprüfen.

»*Hilf mir und lasst mich nicht weg* – was soll das bedeuten? Und was heißt *bin im f?*«, überlegt Oda laut.

»Nein, nein«, ruft Mattai ungeduldig. »Das ist falsch. Die Nachricht ist offensichtlich nicht vollständig und wurde in großer Eile getippt. Es muss heißen: *Papa, hilf mir, Ulrike lässt mich nicht weg.* U.

steht für Ulrike Bühring. Aber was *bin im f* bedeuten soll, weiß ich auch nicht.«

»Jetzt beruhigen Sie sich erst einmal«, sagt Völxen, erreicht damit aber nur das Gegenteil.

»Beruhigen? Ich habe seither zigmal bei ihr angerufen – nichts. Sie ist auch nicht zu Hause, von da komme ich gerade. Die Verrückte hat sie entführt! Sie war nämlich gestern bei mir und hat mir vorgeheult, dass sie diese schlüpfrigen Mails angeblich nicht geschrieben haben will.«

»Haben Sie ihr geglaubt?«

»Es war mir so was von egal! Meine Frau wurde ermordet, was interessieren mich da ihre dämlichen Mails? Genau das habe ich ihr auch gesagt. Ich war nicht gerade freundlich, das gebe ich zu. Aber ich hätte doch nie damit gerechnet, dass sie ...« Er fährt sich durch sein Haar, das wirr zurückbleibt.

»Wir brauchen ein Bewegungsprofil von Svenjas Handy«, sagt Völxen.

Oda zückt ihr Telefon und setzt sich damit auf das Sofa, um die nötigen Schritte einzuleiten.

»Und was ist nun mit dieser Irren?«, fährt Mattai den Kommissar unbeherrscht an.

»Nach Frau Bühring wird bereits aus anderen Gründen gefahndet«, antwortet Völxen betont ruhig.

»Wahrscheinlich steckt dieser Heidenverein dahinter! Das ist deren Rache. Erst meine Frau, jetzt meine Tochter ...«

»Natürlich werden wir uns auch dort noch einmal gründlich umsehen. Hauptkommissarin Kristensen besorgt uns gleich einen Durchsuchungsbeschluss.«

»Mach ich«, sagt Oda.

»Herr Mattai, wann haben Sie Ihre Tochter zuletzt gesehen?«

»Gestern, nachdem Sie mich freundlicherweise aus der Haft entlassen hatten«, kommt es giftig zurück. »Sie war etwa eine halbe Stunde bei mir, dann ging sie wieder. Das war so ungefähr um eins. Danach habe ich nichts mehr von ihr gehört, bis auf diese SMS.«

»Hat Svenja erwähnt, was sie an dem Tag noch vorhatte?«

»Nein.«

»Hat sie von Ulrike gesprochen?«

»Auch nicht. Wir sprachen darüber, wie es nun weitergehen soll.«

»Inwiefern?«, fragt Völxen.

»Ist das jetzt nicht egal?«

»Beantworten Sie bitte meine Frage.«

»Ich werde von Cordulas Tochter zum Ende des Monats an die Luft gesetzt«, zischt er wütend.

Odas Handy klingelt, sie geht damit auf den Flur.

Mattai fragt in gereiztem Ton: »Aber wieso ist das jetzt wichtig? Kümmern Sie sich lieber um meine entführte Tochter!«

»Das tun wir bereits, glauben Sie mir.«

Es klopft.

»Ja!«, ruft Völxen.

Es ist Raukel mit ein paar Blättern Papier in der Hand und der Frage, ob Völxen kurz Zeit hätte.

»Nein, Erwin, überhaupt nicht, tut mir leid.«

Raukel will sich gerade schmollend abwenden, als plötzlich ein Strahlen über sein Antlitz huscht. »Ah, die Kollegin Kristensen.«

»Hallo, Erwin«, sagt Oda. Über Raukels massige Gestalt hinweg winkt sie Völxen herauszukommen. Der entschuldigt sich bei Mattai und folgt ihr.

»Ich glaube, ich weiß, was *bin im f* bedeutet«, verkündet Oda, als sie zu dritt im Flur stehen. Zwar hat niemand Raukel eingeladen, am Gespräch teilzunehmen, aber er hat sich dennoch dazugestellt.

»Das Mobiltelefon von Ulrike Bühring wurde zuletzt im Fuhrberger Forst geortet«, berichtet Oda.

»Auf dem Gut von diesen Nordlichtern?«

»Nein. Ein paar Kilometer weiter weg, im Wald. Leider sind dort wenig Funkmasten, und das Waldgebiet, das infrage kommt, ist recht groß.«

»Wann war diese Ortung?«

»Gestern gegen 20.00 Uhr.«

»Was ist mit Svenjas Telefon?«

»Ausgeschaltet. Das Bewegungsprofil dauert noch, das habe ich ja gerade erst angeleiert.«

»Wir brauchen die Hundestaffel und den Helikopter, und das SEK soll sich bereithalten«, entscheidet Völxen.

»Das volle Programm also«, meint Raukel wichtigtuerisch. »Ich leite das in die Wege.«

Oda und Völxen wechseln einen skeptischen Blick.

»Meinetwegen«, seufzt Völxen.

Wieselflink macht sich Raukel davon.

»Schick Mattai nach Hause«, sagt Völxen zu Oda. »Sag ihm, wir hätten eine Spur, aber nichts Konkretes. Sonst kommt er uns bloß in die Quere.«

Als Nächstes ruft er Fernando an. »Seid ihr schon in der Wohnung?«

»Wir stehen davor«, antwortet Fernando. »Scheint keiner da zu sein.«

»Hol einen Schlüsseldienst, und dann seht euch da drin mal um. Die Bühring hat vermutlich Svenja entführt, vielleicht findet ihr einen Hinweis darauf, wo sie sein könnten. Wenn ihr dort nichts findet, nehmt euch noch einmal das Gut vor. Ich besorge derweil den Beschluss und kümmere mich um Verstärkung. Wir sehen uns danach im Fuhrberger Wald.«

»Äh – der ist groß«, gibt Fernando zu bedenken.

»Ich gebe euch rechtzeitig Bescheid, wo wir sind.« Er legt auf. *So langsam kommt Bewegung in die Sache.*

Doch wenig später sind Hauptkommissar Völxen und sein Anhang erneut zum Warten verdammt. Ein Zustand, der an Völxens Nerven sägt, noch dazu brennt die Sonne erbarmungslos vom Himmel. Der Hubschrauber kreist knatternd über dem Wald. Auf einer Wiese, am Rand des Fuhrberger Forsts, stehen Uniformierte herum, Funksprüche krächzen, Blaulichter zucken sinnlos auf den Wagendächern. Zwei Ambulanzen stehen bereit. Streifenwagen sind unterwegs, genauso wie die ortskundigen Jäger und Förster mit ihren Geländewagen. Auch die Hundestaffel ist soeben aufgebrochen. Die Durchsuchung des Gutshofs, die Rodriguez und Rifkin zusammen mit drei Streifenwagenbesatzungen vorgenommen haben, hat nichts ergeben.

»Was für ein Auftrieb! Hoffentlich hat sie nicht nur ihr Handy im Wald verloren«, knurrt Völxen.

Keiner antwortet. Oda raucht und wirkt abwesend, Fernando tippt auf seinem Smartphone herum, und Rifkin und Stracke schauen dem Helikopter nach wie kleine Kinder. Der junge Kommissar hat Völxen förmlich angefleht, mitkommen zu dürfen. Bestimmt erhofft er sich ein wenig Action. Aber wahrscheinlich wäre ihm ohnehin alles lieber, als mit Erwin Raukel zusammen im Büro zu sitzen.

»Kommissar Stracke?«

Der Angesprochene fährt herum. »Ja?«

»Was haben Sie denn schon über Ulrike Bühring herausgefunden?«

»Nicht viel. Sie ist ledig, hat keine Kinder, ist nicht vorbestraft und arbeitet seit sieben Jahren im Nordstadtkrankenhaus, davor war sie im Siloah, wo sie auch ihre Ausbildung zur Krankenschwester gemacht hat. Ihre Mutter lebt in Süddeutschland. Der Vater war verheiratet, aber nicht mit ihrer Mutter. Im Netz findet man rein gar nichts über sie, als würde sie gar nicht existieren.«

Völxen runzelt die Stirn über Strackes letzten Satz. Dann denkt er laut nach: »Warum sollte sie die Tochter von Mattai entführen? Sind das nicht Freundinnen?« Die Frage richtet er an Oda.

»Das sagt zumindest sie. Andererseits haben sowohl Jan als auch Svenja Mattai die Frau als klettenhaft beschrieben.«

»Vielleicht wollte Svenja die Freundschaft lösen und die Bühring ist deswegen ausgerastet?«, meint Völxen.

»Möglich«, sagt Oda. »Die Gute ist außerdem ziemlich durchgeknallt. Gestern hat sie mir allen Ernstes erzählt, Einar wäre ein Gestaltwandler.«

»Echt? Was denn für einer?«, fragt Rifkin, urplötzlich auch am Gespräch interessiert.

»Eine Schleiereule.«

»Kein Wolf?«, schaltet sich Fernando ein. »Ist ja armselig für einen Warg.«

»Ein Gestaltwandler ist kein Warg«, widerspricht Rifkin.

»Nicht?«

»Aber nein«, sagt Oda.

»Auf keinen Fall«, bestätigt Axel Stracke. »Ein Werwolf, zum Beispiel, ist ein Gestaltwandler, aber kein Warg.«

»Genau wie ein Vampir«, ergänzt Oda.

»Und dieser Einar ist was?«, fragt Fernando irritiert.

»Ein Gestaltwandler«, antworten Oda, Rifkin und Stracke im Chor.

Völxen hat das Gespräch seiner Mitarbeiter mit wachsendem Unverständnis verfolgt. »Könnt ihr mir mal sagen, wovon ihr redet? Was, zur Hölle, ist ein Warg?«

»Rifkin, erklär dem alten Mann, was ein Warg ist«, sagt Fernando reichlich von oben herab.

Rifkin sprudelt hervor: »Ein Warg ist ein spirituell begabter Mensch, der, ohne dabei seinen Körper zu verändern, in den Geist und die Gestalt eines Tieres eindringen kann. In einen Wolf, zum Beispiel. Oder in einen Adler, wodurch er mit dessen Augen die Welt von oben betrachten kann.«

»Oder in einen Schafbock«, ergänzt Oda.

Ehe Völxen diesem albernen Haufen sagen kann, was sie ihn mal können, nähert sich aus der Gruppe der SEK-Leute ein grobgesichtiger Schrank in voller Montur. »Der gesuchte Wagen wurde gesichtet. Er steht in der Nähe einer Jagdhütte. Wir dringen jetzt vor, um die Lage zu sondieren.«

»Aber seid vorsichtig«, warnt Völxen. »Die Frau ist psychisch labil, und sie hat höchstwahrscheinlich eine Geisel.« *Und glaubt an Gestaltwandler und Wargs und solchen Quark.*

Fernando hat sich unauffällig an Oda herangepirscht. »Meine Fresse, dieser Heidenchef war vielleicht sauer, als wir ankamen, um den Laden zu durchsuchen.«

»Hast du schon ein einziges Mal jemanden erlebt, der sich über eine Durchsuchung gefreut hat?«, erwidert Oda.

»Stimmt auch wieder. Aber demnächst wird uns alle Odins Zorn heimsuchen.«

»Was willst du, Rodriguez?«

»Woher weißt du, dass ich etwas will?«, fragt Fernando erstaunt.

»Selbst Oscar kann sich besser verstellen als du.«

»Kannst du mal Jule anrufen? Bei mir geht sie nicht ran, ich mach mir langsam Sorgen.«

»Habt ihr Krach?«

»Ja«, knirscht Fernando.

»Und was soll ich ihr sagen?«

»Mir egal, denk dir was aus. Ich will nur wissen, ob sie okay ist.«

Etwas von postpubertärem Verhalten murmelnd, wählt Oda Jules Mobilnummer. »Teilnehmer nicht erreichbar. Heute Morgen hat Völxen es auch schon vergeblich versucht.«

»Und sie hat nicht zurückgerufen?«

»Das musst du ihn fragen.«

»Scheiße, da stimmt was nicht! Sie geht auch nicht ans Festnetz.«

»Jetzt krieg nicht gleich Panik«, rät Oda.

Was allerdings nichts nützt. Fernando will gerade Völxen fragen, da hört er, wie dessen Handy klingelt. Jule?

Völxen meldet sich, und wenig später schwindet Fernandos Hoffnung wieder, denn sein Chef sagt: »Wir müssen los. Sie haben in der Jagdhütte eine Leiche gefunden.«

Eine Streife fährt den beiden zivilen Dienstfahrzeugen voraus. Sie folgen einem schnurgeraden Weg, der immer tiefer in den Fuhrberger Wald führt. Die Reifen wirbeln eine beachtliche Staubwolke auf. Völxen vergrößert den Abstand und öffnet das Fenster. Angenehm kühle Luft strömt herein. Irgendwann müssen sie anhalten und dem abrückenden SEK-Personal ausweichen, das nicht zum Einsatz gekommen ist. Bestimmt wird man Völxen demnächst wegen der Kosten rüffeln. Neben ihm telefoniert Oda. Die Spurensicherung hat sie bereits herbestellt, nun versucht sie, Dr. Bächle zu erreichen.

Sie folgen einer Abzweigung, dann noch einer, der Weg wird holpriger. Völxen hat längst die Orientierung verloren. Dann sehen sie den Opel Corsa von Ulrike Bühring, umgeben von rotweißem Flatterband, und dahinter die Streifenwagen und einen Geländewagen mit einem grünen Schild und der Aufschrift *Forst* hinter der Windschutzscheibe. Auch hier wurde bereits abgesperrt. Völxen steigt aus dem Wagen. Sonnenstrahlen dringen golden schimmernd zwischen den Baumkronen hindurch. Er streckt sich und saugt die sauerstoffreiche Luft tief in seine Lungen. Hinter ihm hält der Wagen mit Fernando, Rifkin und Stracke.

Die Jagdhütte liegt auf einer kleinen Lichtung. Sie wurde aus dicken Holzbohlen errichtet, mit kleinen Fenstern und einem tiefgezogenen Dach. In einem Anbau lagern Holzscheite. Die Tür sei aufgebrochen worden, das wurde Völxen schon vom SEK mitgeteilt.

Einer der Streifenpolizisten kommt auf ihn zu und streckt ihm eine Beweismitteltüte entgegen, in der ein rosafarbenes Handy liegt. »Das wurde neben der Hütte im Gebüsch gefunden.«

»Es gehört bestimmt Svenja«, meint Oda. »Als wir am Montag bei ihr waren, hab ich so ein rosa Ding auf ihrem Küchentisch liegen sehen, erinnerst du dich, Fernando?«

Der Gefragte nickt.

Um der Spurensicherung so wenig Kummer wie möglich zu bereiten, entscheidet Völxen, dass nur er und Oda den Leichnam in Augenschein nehmen. Völxen geht voraus, und sofort nimmt er einen Hauch des unverkennbaren Verwesungsgeruchs wahr. Wie schnell das im Sommer geht! Und da ist auch schon das vertraute und doch so überaus ekelerregende Surren der Fliegen, die in der warmen Jahreszeit grundsätzlich die Ersten am Tatort sind.

Das Innere der Hütte besteht lediglich aus einem Raum mit einem Ofen, einer rudimentären Kücheneinrichtung und einem großen, quadratischen Tisch aus massivem Eichenholz. Im Wandregal finden sich Bierkrüge und Schnapsgläser, in einer Ecke steht eine aufgeklappte Pritsche. Gehörne von Rehböcken zieren die

Wände, über der Eckbank hängt das Geweih eines mickrigen Achtenders. In solche Jagdhütten wird oft eingebrochen, es wäre zu riskant, dort prächtige Trophäen anzubringen.

Die Tote liegt neben dem Tisch bäuchlings am Boden. Sie trägt Jeans, Sneakers und ein graues Sweatshirt. Das Haar ist von Blut verklebt, und auch auf den Holzdielen ist ein schwärzlich angetrockneter Fleck zu erkennen. Fliegen umschwirren den Körper, sitzen auf der Kopfwunde und im Blut auf dem Fußboden. Auf dem Tisch liegt eine umgestoßene Flasche in einer Lache aus Rotwein, und auf dem Boden, neben einem der Tischbeine, bemerkt Völxen etwas, das wie Fetzen von Klebeband aussieht, außerdem Teile eines zerbrochenen Glases. Auch an den Scherben klebt Blut. Nach der Tatwaffe muss man nicht lange suchen. Ein schwerer Aschenbecher aus Steingut befindet sich gleich neben der Leiche, er ist ebenfalls blutbeschmiert.

Er wendet sich um.

Oda steht hinter ihm, sie nimmt die Hand von Mund und Nase und presst hervor: »Das ist Ulrike Bühring alias Berenike.«

»Und wo ist dann Svenja?«, fragt Völxen niemand Bestimmten.

Die Hundestaffel rückt in langsamem Tempo vor. Für Kommissarin Anna-Lena Schwarz und ihre Bonnie, eine anderthalb Jahre alte belgische Malinois-Schäferhündin, ist es der erste Einsatz unter realen Bedingungen. Die Hundeführerin ist deutlich aufgeregter als ihr Hund. Bonnie macht ihre Sache sehr gut, sie hat die Nase unten und arbeitet sich konzentriert voran. Vorhin gab es die erste Bewährungsprobe, als eine Rotte von sechs Wildschweinen wenige Meter vor der Suchkette eine Lichtung kreuzte. Die Tiere, die den Schweinen am nächsten waren, spielten verrückt, und die anderen ließen sich von deren Gebell anstecken. Es wurde angehalten, und die Hunde mussten erst wieder beruhigt werden. Bonnie ist relativ gelassen geblieben. Sie hat lediglich ihr Nackenhaar gesträubt und aus tiefster Kehle geknurrt.

Die Nachricht vom Leichenfund in der Hütte hat die Hundestaffel zwischenzeitlich erreicht. Aber die Suche geht weiter. Es fehlt noch eine Person. Weiblich, 22, eins siebzig groß, blond. Sonst keine Angaben, auch nicht, ob man nach einer lebenden Person sucht oder nach einer weiteren Leiche. Noch immer kreist der Hubschrauber über dem Wald. Aufregend, das Ganze, findet die Kommissarin. Viel mehr Adrenalin als bei den Übungen.

Sie haben den Wald verlassen und überqueren ein abgeerntetes Kornfeld. Bonnie möchte Tempo aufnehmen und hängt sich mit aller Kraft ins Geschirr. Sie hat die Nase oben, und sie hat Gegenwind. Das bedeutet, sie wittert etwas, das weiter weg ist. Vielleicht am Ende des Feldes, wo der Wald beginnt.

Die Hundeführerin hat jetzt Mühe, ihr Tier zu bremsen. Sie wirft einen Blick auf ihren Nebenmann, der in gut zehn Meter Abstand neben ihr geht. Auch dessen Rüde legt sich ins Zeug. Unwillkürlich sind die beiden Gespanne etwas schneller geworden als der Rest. Egal, sagt sich Anna-Lena. Auf dem Feld ist offensichtlich nichts, und am Waldrand kann sie auf die anderen warten. Die beiden Hunde halten jetzt zielstrebig auf einen bestimmten Punkt zu. Dort steht eine geschlossene Jagdkanzel. Ein prima Versteck!

Das scheinen auch Bonnie und ihr Nebenhund so zu sehen. Dort angekommen, springen beide Tiere an der Leiter hoch und geben Laut.

Anna-Lena und ihr Kollege stellen die Hunde ruhig und legen sie ein paar Meter von der Kanzel entfernt ab.

»Polizei! Kommen Sie runter!«, ruft die Kommissarin zur Kanzel hinauf.

Keine Antwort.

Kurz entschlossen erklimmt Anna-Lena die Leiter.

»Hey!«, schreit ihr Kollege. »Du kannst da nicht einfach raufgehen, warte lieber auf das SEK.«

Aber Anna-Lena ist bereits oben angekommen. Es war nie die Rede davon, dass die Gesuchte bewaffnet ist, wozu also das Theater mit dem SEK? Die Tür der Kanzel hat keine Klinke, sie steht einen kleinen Spalt offen. »Gib mir Deckung«, ruft sie ihrem Kollegen zu. Sie hat ihre Waffe in der Rechten, mit der Linken hält sie sich an der Leiter fest. »Polizei, ich öffne jetzt die Tür!«

Quietschend schwingt die hölzerne Tür zurück. Anna-Lena steigt noch zwei Sprossen höher. Zunächst hat sie Mühe, etwas zu erkennen, aber dann schälen sich langsam die Konturen aus dem Dunkel. Auf dem Boden liegt eine zerlumpte, menschliche Gestalt. Sie ist definitiv tot, jetzt riecht es auch die Hundeführerin.

»Eine zweite Leiche? Wo denn?« Völxen presst sein Handy ans Ohr und lauscht den Angaben des Führers der Hundestaffel. »Gut, wir kommen.« Er steckt das Telefon ein und sagt zu den anderen: »Die Hundestaffel hat noch eine Leiche gefunden. Auf einer Kanzel.«

»Kanzel?«, wiederholt Rifkin.

»Ein Hochsitz mit Wänden«, erklärt Fernando.

»Ist es Svenja Mattai?«, fragt Oda.

»Das konnten sie nicht sagen. Rifkin und Rodriguez, ihr fahrt hin und seht euch das an. Es ist ein Feld nördlich von hier, wenn ihr dem geraden Weg folgt, bis zum Ende des Waldes, dann müsstet ihr es sehen. Gebt Bescheid, wenn ihr da seid.«

Die beiden gehen wortlos zum Wagen.

»Mann, heute sterben sie ja echt wie die Fliegen«, hört man Axel Stracke murmeln.

Einar steht an der Obstwiese und schirmt die Augen gegen die Nachmittagssonne ab. Noch immer kreist der Hubschrauber über dem Wald, und noch immer ist Einar stocksauer. Acht Polizisten, zwei in Zivil und sechs Uniformierte, haben auf seinem Gelände herumgeschnüffelt, angeblich, um nach Svenja Mattai zu suchen. Nein, nicht überall. Zum Glück nicht überall. Er atmet tief durch, versucht, sich zu beruhigen. Es ist ja alles gut gegangen, sagt er sich. Seinen Keller, dessen Zugang hinter dem Regal der Speisekammer liegt, haben sie nicht gefunden, und das ist doch das Wichtigste. Trotzdem – das alles nur wegen dieser durchgeknallten Weibsbilder!

Er ist auf dem Weg zum Haus, als ihn ein schriller Schrei zusammenfahren lässt. Er kam aus der Küche, es klang wie Arndís. Ja, es ist Arndís, sie kommt mit wehendem Haar auf ihn zugerannt, deutet mit dem ausgestreckten Arm in Richtung Küche und keucht: »Sie ist da drin. Verdammt noch mal, dieses Miststück hat mich zu Tode erschreckt.«

Mit seinem Koffer in der Hand tritt Dr. Bächle aus der Jagdhütte ins Freie, wo er die Latexhandschuhe und die Schutzkleidung auszieht. Zum Vorschein kommen eine bunt karierte Hose, ein grünes Poloshirt und braune Golfschuhe.

»Dieser sportive Look steht Ihnen ausgezeichnet, Herr Dr. Bächle«, sülzt Oda. »Haben wir Sie etwa von einer Golfpartie abgehalten?«

»So ischt es. Aber vielen Dank, Frau Krischtensen, ein Kompliment von einer so feschen Person wie Ihnen weiß unsereins zu schätzen.« Dr. Bächle schöpft tief Atem. »Hier draußen ischt die Luft doch um einiges besser als da drin. Eigentlich bin ich ja gern im Wald.«

»Was können Sie uns denn schon sagen?«

»Tja, werte Frau Krischtensen. Da drin haben wir sozusagen den Klassiker. Schweres Schädeltrauma durch einen schtumpfen Gegenschtand, in unserem Fall ischt es der schwere Aschenbecher, der neben der Leiche gelegen hat.«

»Wie viele Schläge?«, will Völxen wissen.

»Ohne dass Sie mich schpäter feschtnageln, Herr Hauptkommissar: Dem erschten Anschein nach würde ich sagen, zwei.«

»Todeszeitpunkt?«

»No net hudle«, weist der Schwabe den Kommissar zurecht. »Die Leichenstarre hat schon eingesetzt, es müsste demnach in den späten Abendschtunden passiert sein. Genaueres nach der Obduktion.« Der Doktor tritt mit zusammengekniffenen Augen an Völxen heran und fragt: »Hab ich da richtig gehört, es gibt noch eine Leiche in diesem Wald?«

»Ja, leider. Die Hundestaffel hat sie zufällig entdeckt. Es ist ein älterer Mann, er ist vor einer Woche aus einer Entzugsklinik entwichen und wurde seither vermisst.«

»Des ischt jetzt die vierte Leich' in drei Dag!« Dr. Bächle runzelt seine gefurchte Stirn noch ein bisschen mehr als sonst und sieht Oda und Völxen von unten herauf anklagend an.

»Ihr Geschäft blüht«, erwidert Völxen.

Bächle winkt ab und stapft in seiner karierten Hose zum Wagen, wo er den Koffer in den Laderaum pfeffert, gleich neben seine Golfausrüstung. Er lässt sich den Weg beschreiben und prescht davon.

»Ich weiß gar nicht, warum er sich so aufregt«, sagt Völxen zu Oda. »Ist doch ein Aufwasch.«

Odas Handy klingelt. »Kristensen.«

»Einar. Gerade ist Svenja hier aufgetaucht.«

»Geht es ihr gut?«

»Ja, Unkraut verdirbt nicht. Ihr solltet sie abholen, ehe ich sie rauswerfe, ich hab genug von den Scherereien mit ihr.«

Oda legt auf und informiert Völxen.

»Wir zwei fahren hin«, entscheidet dieser.

»Und was mache ich?«, fragt Axel Stracke.

»Auf die Spurensicherung warten«, sagt Völxen.

»Sie redet wirres Zeug, aber davon abgesehen scheint ihr nichts zu fehlen.« Einar führt Oda und Völxen in die Küche. Am Tresen steht Arndís, die mit wachsamer und zugleich eisiger Miene zu Svenja hinüberschaut. Die sitzt am Ende des langen Tischs, sie hat den Kopf auf den verschränkten Armen abgelegt und scheint zu schlafen. Das Haar steht struppig um ihren Kopf, ein paar Kletten haben sich darin verfangen. Oda tritt an sie heran und legt ihr die Hand auf die Schulter. »Frau Mattai?«

Sie hebt den Kopf und fährt mit einem erstickten Schrei in die Höhe. Die grünen Augen sind geweitet, und sie sieht sich um, als wüsste sie im ersten Moment nicht, wo sie sich befindet. Ihre Kleidung ist verdreckt, an den Ärmeln ihres Sweatshirts sind eingetrocknete Blutflecken zu erkennen.

»Alles ist gut, Svenja. Sie sind in Sicherheit. Sind Sie verletzt?«

Sie schaut Oda mit dem Ausdruck eines gehetzten Tieres in den

Augen an, dann schüttelt sie kaum merklich den Kopf: Ihr Atem geht hechelnd, ihre Unterlippe zittert.

Draußen nähert sich das Jaulen einer Sirene. Es ist die Ambulanz, die Völxen vorsichtshalber herbestellt hat. Einar geht hinaus, um dem Notarzt den Weg zu zeigen, und Oda bittet Arndís, für Svenja ein paar frische Sachen zum Anziehen zu holen. Svenjas blutige Kleidung ist ein Beweismittel, das untersucht werden muss.

»Wenn ich sie wiederkriege …«, sagt Arndís und setzt sich widerwillig in Bewegung. Bei den *Lichtern des Nordens*, registriert Oda, scheint sich das Mitgefühl für die junge Frau ziemlich in Grenzen zu halten. Andererseits kann man ihnen das nicht einmal übel nehmen nach all dem Ärger, den sie wegen ihr und ihrem Vater hatten.

Svenja hat die Arme vor der Brust gekreuzt, die Schultern hochgezogen und reibt sich die Oberarme, als würde sie frieren. Als sie und Oda allein sind, sieht sie Oda an und flüstert: »Wo ist Ulrike?«

»Wo ist meine Tochter?«

»Sie ist mit meiner Kollegin im rechtsmedizinischen Institut zur Sicherung forensischer Spuren«, antwortet Völxen dem aufgebrachten Vater, der ihm in seinem Büro gegenübersitzt. »Immerhin haben wir eine Person, die eines gewaltsamen Todes gestorben ist und die zuletzt mit Ihrer Tochter zusammen war …«

»Was reden Sie denn da? Svenja ist von dieser Frau entführt worden, es war Notwehr.«

»Das werden wir alles klären«, meint Völxen. »Aber ich kann Sie beruhigen, Ihrer Tochter geht es so weit gut, wir werden sie in Kürze vernehmen.«

»Das will ich erst selbst sehen, ob es ihr gut geht«, poltert Mattai los. »Und keiner hier verhört sie ohne einen Anwalt.«

Völxen hat Kopfschmerzen vom langen Herumstehen an der Sonne und außerdem fürchterlichen Hunger. Dementsprechend fällt sein Ton aus. »Ihre Tochter ist erwachsen, sie wird selbst entscheiden, ob sie einen Anwalt möchte oder nicht. Über ihre Vernehmungsfähigkeit werden die Kollegen von der Rechtsmedizin urteilen, nicht Sie!« Verdammter Wichtigtuer, setzt er in Gedanken hinzu. So langsam kann er Jules Aversion gegen den Kerl nachvollziehen. »Allerdings hätte ich noch ein paar Fragen an Sie«, eröffnet ihm Völxen.

»Was denn noch?«

»Hatten Sie ein Verhältnis mit Stefanie Jenke, der Schwester Ihrer Frau?«

Mattai bleibt der Mund offen stehen. »Was? Nein! Wie kommen Sie denn jetzt darauf?«

»Häufige Besuche, häufige Telefonate. Die allerdings vor drei Wochen abrupt aufhörten. Was war da los?«

»Wir hatten kein Verhältnis«, sagt Mattai. »Allerdings hat Stefanie ... sie hat mir mehr oder weniger eindeutig zu verstehen gegeben, dass sie dem, was Sie andeuten, nicht gerade abgeneigt wäre. Das hat natürlich auch meine Frau mitbekommen, und es gab deswegen Streit zwischen ihr und ihrer Schwester. Deshalb folgten keine Anrufe mehr und auch keine Besuche.«

Völxen fixiert Mattai mit stechendem Blick. »Herr Mattai, Sie lügen mich an! Ihre Frau und deren Schwester hatten Streit, weil Stefanie verraten hat, dass das Haus noch immer Professor Wedekin gehört, war es nicht so?«

Sein Gesicht wird zu Stein. »Wenn Sie es schon wissen, warum fragen Sie mich dann?«

»Warum haben Sie uns das verschwiegen? Das entlastet Sie doch.«

»Weil Sie das nichts angeht«, zischt Mattai. »Und weil ich mich geschämt habe. Ich fand es so erbärmlich! Im Nachhinein ist mir dann so manches klar geworden. Zum Beispiel, warum ich nie mitdurfte, wenn sie zu diesem Steuerberater ging. Cordula hat mich praktisch behandelt, als ob ich ein Schmarotzer wäre, der nur mit ihr zusammen sein will, weil sie angeblich ein Haus besitzt.«

»War's denn nicht so?«

»Denken Sie doch, was Sie wollen.«

»Haben Sie sich deshalb Wohnungsanzeigen im Internet angesehen?«

»Ich habe mit dem Gedanken gespielt auszuziehen, ja.«

»Wusste Ihre Frau das?«

»Nein. Und ehe Sie fragen: Den großen Streit wegen dieser Sache mit dem Haus, den gab es schon vor drei Wochen, nachdem Stefanie die Katze aus dem Sack gelassen hatte.«

»Wie war die Stimmung seither zwischen Ihnen?«, fragt Völxen.

»Höflich-distanziert, würde ich es nennen«, sagt Mattai. »Sie war nicht die Frau, die einen um Verzeihung bittet. Sie war einfach ein wenig aufmerksamer als sonst. Dachte sicher: Der beruhigt sich schon wieder.«

Völxen bittet Mattai, einen Moment zu warten, und geht hinüber in Nowotnys Büro. »Wo ist eigentlich Raukel?«, fragt Völxen, während er die Kopie der Trauerkarte an Frau Wedekin aus der Fallakte herausnimmt.

»Weiß nicht«, nuschelt Nowotny, der gerade einen mayonnaisetriefenden Kartoffelsalat in der Mache hat. »Der hat sich schon gegen Mittag verdrückt. Angeblich muss er einer Spur nachgehen. Ich ahne schon, was für einer.« Nowotny deutet eine Trinkbewegung an.

War ja klar, dass es mit Raukel nicht klappen würde, resümiert Völxen, während er wieder in sein Büro geht. Sein Magen knurrt, und das Hemd klebt ihm am Rücken. Was für ein Tag! Und er ist noch lange nicht zu Ende. Er steckt die Karte in die Innentasche seines Jacketts. Als er ins Büro zurückkommt, beendet Mattai gerade ein Telefonat mit dem Anwalt Kampmann.

»Herr Mattai, hat Ihre Frau jemals den Namen Kai Börrie erwähnt?«

»Das ist doch der Makler, der ... Nein, niemals. Sie kannte den Mann nicht. Das hätte sie erwähnt, denn es stand ja dauernd etwas über den Mord an ihm in der Zeitung.«

»Kannten Sie ihn? Oder hatten Sie schon mal mit ihm zu tun?«

»Nein. Wieso fragen Sie mich das?«

Völxen legt Mattai die Karte vor. »Schon mal gesehen?«

Mattai klappt die Karte auf und liest den Text. Als er aufblickt, steht ihm der Schreck ins Gesicht geschrieben. »Was … wieso steht da Cordulas Name, wo haben Sie die her?«

»Lag im Hochzeitsalbum, das wir aus dem Musikzimmer Ihrer Frau mitgenommen haben.«

»Im Hochzeitsalbum? Ist das ein schlechter Scherz?« Seine Hände, die die Kopie der Karte halten, zittern, ebenso seine Stimme. »Aber … aber heißt das …«

»Ihre Frau hat Ihnen also nichts von dieser Karte erzählt?«

»Nein. Ich bin sicher, dass Cordula diese Karte nie zu Gesicht bekommen hat. So etwas … Ungeheures hätte sie mir doch nicht verschwiegen.«

»Vielleicht ahnte sie etwas von Ihren Auszugsplänen und hatte kein Vertrauen mehr zu Ihnen.«

»Unsinn! Und selbst wenn, dann hätte sie es wenigstens ihrer Tochter erzählt. Das ist schließlich eine Morddrohung!«

»Wann hatten Sie das Album zuletzt in der Hand?«

»Kurz nach der Hochzeit, gleich nachdem Cordula es angefertigt hatte.«

»Irgendeine Idee, wie die Karte ins Album gekommen sein kann?« Völxen sieht Jan Mattai prüfend an.

Der starrt mit leerem Blick aus dem Fenster und schüttelt den Kopf.

»Schade«, sagt Völxen und bittet Mattai, ihn zu entschuldigen. Er habe heute noch sehr viel zu tun.

Das ist keine Lüge. Als Nächstes telefoniert er mit Rolf Fiedler von der Spurensicherung. »Die Wohnung von Ulrike Bühring muss untersucht werden. – Nein, nicht die Hütte, sie hat noch eine andere Wohnung in Herrenhausen. – Was soll das heißen, ihr könnt nicht hexen? – Gut, das sehe ich ein, heute geht es ja wirklich drunter und drüber. Aber dann bitte gleich morgen früh!«

Eine gute Stunde später sitzt Svenja Mattai zusammen mit Anwalt Kampmann, Hauptkommissar Völxen und Hauptkommissarin Oda Kristensen im Verhörraum. Svenja trägt die Sachen, die Arndís ihr besorgt hat: eine helle Leinenhose und ein verwaschenes, blaues Sweatshirt, beides ist ihr zu weit. Sie wirkt erschöpft und hat Schatten unter den Augen. Ihr linkes Bein wippt nervös auf und ab, und sie kaut auf einer Haarsträhne herum. Am rechten Handgelenk trägt sie einen Verband, ein Kratzer auf ihrer Wange wurde mit Pflaster abgeklebt. Sie hat nicht versucht, die Vernehmung auf den nächsten Tag zu verschieben. Sie wolle es hinter sich bringen, hat sie gesagt, ehe sie sich eine Viertelstunde lang mit ihrem Anwalt beraten hat. Der sieht auch heute wieder aus wie aus dem Ei gepellt, mit rosa Hemd und grauer Krawatte.

»Frau Mattai, erzählen Sie uns, was passiert ist«, sagt Völxen freundlich.

Svenja schielt hinüber zu ihrem Anwalt. Der nickt.

»Wir haben am Montag telefoniert und uns für gestern Abend verabredet, da hatte ich frei. Ulrike meinte, wir müssten uns aussprechen. Sie hat mich um halb acht von zu Hause abgeholt. Ich wollte wissen, wohin wir fahren, aber sie meinte, es wäre eine Überraschung. Als wir durch Fuhrberg gekommen sind, dachte ich erst, sie bringt mich zum Gutshof. Aber dann sind wir eine Ewigkeit durch den Wald gefahren, bis zu dieser Jagdhütte. Wir haben Wein getrunken, zuerst draußen, dann drinnen wegen der Mücken. Sie hatte alles mit: Wein, Chips, Kerzen, weil es da ja keinen Strom gibt, nur mit dem Generator. Sie hat ein Feuer im Ofen angemacht, es war zuerst ganz chillig. Dann hat sie aber dauernd versucht, mich über meinen Vater auszufragen. Das wurde mir irgendwann zu blöd, und ich hab ihr gesagt, dass sie das mit meinem Vater vergessen kann und dass ich jetzt gehen will. Da ist sie plötzlich ausgerastet, hat gebrüllt, jetzt wäre nur noch ich übrig, die zwischen ihr und meinem Vater stünde. Aber sie würde auch mit mir fertigwerden, niemand könne sie aufhalten. Das war voll creepy, mir ist auf einmal ganz unheimlich geworden. Als sie Holz holen ging, hab ich mein Handy genommen und wollte meinem Vater eine SMS schreiben, damit er mich holen kommt. Aber sie kam rein und hat es mir aus der Hand gerissen. Ich habe mich gewehrt, wollte es mir zurückholen, und es gab eine Rangelei. Dabei sind Gläser und Kerzen vom Tisch gefallen. Sie ist dann noch mal zur

Tür raus und hat das Handy ins Gebüsch geworfen. Ich wollte hinterher, aber auf einmal habe ich gemerkt, wie mir immer komischer wurde, so schwummerig, und das Zimmer hat angefangen, sich zu drehen. Da ist mir klar geworden, dass sie mir was in den Wein getan haben muss. Ab da weiß ich nicht mehr genau, was passiert ist. Als ich wieder zu mir gekommen bin, saß ich auf dem Boden. Meine Hände waren mit Klebeband hinter meinem Rücken um das Tischbein gefesselt, und Ulrike faselte, sie würde mich den *Lichtern des Nordens* ausliefern, als Opfergabe. Total schräg war das, aber vielleicht habe ich das auch nur geträumt. Irgendwann wurde ich wieder wach, es war dunkel, das Feuer war aus, und es brannte nur noch eine Kerze. Ich sah, dass sie auf der Pritsche lag. Ich habe eine Scherbe von einem der Gläser, die zuvor runtergefallen waren, zu fassen gekriegt und damit das Klebeband durchgescheuert. Dabei habe ich mich geschnitten. Als ich mich gerade rausschleichen wollte, ist sie aufgesprungen und auf mich losgegangen. Ich bin gegen die Spüle getaumelt, und da stand dieser große Aschenbecher. Mit dem habe ich zugeschlagen …«

»Wie oft?«, unterbricht Oda.

»Zwei Mal. Nach dem ersten Schlag stand sie nämlich wieder auf. Nach dem zweiten ist sie liegen geblieben, und ich bin rausgerannt, durch den Wald, so schnell es ging. Es war dunkel, bis auf ein bisschen Mondlicht. Ich bin immer wieder hingefallen und gegen Bäume und Äste gestoßen, aber ich bin so lange gelaufen, bis ich nicht mehr konnte. Ich war in Panik, dachte bei jedem Geräusch, dass sie das ist, die mir hinterherläuft! Als es nicht mehr ging, hab ich mich hingesetzt und gewartet. Mir war so kalt, und ich hatte eine furchtbare Angst! Haben Sie eine Ahnung, wie gruselig es nachts im Wald ist? Diese Geräusche überall, und außerdem gibt es Wölfe, darüber haben sie bei den *Lichtern des Nordens* öfter mal geredet.« Weder Oda noch Völxen zeigen irgendeine Reaktion.

Svenja fährt fort: »Als es heller wurde, bin ich weitergelaufen. Ich dachte, dieser Wald muss ja mal irgendwo aufhören. Gleichzeitig hatte ich Schiss, dass diese Irre mich verfolgt oder dass ich im Kreis laufe und wieder zu dieser Hütte komme. Als die Sonne aufging und es wärmer wurde, hab ich mich auf einen Stapel Holz gelegt und mich aufgewärmt, weil ich einfach nicht mehr konnte. Dabei bin ich dann wohl eingeschlafen. Ich weiß nicht genau, wann ich wieder aufgewacht bin – mein Handy war ja weg. Aber es muss Vormittag oder Mittag gewesen sein. Ich habe einen Weg gefunden, der aus dem Wald rausführte. Dann kamen abgeerntete Felder und Wiesen, über die bin ich gegangen. Auf einmal war da der Hubschrauber über dem Wald, und dann habe ich den Gutshof gesehen. Weil ich nicht wusste, was ich sonst machen soll, bin ich dorthin gegangen, um Hilfe zu holen.« Sie schaut ihren Anwalt an, als suchte sie dessen Zustimmung.

»Wie sind Sie beide in die Hütte gekommen?«, fragt Völxen.

»Die Tür war aufgebrochen, das ist mir gleich aufgefallen. Ich hab Ulrike gefragt, ob sie das war, und sie sagte Ja. Sie wäre schon mal hier gewesen.«

»Als Sie Ihre Flucht antraten, wann war das?«, fragt Völxen.

»Das weiß ich nicht. Aber es war noch stockdunkel draußen.«

»Dieser Aschenbecher, wo stand der noch mal?«, fragt Oda.

»Auf der Spüle, neben dem Eingang. Den hatte ich selbst dort hingebracht, weil er am Tisch so gestunken hat.«

»Nachdem Sie Frau Bühring niedergeschlagen hatten, was haben Sie dann gemacht?«, will Oda wissen.

Der Anwalt räuspert sich und lässt verlauten: »Das hat sie bereits ausgesagt.«

Svenja zwirbelt eine Haarsträhne zwischen ihren lädierten Fingern.

»Wäre es nicht sinnvoll gewesen, sich den Autoschlüssel zu schnappen und wegzufahren?«, schlägt Oda vor.

Der Anwalt schaltet sich erneut ein: »Meine Mandantin war in Panik. Man hatte sie betäubt, gefesselt und ihr mit dem Tod gedroht. In solchen Situationen denkt man nicht logisch.«

Svenjas Blick wandert ängstlich zwischen Oda und dem Anwalt hin und her. Sie wirkt wie ein Kind, dessen Eltern sich streiten.

»Was genau hat Frau Bühring über den Tod von Cordula Wedekin gesagt?«, will Völxen wissen.

»Sie sagte: *Ich bin mit dieser Schlampe fertiggeworden, also wirst auch du mich nicht aufhalten.*« Svenja schnieft und wischt sich mit dem Ärmel von Arndís' Sweatshirt über die Nase. »Ich kapier einfach nicht, was in sie gefahren ist. Ich dachte immer, sie wäre meine Freundin.«

»Noch eine Frage«, sagt Völxen. »Hat Frau Bühring jemals über einen gewissen Kai Börrie gesprochen?«

Svenja nickt. »Sie nannte ihn aber immer nur das Maklerschwein. Der hat wohl irgendeine alte Frau, die sie gut kannte, aus der Wohnung geekelt. Die musste dann in ein Altenheim, wo sie auch bald gestorben ist.«

»Hat Frau Bühring den Namen dieser alten Frau erwähnt?«

»Kann sein, das weiß ich nicht mehr.«

»Oder welches Haus das war, aus dem sie ausziehen musste?«

»Keine Ahnung. Irgendwo in Linden.«

Völxen und Oda sehen sich an. Oda zuckt kaum merklich mit den Schultern.

Völxen wendet sich wieder der jungen Frau zu: »Danke, Frau Mattai. Sie können vorerst gehen, Ihr Vater wartet auf Sie. Es liegen noch nicht alle Ergebnisse der forensischen Untersuchung vor, also halten Sie sich bitte zu unserer Verfügung.«

»Ich kann nach Hause?«, fragt sie und sieht ihren Anwalt an.

Der nickt und liefert anschließend den Beweis, dass auch Alligatoren lächeln können.

»Oda, du musst mir helfen.«

»Schon wieder?«

»Ich habe Jule noch immer nicht erreicht und will in ihrer Wohnung nachsehen. Ich habe einfach ein ganz mieses Gefühl.«

»Dafür brauchst du mich doch nicht.«

»Doch. Ich hab ja keinen Schlüssel. Ich meine, es ist nicht so, dass ich die Tür nicht aufkriegen würde, aber das würde sie mir nie verzeihen.«

»Ach, und du denkst, wenn ich die Vorhut bilde, dann findet sie das lustig?«

»Nein. Aber wenn du ihr sagst, du hättest dir ebenfalls Sorgen um sie gemacht, dann wird sie das glauben. Wenn nur ich es ihr sage, denkt sie womöglich, dass es nur ein Vorwand ist. Du machst dir doch auch Sorgen, oder?« Fernando sieht sie flehend an.

Oda überlegt. Dass Jule auf Völxens Anruf nicht reagiert hat, ist tatsächlich sonderbar. »Okay, wir treffen uns dort.«

Das Schloss gibt gleich beim ersten Versuch nach. Ein Witz, diese Altbautüren, besonders, wenn sie gar nicht abgeschlossen sind. Erwin Raukel schlüpft durch die Tür und macht sie ganz leise wieder zu. Drinnen ist es kühl, und ihn umfängt der muffige Geruch einer verlassenen Wohnung, die schon lange nicht mehr gelüftet wurde. Ein Herrenmantel hängt an der Garderobe auf einem Bügel, daneben ein schwarzer Regenschirm. Im Wohnzimmer stehen zwei vertrocknete Zimmerpflanzen auf dem Fensterbrett. Dunkle Möbel. Sofa, Sessel und Perserteppich sind ein wenig abgewetzt, aber dennoch sieht man, dass der Bewohner Stil hat. Stil ja, Geld weniger, denkt Raukel, denn die Sachen wirken schon ziemlich angejahrt. Die Wände sind mit vollgestopften Bücherregalen bedeckt. Er sucht nach Fotos, aber da sind nur Bücher. Romane, Biografien, politische Literatur und eine Unmenge theologischer Sachbücher. *Ein einsamer Mensch, umgeben von schlauen Büchern. Wie in einem Kitschroman!* Vor den Regalen steht ein massiver Schreibtisch und obendrauf, als hätte sie nur auf ihn, den Meisterdetektiv, gewartet, eine *Adler Gabriele 12*.

Hab ich dich, freut sich Raukel, und seine Hand, die in einem Latexhandschuh steckt, fährt beinahe zärtlich über das Gehäuse der Schreibmaschine. Danach nimmt er sich die Seitenfächer des Schreibtisches vor. Zwei dicke Ordner wecken seine Neugier. Raukel setzt sich auf den Stuhl und blättert beide durch. Danach ist ihm so manches klar.

So leise, wie er gekommen ist, verlässt er die Wohnung wieder. Morgen, bei der Besprechung, wird er seinen großen Auftritt haben. Er freut sich schon auf die Gesichter. Raukel, der alte Fuchs, werden sie denken, und Oda Kristensen wird beeindruckt sein und ihn anlächeln. Wer weiß, vielleicht geht da was. So eine gewisse Schwingung zwischen ihnen hat man ja heute Morgen schon spüren können. Frauen stehen bekanntlich auf Intellekt. Ein Mann mit Grips in der Birne macht sie ganz wuschig, selbst dann, wenn er kein Adonis ist.

Er wird ganz lässig schildern, wie er dem Täter auf die Spur gekommen ist, dann wird Völxen beim Staatsanwalt vorsprechen, der wird einen Durchsuchungsbeschluss besorgen, und bis zum Abend wird er, Hauptkommissar Erwin Raukel, ein gefeierter Mann sein. Er sieht sich vor die Presse treten und kann vor seinem geistigen Auge schon die Schlagzeilen von morgen lesen: *Der Mann, der den Trauerkartenmörder dingfest machte*. Adieu und leck mich am Arsch, Personalverwaltung!

Der rote Mini parkt nicht weit vom Hauseingang entfernt. Aber niemand öffnet auf ihr Klingeln. Fernando läutet ein Stockwerk höher, und prompt wird der Summer betätigt. Ehe er die Treppe hinaufsteigt, wirft er einen Blick in den Hinterhof. Jules Rad steht im Fahrradständer.

»Sie muss da sein.«

»Es gibt auch Taxen und die Stadtbahn«, erinnert ihn Oda. Ihr ist nicht ganz wohl bei der Sache, aber jetzt gibt es kein Zurück.

Sie klingeln an Jules Tür. Fernando hämmert sogar leicht mit der Faust dagegen. Nichts.

»Was ist denn da los?«, fragt eine Stimme hinter ihnen. Sie gehört Thomas, einem Nachbarn aus dem Stockwerk darüber, der die Treppe heruntergekommen ist. »Ach, ihr seid es. Hallo, Oda.« Breites Grinsen. »Lange nicht gesehen!«

»Stimmt.« Oda erinnert sich an einen Abend kurz nach Jules Einzug, an dem nicht nur viel getrunken und verbotene Substanzen geraucht wurden, sondern der auch in anderer Hinsicht ein wenig ausuferte. Ich sollte mich versetzen lassen, überlegt sie. In eine neue Stadt, in der mir nicht dauernd meine One-Night-Stands über den Weg laufen.

»Hast du Jule heute schon gesehen?«, fragt Fernando den Nachbarn.

»Nein, wieso?«

»Wir machen uns Sorgen um sie. Du hast nicht zufällig einen Wohnungsschlüssel?«, fragt Oda.

»Doch, aber …«

»Hol ihn. Auf unsere Verantwortung.«

Thomas poltert wortlos die Treppe hinauf und kommt mit dem Schlüssel wieder.

Oda öffnet die Tür.

»Jule, wir kommen jetzt rein!«, ruft Fernando.

Keine Antwort.

Fernando wirft einen Blick ins Badezimmer, während Oda weitergeht, ins Wohnzimmer, gefolgt von Thomas, der unaufgefordert mitgekommen ist.

»Hier! Hier ist sie!« Oda beugt sich über Jule, die leblos auf dem Sofa liegt.

Hinter ihr steht Thomas, der erschrocken hervorstößt: »Ach du Scheiße, ist sie tot?«

IX.

Donnerstag, 16. Juli

Jule wird von Kaffeeduft geweckt. Sie schlägt die Augen auf. Sonnenlicht flimmert an der Wand und bringt die Holzdielen zum Leuchten, ein Luftzug bläht die Gardinen. Sie rappelt sich hoch, doch bereits bei der ersten Bewegung spürt sie, wie ihr ein Messer durch den Kopf fährt. Ihre Zunge ist staubtrocken, aber wie durch ein Wunder steht auf dem Nachttisch ein Glas Wasser. Ihre Hand zittert, als sie danach greift. Ausgesprochen langsam trinkt sie davon. Noch nie hat ein Schluck Wasser so gutgetan!

Fernando! Voller Dankbarkeit schließt sie die Augen und lässt sich wieder in ihr Kissen sinken. Moment mal! Fernando? Wie ist er hier reingekommen, er hat doch gar keinen Schlüssel. Na warte!

»Guten Morgen, Jule, wie geht es dir?«

»Du!?«

Sie fährt in die Höhe, das Messer in ihrem Kopf sticht erneut zu, und sie gibt einen wimmernden Ton von sich. Vor ihr steht, lächelnd und mit einem Tablett in der Hand, Tian Tang, Odas Freund oder Exfreund, wer weiß das schon.

»Ich habe dir Tee gemacht. Trink den, dann reden wir.«

Tian sieht sie mit einer Mischung aus Fürsorge und Strenge an und hält ihr die Tasse hin.

Jule erwidert seinen Blick nicht gerade freundlich, aber nimmt dann doch die Tasse und trinkt in kleinen Schlucken. Ab und zu muss sie husten, bei jedem Mal kehren die Stiche zurück. Reden? Worüber will er mit ihr reden? Warum ist er hier, wie ist er hereingekommen? Ist sie wirklich schon wach, oder ist das ein verrückter Traum?

»Das schmeckt scheußlich. Ich will Kaffee, hier riecht's nach Kaffee.«

»Der Kaffee ist für mich. Du trinkst das.«

Jule kapituliert. Irgendwas hat der Mann an sich, was jeden Widerspruch im Keim erstickt, und im Augenblick ist sie nicht in der Verfassung, es mit ihm aufzunehmen.

»Du hattest eine Alkoholvergiftung«, sagt Tian. »Du warst bewusstlos. Eigentlich hättest du in die Notaufnahme gehört, aber Oda hat mich angerufen, weil sie dachte, das wäre dir vielleicht lieber, wenn wir das unter der Hand regeln.«

»Oda?«

»Dein Nachbar hat sie reingelassen. Alle haben sich große Sorgen gemacht.«

»Alle? Wer ist *alle?*«

»Oda, Fernando und dein Nachbar. Der mit den Hanfpflanzen auf dem Balkon.«

Die letzten Worte hat Tian ihr hinterhergerufen, denn Jule ist schon auf dem Weg ins Bad, und Sekunden später hängt sie über der Kloschüssel. Dieser Vorgang – Tee trinken, ins Bad rennen, sich übergeben – wiederholt sich innerhalb der nächsten Stunde noch drei Mal. Am Ende kommt nur noch Gallenflüssigkeit heraus, und ihr Hals schmerzt vom vielen Würgen. Erschöpft sinkt sie auf den Rand der Badewanne. Das ist dann wohl der Tiefpunkt, erkennt sie, als sie das rotfleckige Gespenst mit den Augenringen sieht, das ihr aus dem Spiegel entgegenblickt. Sie steht mühsam auf, stützt sich mit einer Hand aufs Waschbecken und putzt sich mit der anderen die Zähne. Danach schaufelt sie sich kaltes Wasser ins Gesicht, wobei ihr ein wenig schwindelig wird. Zum Duschen fehlt ihr die Kraft, aber da sie inzwischen eingesehen hat, dass sie heute nicht zur Arbeit gehen wird, zieht sie wenigstens frische, bequeme Sachen an. Noch nie ist ihr so übel gewesen, höchstens das eine Mal, als sie, vierzehnjährig, mit einer Freundin Cointreau aus Sektgläsern getrunken hat. Aber ganz bestimmt war ihr noch nie etwas so peinlich. Andererseits – mit einer Alkoholvergiftung in die Notaufnahme eingeliefert zu werden wie ein komasaufender Teenie, das wäre noch peinlicher gewesen. Also muss man Oda wohl oder übel wieder einmal dankbar sein. Wie ein waidwundes

Tier kriecht sie zurück in ihr Bett. Die Übelkeit hat nachgelassen, der Kopfschmerz besteht nur noch aus kleinen, mahnenden Nadelstichen.

»Was hast du mir da eingeflößt?«

»Das willst du nicht wissen.«

Sie muss eingedöst sein, denn als sie die Augen wieder öffnet, bringt Tian ihr eine Müslischale mit Brühe ans Bett. Jedenfalls sieht es aus wie Brühe, allerdings riecht sie etwas fischig. So weit ist es mit mir gekommen, resümiert Jule: hilflos in den Klauen von Odas chinesischem Wunderheiler.

Die Brühe schmeckt in erster Linie salzig, aber schon der erste Löffel ist eine Wohltat. Sie lächelt Tian dankbar an, schluckt einen Löffel nach dem anderen. Plötzlich ist da dieses Bild: Sie ist noch ein Kind, vielleicht sechs oder sieben, sie ist krank, und ihre Mutter sitzt neben ihr am Bett, um ihr löffelweise Suppe einzuflößen … Der Wucht der Gefühle, die über sie hereinbrechen, kann Jule nichts entgegensetzen. Tränen schießen ihr in die Augen, Rotz läuft aus ihrer Nase, heulend und schluchzend sitzt sie da, den Kopf an die Schulter eines Mannes gelehnt, den sie kaum kennt, und weint um ihre Mutter. Sie hört auch dann nicht auf, als ihr einfällt, dass es gar nicht ihre Mutter war, die ihr die Brühe eingeflößt hat, sondern das Au-pair-Mädchen.

An der morgendlichen Besprechung nehmen heute auch Oberstaatsanwältin Eva Holzwarth und Rolf Fiedler, der Chef der Spurensicherung, teil, was dem Ganzen einen offiziellen Anstrich verleiht. Was wollen die denn alle hier, fragt sich Erwin Raukel, als er, eingehüllt in eine Wolke seines herb männlich duftenden Rasierwassers, den Konferenzraum betritt. Auch die Begrüßung des Schafstölpels – »Na, so was, der Kollege Raukel beehrt uns Sterbliche auch mal wieder!« – findet er unangebracht angesichts seiner Verdienste, von denen das gemeine Volk allerdings noch nichts ahnt. Wartet nur, denkt er grollend, dies wird die Stunde meines Triumphs werden. Doch bereits nach wenigen Minuten glaubt er, im falschen Film zu sitzen, und gewinnt mehr und mehr den Eindruck, dass er gestern, während seiner zeitraubenden Recherchen im Chaos von Multikulti-Linden, wohl einiges verpasst hat. Und natürlich hat es von diesen Kollegenschweinen niemand für nötig gehalten, ihn zu informieren.

Zuerst reden alle über einen halb verwesten Penner auf einem Hochsitz im Fuhrberger Forst, danach geht es um den Tod einer gewissen Ulrike Bühring in einer Waldhütte und schließlich um Mattais Tochter, die die Frau mit einem Aschenbecher erschlagen haben soll. Allem Anschein nach in Notwehr. Darüber gibt es Debatten. »Die forensischen Spuren sowohl an der Leiche als auch an Svenja Mattai sprechen zumindest nicht dagegen«, formuliert es Oda Kristensen mit der ihr eigenen Raffinesse.

»Aber?«, bohrt die Staatsanwältin nach.

»Aber das alles erscheint mir ein wenig platt.«

Staatsanwältin Holzwarth schnaubt verächtlich und zählt auf: »Man fand Frau Mattais Blut und Hautpartikel unter den Fingernägeln von Frau Bühring, Frau Mattai hat Fesselspuren an den Handgelenken, außerdem konnten noch Reste des Betäubungsmittels Flunitrazepam in ihrem Blut sichergestellt werden, dem Wirkstoff der sogenannten Roofies, die man auch Vergewaltigungsdroge nennt. Also, mir reicht das erst einmal an Indizien, Ihnen nicht?«

»Mich irritiert diese Perücke, die wir in ihrer Hütte bei den *Lichtern des Nordens* fanden und an der überhaupt keine DNA entdeckt wurde. Außerdem hat der Kollege Rodriguez am Montag zufällig einen Blick in Svenja Mattais Badezimmerschrank geworfen und dort ein beachtliches Arsenal an Partydrogen entdeckt. Sie hat uns außerdem verschwiegen, dass man ihr wegen Unregelmäßigkeiten bei den Medikamentenbeständen im Nordstadtkrankenhaus fristlos gekündigt hat.«

Die Holzwarth scheint darüber nachzudenken, dann sagt sie: »Liefern Sie mir Beweise, dass es nicht so war, wie Frau Mattai es geschildert hat, dann erhebe ich Anklage gegen sie.«

Als Nächstes meldet sich Rolf Fiedler zu Wort, dieser staubtrockene Seitenscheitelträger von der Spurensicherung. Sein Monolog handelt von blutigen Scherben, einem Aschenbecher und von Fingerabdrücken hier und dort. »Allerdings waren keine auf dem iPod, der in der Hütte gefunden wurde …« Die leiernde Stimme hat etwas Einschläferndes, Raukel droht in einem Meer von Fakten zu ertrinken und muss trotz seiner inneren Unruhe ein Gähnen unterdrücken. Er wird erst wieder munter, als Fiedler sagt: »Bei der Durchsuchung von Frau Bührings Wohnung in Herrenhausen heute früh wurde eine Schreibmaschine gefunden, höchstwahrscheinlich die, mit der der Text geschrieben wurde, der besagten Trauerkarten beilag …« Das ist der Moment, in dem Raukel die Beherrschung verliert. »Die Schreibmaschine?«, ruft er so laut, dass alle im Raum zusammenzucken und ihn ansehen. »*Die* Schreibmaschine? Das kann nicht sein, das muss eine andere Maschine sein! Ich hab sie doch …« Erst im allerletzten Moment kann er sich bremsen. Denn eins ist klar: Ein Verstoß gegen Artikel 13 des Grundgesetzes, die Unverletzlichkeit der Wohnung, käme diesen Sesselfurzern sicher gelegen, um ihn endgültig abzuschießen. Nein, nicht mit mir, dazu bin ich schon zu lange im Geschäft. Schnauze halten und abwarten scheint ihm die bessere Strategie zu sein, auch wenn es ihn dabei schier zerreißt. Also verzieht er den Mund zu einem aufgesetzten Grinsen und sagt: »Ich wollte nur sagen – seid ihr sicher, dass es die richtige Schreibmaschine ist?«

Alle sehen ihn an: das halbe Axelkind, die russische Kampflesbe, der keksfressende Volltrottel, das spanische Weichei, der Schafstölpel, die Brillenschlange von der Staatsanwaltschaft, der Seitenscheitel und die wunderbare Oda Kristensen. Ach ja, wo ist eigentlich seine neue Chefin heute?

Völxens Augenbrauen nähern sich einander an, und er sagt ungeduldig: »Erwin, ich empfehle dir dringend, dich erst einmal mit dem Stand der Ermittlungen vertraut zu machen.«

»Die Maschine wird gerade untersucht, aber es ist eine *Adler Gabriele 12*«, sagt Rolf Fiedler mit Bestimmtheit.

Raukel bekommt unerwartet Schützenhilfe vom spanischen Weichei: »Gestern Mittag waren Rifkin und ich in der Wohnung der Bühring, aber da war nirgends eine Schreibmaschine zu sehen.«

Sag ich doch, triumphiert Raukel in Gedanken.

Der Seitenscheitel entgegnet: »Sie war im Keller, Rodriguez. Zur Wohnung gehört ein kleiner Keller. Hast du da auch nachgesehen?«

»Nein. Wir hatten die Anweisung, nach Hinweisen über den Verbleib der Person zu suchen, nicht nach Schreibmaschinen. Aber wieso sagst du, sie wäre in der Wohnung gewesen, wenn sie in Wirklichkeit im Keller war?«

Die Frau Oberstaatsanwältin trennt die Kampfhähne und ordnet an, man möge erst noch die Obduktion der Leiche von Frau Bühring sowie die Auswertung der in der Jagdhütte sichergestellten DNA-Spuren abwarten. Außerdem gelte es zu klären, ob Ulrike Bühring auch für die Morde an Frau Wedekin und Herrn Börrie infrage komme. »Wie weit sind wir damit?« Die Frage ist an Völxen gerichtet, der etwas von Fakten murmelt, die man überprüfen müsse. »Svenja Mattai erwähnte gestern eine alte Frau, eine Bekannte von Frau Bühring, die angeblich aus einer der Wohnungen von Frankland & Morell ausziehen musste und daraufhin in einem Altenheim verstarb. Das könnte ein Motiv sein. Wir werden das überprüfen.«

»Tun Sie das, Herr Hauptkommissar. Und vorher kein Wort an die Presse!« Damit stöckelt sie hinaus.

Während Erwin Raukel noch in seine leere Kaffeetasse starrt, als finde er an deren Grund die Antwort auf die Frage, wie er jetzt vorgehen soll, hört er hinter sich die Stimme von Oda Kristensen. »Was wolltest du denn vorhin sagen, Erwin? Über die Schreibmaschine?«

Dieses Teufelsweib ist wahrlich nicht aufs Hirn gefallen! Raukel lauscht für einen köstlichen Augenblick dem Klang ihrer dunklen Stimme nach, die seinen Vornamen ausgesprochen hat. Dann entschließt er sich, in die Offensive zu gehen: »Kann ich euch mal kurz allein sprechen? Dich und Völxen?«

Lieber wäre ihm natürlich ein intimes Vieraugengespräch mit Oda, aber am Schafstölpel wird so oder so kein Weg vorbeiführen. Der hat seinen Namen gehört und wendet sich um. »Das ist eine gute Idee«, meint er mit einem Unterton, der Raukel nicht gefällt.

Das Kroppzeug schwirrt ab, die Erwachsenen sind unter sich.

»Also, was gibt's?«, fragt Völxen.

Erwin Raukel räuspert sich und teilt mit, um dies zu erklären, müsse er etwas ausholen.

»Nur zu!«, sagt Völxen, und Odas Perlmuttaugen schillern ihn erwartungsvoll an.

Raukel genießt den Moment und fängt dann an zu erzählen. »Es war einmal ein Dozent an der Uni Hannover, der heutigen Leibniz-Universität. Er war Dozent für evangelische Theologie. Im Jahr 1985 wurde er vor dem Landgericht Hannover angeklagt, und zwar wegen sexueller Nötigung und Körperverletzung. Er soll während einer Studentenfete im Georgengarten versucht haben, eine junge Frau zu vergewaltigen. Das Mädchen hatte Glück, weil zwei Kommilitonen dazukamen und den Angreifer gewaltsam daran hinderten. Aber es kam zu einer Schlägerei. Die zwei edlen Retter waren BWL-Studenten und hießen Kai Börrie und Dieter Mahlberg. Unser Dozent der frommen Lehre hat jedoch vor der Polizei und auch vor Gericht die Tat bestritten und behauptet, es wäre genau umgekehrt gewesen. Er habe Börrie und Mahlberg dabei überrascht, wie sie das Mädchen vergewaltigen wollten. Die Betroffene konnte sich leider an nichts mehr erinnern, in ihrem Blut wurden Reste von Psychopharmaka gefunden. So standen die Aussagen von Börrie und Mahlberg gegen die des Dozenten. Die Zeugen, die später bei der Prügelei mitmischten, konnten zum genauen Tathergang nichts sagen, weil sie zu spät dazugekommen und in der Mehrzahl sturzbesoffen waren. Unser Kavalier wurde zu einer Geldstrafe und einem Jahr auf Bewährung verurteilt. Sein Ruf war natürlich im Arsch. Sein Vertrag mit der Uni wurde nicht verlängert, er war 38 Jahre alt und arbeitslos. Ende der Achtziger übernahm er einen Teeladen in der Fröbelstraße in Linden und bezog eine Wohnung, die zwei Ecken weiter lag, in der Bethlehemstraße. Fünfundzwanzig Jahre lang führte er ein ruhiges, unauffälliges Leben …«

»Erwin, komm zu Potte, von wem, zum Teufel, redest du?«, ermahnt ihn Völxen.

Dass dem Schafstölpel jeglicher Sinn für Dramaturgie abgeht, war ja klar. »Dazu komme ich jetzt«, verspricht Raukel und lächelt Oda zu, die seinen Ausführungen sehr interessiert gelauscht hat.

»Folgendes haben meine Ermittlungen ergeben. Zunächst habe ich mich gefragt, wo dieser Verein, dieses *Living Linden*, denn eigentlich seinen Sitz hat. Wo hat man sich getroffen? In einer Wohnung, in einer Kneipe ... Nun, ich möchte euch nicht lange auf die Folter spannen. Das Ergebnis ist: Sie trafen sich in einem Teeladen. Er gehörte unserem gescheiterten Theologen, sein Name ist Herbert Engelhorn.«

Raukel entgeht nicht, wie Oda bei diesem Namen aufhorcht. Aber sie schweigt, also spricht er weiter: »Der Teeladen befand sich im Erdgeschoss des Mietshauses, in dem auch Martin Krohne wohnte. Engelhorn war einer der Ersten, der seinen Laden dichtmachte, als im vergangenen Herbst die Sanierungspläne bekannt gegeben wurden. Frankland & Morell, vertreten durch Kai Börrie, hatte ihm die Ladenmiete fast verdoppelt. Für Gewerbeflächen gelten die Schutzvorschriften des Mietrechts ja nicht. Engelhorn löste daraufhin das Geschäft auf und lebte nur noch von seiner Rente, er ist ja auch schon 68. So weit, so gut. Doch Anfang dieses Jahres bekommt Engelhorn gesundheitliche Probleme. Er lässt sich durchchecken, die Diagnose ist niederschmetternd: Lungenkrebs im fortgeschrittenen Stadium. Ein Todesurteil. Höchste Zeit also, um ein paar alte Rechnungen zu begleichen. Ganz oben auf der Liste steht dabei Kai Börrie, der ihm gleich zweimal in seinem Leben übel mitgespielt hat. Unser braver Teeladenbesitzer geht wenig subtil vor. Er besorgt sich einen Schlagstock, und da er seinen Feind vorher noch ein wenig quälen will, schreibt er ihm zwölf Tage vor dem Mord diese Karte, ehe er sich frühmorgens in seinen Garten stellt, ihn abpasst und ihn totschlägt.« Raukel unterbricht sich. »Ist bis dahin alles klar?«

»Ja«, sagt Oda.

»Gut. Denn nun verlasse ich die Welt der harten Fakten und komme zu meinen Schlussfolgerungen«, verkündet Raukel, ignoriert das Augenrollen des Schafstölpels und fährt fort: »Der arme Mann – ich sage das jetzt mal so, obwohl er ja ein Mörder ist –, der arme Herr Engelhorn ist wirklich vom Pech verfolgt. Denn bevor er den zweiten Mann auf seiner Liste, ich nehme an, es ist dieser Mahlberg, um die Ecke bringen kann, erleidet er einen Schlaganfall …«

»Und lebt seitdem in einem Pflegeheim namens *Abendfrieden*, wo Svenja Mattai arbeitet«, platzt Oda heraus, und ihre Augen leuchten auf wie im Sonnenlicht funkelnde Diamanten. »Sie ist unsere Verbindung zwischen den beiden Opfern.«

»Warte, warte …«, sagt der Schafstölpel, der offenbar ein Problem damit hat, zu folgen, wenn zwei so brillante Geister am Werk sind.

Oda erklärt: »Es könnte so gewesen sein: Engelhorn vertraut sich seiner Pflegerin Svenja an. Für ihn ist das kein Risiko, er stirbt sowieso bald, und er ist nicht hafttauglich, er hat also nicht viel zu verlieren. Er bittet sie, wahrscheinlich gegen Geld, seinen Rachefeldzug fortzuführen und diesen Mahlberg zur Strecke zu bringen …«

»Der wohnt übrigens in Lehrte, ist verheiratet und hat zwei halbwüchsige Gören«, wirft Raukel ein.

»Doch Svenja sieht ihre Chance und benutzt das Alibi, das Engelhorn ihr zu diesem Zweck gibt, um Cordula Wedekin zu töten. Die Frau, mit der sie um die Aufmerksamkeit ihres Vaters buhlt, die nicht wollte, dass sie in das Haus in Bothfeld mit einzieht. Damit wir die Tat dem Trauerkartenmörder zuordnen, schreibt sie die Karte an Frau Wedekin auf Engelhorns Maschine und legt sie kurz vor der Tat in das Hochzeitsalbum, wo sie hofft, dass wir sie finden. Eine sehr bezeichnende Wahl übrigens, das Hochzeitsalbum.«

»Das würde die zwei verschiedenen Schriftbilder erklären«, räumt Völxen ein, der es nun auch kapiert zu haben scheint.

»Ja«, meint Oda. »Das passt alles. Ich habe dieser Svenja von Anfang an nicht über den Weg getraut. Es ist so offensichtlich, wie sehr sie auf ihren Vater fixiert ist. Vielleicht, weil ihre Mutter so früh starb. Deshalb wohl auch dieser Exkurs zu den *Lichtern des Nordens*, sie wollte Aufmerksamkeit. Oder sie suchte dort tatsächlich eine neue Familie. Nicht übel, deine Recherchen, Erwin!«

Raukel droht davonzuschweben.

»Woher weißt du so viel über diesen Engelhorn?« Aus der Stimme Völxens spricht anstatt Dankbarkeit das pure Misstrauen.

»Ich habe eben gründlich recherchiert«, versetzt Raukel. »Aufgrund dieser Recherchen empfehle ich dir dringend, einen Durchsuchungsbeschluss für Engelhorns Wohnung in der Bethlehemstraße zu erwirken.«

»Soso, das empfiehlst du mir.« Völxens Tonfall ist noch immer grimmig, aber um seine Mundwinkel zuckt es. »Und was meinst du, Erwin, was werden wir da wohl finden?«

Raukel holt tief Luft, setzt jenes teuflische Lächeln auf, das er heute Morgen vor dem Badezimmerspiegel geprobt hat, und meint dann: »Also, ich könnte mir vorstellen, dass man da die alte Prozessakte findet, mit dem Urteil und den ganzen Zeugenaussagen. Vielleicht findet man auch die Kopien der Arztrechnungen, die er bei der Krankenkasse eingereicht hat, samt Lungenkrebsdiagnose. Und wenn man sehr viel Glück hat, könnte es vielleicht sogar sein, dass da die Schreibmaschine herumsteht, mit der das Gedicht in den Trauerkarten geschrieben wurde. Aber das ist natürlich rein hypothetisch.«

»Ich verstehe«, knurrt Völxen.

»Aber was ist dann mit der Schreibmaschine bei Ulrike Bühring?«, fragt Oda. »Die Kriminaltechnik irrt sich doch nicht, oder?«

»Warten wir's ab«, sagt Völxen. »Oda, besorg uns einen Beschluss für Engelhorns Wohnung.«

Jule hat sich in die Küche gesetzt, wo Tian Tang gerade Gemüse klein schneidet. Er ist nicht nur ein Experte für chinesische Medizin, er ist auch ein sehr guter Koch, das weiß sie von Oda. Wo kommt eigentlich das Grünzeug her, war er einkaufen, während sie im Delirium lag? »Musst du nicht in deine Praxis?«, fragt sie.

»Ich habe ein paar Termine verlegt. Erzähl mir von deiner Mutter«, fordert Tian, während er in rasender Geschwindigkeit eine Möhre zerstückelt.

»Was willst du denn hören?«

»Was, findest du, sollte man über sie wissen?«

»Sie hat Klavier gespielt«, sagt Jule. »Sie hat Konzerte gegeben. Allerdings liegen ihre großen Tage schon eine ganze Weile zurück. Nachdem mein Bruder gestorben war, hat sie lange Zeit gar nicht mehr gespielt, und als mein Vater sie verlassen hat, wurde das bei ihr zu einer fixen Idee: *Ich habe ihm meine glanzvolle Karriere geopfert, und er verlässt mich wegen einer Jüngeren.* Um sich und der Welt zu beweisen, wie attraktiv sie noch ist, begann sie Affären mit jüngeren Golflehrern und dergleichen. Sie hatte panische Angst vor dem Altwerden, immer schon. Dabei wäre mein Vater der Letzte gewesen, der von ihr verlangt hätte, dass sie ständig hungert und sich liften lässt. Die Trennung der beiden fiel genau in die Zeit, als ich in Völxens Dezernat anfing und gerade in diese Wohnung gezogen war. Zum Glück, sonst hätte ich das Drama hautnah miterlebt. Ich war also doppelt froh über den neuen Job. So hatte ich eine gute Ausrede, mich nicht um sie kümmern zu müssen.« Jule seufzt, aber da Tian nichts sagt, sondern stattdessen Gewürze in heißem Fett anröstet, fährt sie fort: »Natürlich war ich wütend auf meinen Vater und fand sein Verhalten mies. Aber irgendwie konnte ich ihn auch verstehen. Vielleicht wäre er gar nicht abgehauen, wenn sie nicht ... wenn sie nicht so gewesen wäre, wie sie eben war.«

»Wie war sie denn?«

»Kühl«, antwortet Jule. Das Wort ist ihr einfach aus dem Mund geschlüpft, ehe sie darüber nachdenken konnte, am liebsten würde sie es zurücknehmen. Dabei ist es wahr. Inzwischen ist ihr klar geworden, dass zwischen ihr und ihrer Mutter stets etwas Entscheidendes fehlte, nämlich jene Wärme, wie sie beispielsweise Pedra Rodriguez ausstrahlt, die immer lächelt wie ein Sonnenaufgang, wenn ihr Sohn den Laden betritt, auch wenn sie sich erst vor Stunden beim Frühstück gesehen haben. Eine Wärme, die selbst dann noch spürbar ist, wenn sich die beiden wegen irgendetwas in den Haaren liegen und Pedra ihren Sohn mit feurigen Augen anfunkelt, als würde sie ihn gleich auffressen. Meine Mutter, erinnert sich Jule, hat nie gestrahlt, wenn sie mich sah, und ihre Wut war immer – kühl.

»Das klingt jetzt so negativ. Sie war keine schlechte Mutter, sie hatte ja Zeit, sich um mich zu kümmern, und das tat sie auch. Sie war stolz, wenn ich gut in der Schule war. Sie hatte große Pläne mit mir.«

Als Kind und Jugendliche ist Jule ständig von ihr umschwirrt und bevormundet worden – heute würde man sie wohl als *Helikopter-Mutter* bezeichnen. Aber das trifft es nicht ganz. Ja, ihre Mutter war immer präsent, sie bestimmte sogar, mit wem ihre Tochter befreundet sein durfte und mit wem nicht. Stets hat sie versucht, das Beste aus ihr herauszuholen. So betrachtet war sie eher eine *Tiger-Mom*. Erstaunlich, dass es inzwischen für alles ein trendiges Wort gibt. Was immerhin darauf hindeutet, dass Jule mit ihrem Schicksal nicht alleine ist.

»Was war mit Liebe?«, fragt Tian und sieht sie aufmerksam an.

»Liebe«, wiederholt Jule. »Ich weiß nicht. Ja, sicher hatte sie mich gern ...«

»Aber?«, fragt Tian.

»Aber ich hatte immer das Gefühl, ich sei nur zweite Wahl. Das Trostkind. Ich dachte, ich müsste besonders brav und gut in der Schule sein, um ihren Verlust wettzumachen. Ich habe Ballettstunden genommen und Klavier gespielt, weil sie es wollte, ich habe mich in der Schule angestrengt und Medizin studiert, weil mein Vater es wollte. Ich bemühte mich, immer ihre Erwartungen zu erfüllen ... Zuerst waren alle beide zufrieden. Aus mir wurde zwar keine Pianistin, aber immerhin habe ich Medizin studiert. Aber dann, nach vier Semestern, habe ich aufgehört, um Polizistin zu werden.« Jule hält inne.

Tian sieht sie abwartend an, während aus dem Wok ein verführerischer Duft aufsteigt.

»Hat dir die Medizin nicht gefallen?«

»Doch, schon«, antwortet Jule. »Als ich anfing mit dem Studium, war ich gerade mal achtzehn, ich hatte im Gymnasium zwei Klassen übersprungen. Aber irgendwann wurde ich erwachsen, und plötzlich hatte ich es satt, immer das zu tun, was sie von mir wollten. Als ich das Studium hingeworfen habe und zur Polizei gegangen bin, war mein Vater natürlich stinksauer. Aber er hat sich wieder beruhigt, nachdem er gesehen hat, dass ich mit dem, was ich tue, glücklich bin. Der Enttäuschung meiner Mutter konnte ich jedoch nichts entgegensetzen. Für sie ging es um Status. Was war eine Polizistin schon gegen eine Ärztin? Sie hat mir das nie verziehen, bis heute … bis zu ihrem Tod nicht.« Jule verstummt. Ein Anflug von Reue überkommt sie. Kann es sein, dass ihr erst jetzt, in diesem Augenblick, die Tragweite ihrer damaligen Entscheidung klar geworden ist? »Mein Leben gehört mir«, hat sie ihren Eltern damals entgegengeschleudert, wild entschlossen, im Alter von zwanzig Jahren zum ersten Mal eine Entscheidung gegen deren Willen zu treffen und die Sache auch durchzuziehen. Wie stolz sie war an ihrem ersten Tag in Völxens Dezernat. Jetzt fragt sie sich, ob einem sein Leben wirklich ganz allein gehört. Darf man Entscheidungen treffen, die andere verletzen?

»Du bist also aus Trotz Polizistin geworden«, stellt Tian fest. »Klingt für mich jetzt nicht sehr erwachsen.«

»Ich bin Polizistin geworden, weil ich es wollte.«

»Willst du es immer noch?«

»Was ist denn das für eine Frage?«, erwidert Jule, aber Tian schweigt und geht scheinbar ganz in seiner Kochleidenschaft auf.

»Klar hatte ich ein paar Illusionen über den Beruf. Die meisten davon gingen schon während meiner Zeit im Streifendienst flöten.« Sie deutet auf die kleine, halbmondförmige Narbe unter ihrem linken Wangenknochen. »Die stammt vom Messer eines Drogendealers. Damals kam ich ein wenig ins Grübeln, aber nur kurz. Ich habe durchgehalten. Und jetzt, bei Völxen … nun ja. Manchmal überlege ich schon, ob ich den Job auch noch die nächsten dreißig Jahre machen will. Aber hinterfragt nicht jeder ab und zu seine Berufswahl?«

»Sicher, und das sollte man auch«, antwortet Tian durch eine Wolke aufsteigenden Dampfs. »Vor allem, wenn man *durchhalten* muss.«

Dieser Mensch ist ein ziemlicher Wortklauber, man muss aufpassen, was man sagt. Sie steht auf und öffnet das Fenster, damit der Küchendunst abziehen kann.

»Jetzt, wo deine Mutter nicht mehr lebt, musst du zumindest ihr nichts mehr beweisen«, meint Tian.

»Das ist wahr. Aber im Moment beschäftigt mich etwas ganz anderes, nämlich, ob meine Kollegen es wohl endlich schaffen werden, ihren Mörder zu überführen.«

»Hast du Zweifel daran?«

»Manchmal.«

»Und wann hast du mit dem Trinken angefangen?«, fragt Tian Tang, während er den Wok vom Herd nimmt.

Jule stutzt, dann lächelt sie ein wenig verkrampft und schüttelt den Kopf. »Nein, Tian, ich glaube, du hast da einen falschen Eindruck von mir gewonnen. Gestern Abend *wollte* ich mich betrinken, mit voller Absicht. Es war einfach zu viel. Ich bin zum ersten Mal im Leben meiner grässlichen Tante begegnet, Völxen hat mich vom Dienst suspendiert, ich habe mich mit meinem Vater, mit Oda und mit Fernando gestritten, und dann kam auch noch dieser Dreckskerl, der meine Mutter umgebracht hat, hierher, in meine Wohnung, und hat mir eine Gemeinheit nach der anderen an den Kopf geworfen. Ich glaube, dass sich nach einem solchen Tag jeder halbwegs normale Mensch betrinken würde.«

»Wann war der letzte Abend, an dem du nichts getrunken hast?«, will Tian wissen, während er seelenruhig Gemüse aus dem Wok in die zwei Schalen schöpft.

Jule sieht ihn aus schmalen Augen an. »Sag mal, Tian … hältst du mich etwa für eine Säuferin?«

Erwin Raukel starrt den Schreibtisch an, als hätte er eine Marienerscheinung. Es ist ein sehr schöner, alter Schreibtisch, aber das ist nicht der Grund. Jetzt geht er in die Knie, öffnet die Seitenfächer und murmelt: »Weg. Alles weg. Ich kapier das nicht, ich bin doch nicht meschugge!«

»Tja«, sagt Völxen und verschränkt die Arme.

Oda hat die Komödie satt und entschließt sich, Klartext zu reden: »Erwin, was genau hast du gestern in dieser Wohnung gesehen?«

Raukel richtet sich auf. Sein Kopf ist hochrot angelaufen. »Ich, äh …«

»Nun rede schon!«, sagt Völxen.

»Leute, ich schwöre es euch, da war eine Schreibmaschine, genau hier hat sie gestanden!« Seine Faust donnert auf die hölzerne Platte. »Eine *Adler Gabriele 12*. Und da waren die Ordner mit den Gerichtsakten und Engelhorns Korrespondenz mit seiner Krankenkasse, getippt in Maschinenschrift. Ich habe es mit eigenen Augen gesehen. Ich hätte es fotografieren sollen, aber wer denkt denn …«

»Wann warst du denn da?«, fragt Völxen.

»Zwischen vier und fünf.«

»Svenja Mattai hat die PD um achtzehn Uhr verlassen«, erinnert sich Oda. »Fiedlers Leute fanden die Maschine in Ulrike Bührings Keller erst heute früh …«

Raukel geht ein Licht auf: »Bestimmt hat diese kleine Mistkröte Engelhorns Wohnungsschlüssel. Sie muss die Maschine gestern Abend weggeschafft haben und die Ordner mit den Briefdurchschlägen auch. Wir müssen sie und den Alten sofort zum Verhör einbestellen!«

»Langsam, langsam. Haben wir denn gegen einen von ihnen Beweise?« Völxen deutet anklagend auf den leeren Schreibtisch.

»Trotzdem sollten wir uns den alten Herrn mal vorknöpfen«, meint Raukel verbissen. Wenn wir Glück haben, dann weiß er vielleicht noch nicht, dass die Beweise gegen ihn verschwunden sind. Oder er wird weich und gesteht. Immerhin hat ihn das Mädel ja böse an der Nase herumgeführt.

»Wartet mal!« Oda kramt ihr Telefon aus der Tasche und verlangt, den Chef der Spurensicherung zu sprechen.

»Fiedler.«

»Kristensen. Es geht um diese Schreibmaschine aus Frau Bührings Wohnung. Welche Fingerabdrücke …«

»Gar keine«, fällt ihr Rolf Fiedler ins Wort. »Es sind überhaupt keine Fingerabdrücke auf der Maschine. Das finde ich gerade bei einer mechanischen Schreibmaschine sehr sonderbar. Da ist nichts – weder am Gehäuse noch am Hebel oder an den Tasten.«

»Sie wurde also sorgfältig abgewischt.«

»Scheint ein echter Putzteufel gewesen zu sein. Allerdings wurde etwas übersehen.« Fiedler macht eine Kunstpause. »Es sind zwar keine Abdrücke *auf* der Maschine, aber darin. Das Farbband. Auf den Spulen des Bandes konnten wir Teilabdrücke sicherstellen. Diese jedoch stammen nicht von Frau Bühring, und sie passen auch sonst zu keinem der Verdächtigen.«

»Danke, Rolf. Ich werde dir Vergleichsabdrücke besorgen.« Oda legt auf und geht in Richtung Küche, wo sie Völxen und Raukel über Tee sprechen hört.

Als Oda dazukommt, wendet Völxen sich um und deutet auf ein Regal über dem Küchentisch. Dort stehen, hübsch aufgereiht, an die zwanzig Teedosen. *Darjeeling first flush, Assam, Earl Grey* … Jedes der Etiketten wurde mit Schreibmaschine beschriftet.

Oda lächelt und meint dann: »Es ist immer schlecht, wenn ein Täter vom ursprünglichen Plan abweicht. Dann passieren ganz, ganz dumme Fehler.«

»Hallo, Fernando.«

Fernandos Herz macht einen Luftsprung. Ihr Gruß hat freundlich geklungen und einigermaßen munter.

»Jule! Wie geht es dir?«

»Mein chinesischer Zerberus flößt mir eine obskure Substanz nach der anderen ein.«

»Das war Odas Idee.«

»Bestell ihr Grüße und danke dafür.«

Fernando fällt ein Felsbrocken vom Herzen. Sie scheint wirklich kein bisschen sauer zu sein, auch nicht wegen ihres Streits. »Wir haben uns riesige Sorgen gemacht, es tut mir leid, dass ich …«

»Schon gut. Es war blöd von mir, nicht ans Telefon zu gehen.«

»Schwamm drüber.«

»Es war einfach alles zu viel. Und dann war auch noch Mattai an dem Abend bei mir.«

»Was?«

»Ja. Angeblich um mit mir über die Beisetzung zu sprechen, aber dann haben wir uns gestritten, und er hat eine Menge gemeiner Sachen über mich und meine Mutter gesagt. Und danach … ich wollte mich einfach nur noch wegbeamen.«

»Dieser Dreckskerl!« *Na warte, Mattai, komm du mir noch einmal unter die Augen!*

»Fernando?«

»Ja?«

»Verachtest du mich jetzt?«

»Spinnst du? Kein bisschen. Wieso sollte ich, nur weil … na, egal.« Er will das jetzt nicht weiter ausführen und am liebsten später auch nicht mehr. »*Ich* mache mir Vorwürfe, weil ich nicht für dich da war.« *Sondern auf Sauftour mit Rifkin.* Nie mehr in seinem Leben wird Fernando diese panische Angst vergessen, die er in dem Moment empfand, als er Jule bleich und leblos da liegen gesehen hatte und Thomas, dieser Idiot, fragte, ob sie tot sei. Sein erster Gedanke war: *Sie hat sich etwas angetan, sie hat Tabletten genommen.* Wie kam er nur auf so etwas? Dafür ist Jule doch gar nicht der Typ.

»Nein, das musst du nicht. Es war ganz allein meine Schuld«, sagt Jule.

»Niemand hat an irgendwas Schuld, okay?«, sagt Ferando, und da ist schon wieder dieser Gedanke: *Hat sie doch was genommen, und beide, Tian und Jule, reden nicht darüber?*

»Okay«, hört er sie sagen und gleich darauf: »Wie sieht's bei euch aus?«

Das, findet Fernando, ist jedenfalls wieder ganz die alte Jule. »Gestern ist unheimlich viel passiert, wir stehen kurz vor einem Durchbruch.«

»Mattai?«

Fernando zögert. Der Name stimmt immerhin. »Ich sag dir Bescheid, wenn alles in trockenen Tüchern ist«, weicht er aus, nicht zuletzt, weil Rifkin ihn über den Schreibtisch hinweg streng ansieht. »Versprochen.«

»Bist du jetzt endlich fertig mit Turteln?«, fragt Rifkin, die sich gerade das Holster für die Dienstpistole umlegt. »Können wir jetzt diese Frau verhaften?«

»Ich danke dir«, stöhnt Oda, als sie mit Völxen im Dienstwagen sitzt.

»Wofür?«

»Dass du mir Raukel vom Hals geschafft hast.«

Völxen hat Raukel gebeten, Engelhorns Nachbarn zu befragen. Möglicherweise hat ja einer Svenja Mattai im Haus gesehen. »War vielleicht ein Fehler«, grinst Völxen. »Seit er in dich verknallt ist, läuft er zur Hochform auf.«

Oda wirft einen Blick zur Wagendecke, dann sagt sie: »Aber schlecht war sein Denkansatz nicht. Wir sind alle miteinander nicht auf Engelhorn gekommen, weil der schon Monate vorher still und leise seinen Laden geräumt hat.«

»Wenn man mal davon absieht, dass er die Wohnung unbefugt betreten hat …« Völxen schüttelt den Kopf. »Dieser alte Schluckspecht schert sich nach wie vor einen Dreck um die Vorschriften. Aber seine Nase funktioniert noch immer.«

»Jetzt fällt mir auch wieder ein, dass Engelhorn ziemlich überrascht reagiert hat, als ich am Montag erwähnte, dass eine Frau ermordet wurde«, sagt Oda. »Ich dachte, er wäre erschrocken, weil wir ihn überhaupt wegen eines Mordes befragen.«

»Meinst du, es war Svenja, die letzten Mittwoch nachts vor dem Haus herumgeschlichen ist?«, vergewissert sich Völxen.

»Sehr wahrscheinlich«, antwortet Oda. »Vielleicht wollte sie schon an dem Tag zuschlagen, hat aber bemerkt, dass sie beobachtet wird. Die Ottermann hat Jan Mattai davon erzählt und der wiederum Svenja. Als wir nichts über eine Trauerkarte an Cordula Wedekin verlauten ließen, musste Svenja annehmen, dass wir die Karte nicht finden«, fährt Oda fort. »Sie ist nervös geworden, weil ihr Vater noch immer unser Hauptverdächtiger war. Also hat sie umdisponiert und sich entschlossen, uns Ulrike Bühring als Täterin zu servieren. Sie hat die Perücke und den iPod, den sie nach dem Mord an Cordula Wedekin hat mitgehen lassen, in der Hütte bei den Heiden deponiert und dann ihre eigene Entführung inszeniert. Wer weiß, vielleicht hat sie die Bühring ja tatsächlich als Nachfolgerin von Cordula Wedekin gesehen. Svenja ist zwar einerseits schlau, aber sie scheint mir auch krankhaft eifersüchtig auf die Frauen ihres Vaters zu sein, und wer eifersüchtig ist, sieht nicht mehr klar.«

Völxen versinkt in Schweigen und lässt Odas Vortrag auf sich wirken. So lange, bis Oda fragt: »Was ist, woran denkst du?«

»An den Unfallbericht von Marina Feldmann aus Wandsbek«, antwortet er. »Svenja war sechzehn … Ein Alter, in dem Töchter nicht einfach sind.«

»Wem sagst du das?«, stöhnt Oda, die mit Veronika harte Zeiten durchlebt hat. »Ich weiß, was du denkst. Und ich halte es für durchaus möglich, dass Svenja bei dem Unfall etwas nachgeholfen hat. Aber das werden wir ihr nicht nachweisen können.«

Wieder verstummen beide für eine Weile, dann sagt Völxen: »Alles schön und gut, aber die Spurenlage in der Jagdhütte …«

» … ist für mich nicht eindeutig«, unterbricht ihn Oda. »Es kann doch genau umgekehrt gewesen sein: Svenja verabredet sich mit Ulrike und lotst sie zu dieser Hütte. Dort feiert sie erst mit ihr und schlägt sie dann mit dem Aschenbecher tot. Danach bringt sie sich selbst die Kratzer im Gesicht bei, schneidet sich mit den Glasscherben in die Hände und die Unterarme und sorgt mit dem Klebeband für ein paar Fesselspuren.«

»Und das Betäubungsmittel in ihrem Blut?«

»Nimmt sie danach. Entweder ist sie so abgebrüht und bleibt mit der Leiche in der Hütte, oder sie setzt sich in den Wagen und wirft diese Roofies ein. Sie weiß damit umzugehen, sie ist schließlich Krankenschwester, und sie hat einige Erfahrungen mit Drogen. Sie wartet mit ihrem dramatischen Auftritt auf dem Gut bis zum Nachmittag, damit man ihr das hilflose Herumirren im Wald und das Schläfchen im Drogenrausch abnimmt. Da man die Menge nicht kennt, die sie eingenommen hat, lässt sich der Zeitpunkt der Einnahme nicht exakt berechnen. Außerdem baut sich das Zeug im Blut ziemlich rasch ab.«

»Gut, aber wo war sie dann bis zum Nachmittag?«

»So wie sie sagt: irgendwo im Wald.«

»Warum hat die Suchmannschaft sie dann nicht gefunden?«

»Weil der Wald ziemlich groß ist?«, entgegnet Oda achselzuckend. »Vielleicht hat sie sich in irgendeiner Jagdkanzel verkrochen.«

»Was ist mit diesen schlüpfrigen Mails von Berenike an Mattai?«, fällt Völxen ein. »Die sind doch schon viel früher geschrieben worden.«

»Die kann tatsächlich die Bühring geschrieben haben. Sie wurden vom W-Lan des Gutshofs abgeschickt, dort gibt es einen für alle zugänglichen Computer. Oder Svenja hat sie geschrieben und von dort gesendet.«

»Wozu?«, fragt Völxen.

»Um Unfrieden zu stiften, um ihre böse Stiefmutter zu quälen ... Oder weil sie einfach boshaft ist.«

Völxen muss zugeben, dass das alles einigermaßen einleuchtend klingt. »Mein Gott, wie schlau und kaltblütig«, sagt er. »Wie kann ein junges Mädchen ...« Er verstummt und schaudert. »Wenn das alles so stimmt, dann ist Svenja eine waschechte Psychopathin.«

Oda nickt. »Ich habe Svenja von Anfang an nicht über den Weg getraut, aber ich muss zugeben, ich habe sie unterschätzt. Noch dazu schien mir ihr Alibi perfekt. Aber dieser alte Herr Engelhorn ... Er ist so sympathisch und wirkte so überzeugend! Verdammt noch mal, wenn das stimmt ...«

»Dann ist der nette alte Herr unser Trauerkartenmörder«, ergänzt Völxen.

»Ja. Und ich bin ihm voll auf den Leim gegangen.«

Das Alten- und Pflegeheim *Abendfrieden* liegt dösend in der Nachmittagssonne. Niemand nutzt den weitläufigen Garten, offenbar ist es den Herrschaften zu heiß, oder sie halten ihr Mittagsschläfchen. Garantiert ist es hier nicht billig, spekuliert Völxen. Konnte sich Engelhorn hier einmieten, weil er weiß, dass es nicht mehr allzu lange dauern wird?

Völxen zeigt der Dame an der Pforte seinen Dienstausweis. Sie müssten mit Herbert Engelhorn reden.

»Das geht nicht, jetzt ist hier Mittagsruhe«, entgegnet die Pförtnerin resolut. »Er wird wahrscheinlich schlafen.«

»Dann werden wir ihn wecken müssen«, antwortet Völxen sehr bestimmt.

»Komm schon, ich weiß, wo sein Zimmer ist«, sagt Oda ungeduldig. Sie geht in Richtung Treppe, während die Pförtnerin mit verkniffenen Lippen zum Telefonhörer greift.

Sie stehen vor Engelhorns Tür, als sich schwere Schritte nähern.

»Dragoneralarm auf sechs Uhr«, flüstert Oda.

»Also das geht wirklich zu weit«, wettert Frau Friedrich. »Wir haben Mittagsruhe ...«

»Das weiß ich schon«, schneidet ihr Völxen das Wort ab. »Und wir haben einen dringenden Mordverdacht.«

Daraufhin weicht die Frau erst einmal zurück.

Oda klopft und öffnet die Tür. »Herr Engelhorn?«

Er liegt auf dem Bett und trägt einen Trainingsanzug. Dünnes Haar klebt wie feucht an seinem Kopf, der linke Arm hängt seitlich herab, eine lange, dicke Ader läuft quer über den Handrücken. Sein Mund steht offen, ebenso die Augen, die mit leerem Blick an die Decke starren. Völxen erkennt sofort, dass der Mann tot ist, und einen Wimpernschlag später ruft die Pflegerin auch schon: »Ach, du lieber Himmel!« Geistesgegenwärtig hält Völxen die Frau, die ans Bett eilen will, zurück. Er tastet nach der Halsschlagader. Die welke Haut fühlt sich kühl an, kein Puls ist zu spüren. Er wendet sich um und sagt zu Oda: »Ruf Bächle an. Und lass nach Svenja Mattai fahnden.«

»Zur Mittagszeit hat er noch gelebt.« Frau Friedrich hat sich rasch wieder gefangen, der Tod ist hier nichts Besonderes. »Ich selbst habe ihm um halb zwölf das Mittagessen gebracht.«

»Essen die Leute alle auf ihren Zimmern?«, fragt Oda.

»Nein. Nur die, die bettlägerig sind oder lieber alleine essen wollen. So wie Herr Engelhorn. Er war etwas eigenbrötlerisch, er mied die Gesellschaft der anderen. Etwa eine halbe Stunde später hat unsere Praktikantin Katja das Geschirr abgeräumt. Danach hat sie ihm ins Bett geholfen.«

»Das stimmt«, sagt Katja, die wachsbleich an der Wand des Flurs lehnt. Sie hat gerade die Schule beendet und macht hier ein freiwilliges Soziales Jahr.

»Also haben Sie ihn wann zum letzten Mal lebend gesehen?«, wendet sich Oda an die Praktikantin.

»Um Viertel nach zwölf«, haucht Katja. Sie hat ein Spitzmausgesicht und hängende Schultern. »Da ging es ihm gut. Also ... für seine Verhältnisse.« Tränen steigen ihr in die Augen, sie schnieft.

Völxen schaut auf die Uhr. Jetzt ist es halb drei.

»Herr Engelhorn ist ihr erster Toter«, erklärt Frau Friedrich und schenkt dem Mädchen ein Lächeln, das so viel sagt wie: *Gewöhn dich schon mal daran.*

»Was haben Sie beide nach dem Abräumen des Mittagessens gemacht?«, fragt Oda.

»Wir haben selbst etwas gegessen«, antwortet die Friedrich. »Wir essen immer, wenn hier Mittagsruhe ist. Danach war ich im Schwesternzimmer und habe mich mit der Bürokratie herumgeschlagen. Wir müssen inzwischen so viele Berichte schreiben und Statistiken führen ...«

»Und Sie?«, wendet sich Oda an Katja.

»Ich war nach dem Essen bis zwei Uhr im Garten. Dann habe ich Kaffee und Kuchen vorbereitet.«

»Das heißt, das gesamte Personal isst zur selben Zeit zu Mittag?«, fragt Oda.

»Das Pflegepersonal, ja«, antwortet der Dragoner.

»Hat jemand von Ihnen heute Svenja Mattai im Gebäude gesehen?«

Beide verneinen. »Heute Morgen hat sie eine Krankmeldung geschickt. Per Mail«, sagt Frau Friedrich, und ihre Miene drückt aus, was sie davon hält.

»Die Pforte«, fragt Oda. »Ist die immer besetzt?«

»Sicher.«

»Und wenn die Dame mal zur Toilette muss?«

»Na ja. Dann kann es schon mal sein, dass für ein paar Minuten niemand da ist«, räumt Frau Friedrich ein und fügt hinzu: »Wir sind ein Alten- und Pflegeheim, kein Gefängnis.«

»Ich möchte, dass Sie das gesamte Personal zusammentrommeln, ich muss alle befragen«, sagt Völxen.

»Was, jetzt?«

»Ja, jetzt«, bestätigt er und macht eine auffordernde Handbewegung.

Der Dragoner stapft davon.

»Kennen Sie Svenja näher?«, will Oda von Katja wissen.

»Nein. Ehrlich gesagt, ich mag sie nicht besonders.«

»Warum nicht?«

»Sie ist launisch und in manchen Dingen überkorrekt. Wenn man die Handtücher nicht richtig faltet, macht sie einen gleich an. Manchmal habe ich das Gefühl, dass sie alles genau beobachtet, was man tut.«

»Wie war Svenjas Verhältnis zu Engelhorn?«

»Sie hat ihn oft im Garten herumgeschoben. Sogar nach Dienstschluss, wenn sie Frühschicht hatte. Mit anderen hat sie das nicht gemacht. Er war wohl ihr Liebling.«

»Hat sie auch private Besorgungen für ihn erledigt?«

»Das weiß ich nicht. Oder doch, ja. Einmal, kurz nachdem er hier eingezogen ist, kam sie mit einem Koffer hier an, da waren Sachen für ihn drin.«

»Wie haben Sie sich mit Herrn Engelhorn verstanden?«, fragt Oda.

Zwei Tränen kullern rechts und links an ihrer Nase vorbei. »Gut. Er war einer der Nettesten.«

»Verfluchter Mist, hätten wir nur nicht auf den Beschluss gewartet … Das kommt davon, wenn man sich an die Vorschriften hält! Und dieser verdammte Raukel, der hätte doch auch gestern schon sein Maul aufmachen können.«

»Beruhige dich«, sagt Oda, die am Steuer sitzt. Sie sind auf dem Weg zurück zur Dienststelle, nachdem der Leichnam Engelhorns in die Rechtsmedizin abtransportiert wurde. Die zwei Koffer aus Engelhorns Zimmer haben sie mitgenommen.

»Ich will mich aber nicht beruhigen«, erwidert Völxen. »Herrgott noch mal, gestern dieser Krohne und heute Engelhorn! Zwei Tode, die wir hätten verhindern können.«

»Er kann ja auch eines natürlichen Todes gestorben sein. Er war wirklich sehr krank«, hält Oda dagegen.

»Glaubst du das?«, fragt Völxen.

Oda zuckt mit den Schultern.

»Dir ist schon klar, dass wir noch immer nichts Konkretes gegen Svenja Mattai in der Hand haben«, macht Völxen seinem Ärger Luft.

»Wir werden ganz bestimmt etwas finden«, sagt Oda ruhig.

»Und natürlich hat in dem Heim keiner was gesehen«, schimpft Völxen weiter. »Was ist denn das für ein Saftladen, in den man einfach reinspazieren und einen Mann ermorden kann?«

»Sie ist ja nicht irgendwer, sie kennt sich dort aus. Bestimmt war sie da, als das Pflegepersonal beim Mittagessen war.«

Völxen brummt etwas Unverständliches, dann ruft er Fernando an. »Rodriguez, wie sieht's aus?«

»Svenja ist nicht in ihrer Wohnung und nicht bei Mattai im Haus.«

»Habt ihr überall nachgesehen?«

»Mattai hat uns natürlich nicht reingelassen ohne Beschluss. Er sagte, Svenja sei nicht hier und dass wir uns verpissen und sie in Ruhe lassen sollten. Aber die Volland gibt an, sie hätte Svenja heute früh mit dem Rad wegfahren sehen – und wenn auf irgendwas Verlass ist, dann auf die Vogelscheuchen in diesem Viertel.«

»Verdammt, wir hätten sie gestern doch dabehalten sollen!«, flucht Völxen. »Lass das Haus beobachten und Svenjas Wohnung. Und checkt noch mal die alte Wohnung von der Bühring und auch die von Engelhorn. Sie könnte ja auf die Idee kommen, dort unterzuschlüpfen, wo wir schon waren. Und ein gewisser Herr Mahlberg aus Lehrte sollte vorsichtshalber so lange Polizeischutz bekommen, bis Svenja gefasst worden ist. Kriegst du das geregelt?«

»Klar, was denkst du denn?«

Er legt auf und wirft Oda einen fragenden Blick zu. »Und jetzt? Wo kann sie untergekrochen sein?«

»Was weiß denn ich?«, erwidert Oda und setzt dann nachdenklich hinzu: »Sie hat eigentlich keinen Grund, sich zu verstecken, denn wie du schon festgestellt hast: Wir können ihr nichts nachweisen.«

»Was, wenn wir doch falschliegen? Wenn es doch die Bühring war?«, überlegt Völxen

»Sollte Bächle bei Engelhorn eine unnatürliche Todesursache diagnostizieren, dann kann es die Bühring schon mal nicht gewesen sein«, antwortet Oda. »Vielleicht hat Svenja davor Angst. Vielleicht hält sie sich deshalb versteckt.«

»*Wenn* er's rausfindet.«

»Wie jetzt? Du zweifelst an unserem schwäbischen Leichenfledderer? Also wirklich, Völxen, das grenzt an Gotteslästerung!«

»Apropos Götter. Könnte sie bei deinen Wikingern stecken?«

»Das sind nicht *meine* Wikinger!« Oda schüttelt den Kopf. »Das glaube ich nicht. Einar war schon gestern nicht sehr gut auf sie zu sprechen.«

Völxens Telefon klingelt – es ist Raukel. Er habe alle Nachbarn befragt, leider habe niemand in Engelhorns Haus eine junge Frau bemerkt, auf die die Beschreibung von Svenja passt. Was denn Engelhorn dazu sage?

»Nichts mehr«, antwortet Völxen, ehe er Raukel anweist, er solle eine von Engelhorns Teedosen zur Kriminaltechnik bringen, zum Vergleich der Maschinenschrift und der Fingerabdrücke.

»Und wie soll ich da hinkommen?«

»Nimm dir ein Taxi, aber heb die Quittung auf.«

Für eine Weile hängen beide ihren Gedanken nach, dann meint Völxen: »Dieser Engelhorn – alle fanden ihn sympathisch, du doch auch?«

»Er tat mir in erster Linie leid«, sagt Oda. »Aber ja, er war sehr nett.«

»Es muss doch schon schlimm genug sein, wenn man erfährt, dass man bloß noch wenige Monate zu leben hat. Aber dass man sich dann das bisschen Zeit vergällt, indem man Rachepläne schmiedet und sogar einen Mord begeht, das will mir nicht in den Kopf.«

»Heißt es nicht immer, Rache sei süß?«, hält Oda dagegen.

»Ich weiß nicht. Ich würde eher versuchen, meine letzten Tage zu genießen – so lange es geht. Vielleicht würde ich etwas Gutes tun, damit etwas Positives von mir bleibt.«

»Ja, du«, meint Oda gedehnt. »Dir haben sie ja auch nie so übel mitgespielt wie Engelhorn. Außerdem hat der mit dem Mord an Börrie sehr vielen Leuten eine Freude gemacht und der Menschheit einen Dienst erwiesen, wenn man's mal nüchtern betrachtet.«

»Also wirklich, Oda, manchmal zweifle ich schon ein wenig an deiner Gesinnung.«

»Schreib das doch in meine nächste Beurteilung: *Raucht im Dienstgebäude und ist von zweifelhafter Gesinnung.*«

»Rutsch mir doch den Buckel runter!« Völxen versinkt wieder in Schweigsamkeit, dann greift er erneut zum Telefon. »Stracke, wie weit sind Sie mit der alten Frau, der Bekannten von Ulrike Bühring, die Svenja gestern erwähnte?«

Der Kommissar antwortet: »Es gibt tatsächlich eine ältere Dame, die in eine Einrichtung für betreutes Wohnen gezogen ist, nachdem ihr von Frankland & Morell gekündigt worden ist. Aber wenn man den Meldedaten glauben darf, dann lebt sie noch.«

»Das ist erfreulich. Besuchen Sie die Dame und fragen Sie sie, ob sie Ulrike Bühring gekannt hat.« Er legt auf und schielt hinüber zu Oda, die ganz leicht den Mund verzieht. »Ja, was denn?«

»Ich habe nichts gesagt.«

»Es ist ein Strohhalm, ich weiß. Aber in der Not frisst der Teufel Fliegen.«

Pedra Rodriguez gibt ihrer Aushilfskraft noch ein paar letzte Instruktionen, ehe sie ihrem Laden den Rücken kehrt. Sie macht das nicht gern, aber manchmal ist es eben unumgänglich. Es wird schon nicht allzu viel los sein an diesem warmen Donnerstagnachmittag zur Ferienzeit. Es war die ganze Woche schon nicht viel los, denn auch die Daheimgebliebenen scheinen keine Lust auf Wein oder spanischen Schinken zu haben. Vielleicht sollte ich Eis verkaufen, überlegt Pedra, während sie zur Straßenbahn geht. Der

Korb an ihrem Arm ist jetzt doch schwerer als gedacht, sie muss ein paar Mal anhalten und die Seite wechseln, wenn ihr Arm erlahmt. Im Korb befinden sich ein Kuchen, eine Flasche Rioja, verschiedene Tapas, Käse, Serranoschinken und eine ganze Salami. Die Salami kommt aus Italien, aber um im Geschäft zu bleiben, muss man heutzutage eine Menge Kompromisse machen. Es ist ein Carepaket für Jule. Bestimmt hat das arme Mädchen seit Tagen keinen Bissen gegessen. Ihre Mutter, Gott sei ihrer Seele gnädig, ist tot, *ermordet!*, und es ist zu bezweifeln, dass Jules Vater sich ausreichend um seine Tochter kümmert. Erstens hat *el profesor* eine neue Familie mit einem kleinen Sohn, zweitens ist er auch noch Chirurg, und von einem, der Leute aufschneidet, ist nicht allzu viel Zartgefühl zu erwarten.

Wenn Fernando von ihrem Vorhaben wüsste, würde er sie wahrscheinlich aufdringlich nennen und weiß der Himmel, was noch alles, aber das ist der blanke Unsinn. Wo Pedra herkommt, aus einem Dorf bei Sevilla, ist es Brauch, dass man trauernden Familien Essen vorbeibringt und ihnen in ihrem Kummer beisteht.

Natürlich ist sich Pedra vollkommen bewusst, dass niemand Jule ihre Mutter ersetzen kann. Aber, so ihr Hintergedanke, vielleicht kann Pedra sich in diesen schweren Tagen als potenzielle Schwiegermutter in Position bringen. Dass sich das Verhältnis zwischen ihrem Sohn und seiner Kollegin in den letzten Wochen verändert hat, hat Pedra natürlich sofort gemerkt. Nach jener Nacht, in der er erst im Morgengrauen nach Hause kam, um sich umzuziehen und gleich wieder zu verschwinden, war Fernando tagelang ungewöhnlich gut gelaunt. Sobald jedoch Jules Name fiel, hat er Schweißausbrüche bekommen und ist rot angelaufen, als sei er in den Wechseljahren. Außerdem sind die beiden seitdem nicht mehr zur Mittagszeit in den Laden gekommen, um eine Kleinigkeit zu essen, und das allein ist schon verdächtig. Ja, Pedra hätte Jule gern als Schwiegertochter, obwohl sie nicht katholisch ist. Jule könnte vielleicht endlich dafür sorgen, dass ihr Sohn eine eigene Familie gründet und nicht länger an ihr klebt wie eine Nacktschnecke. Außerdem hätte sie gerne weitere Enkel. Rico, der Sohn ihrer

Tochter, ist ja schon so groß, er geht längst in die Schule, und weiterer Nachwuchs scheint dort nicht geplant zu sein. Außerdem – ein Enkel von ihrem Lieblingskind, ihrem Nando, das wäre noch einmal etwas ganz Besonderes. Aber dafür wird es allmählich höchste Zeit, und so, wie er sich immer anstellt, schadet es nicht, wenn man der Sache ein bisschen nachhilft.

Es sind ja oft die kleinen Dinge, weiß Pedra, die den Ausschlag geben. Jule ist ein kluges Mädchen, sie wird wissen, dass man nie einfach nur einen Mann heiratet, sondern immer auch dessen Familie. Und Fernandos Familie, das ist in erster Linie sie, Pedra Rodriguez. Jule dagegen macht gerade eine schwere Zeit durch und braucht Beistand, seelisch und praktisch. Etwas Gutes zu essen hat sich schon immer als nützlich und tröstlich erwiesen, und Jule muss spüren, dass man sie mag, an sie denkt und sich um sie sorgt. Die Straßenbahn nähert sich, Pedra erklimmt die Stufen und sinkt auf den erstbesten Sitzplatz. Der Korb ist wirklich schwer, vielleicht hat sie es ja doch ein bisschen übertrieben. Die Salami schaut ein ganzes Stück oben heraus, und der Mann, der ihr gegenübersitzt, wirft begehrliche Blicke darauf. Aber er lächelt, als Pedra ihn dabei ertappt. »Für meine künftige Schwiegertochter.«

»Na, die hat aber ein Glück!«

In der PD wartet überraschender Besuch auf Oda. Es ist Einar, frisch rasiert, in sauberen Jeans und einem Leinenjackett, das Haar hat er hinten zusammengebunden. *Sehr seriös heute, der Herr Gestaltwandler.*

»Ich muss mit dir reden, allein, wenn's geht.«

»Klar geht das«, sagt Oda und bittet ihn in ihr Büro. »Was ist los?«, fragt sie, als sie Platz genommen haben.

»Hat Svenja Berenike umgebracht?«, fragt er.

»Über eine laufende Ermittlung darf ich mit Außenstehenden nicht sprechen«, lässt Oda ihn abblitzen.

»Was hat sie zu euch gesagt, wo sie den ganzen Tag über war?«

»Bist du schwer von Begriff? Wieso willst du das überhaupt wissen?«, fügt Oda hinzu.

»Sie war nämlich den ganzen Tag bei uns«, sagt Einar.

»Den ganzen Tag? Ab wann genau?«

»Genau weiß ich es nicht. Auf jeden Fall etliche Stunden bevor ich dich angerufen habe.«

»Aber das Gut ist doch gegen Mittag durchsucht worden«, entgegnet Oda.

»Ja. Aber …« Einar sieht sich um, als suche er nach Wanzen und versteckten Kameras.

»Du kannst reden, es bleibt unter uns.«

Er beugt sich über den Schreibtisch und sagt im Flüsterton: »Es gibt einen Keller, der einen geheimen Zugang hat.«

Oda hebt die Augenbrauen. »Ein geheimer Keller?«

»Eine Falltür in der Speisekammer, die man nicht sieht, wenn man es nicht weiß.«

»Und was treibt ihr da unten?«

Er gönnt ihr ein breites Grinsen. »Da opfern wir den Göttern unsere Jungfrauen.«

»Einar, ich hab wirklich einen Haufen Arbeit …« Unwillkürlich fällt ihr Blick bei diesen Worten auf die zwei Koffer aus Engelhorns Zimmer, die den Weg in ihr Büro gefunden haben und so bald wie möglich durchsucht werden wollen.

»Sorry.« Er wird wieder ernst und druckst herum: »Nun, du hast ja mal wissen wollen, wie sich das Gut finanziert. Der ökologische Landbau ist zwar eine Leidenschaft von mir, aber er wirft momentan noch nicht genug ab, um die Kosten zu decken. In dem Keller …« Er holt tief Atem wie einer, der eine schwere Entscheidung treffen muss.

»Jetzt spuck's schon aus, bevor ich pensioniert werde.«

»Wir bauen da unten Gras an. *Ich* baue dort Gras an. Marihuana. Die Lampen und die Klimaanlage beziehen ihren Strom von den Solarzellen auf dem Dach, und Luftfilter sorgen dafür, dass man es nicht meilenweit riecht.«

Oda legt den Kopf schief und schmunzelt. Irgendwie hatte sie doch schon von Anfang an so eine Ahnung gehabt. *Ökologischer Landbau!* »Von wie vielen Pflanzen reden wir?«

»Zweihundert«, nuschelt Einar mit gesenktem Blick. »Oder ein paar mehr.«

»Chapeau!«

»Svenja hat herumgeschnüffelt und den Zugang entdeckt. Von dort unten ist sie rausgekommen, kurz bevor ich euch gestern angerufen habe. Aber eins kannst du mir glauben: Als Arndís und ich sie in der Küche fanden, da war sie nicht das verstörte, traumatisierte Ding, das ihr vorgefunden habt. Ganz im Gegenteil. Obwohl sie nach außen so mitgenommen aussah, war sie rotzfrech und tönte rum, sie würde es allen zeigen, mit denen sie noch eine Rechnung offen hätte. Und dann hat sie uns eiskalt erpresst. Sie würde der Polizei von der Plantage erzählen, wenn ich nicht in Zukunft ein Viertel der Einkünfte an sie abdrücke. Ich war so von den Socken, dass ich erst mal zu allem Ja gesagt habe. Dann wollte sie, dass ich euch anrufe. Die Show, die sie anschließend vor dir und deinem Boss hingelegt hat, war wirklich beeindruckend. Bei allen Göttern, die hat euch vielleicht verarscht!«

Oda presst die Lippen zusammen. Es ärgert sie immer noch, dass dieses raffinierte Biest es geschafft hat, sie zu täuschen. Und Völxen hatte mal wieder den richtigen Riecher, als er sich fragte, warum die Suchmannschaft sie im Wald nicht gefunden hat. »Warum erzählst du mir das erst jetzt? Wieso bist du nicht schon gestern damit herausgerückt?«

»Weil ich da noch nicht wusste, dass Berenike tot ist. Inzwischen sind wir ... bin ich außerdem zu dem Schluss gekommen, dass ich mich nicht erpressen lassen werde, schon gar nicht von einer Mörderin. Ich bin mir absolut sicher, dass Svenja Berenike auf dem Gewissen hat. Berenike war nervig und naiv, aber sie würde nie jemandem etwas tun. Schon gar nicht Svenja, die sie aus irgendeinem Grund, den ich nicht verstehe, vergöttert hat.«

Beim Wort vergöttert muss Oda innerlich grinsen, aber sie sagt mit strenger Miene: »Du erzählst mir das mit dem Keller doch nur, weil du genau weißt, dass Svenja schon aus purer Bosheit auspacken wird, wenn wir sie drankriegen. Und das werden wir, verlass dich darauf.«

»Denk, was du willst. Ich wollte nur helfen«, sagt Einar eingeschnappt.

»Zweihundert Pflanzen! Da kann man nicht mehr von Eigenbedarf reden, dafür gehst du in den Knast.«

Einar schluckt.

»Falls Svenja ihre kleine Entdeckung in einem offiziellen Verhör zu Protokoll gibt, kann ich das nicht unter den Teppich kehren, das verstehst du doch?«, fragt Oda.

Er nickt.

»Allerdings kann es manchmal ein paar Tage dauern, bis so eine Info im Behördendschungel ihren Weg zu den zuständigen Stellen findet. Vielleicht hat Svenja sich getäuscht, und da unten wachsen nur Tomaten ...«

»Tomaten«, wiederholt Einar. »Ja, das könnte sein.« Er lächelt sie über den Schreibtisch hinweg an.

Er hat wirklich sehr schöne Zähne. »Sollte sie wieder bei euch auftauchen, weil sie einen Unterschlupf braucht, dann spielst du mit und verständigst mich, ohne dass sie es merkt, klar?«

»Klar. Du kannst dich auf mich verlassen. Und die Einladung zum nächsten Ritual steht noch.«

»Wir wollen es nicht übertreiben.«

Als er gegangen ist, merkt Oda, wie sich ein ungutes Gefühl in ihr breit macht, dessen Ursache sie nicht genau benennen kann. Ist es, weil sie gerade dabei ist, einen Drogendealer zu decken? Aber was diesen Punkt angeht, hat Oda eine eigene Moral, die sich nicht in allen Punkten mit der gültigen Gesetzgebung deckt. Nein, es war irgendetwas, das Einar gesagt hat. Das Telefon reißt sie aus ihren Grübeleien. Es ist Tian.

»Wie geht es Jule?«

»Schon deutlich besser. Ich habe ihr was gekocht und sie jetzt für eine Weile allein gelassen – mit ein paar unschönen Wahrheiten. Ich schaue gegen Abend noch mal bei ihr vorbei.«

»Schön, dass es ihr gut geht. Und danke für alles.«

»Dafür nicht. Es hat mich gefreut, dass ich helfen konnte.«

Seine Stimme, denkt Oda. Ich wusste gar nicht mehr, was für

eine schöne, melodiöse Stimme er hat. »Würdest du für mich auch mal wieder mal etwas kochen?«, hört Oda sich sagen.

Er lässt sich Zeit mit seiner Antwort, lange genug, damit Oda sich fragen kann: *Was mache ich da eigentlich? Und wie reagiere ich, wenn ich gleich eine Abfuhr kassiere?*

»Oda, du musst dich nicht verpflichtet fühlen. Ich habe das für deine Kollegin gern gemacht.«

»Ich weiß.«

Wieder hört man für ein paar Momente nur das leise Rauschen der Leitung.

»Wie geht es dir?«, fragt Tian dann, und Oda kennt ihn gut genug, um zu wissen, dass die Frage keine Anstandsfloskel ist.

»Nicht so besonders. Veronika ist ausgezogen. Ich meine, sie war ja früher auch schon hin und wieder ein paar Wochen weg, und sie kommt auch am Wochenende vorbei, dieses oder nächstes, aber es ist … anders.«

»Wie wäre es am Freitag? Ein Essen für zwei oder drei, je nachdem.«

»Ein chinesisches Essen? Mit allem Drum und Dran?«

»Ich besorge auch ein paar von diesen Glückskeksen aus dem Asia-Laden, die wie Packpapier schmecken.«

»Unbedingt!«

Sie legt auf, lächelt. Eine warme Welle schwappt durch sie hindurch, sie genießt das Gefühl – aber nicht lange, denn es klopft an ihre Tür, als hätte derjenige draußen gelauscht und das Ende des Gesprächs abgewartet. Das ist auch nicht ganz auszuschließen, denn es ist Fernando, der den Kopf ins Zimmer streckt. »Oda, wo bleibst du, das Meeting hat schon angefangen.«

Völxen ist gerade dabei, die Überlegungen und Theorien zu Engelhorns Tod und Svenjas Motiven wiederzugeben, die er und Oda vorhin, auf der Fahrt hierher, angestellt haben. Oda setzt sich zwischen Stracke und Rifkin auf das Sofa, gießt sich eine Tasse Kaffee ein und versucht, Raukels Blicke zu ignorieren.

Als Völxen geendet hat, sagt Fernando: »Überall Fehlanzeige.

Svenja Mattai ist wie vom Erdboden verschluckt. Ich wette, sie weiß inzwischen von ihrem Herrn Papa, dass wir hinter ihr her sind.«

»Nur, wenn sie sich schon ein neues Handy besorgt hat«, sagt Rifkin.

Wirklich gut mitgedacht, findet Oda. Diese Rifkin macht sich nicht schlecht.

Da niemand aus der Runde einen Kommentar dazu abgibt, beginnt Axel Stracke: »Wegen dieser alten Dame, die aus der Fröbelstraße in eine Einrichtung für betreutes Wohnen gezogen ist … Sie heißt Berta Müller, ist 88 Jahre alt und hat noch nie im Leben etwas von einer Ulrike Bühring gehört. Sie ist geistig noch recht fit«, fügt Stracke hinzu.

»Also war das erfunden«, stellt Völxen fest. »Das überrascht mich nicht. Inzwischen hat auch die Spurensicherung bestätigt, dass der Fingerabdruck auf der Teedose und der Farbbandspule der Schreibmaschine identisch sind. Somit haben wir ein starkes Indiz dafür, dass Engelhorn Börries Mörder ist.« Er schaut bei diesen Worten zu Raukel hinüber, der mit grimmiger Zufriedenheit vor sich hin lächelt und seinen Bauch tätschelt.

»Außerdem hat sich Dr. Bächle gemeldet.«

»Sag bloß, er hat den Engelhorn schon obduziert?«, fragt Oda.

»Nein, so schnell geht's dann auch wieder nicht. Aber er hat die Blutprobe untersuchen lassen, die er Engelhorns Leichnam gleich nach der Einlieferung entnommen hat. Die Werte weisen auf eine Überdosis Insulin hin. Ganz schön raffiniert, unser Fräulein Mattai. Insulin baut sich im Blut von selbst wieder ab, ein paar Stunden später hätte man es nicht mehr nachweisen können. Und bei einem todkranken Mann, der in einem Pflegeheim stirbt, hätte normalerweise sowieso niemand Verdacht geschöpft.«

»Aber Bächle ist ein helles Köpfchen«, meint Fernando. »Nicht nur in optischer Hinsicht.«

»Ja. Nur müssen wir jetzt noch beweisen, dass Svenja es war, die ihm das Insulin gespritzt hat«, knurrt Völxen.

Oda ist im Lauf der Besprechung plötzlich eingefallen, was das ungute Gefühl von vorhin ausgelöst hat. Jetzt steht sie vor der Aufgabe, die Quintessenz ihrer Unterhaltung mit Einar an die Kollegen weiterzugeben, ohne dabei die Hanfplantage zu erwähnen. Es gelingt ihr einigermaßen, allerdings entgeht ihr nicht Völxens Stirnrunzeln. Sie kennen sich einfach schon zu lange. Wie ein altes Ehepaar. Er merkt ganz genau, wenn etwas im Busch ist.

»Svenja sagte zu Einar, ich zitiere: *Sie wolle es allen zeigen, mit denen sie noch eine Rechnung offen habe.* Aber was hat sie damit gemeint, mit wem hat sie eine Rechnung offen?« Oda stellt die Frage in den Raum, um dann gleich selbst einen Vorschlag zu machen. »Vielleicht meinte sie damit Engelhorn. Er hat ihr garantiert Vorwürfe gemacht oder ihr gar gedroht, sie anzuzeigen, weil sie die aus seiner Sicht falsche Person ermordet hat.«

»Oder jemand aus dem Nordstadtkrankenhaus. Man hat ihr doch dort fristlos gekündigt. Womöglich ist sie wütend auf jemanden«, überlegt Fernando.

»Es kann auch nur dummes Geschwätz gewesen sein«, murmelt Völxen.

»Vielleicht ist es Oberkommissarin Wedekin, mit der Svenja noch eine Rechnung offen hat.« Aller Augen richten sich auf Rifkin, von der dieser Satz gekommen ist.

»Was?«, ruft Fernando alarmiert. »Wie kommst du darauf?«

»Ist sie nicht gerade dabei, Svenjas Vater aus dem Haus zu werfen?«

»Stimmt«, sagt Völxen. »Das hat er gestern sogar noch extra erwähnt, obwohl er so besorgt um seine verschwundene Tochter war. Er benutzte den Ausdruck ›an die Luft gesetzt‹ und schien ziemlich sauer zu sein.«

»Rifkin könnte recht haben«, sagt Oda. »Svenja hat Cordula Wedekin umgebracht, in der naiven Annahme, danach mit ihrem Vater in dem schönen Haus mit Pool leben zu können …«

»So, wie das schon einmal funktioniert hat, mit Marina Feldmann«, wirft Fernando ein.

» … und nun erbt aber Jule das Haus ganz allein, und sie jagt obendrein Svenjas Vater wie einen räudigen Hund vom Hof«, formuliert es Oda bewusst dramatisch.

»Frau Volland von nebenan hat am Dienstag gegen Mittag belauscht, wie Svenja mit ihrem Vater darüber gesprochen hat«, ergänzt Rifkin. »Svenja soll sehr wütend gewesen sein.«

Für ein, zwei Sekunden herrscht gespannte Stille, dann sagt Fernando zu Oda: »Du musst sofort Tian anrufen. Keiner von beiden darf an die Tür gehen, bis wir da sind.«

»Tian?«, fragt Völxen, verdutzt und etwas ärgerlich, weil er offenbar wieder einmal nicht auf dem Laufenden ist.

Oda merkt, wie sie blass wird, und antwortet: »*Merde!* Tian ist gerade gegangen.«

Jule trocknet den Wok ab und stellt ihn an seinen Platz auf dem Küchenschrank zurück.

Nach dem Essen hat sie Tian gebeten, sie allein zu lassen. Es gehe ihr schon besser, sie brauche Zeit zum Nachdenken. Tian hat versprochen, gegen Abend noch einmal bei ihr vorbeizuschauen. Ihre vorangegangene Frage, ob er sie für eine Alkoholikerin hält, hat er unumwunden bejaht – was Jule ziemlich schockiert hat.

Aber, so Tian, sie sei ja intelligent, und sollte sie also an dem Punkt angelangt sein, an dem sie aufhören wolle, sich selbst etwas vorzumachen, dann würde er ihr gerne helfen. Suchtberatung sei schließlich Teil seines beruflichen Betätigungsfeldes.

Suchtberatung, Alkoholikerin ... Ein solches Vokabular hat Jule nie mit sich selbst in Zusammenhang gebracht. So etwas muss man erst einmal verdauen. Insgeheim hat sie, wenn von Alkohol*kranken* die Rede war, immer gedacht: Was für ein Blödsinn! Krebs ist eine Krankheit, oder die Masern, aber wer säuft, ist selber schuld, der besitzt einfach keine Selbstbeherrschung. Nun also hält Tian sie für eine Säuferin, auch wenn er ein anderes Wort dafür benutzt hat. Übertreibt der Gute da nicht vielleicht ein ganz klein wenig? Oder ist sie es, die die Augen vor der Wirklichkeit verschließt? Denkt Fernando etwa so ähnlich und traut sich bloß nicht, es ihr ins Gesicht zu sagen? Tatsächlich fällt es Jule schwer, sich zu erinnern, wann sie das letzte Mal an einem Tag gar nichts getrunken hat. Aber ist das denn nicht normal? Trinken denn nicht alle Erwachsenen zum Feierabend ein, zwei Gläser Bier oder Wein? Sind wir deshalb eine Gesellschaft von Alkis? Leise Zweifel melden sich an. Waren es wirklich nur ein, zwei Gläser? War es nicht manchmal auch eine ganze Flasche? Sie muss an ihre Tante Gabriele denken und wie sie das Familienleben der Jenkes geschildert hat. Demnach war ihr Großvater ein gewalttätiger Quartalssäufer, und wenn man Mattai glauben darf, dann war ihre Mutter eine Säuferin par excellence. Wie aus dem Nichts taucht auf einmal die Erinnerung an diese Pfefferminzbonbons auf, die nach dem Auszug ihres Vaters überall im Haus herumlagen, und an die unterschwellige Fahne im Pfefferminzatem ihrer Mutter. Jule hat dies zwar hin und wieder bemerkt, aber stets sofort verdrängt. *Lieber Himmel, wie ignorant kann man sein!* Auch ihr Vater, fällt ihr ein, mixt sich jeden Abend einen Gin Tonic oder holt sich ein Fläschchen aus seinem Weinkeller. Das nennt man dann wohl eine familiäre Disposition.

Ja, Tian hat recht, ich muss den Konsum wirklich herunterfahren, aber gleich eine Therapie? Ich bin nicht *alkoholkrank*, auch nicht süchtig, ich bin einfach ein wenig neben der Spur. Aber ich bin eine Wedekin, ich besitze ein hohes Maß an Selbstdisziplin, das habe ich oft genug bewiesen. Wenn's sein muss, dann kann ich mich, verdammt noch mal, zusammenreißen.

Mit heftigen Bewegungen wischt sie den Tisch und die Arbeitsflächen ab, obwohl Tian die Küche tadellos sauber hinterlassen hat. Aber sie hat das Gefühl, sich irgendwie beschäftigen zu müssen. Sonst käme sie noch auf die Idee, sich auf den Balkon zu setzen und ein Glas Weißwein zu trinken. Sie kann es förmlich vor sich sehen, ein bauchiges, langstieliges Glas, außen beschlagen, darin der blassgoldene Riesling … Jule muss lachen. Noch nie hatte sie nachmittags das Bedürfnis, Wein zu trinken – erst seit Tian Tang sie für eine Alkoholikerin hält. Als hätte er damit schlafende Hunde geweckt. Sie verscheucht das Bild des Weißweinglases aus ihrem Kopf und wirft einen Blick auf ihr Handy. Keine SMS, kein Anruf von niemandem. Was meinte Fernando heute Vormittag mit *kurz vor dem Durchbruch*? Haben sie endlich Beweise gegen Mattai gefunden, dreht Völxen ihn gerade durch die Mangel? Hoffentlich kriegen sie ihn wegen Mordes dran, nicht nur wegen Totschlags.

Tian hat seine Wundermedizin auf dem Küchenschrank liegen lassen, stellt sie fest, als sie ein rot eingewickeltes Päckchen entdeckt. Vermutlich ist es dieser ekelhafte Tee, den er ihr eingeflößt hat. Leider kann sie überhaupt nicht feststellen, was das für ein Zeug ist, denn das Schild auf der Verpackung trägt ausschließlich chinesische Schriftzeichen. Als sie an ihre Sprints zum Klo denkt, wo sie sich heute Morgen fast die Seele aus dem Leib gekotzt hat, fängt ihr Gesicht vor Scham an zu brennen. Was, wenn Tian es Oda erzählt? Aber irgendetwas sagt ihr, dass er das nicht tun wird. Außerdem haben Oda, Fernando und zu allem Überfluss auch noch Thomas sie gestern komatös daliegen sehen, was also hat sie noch an Würde zu verlieren? Gemessen daran, geht es ihr schon wieder ziemlich gut. Detox auf Chinesisch scheint zu funktionieren, der Mann könnte damit Millionen machen. Aber der Mann ist ja schon ziemlich reich, erinnert sich Jule. Oder zumindest sein Vater in Peking. Was bei Chinesen aber mehr oder weniger auf dasselbe hinausläuft. Und ich, fällt Jule dabei ein, ich habe gerade ein Mordstrumm von einem Haus geerbt. Allein von der Miete dafür könnte man leben, sofern man es bescheiden angehen lässt.

Jetzt, wo Tian weg ist, kann sie endlich einen Kaffee trinken. Kaffee ist ja wohl noch erlaubt, oder ist sie etwa auch koffeinsüchtig? Sie füllt den Wasserkocher.

Auch die andere Frage, die Tian aufgeworfen hat, beschäftigt sie, nämlich die nach ihrem Beruf. War es in Wirklichkeit gar nicht ihr Wunsch, Polizistin zu werden, sondern nur eine Trotzreaktion? Wenn schon – Hauptsache, ich bin glücklich damit. Bin ich noch glücklich? Muss man immer glücklich sein? Reicht nicht auch zufrieden? Wieso dann aber die Sauferei?

Es klingelt. Sicher Tian, der seinen Zaubertrank abholen will. Sie geht zur Tür, drückt auf den Summer, aber unten ist die Haustür scheinbar offen, sie kann seine leichten Schritte schon auf der Treppe hören und öffnet die Wohnungstür. Nebenan, in der

Küche, brodelt der Wasserkocher. Das Gerät hat einen Defekt, es schaltet sich manchmal nicht von selbst aus, also geht sie hinüber, um den Schalter von Hand zu drücken, während sie ruft: »Du hast deinen grässlichen Tee vergessen! Nicht, dass ich mich freiwillig daran vergreifen würde.«

Da sind ein Schatten und eine Bewegung hinter ihr. Jule wendet sich um, ist verwundert und erschrocken zugleich, denn sie sieht Svenja auf sich zukommen, sieht den hasserfüllten Blick ihrer Augen und erst dann das Messer in Svenjas Hand. Die Klinge blitzt auf, als das Metall die Sonnenstrahlen auffängt, die durch das Fenster in die Küche dringen. Jule weicht zurück, aber sie kommt nicht weit, sie stößt gegen die Spüle und sieht dann die Klinge in ihrem Körper verschwinden. Das war's, denkt sie. Aber wo bleibt der Schmerz? Das Messer ist plötzlich wieder da, und auch Svenja ist nah, ganz nah, Jule kann ihren Schweiß riechen und ihr Atem bläst ihr ins Gesicht. Jule greift nach dem Wasserkocher und schleudert ihn Svenja entgegen. Das kochende Wasser schwappt heraus, der Behälter kracht auf den Boden, Svenja schreit auf, und jetzt spürt auch Jule, wie ein weißglühender Schmerz durch ihren Körper zieht. Er nimmt ihr den Atem, ihr wird schwindelig, und durch die feurige Wand aus Schmerz hört sie Svenja aufjaulen, Schmerz und Wut in einem Ton, und dann hört Jule sie brüllen: »Du mieses Stück Scheiße, denkst du, du kannst uns einfach so rauswerfen?«

Einem Reflex gehorchend will Jule fliehen, sie taumelt auf die Tür zu, doch vor ihren Augen beginnen schwarze Punkte zu tanzen. Erneut macht Svenja einen Schritt auf sie zu, und Jule, die spürt, wie es ihr den Boden unter den Füßen wegzieht, holt dennoch aus, ein Handkantenschlag, den sie schon Hunderte Male im Karatetraining geübt hat. Sie zielt auf Svenjas Kehle, aber ehe sie feststellen kann, ob sie sie getroffen hat, wird ihr schwarz vor Augen, und sie stürzt ins Bodenlose.

Fernando rast wie ein Berserker durch die Stadt. Vor roten Ampeln bremst er kurz, bis er eine Lücke entdeckt, dann gibt er Vollgas und lässt die Guzzi aufheulen. Noch während er die Berliner Allee entlangjagt, hofft er, dass eine Streife in der Nähe ist, die schneller bei Jules Wohnung ist als er. *Dieser verdammte Chinese, warum haut der auch einfach ab?* Vor ungefähr einer Stunde hat Fernando noch mit Jule telefoniert. Sie hat ihm versichert, dass sie sich schon viel besser fühle, und erwähnt, dass Tian für sie gekocht habe. Kein Wort davon, dass sie ihn weggeschickt hat oder dass er von sich aus gegangen ist. *Wenn Jule etwas passiert, bring ich ihn um! Wir hätten sie doch ins Krankenhaus bringen sollen, da wäre sie jetzt sicher!*

Unter seiner Jacke vibriert sein Handy, aber er kann jetzt nicht anhalten und telefonieren. Erst wenn er weiß, dass bei Jule alles in Ordnung ist. Vielleicht ist sie es?

Natürlich hat Jule erneut wissen wollen, wie weit sie mit Mattai seien, und Fernando – er könnte sich dafür ohrfeigen – hat ihr wieder nicht die Wahrheit gesagt, sondern nur, dass sie sich noch ein wenig gedulden soll. Vielleicht hätte er ihr sogar gesagt, dass sie nach Svenja Mattai suchten, wenn bei dem Gespräch nicht Rifkin neben ihm im Wagen gesessen hätte. Rifkin, die in letzter Zeit mehr von seinem Privatleben mitbekommt, als ihm lieb ist. Hoffentlich irrt sie sich diesmal, hoffentlich sieht sie Gespenster.

Vor dem Haus in der List parkt ein Wagen von *Möbel Hesse*, und die Haustür steht sperrangelweit offen. Jemand scheint sich neu einzurichten. Pedra drückt auf die Klingel neben dem Namen *Wedekin*, doch die Gegensprechanlage bleibt stumm. Sie hätte anrufen sollen, aber dann hätte Jule womöglich gesagt, sie komme zurecht, und Pedra hätte sich ihr aufdrängen müssen. Es fällt Jule schwer, etwas von anderen anzunehmen, das hat Pedra schon häufig bemerkt, wenn Jule mit Fernando im Laden gewesen ist. Sie hat immer vehement darauf bestanden, ihr Essen *und* den Kaffee zu bezahlen, selbst dann, wenn Pedra ihn ihr unaufgefordert hingestellt hat.

Pedra schnauft die Treppen hinauf. Maria Mutter Gottes, ein Glück, dass es nur der zweite Stock ist! Falls Jule nicht da ist oder nicht öffnet, werden sich hoffentlich ein paar Nachbarn finden, bei denen sie den Korb abgeben kann. Es sollten allerdings vertrauenswürdige Leute sein, die nicht die Hälfte des Inhalts selbst essen.

Endlich ist sie oben. Jule scheint doch da zu sein, die Wohnungstür steht jedenfalls offen. Pedra fragt sich, ob sie noch mal klingeln oder einfach hineingehen und sich durch Rufe bemerkbar machen soll. Ein bisschen unhöflich findet sie es ja schon, dass Jule einfach nur die Tür aufgemacht hat, ohne ihren Besuch zu empfangen – und obendrein leichtsinnig. Da könnte ja Gott weiß wer heraufkommen. Vielleicht hat sie Fernando erwartet. Die Gedanken schießen Pedra Rodriguez durch den Kopf, als sie plötzlich ein entsetzliches Geheul hört wie von einem Tier, und dann ruft eine Stimme etwas, das sie nicht versteht. Es ist die Stimme einer Frau, aber sie klingt nicht wie Jule. Die Schreie kommen aus dem Zimmer gleich rechts. Eine Schrecksekunde lang steht Pedra da wie gelähmt, aber dann setzt sie sich umso rascher in Bewegung. Es ist die Küche, an der Spüle lehnt Jule, zusammengekrümmt und eine Hand auf den Bauch gepresst. Zwischen den Fingern quillt Blut hervor. Gerade fällt sie auf den Boden, neben einen umgestürzten Plastikbehälter, wie eine Marionette, der man die Fäden durchgeschnitten hat. Im ersten Moment denkt Pedra nur daran, zu Jule hinzugehen, ihr aufzuhelfen und sich um den Blutfleck zu kümmern, der rasch größer wird. Aber da ist noch eine andere Frau, jünger, blond, sie rappelt sich gerade vom Boden auf, unter ihr ist eine dampfende Wasserlache. Als sie Pedra wahrnimmt, wirbelt sie herum. Ihr Gesicht und ihr Hals sind krebsrot, aber nur auf einer Seite. Sie geht in die Knie und greift nach einem Messer, das zwischen ihr und Jule auf den weißen Fliesen liegt. Pedra genügt ein Blick in ihre funkelnden, vor Hass brennenden Augen, um zu wissen: *Das ist das Böse!*

Pedra lässt den Korb neben sich zu Boden gleiten, packt die Salami, holt aus und zieht sie der Frau mit den bösen Augen über den Schädel. Einmal, zweimal und noch ein drittes Mal, bis sie endlich liegen bleibt und sich nicht mehr rührt. Danach bekreuzigt sich Pedra, eilt hinaus in den Hausflur und schreit wie am Spieß um Hilfe.

Als Fernando in die Straße einbiegt, in der Jule wohnt, hört er die Sirene einer Ambulanz. Vor dem Haus steht in zweiter Reihe ein blinkender Streifenwagen, dahinter der Wagen des Notarztes. Fernando bleibt fast das Herz stehen, und etwas Dumpfes breitet sich in seinem Innern aus. *Lieber Gott, bitte nicht! Bitte, bitte nicht!* Er lässt die Guzzi mitten auf dem Gehsteig stehen. Die Haustür ist offen, er rast die Treppen hinauf und reißt sich den Helm vom Kopf. Im zweiten Stock angekommen, trifft er auf zwei Typen, die aussehen wie Möbelpacker, und auf die blauhaarige alte Dame von gegenüber. Jules Namen brüllend, stürmt er in die Wohnung, und im nächsten Augenblick glaubt er wirklich an Gespenster, denn er hört die Stimme seiner Mutter keifen: »Ich gehe erst weg, wenn dieser verfluchte Krankenwagen endlich hier ist. Und fassen Sie mich nicht an, mein Sohn ist auch bei der Polizei!«

X.

Mittwoch, 22. Juli

Völxen steht mit einem bunten Blumenstrauß vor dem Bett und sieht auf Jules Gesicht hinab. Es ist bleich, sogar die Lippen haben kaum Farbe, und die Lider sind von violetten Schatten umgeben. Als hätte die Schlafende seine Blicke gespürt, schlägt sie plötzlich die Augen auf. Sie wirkt einen Moment desorientiert, aber dann sagt sie: »Völxen. Wie lange stehst du schon da?«

»Paar Minuten.«

»Sorry. Ich bin noch immer so müde, ständig nicke ich ein. Hab ich im Schlaf geredet? Neuerdings mache ich das nämlich. Das liegt an den Drogen, mit denen sie mich hier zudröhnen. Oh Gott, ich rede zu viel. Das kommt sicher auch von dem Zeug. Du machst mich nervös, setz dich hin. Also, was hab ich gesagt?«

Völxen zieht sich einen Stuhl heran und lässt sich darauf nieder. »Dass du dir nie einen Papageien zulegen würdest.«

Jules Lachen geht in Gejammer über. »Aua, verdammt! Lachen geht echt noch nicht. Niesen auch nicht. Schau woanders hin! Ich seh scheiße aus, wie frisch ausgegraben. Und ich hab keine Milz mehr. Aber die Milz braucht man nicht wirklich, ich hab also Schwein gehabt.«

»Das hat mir schon dein Herr Vater mitgeteilt. Jule, ich bin so froh ...«

»Ich erst! Was gibt's Neues von der Front?«

Völxen reibt sich die Augen, die leicht gerötet sind. Er hat während der letzten Tage nicht viel Schlaf bekommen. »Svenja Mattai hat gestanden. Endlich. Oda und ich haben sie sozusagen in Wechselschicht vernommen, und irgendwann ist sie eingeknickt.«

Die Bettdecke über Jules Brustkorb hebt sich ein wenig, als sie tief durchatmet.

»Anfangs wollte sie uns damit kommen, dass du sie mit einem Karateschlag angegriffen hättest und sie sich nur gewehrt hätte. Aber den Zahn haben wir ihr gleich gezogen. Schließlich waren nur ihre Fingerabdrücke auf dem Messer, somit war klar, dass sie es mitgebracht hat, um dich anzugreifen.«

»Außerdem habt ihr doch Pedra als Zeugin.«

»Na ja, sie kam erst ein paar Augenblicke später dazu. Zum Glück!«

»Dass man mir mal mit einer Salami das Leben rettet, hätte ich auch nicht gedacht.«

Völxen grinst. »Svenja hat eine Gehirnerschütterung davongetragen und war erst ab Montag wieder vernehmungsfähig. Du hättest Pedra hören sollen, wie sie sich darüber aufgeregt hat, dass die Salami zu den Beweismitteln genommen wurde. *Eine Wurst archivieren! Sind die noch bei Trost? Ich glaub denen kein Wort!*«

»Hör auf, du bringst mich noch um«, sagt Jule, die den Lachreiz zu unterdrücken versucht.

»Aber du warst auch nicht schlecht mit dem Wasserkocher. Svenja sieht noch immer aus wie ein Hummer.«

»Die Waffen der *Desperate Housewifes.*«

Völxen erzählt weiter: »Eine Woche vor dem Mord an deiner Mutter wurde Engelhorns Sparkonto, auf dem knapp achttausend Euro waren, komplett aufgelöst. Der Bankangestellte konnte sich an Svenja erinnern, Engelhorn hatte ihr eine Vollmacht gegeben, er selbst schaffte es wohl nicht mehr zur Bank. Als wir Svenja damit konfrontierten, hat sie nach Rücksprache mit dem Anwalt gestanden.«

»Alles?«

»Ja. Auch dass sie Engelhorn eine Überdosis Insulin gespritzt hat.«

»Was für ein Ungeheuer! Und wieso das alles?«

»Krankhafte Vaterliebe in Verbindung mit rasender Eifersucht. Anfangs machte sie auf arme, vernachlässigte Halbwaise, weil ja ihre Mutter starb, als sie zehn war. Aber nachdem Oda sie provoziert hat – du weißt ja, wie hinterhältig Oda bei Verhören sein kann –, hat sie dann Gift und Galle gespuckt.«

»Oda«, lächelt Jule. »Das hätte ich gern gesehen.«

»Angeblich, so Svenja, seien Mattai seine Frauen immer wichtiger gewesen als sie. Bei Ulrike Bühring hat sie sich offenbar wirklich eingebildet, sie könnte die Nachfolgerin deiner Mutter werden. Engelhorn musste sie töten, damit er nicht redet, und bei dir war es die Wut, weil du durch das Erbe ihre schönen Zukunftspläne durchkreuzt hast.«

»Was ist mit Marina Feldmann aus Wandsbek?«, will Jule wissen.

Völxen zuckt die Achseln. »Sie hat in einer ihrer wütenden Tiraden so was angedeutet, es aber dann widerrufen.«

»Hoffentlich kriegt sie Sicherungsverwahrung.«

»Das hoffe ich auch«, sagt Völxen inbrünstig und noch immer erschüttert. »Wie kann in einem so jungen Menschen schon so viel Wut stecken?«

»Darüber könnte man wahrscheinlich stundenlang philosophieren«, meint Jule.

»Aber dafür hast du mich nicht hergebeten, oder?«, fragt Völxen, dem aus unerfindlichen Gründen auf einmal ein wenig eng ums Herz wird. »Also, was ist los?«

»Ich will aufhören.«

»Du willst in ein anderes Dezernat?« Völxen seufzt. »Ehrlich gesagt, so was hab ich mir schon gedacht. Schade, aber vielleicht ist es sogar besser so – ich meine, wegen Fernando und dir, falls das was Dauerhaftes werden sollte.«

»Nein, du verstehst nicht. Ich will weg. Weg von der Polizei.«

»Du machst Witze!«

»Ich habe mit meinem Vater gesprochen. Er wird seine Beziehungen spielen lassen, damit ich zum Herbst einen Studienplatz für Medizin bekomme. Ich möchte wieder studieren.«

»Aber … aber ich dachte …«

»Ja, ich war gerne Polizistin, es war mein Kindheitstraum. Aber jetzt kann ich nicht mehr. Nicht nach dieser Geschichte.« Sie richtet den Oberkörper auf und schaut ihm in die Augen. »Völxen, meine Mutter wurde ermordet, und ich hatte ein *Messer* im Bauch stecken. Ja, ich weiß, was du sagen willst, es ist nicht im Dienst passiert. Aber trotzdem. Ich bin nicht so tough, wie alle denken.«

»Das … das ist schon klar …«, stammelt Völxen. Das muss der Schock sein. Am besten, er nimmt das gar nicht ernst. In ein, zwei Wochen wird sie ihn bitten, das Gesagte zu vergessen.

»Bist du schon mal ernsthaft verletzt worden, Völxen? So, dass dein Leben in Gefahr war?«

Er schüttelt den Kopf.

»Das ist ein Scheißgefühl, glaub mir«, sagt Jule, deren Augen sich dabei mit Tränen füllen. »Man merkt auf einmal, wie verletzlich man ist. Dass man ohne Weiteres sterben kann, und zwar von einer Sekunde auf die andere. Es war der schiere Zufall, dass das Messer dort landete, wo es nicht besonders viel Schaden anrichten konnte.«

Völxen nickt. Ihm bricht noch immer der Schweiß aus, wenn er an die Stunden denkt, in denen das noch gar nicht so sicher war. Dennoch sagt er: »Jule, du musst das nicht überstürzen. Lass dir mit der Entscheidung ruhig noch ein paar Wochen Zeit, du musst doch erst noch den Schock verarbeiten.«

Sie schüttelt den Kopf. »Ich hätte ab jetzt bei jedem Einsatz Angst. Niemand könnte sich mehr auf mich verlassen.«

Sie meint das ernst, Himmel noch mal! »Es nützt wohl auch nichts, wenn ich dir ein Jahr Innendienst und psychologische Betreuung anbiete?«

»Nein. Was ich brauche, ist eine neue Herausforderung.«

»Weiß Fernando es schon?«

»Nein. Ich wollte, dass du es zuerst erfährst.«

»Danke.«

»Du warst ein toller Chef.« Sie wischt sich die Augen mit dem Zipfel der Bettdecke trocken.

»Ich weiß. Einen besseren wirst du nie kriegen. Schon gar nicht unter Ärzten. So, und jetzt gehe ich. Sonst fange ich auch noch an zu heulen.«

Aber Jule Wedekin ist noch nicht fertig mit ihm. »Warte! Fernando hat doch noch ganz viel Urlaub, oder?«

»Ich glaub schon.«

»Ich würde gern mit ihm verreisen. Nach Sevilla.«

»Klingt gut.«

»Er weiß noch nichts davon, ich will ihn damit überraschen. Dort leben noch Verwandte von Pedra und seinem Vater. Die werden ihn alle fragen, ob wir verlobt sind, und dann wird er gar nicht anders können, als mir einen Antrag zu machen. Ich könnte ihn natürlich auch direkt fragen, ich bin ja eine moderne Frau. Aber du kennst ihn ja, er ist doch so ein Romantiker! Das würde er mir nie verzeihen, wenn ich ihm die Show stehle. Außerdem ist es immer besser, wenn er denkt, es war seine Idee.«

Völxen verdreht die Augen. »Ihr Frauen seid raffinierte Biester, alle miteinander!«

»Was hältst du davon?«, fragt Jule gespannt, und endlich ist etwas Farbe in ihr Gesicht zurückgekehrt. Kann es sein, dass es ihr wichtig ist, dass er ihre Pläne gutheißt? Oder ist dies das Trostpflaster nach dem Schlag, den sie ihm zuvor versetzt hat? *Ja, fühl dich auch noch geschmeichelt, alter Trottel.* Er lächelt. »Ja, mach das. Sevilla soll ja eine sehr schöne Stadt sein.«

»Denkst du, wir werden zur Hochzeit eingeladen?«, fragt Sabine Völxen. Sie stehen am Zaun der Schafweide und beobachten, wie die Sonne als rosafarbener Ball hinterm Deister verschwindet.

»Das will ich ihnen geraten haben!«

»Ach, wie schön!«

»Was haben Frauen nur immer mit Hochzeiten?«

»Das versteht ihr nicht«, versetzt Sabine, ehe sie ihn mit einem Seitenblick mustert. »Du musst unbedingt abnehmen, damit du in deinen guten Anzug passt. Oder du brauchst einen neuen. Ist vielleicht besser. Den brauchst du ja sowieso, wenn Wanda mal heiratet.«

»Wanda?«

»Jetzt schau nicht so. Deine Tochter ist längst kein Kind mehr.«

»Aber ...«

»Ruhig, Brauner«, kichert Sabine. »Noch ist da weit und breit kein Kandidat zu sehen.«

»Du kannst einen aber auch erschrecken.«

»Deine Tochter hat uns übrigens eine Postkarte geschrieben«, eröffnet ihm Sabine.

»Eine Postkarte?«

»Ja. Mit einer nackten Statue drauf, einer männlichen natürlich. Sie fand, eine Postkarte wäre so old school, dass es schon wieder cool sei.«

»Sie kann also noch mit der Hand schreiben und besitzt sogar einen Stift«, konstatiert Völxen. »Das betrachte ich als Zeichen dafür, dass diese Generation noch nicht völlig verloren ist.«

»Du übertreibst.«

»Aber nur ein bisschen«, räumt Völxen ein. Für eine Weile kehrt Stille ein, dann fragt Sabine: »Wird diese Elena Rifkin jetzt Jules Nachfolgerin?«

»Von mir aus gern, aber das habe ich nicht allein zu entscheiden.«

»Und dein alter Kollege, dieser Versoffene?«

»Raukel wird sich um die Stelle bewerben, wenn Nowotny in Pension geht.«

»Du klingst nicht begeistert.«

»Bin ich auch nicht.«

»Dann lehn ihn doch ab.«

»Geht nicht.«

»Wieso? Ich dachte, du bist der Chef.«

Völxen ist das Thema unangenehm, aber er kennt seine Frau, sie wird nicht lockerlassen. »Ich habe einen Schwur geleistet.«

Sabine sieht ihn verwundert an. »Was für einen Schwur?«

»Als sie Jule eingeliefert haben und wir in diesem verdammten Warteraum gesessen haben, da habe ich einen Deal ausgehandelt.«

»Einen Deal«, wiederholt Sabine. »Du mit dem lieben Gott?«

»Meinetwegen, nenn es, wie du willst«, versetzt Völxen, barsch vor Verlegenheit. »Ich habe geschworen, wenn Jule das heil übersteht, dann werde ich mich um Raukel kümmern.«

Völxen wartet auf eine spöttische Bemerkung seiner Frau, aber die drückt nur stumm seine Hand. Er drückt zurück. Die Sonne schickt die letzten Strahlen über den Bergkamm. Für lange Zeit hört man nur den Gesang einer Amsel und das Geräusch, das entsteht, wenn Schafe Gras zupfen.

»Du bist ein Juwel, Bodo. Oder sagen wir: ein ungeschliffener Diamant. Aber ich würde dich glatt noch einmal heiraten!«

Völxen blinzelt in den Sonnenuntergang, weil ihm gerade die Augen feucht werden.

»Dein Text lautet jetzt: ich dich auch«, erinnert ihn Sabine.

Er grinst. »Kann ich noch ein bisschen darüber nachdenken?«

Und wenn sie nicht gestorben sind …

Jürgen Seibold

Schneewittchen und die sieben Särge

Kriminalroman

Piper Taschenbuch, 304 Seiten
ISBN 978-3-492-31596-8

Nachdem er seine aufregende Karriere bei Deutschlands geheimstem Geheimdienst beendet hat, erfüllt sich Robert Mondrian einen alten Traum und übernimmt eine Buchhandlung. Doch dann wird ausgerechnet seine Traumfrau des Mordes beschuldigt: Feinkosthändlerin Sonja soll einen ihrer Lieferanten mit einem vergifteten Apfel umgebracht haben. Treibt ein Märchenmörder in Remslingen sein Unwesen? Mondrian muss wieder in die Rolle des Geheimagenten schlüpfen und gemeinsam mit seinem schusseligen Gehilfenteam aus dem Buchladen ermitteln.

Leseproben, E-Books und mehr unter www.piper.de